Melissa Foster

Herzen im Schnee

Die Remingtons

DIE AUTORIN

Melissa Foster ist eine preisgekrönte *New-York-Times-* und *USA-Today*-Bestsellerautorin. Ihre Bücher werden vom *USA-Today*-Bücherblog, vom *Hagerstown Magazin*, von *The Patriot* und vielen anderen Printmedien empfohlen. Melissa hat mehrere Wandgemälde für das *Hospital for Sick Children*, eine Kinderklinik in Washington, D. C., gemalt.

Besuchen Sie Melissa auf ihrer Website oder chatten Sie mit ihr in den sozialen Netzwerken. Sie diskutiert gern mit Lesezirkeln und Bücherclubs über ihre Romane und freut sich über Einladungen. Melissas Bücher sind bei den meisten Online-Buchhändlern als Taschenbuch und E-Book erhältlich.

www.MelissaFoster.com

Melissa Foster

Herzen im Schnee

Die Remingtons

LOVE IN BLOOM – HERZEN IM AUFBRUCH

Aus dem Amerikanischen von Usch Pilz

Die Originalausgabe erschien erstmals 2014 unter dem Titel
»Slope of Love – The Remingtons« bei World Literary Press, MD, USA.

Deutsche Erstveröffentlichung
2021 bei World Literary Press, MD, USA
© 2014 der Originalausgabe: Melissa Foster
© 2021 der deutschsprachigen Ausgabe: Melissa Foster
Lektorat: Judith Zimmer, Hamburg
Umschlaggestaltung: Natasha Brown
ISBN: 978-1-948868-62-4

Für Stephen und Sandra Foster

Vorwort

Die Liebesromane der Reihe »Love in Bloom – Herzen im Aufbruch« zu schreiben, macht mir riesigen Spaß. Das gilt natürlich auch für *Herzen im Schnee*. Hin und wieder gelingt es einer meiner Figuren, mich zu überraschen, und Rush Remington gehört dazu. Seine tiefe Freundschaft mit Jayla Stone weckt in mir den Wunsch, meinem besten Freund ganz nahe zu sein. (Zum Glück ist mein bester Freund immer bei mir – ich habe ihn geheiratet.) Ich hoffe, Rush und Jayla kennenzulernen, macht Ihnen genauso viel Freude, wie es mir gemacht hat, ihre Geschichte aufzuschreiben.

Herzen im Schnee ist das vierte Buch in der Serie über die Remingtons und kann wie alle Bücher der Reihe »Love in Bloom – Herzen im Aufbruch« für sich allein gelesen werden. Aber für noch mehr Lesevergnügen lernen Sie am besten auch die anderen Romane der Reihe kennen. Eine vollständige Liste aller Serientitel sowie eine Vorschau auf kommende Veröffentlichungen finden Sie am Ende dieses Buches und noch mehr Informationen gibt es hier: www.MelissaFoster.com/Herzen-im-Aufbruch

Melissa Foster

Eins

Beim Blick aus dem Fenster hinaus in den Schnee, der seit der Landung in Colorado unablässig vom Himmel rieselte, spannten sich Rush Remingtons Kiefermuskeln. Eigentlich brauchte er nicht viel zu seinem Glück: einen verschneiten Hang, ein Paar Skier, täglich ein, zwei Portionen Proteinpulver und ein paar gemütliche Stunden mit seiner besten Freundin. Die Ausrüstung des Skiteams war vorausgeschickt worden und bereits im »Colorado Ski Center« angekommen, wo er und einige andere Mitglieder der Olympiamannschaft diese Woche Workshops geben würden. Rush zog zwei Sporttaschen unter seinem Sitz hervor. Eine war prallvoll mit Proteinpulver, DVDs und Gummibärchen, dem Lieblingssnack seiner besten Freundin. In der anderen transportierte er sein Reisegepäck.

Sein Telefon vibrierte. Wieder eine Textnachricht von Jayla. Er und Jayla Stone waren seit fünfzehn Jahren beste Freunde und hatten sich in der Workshop-Woche ein paar gemütliche Abende machen wollen. Er warf einen Blick zu den Reportern vor dem Eingang der Lodge, dann drehte er sich verstohlen zu Jayla, die hinten im Van neben Marcus White saß und so tat, als suchte sie etwas in ihrer Handtasche. Rush war absolut sicher, dass sie nur wegen Marcus den Blickkontakt mit ihm vermied. Denn das Einzige, was es in der verdammten Handtasche zu finden gab, war eine Männergeldbörse – *weil Frauengeldbörsen zu unhandlich sind* –, ihre Schlüssel, ein paar Hygieneprodukte (in Papiertaschentücher gewickelt und in einem Extrafach mit Reißverschluss versteckt – *weil die so peinlich sind*) und vermutlich einige leere Gummibärchentüten.

Er las Jaylas Textnachricht. *Süße Reporterin. Blond. Rote Jacke.*

Die Medien – und die Frauen – liebten Rush mit seinen knapp unter eins neunzig, dem vollen dunkelbraunen Haar, der stets leicht sonnengebräunten Haut, dem perfekten Lächeln und seinem unersättlichen Appetit auf Sport und Training. Aber heute hielt sich seine Lust, in eine Kamera zu lächeln, in Grenzen.

Er lachte leise auf und schüttelte den Kopf. Noch vor einem Jahr hätte er die süße Blondine abgecheckt, sie spätestens um Mitternacht in seinem Bett gehabt und ihren Namen schon vor dem gemeinsamen Frühstück mit Jayla wieder vergessen. Jayla hätte ihn damit aufgezogen, dass er nun eine weitere Kerbe in seinen Gürtel ritzen könnte. Irgendeinen Spruch hätte sie auf jeden Fall parat gehabt. Und dann wären sie zusammen raus auf die Piste gegangen. Vor einem Jahr war er noch ein völlig anderer Mann gewesen.

Ist sie aus Pulverschnee? Sonst kein Interesse. Ich will nur Ski fahren, schrieb er zurück.

In einer Woche endete die Wettkampfsaison. Dann konnte Rush so viele Frauen haben, wie er wollte, ohne sich Gedanken wegen der Ablenkung machen und in der Folge um seinen Platz ganz oben auf dem Podest fürchten zu müssen. Doch mit irgendeiner Unbekannten ins Bett zu gehen, hatte er gar nicht im Sinn. Eigentlich hatte er Jayla in dieser Woche gestehen wollen, dass er, verdammt noch mal, aus ganzem Herzen und bis über beide Ohren in sie verliebt war. Doch leider war dieser Plan implodiert. Jetzt wollte er nur noch irgendwie durch die nächsten Tage kommen und bei der North Face Competition, dem letzten Rennen der Saison, die Nase vorn haben.

Auch ohne hinzusehen, wusste er, dass Jayla die Augenbrauen zusammenzog und in der Hoffnung, zur Beruhigung ihrer Nerven noch ein letztes Gummibärchen zu finden, nach einer leider leeren Tüte tastete. Mit Sicherheit beobachtete dieser bescheuerte Marcus White sie dabei mit Adleraugen.

Rush ließ den anderen Mitgliedern der Skimannschaft, die sich zur Mitarbeit bei den Workshops bereiterklärt hatten, den Vortritt. Dann stieg auch er aus dem Van. Cliff Bail und Patrick Staller sahen mit ihrem athletischen Körperbau und dem von der Sonne aufgehellten Haar aus, als wären sie direkt aus einer Skizeitschrift spaziert. Dicht gefolgt von Kia Lyle und Teri Martin checkten sie auf dem kurzen Weg zum Eingang der Lodge die Reporterinnen ab. Rush ließ sich ein wenig zurückfallen. Vielleicht interviewten die Medienleute ja dann die anderen Teammitglieder und ließen ihn in Ruhe. Er atmete die frische, kühle Bergluft ein, stieß die Stiefelspitze in den lockeren Neuschnee und ließ den Blick über die Hotelanlage schweifen, die in der kommenden Woche ihr Zuhause sein würde. Hinter der imposanten dreigeschossigen Lodge aus Naturstein und Zedernholz ragten schneebedeckte Berge auf. Von den Gipfeln wanden sich die Pisten als weiße Schneisen zwischen Baumgruppen hindurch bis in die Täler. Für einen Skifahrer gab es nichts Schöneres.

Noch ein paar Schritte und er war von Reportern und Kameraleuten umringt, hatte Mikrofone vor der Nase und wurde x-mal fotografiert.

»Rush, was möchten Sie Ihren Fans gerne sagen?«

Ohne stehenzubleiben, beantwortete er die Frage mit ernsten Augen und einem medienerprobten Lächeln. »Ich möchte mich für ihre Unterstützung bedanken. Sie können darauf zählen, dass ich auch zu den nächsten Olympischen Spielen wieder in Topform bin.«

Die letzten Worte hätte er sich vermutlich sparen können, denn Jayla war aus dem Van gestiegen und stand sofort im Zentrum der medialen Aufmerksamkeit. Seit sie zwei olympische Goldmedaillen gewonnen hatte, wurde sie noch hartnäckiger belagert als er. Es ging doch nichts über eine brandheiße Olympiasiegerin. Er und Jayla waren seit vielen Jahren eng befreundet und er gönnte ihr den Erfolg von Herzen. Auch wenn sein männliches Ego ein wenig daran zu knabbern hatte, dass er der Presse schnurz war, sobald sie auf der Bildfläche erschien. Im Grunde konnte er den Reportern keinen Vorwurf machen. Jayla war der Liebling der Nation, das neue Gesicht von Dove und das beste verdammte Vorbild, das junge Frauen sich wünschen konnten.

Die Olympiamannschaft wurde von führenden Skiherstellern und Sportbekleidungsfirmen gesponsert. Seit er olympisches Gold in der Tasche hatte, hatte Rush zusätzlich eigene Sponsoren gewonnen. Hersteller von Sonnencreme und Energydrinks hatten ihm lukrative Verträge vorgelegt. Und seit der Goldmedaille im Abfahrtslauf hatte auch Jayla eigene Sponsoren aus dem Haarpflege- und Beautybereich.

»Bist du hier festgefroren, Kumpel? Komm, lass uns reingehen.« Marcus warf sich seine Ledertasche über die Schulter und schob sich an ihm vorbei.

Der Liebling der Nation und die neue Freundin dieses

Arschlochs.

»Drei Taschen. Hier rüber«, blaffte Marcus den Hotelpagen an. Der braungebrannte junge Mann, dem der sonnengebleichte Pony in die Augen fiel, hätte gut an einen Surfstrand gepasst.

Rush knirschte mit den Zähnen. Am liebsten hätte er Marcus, dem Arschloch, mit den Fäusten Manieren eingebläut. Sie trainierten seit drei Jahren zusammen. Bei der Winterolympiade vor zwei Jahren hatte Marcus keinerlei Aussicht auf die vorderen Ränge gehabt, während Rush geschafft hatte, was nur sehr wenigen Athleten gelang: Er hatte in allen alpinen Skidisziplinen Medaillen gewonnen – Gold im Slalom und Riesenslalom, Silber im Super-G, bei der Abfahrt und in der Kombination. Vor Rushs Erfolgen war Marcus ein Idiot gewesen, danach hatte er sich in Lichtgeschwindigkeit zu einem Vollpfosten entwickelt. Und seit drei Wochen nahm er zu allem Überfluss auch noch jede Sekunde von Jaylas knapp bemessener Freizeit in Anspruch. Ziemlich schmerzhaft machte er Rush damit bewusst, dass er schon viel zu lange gewartet hatte und ihr endlich seine Gefühle offenbaren musste, bevor die Sache zwischen ihr und Marcus noch ernster wurde.

Rush schaute zu, wie der Kerl mit hocherhobenem Kopf durch die Glastür in die Lobby stapfte. Zu gern hätte er dem spitzen Kinn mit einem satten linken Haken eine neue Form verpasst.

Eigentlich sollte Marcus nicht einmal hier sein. Im Gegensatz zu Rush und einigen anderen aus dem Team hatte er sich nicht bereiterklärt, das No Limitz mit Workshops zu unterstützen. Das No Limitz war eine Jugendeinrichtung, die Danica, die Ehefrau von Rushs Freund Blake Carter, ins Leben gerufen hatte. Ehrenamtliches Engagement war gut für das Image von Spitzensportlern, aber Rush hatte nicht deshalb zugestimmt. Er war froh, Blake und Danica einen Gefallen tun zu können, und Jugendlichen seinen Sport näherzubringen, machte ihm immer Freude. Verdammt, wenn es nach ihm ginge, würde er allen Kindern ein Paar Skier unter die Füße schnallen, sobald sie laufen konnten.

Rush hielt den Freiwilligen aus der Frauen-Skimannschaft die Tür auf. Nur Jayla hatte sich noch immer nicht aus den Fängen der Reporter befreien können.

»Und was sagen Sie Ihren Fans?« Die Reporterin in der roten Jacke hielt ihr ein Mikrofon unter die Nase.

Seit Jaylas Goldmedaillengewinn berichtete das Fernsehen regelmäßig über sie. Man hörte im Radio von ihr und sah ihr Gesicht in den Werbeanzeigen ihrer Sponsoren. Unzählige junge Mädchen und Frauen schrieben ihr Fan-Mails. Viele dankten ihr, weil ihr Werdegang ihnen Mut machte, ihren Weg zu gehen. Zum Glück neigte Jayla nicht dazu, abzuheben. Bevor Marcus sich in ihrem Leben breitgemacht hatte, hatte Rush oft gesehen, wie sie viele dieser Mails persönlich beantwortet hatte. Die tiefe Dankbarkeit für ihre Erfolge hatte ihr die Tür zu seinem Herzen noch weiter geöffnet. Andererseits hatte er sie für ihre Einstellung, ihre Bodenhaftung und ihr ungekünsteltes, natürliches Wesen schon immer bewundert. Sie war unglaublich warmherzig und liebenswert.

»Dass ich sehr dankbar bin für ihre Unterstützung. Ich freue mich sehr über die vielen Briefe und Nachrichten und möchte am nächsten Wochenende gern dafür sorgen, dass sie stolz auf mich sein können.«

»Gibt es schon Pläne für die nächsten Olympischen Spiele?«, fragte eine andere Reporterin.

Bis dahin waren es zwar noch zwei Jahre, aber Rush, Jayla und die anderen in der Mannschaft trainierten, als stünden die

Wettkämpfe bereits vor der Tür.

»Hart trainieren und gewinnen.« Jayla warf sich ihre Tasche über die Schulter und ging freundlich winkend weiter. Ein Reporter heftete sich an ihre Seite. Sie verlangsamte kurz ihren Schritt, bedankte sich und eilte dann zur Tür.

»Danke, Rush«, sagte sie auf der Schwelle.

Rush beugte sich zu ihr. »Ich dachte, du kommst allein.« Er gab sich Mühe, sich den Sturm nicht anmerken zu lassen, der sich in seiner Magengegend zusammenbraute.

Sie kniff die Augen zusammen. »Das dachte ich auch.«

Wie sie beim Griff nach ihrem Gepäck fast unmerklich zusammengezuckt war, hatte er gesehen. Wohl wissend, dass sie bereits zwei Schulterverletzungen hinter sich hatte, tat er, was er immer tat. Er streckte die Hand nach ihrer Tasche aus.

Sie funkelte ihn an. »Danke. Nicht nötig. Das schaffe ich schon.«

Rush hob beschwichtigend die Hände.

Die meisten Frauen waren furchtbare Kletten und brauchten ständig Bestätigung. Ein paar Stunden lang tat er ihnen gerne den Gefallen und bereitete ihnen und sich selbst dabei viel Vergnügen. Doch für Tratsch, Klagen und Fragen wie: *Habe ich in diesen Jeans einen dicken Hintern?*, war er nicht der richtige Mann. Das hatte er schon vor Jahren auf die harte Tour gelernt, wenn er hin und wieder eine ehrliche Antwort gegeben hatte. *Nein, dick macht dich eher die Sahne auf dem Kuchen, den du gerade gefuttert hast.* Jayla war anders als andere Frauen. Sie war unabhängig, ehrgeizig und stark. Das und noch vieles andere liebte er so an ihr. Wenn es darauf ankam, konnte sie sich in eine Aufgabe verbeißen wie ein Bullterrier. Oder stur sein wie ein Esel.

Rush versuchte, nicht auf den Stich in seiner Brust zu

achten, als sie ihr langes hellbraunes Haar über die Schulter warf und Marcus ein Lächeln schenkte. Jayla und er hatten sich als Teenager bei einem Ski-Camp kennengelernt und waren binnen kürzester Zeit die dicksten Freunde geworden. Er vertraute ihr seine schmutzigsten Geheimnisse an und kannte ihre größten Ängste. Oft staunte er darüber, dass sie es so viele Jahre mit ihm ausgehalten und er diese Freundschaft nicht an die Wand gefahren hatte. Besonders wenn er sich klarmachte, was für ein unverbesserlicher Playboy und Frauenheld er während dieser ganzen Zeit gewesen war. Er hatte nie versucht, das vor ihr zu verbergen. Dass er endlich der Wahrheit über sich ins Auge sah, verdankte er seinem ältesten Bruder Jack und einem Kommentar von Jayla. Mit ihr sprach er oft über sehr persönliche Dinge, aber sie mischten sich nie in das Leben des anderen ein oder maßten sich ein Urteil an. Doch was diesen Marcus anging, fiel es Rush, anders als sonst, unendlich schwer, den Mund zu halten. Um es irgendwie durch die verdammte Woche mit den Workshops zu schaffen, beschloss er, die Gedanken an Jayla und Marcus vorerst beiseitezuschieben und sich lieber auf das letzte Rennen zu konzentrieren, das noch vor ihnen lag.

»Autsch!«

Rush fuhr herum und sah, wie Jayla sich den Arm rieb. Sofort standen seine Kiefermuskeln wieder unter Spannung und er feuerte aus zusammengekniffenen Augen versengende Blicke auf Marcus ab. Schon dass Jayla sich auf ein einziges Date mit dem Kotzbrocken eingelassen hatte, hatte er nicht glauben wollen. Und dass die beiden jetzt bereits drei Wochen zusammen waren, machte ihn fassungslos. Wie sollte er das bloß verstehen? Marcus war ein selbstverliebter Kontrollfreak, während Jayla … Er verbot sich, an die endlose Liste von Eigenschaften zu denken, die er an ihr liebte, geschweige denn daran, wie hoffnungslos lange er gebraucht hatte, um das zu merken.

Jayla stand mit dem Rücken zu ihm, deshalb konnte er nicht beurteilen, ob Marcus ihr wehgetan hatte oder ob sie nur über einen abgebrochenen Fingernagel stöhnte. Wobei Jayla ihre Nägel ziemlich egal waren. Schon immer.

Marcus legte seinen Arm um ihre Schultern und wandte sich grinsend ab. Rush entging nicht, dass Jayla unter dieser Berührung starr wurde.

Nicht mein Problem.

Zwei

Jayla rieb sich die Rückseite ihres Oberarms, wo Marcus zu fest zugedrückt hatte. Das kam bei ihm öfter vor. Er drückte zu fest, verlangte zu viel. An Marcus war vieles extrem und *zu viel*, angefangen von den grüblerischen dunklen Augen bis hin zur haarfeinen Analyse jeder einzelnen seiner Bewegungen auf der Piste. Jayla war noch nie zuvor einem Mann begegnet, der sich nächtelang darüber den Kopf zerbrechen konnte, was er in jeder einzelnen Millisekunde hätte anders machen können oder sollen. Anfangs hatte diese Besessenheit sie fasziniert, inzwischen war sie einer der Gründe, weshalb sie die Beziehung mit ihm beenden wollte. Dass sie sich für die Workshop-Woche zur Verfügung gestellt hatte, bereute sie jetzt fast. Dabei hätte Marcus eigentlich gar nicht hier sein sollen. Angeblich war er viel zu beschäftigt, *um irgendwelchen dahergelaufenen Kids das Skifahren beizubringen.* So hatte er sich ausgedrückt. Jayla hatte sich mit den Workshops von dem Druck ablenken wollen, der vor dem Saisonabschlussrennen auf ihr lastete. Ein paar Tage ohne Marcus und ein bisschen Zeit mit ihrem alten Freund Rush hätten ihr gutgetan und ihr die Denkpause gegeben, die sie für die unausweichliche Trennung von Marcus brauchte. Außerdem wollte sie sich eine Woche lang ungestört und ohne großes Tamtam um ihre schmerzende Schulter kümmern.

»Manchmal ist mir gar nicht bewusst, wie viel Kraft ich habe«, sagte Marcus in dem sinnlich-unschuldigen Ton, von dem sie sich immer wieder erweichen ließ. Hinzu kamen sein unverschämt schönes Gesicht und sein stahlharter Körper. Sie verwandelten das Gehirn der meisten Frauen in Mus – ihres in einem Augenblick grenzenloser Idiotie miteingeschlossen. Normalerweise überlegte sie sich sehr genau, mit wem sie sich auf ein Date einließ. Als Marcus sie während eines Mannschaftstrainingslagers um eines gebeten hatte, hatte sie das für eine willkommene Ablenkung von ihren Schulterproblemen und vom Erfolgsdruck gehalten. Und wenn sie ganz ehrlich war, musste sie zugeben, dass sie vielleicht … nur vielleicht … zugesagt hatte, um Rush ein bisschen eifersüchtig zu machen. Was für eine selten blöde Idee.

Eigentlich sollte Marcus sie nur herbegleiten und dann wieder verschwinden. Doch seinem Gepäck nach zu urteilen, wollte er wohl doch die ganze Woche bleiben. Ihr Magen zog sich zusammen. Dass sie die Sache mit ihm beenden musste, war ihr bereits seit zwei Wochen klar. Aber sie hatte sich auf das Training und die Wettkämpfe konzentrieren müssen und wegen Marcus' aufbrausendem Temperament den Stress mit der Trennung noch etwas verschieben wollen. Normalerweise verstand sie es meisterhaft, ihre Gefühle zu verbergen. Aber die Schulterschmerzen zerrten an ihren Nerven. Zudem klangen ihr die Worte der Ärzte nur allzu deutlich in den Ohren. Erst die Verletzung an der Rotatorenmanschette, dann der Riss im Knorpelring. Zum Glück hatten die Docs und die Physiotherapeuten sie beide Male wieder hingekriegt. Doch nach zwei solchen Verletzungen in nicht einmal zwei Jahren konnte jede weitere das Ende ihrer Skikarriere bedeuten.

Sie hatte eindeutig größere Probleme als die Trennung von Marcus.

Jayla warf einen Blick zu Rush hinüber. Sie hoffte, dass er sie nicht gehört und nicht mitbekommen hatte, wie sie zusammengezuckt war, als sie ihre Tasche hochgehoben hatte. Im Augenblick stand er mit dem Rücken zu ihnen am Empfang. Sie hatte nie Geheimnisse vor ihm gehabt, aber nach seiner Reaktion auf die ersten beiden Verletzungen hatte sie ihm die jetzige verschwiegen. Nicht einmal ihrem Trainer hatte sie etwas gesagt. Beide Männer würden darauf bestehen, dass sie zum Arzt ging, und der würde ihr vermutlich ganz offiziell erklären, dass sie im Moment keine Rennen fahren durfte. Ein derart klägliches Saisonende würde sie sich und ihren Fans aber auf keinen Fall antun. Eine Woche noch, dann konnte sie sich auskurieren. Eine Woche noch, dann war Rush wieder ganz der alte Womanizer und holte vermutlich mit großem Eifer nach, was er durch seine Enthaltsamkeit während der Wettkampfsaison verpasst hatte. Was ihn auf die Idee mit der Abstinenz gebracht hatte, war ihr sowieso schleierhaft. Früher hatte er nur allzu gern mit kurzen, unverbindlichen Abenteuern zwischen den Wettkämpfen Dampf abgelassen. Während der gesamten Saison keine Frau anzurühren, passte überhaupt nicht zu Rush Remington. Aber nach dieser Woche hatte sie drei Monate Zeit, sich in aller Ruhe um ihre körperliche Verfassung zu kümmern ... und die Tage zu zählen, bis sie ihn wiedersah.

Rush wandte sich um. Der Blick aus seinen gletscherblauen Augen fing ihren auf. Einen Moment lang stockte ihr der Atem und ihr Pulsschlag beschleunigte sich. Wie schon tausendmal zuvor durchzuckte sie schmerzhaft die Sehnsucht nach ihm. Doch sie hatte sich immer davor gehütet, diesem Gefühl nachzugeben. Gott, wie sie die Reaktionen ihres Körpers auf diesen Kerl hasste. *Das hat man davon, wenn man sich mit dreizehn in einen Typen verliebt, der feste Bindungen scheut wie der Teufel das Weihwasser.* Sein rechter Mundwinkel hob sich zu einem sexy schiefen Lächeln, dann wandte er sich Teri und Kia zu.

»Schau dir Teri und Kia an«, schnaubte Marcus und schüttelte den Kopf. »Sobald Rush in der Nähe ist, mutieren sie zu schmachtenden Fangirls.«

Jayla spürte einen Stich in der Brust. Marcus zog ständig über Rush her, und zugegeben, Rush war ein Playboy. Aber er hatte ihr noch nie absichtlich wehgetan. Im Gegensatz zu Marcus.

Sie beobachtete, wie Rush sich an die Wand lehnte. Obwohl er ihr den Rücken zukehrte, wusste sie, dass seine Augenlider auf halbmast waren und er seinen lässigen Ich-weiß-dass-ihr-mich-wollt-Blick aufgesetzt hatte. Herrje! Sie kannte alle seine Blicke und Gesten viel zu gut. Darauf war sie nicht stolz und hätte es auch niemals offen zugegeben. Nur sich selbst gestand sie das hin und wieder ein.

»Erde an Jayla.« Marcus wedelte mit der Hand vor ihrem Gesicht herum. »Guckst du wieder, was Rush macht?«

Unendlich oft hatte sie sich in den letzten Jahren ausgemalt, wie es wohl wäre, eine der Frauen zu sein, die Rush in sein Bett holte. Wie seine großen Hände sich auf ihrer Haut anfühlen würden oder seine Brust an ihre gepresst. Glücklicherweise kam sie jedes Mal rechtzeitig zur Besinnung. Darauf, eine weitere Kerbe in Rush Remingtons Bettpfosten zu werden und dafür diese wunderbare Freundschaft aufs Spiel zu setzen, konnte sie gerne verzichten. Einfach beste Freunde zu sein, war sicherer. Unkomplizierter. So erlebte sie nur seine besten Seiten.

Wenn auch leider nicht alle …

Sie drehte sich zu Marcus und atmete tief aus. Weshalb benahm sie sich ihm gegenüber so duckmäuserisch? Eigentlich war das gar nicht ihre Art.

»Nein.«

»Das will ich auch hoffen. Ich erledige den Check-in für dich.« Marcus ging zur Empfangstheke.

Jayla schaute ihm hinterher. Sie konnte sich mühelos vorstellen, wie er, auf die Theke gestützt, die üppigen Brüste der attraktiven blonden Empfangsdame fixierte. Die Lady spielte lächelnd mit ihrer Halskette. Sicher glaubte Marcus, sie, Jayla, wüsste nichts von seinem wanderlustigen Blick oder dass er fast reflexartig mit jeder Person flirtete, die einen Rock trug. Oder Jeans. Oder Skihosen. Sie wandte sich ab. Rush, Teri und Kia verschwanden gerade durch den hinteren Ausgang zu ihren Chalets. Ein schmerzhafter Stich durchzuckte sie. War das Eifersucht? Was hätte sie darum gegeben, jetzt einfach mit den dreien gehen zu können.

Ihr Telefon vibrierte. Während Marcus durch die Lobby wieder auf sie zusteuerte, zog sie es aus der Tasche. Auf dem Display stand Rushs Name und ihr blieb fast das Herz stehen. *Lust, dich später rauszuschleichen? Wie früher im Camp?*

Sie lachte leise auf und schrieb zurück. *Kann nicht.*

Wegen Marcus tippte sie seit drei Wochen immer wieder dieselbe Antwort. Sie hätte auf ihre Schwester Jennifer hören und den Kerl sofort wieder abservieren sollen. Oder sie hätte Mia, ihre andere Schwester, anrufen sollen. Die hätte sie gezwungen, es zu tun. *Hinterher ist man immer klüger. Aber glücklich macht einen das nicht.*

»Okay, du bist eingecheckt.« Marcus hielt einen Schlüssel in die Höhe.

Als sie danach greifen wollte, verbarg er ihn mit einer

schnellen Drehung aus dem Handgelenk in seiner Handfläche. Sie musste einen Schlussstrich ziehen – Saisonabschlussrennen hin oder her –, bevor sie diesem Kerl das Knie zwischen die Beine rammte und ihm ins Gesicht schleuderte, was sie von seinem Kontrollwahn hielt.

Seufzend dachte sie daran, was sie an Marcus alles störte – und dann an das rege Verkehrsaufkommen in Rushs Schlafzimmer. Auf die Marcus-Geschichte hatte sie sich wohl auch in der Hoffnung auf mehr eingelassen. Sie wünschte sich eine echte Beziehung und wäre gern endlich über ihre Gefühle für Rush hinweggekommen. Aber langsam glaubte sie, dass ihre Freundinnen recht hatten. Vielleicht sollte sie es in Zukunft machen wie sie. Sich zu ein paar Drinks einladen lassen und nach einer heißen Nacht den Namen des spendierfreudigen Kavaliers vergessen. So richtig Lust hatte sie darauf zwar nicht ... *aber vielleicht sind ja tatsächlich alle Männer Ärsche.* Sie spürte, wie sich ihr Herz zusammenkrampfte. *Ja, sogar Rush Remington.*

Kann nicht. Diese Antwort hatte Rush von Jayla in letzter Zeit viel zu oft bekommen. Die zwei Worte hingen ihm nicht bloß zum Hals raus. Nein, langsam fand er sie zum Kotzen. Er ließ sich auf das breite Doppelbett in seinem luxuriösen Chalet fallen und verschränkte die Hände hinter dem Kopf. Das stilvolle Gebirgsresort gehörte Treat Braden, einem von Blake Carters Cousins, und wie nicht anders zu erwarten, war es viel schöner als die meisten Unterkünfte, in denen Rush in den letzten Monaten gewohnt hatte. Das Chalet war großzügig geschnitten. Es gab ein Wohnzimmer mit offener Küche und ein Schlafzimmer mit angrenzendem Badezimmer. Die hohen Decken gaben den Blick auf die urigen Dachbalken frei. Im Wohnzimmer verbreiteten ein Gasfeuer, ein XXL-Sofa und ein gemütlicher Lesesessel Behaglichkeit. Fürs Entertainment stand ein großer Flachbildfernseher zur Verfügung. Rush ließ seine Gedanken schweifen und im Nu waren sie bei Jayla. Ob sie wohl gerade wie in der Vor-Marcus-Ära überlegte, wann sie ein paar Extra-Trainingseinheiten einschieben konnte? Oder dachte sie womöglich sogar an ihn?

Seine Brust zog sich zusammen. Die gottverdammt süße, lebhafte Jayla mit den wunderschönen braunen Augen, dem langen hellbraunen Haar und den vollen Lippen, die wie zum Küssen gemacht schienen. Bei der Vorstellung, dass diese Lippen die von Marcus berührten, drehte sich ihm fast der Magen um. Er und Jayla waren fest in der Freundschaftszone verankert. Und bis vor nicht allzu langer Zeit hatte er das für eine Art Naturgesetz gehalten. Doch dann hatten sein Bruder Jack und Jayla fast zeitgleich ein paar ziemlich treffende Bemerkungen zu seinem Frauenverschleiß gemacht. Die beiden hatten ihm die Augen geöffnet. Es war höchste Zeit gewesen. Und inzwischen wusste er, wie sehr er sich all die Jahre getäuscht hatte. *Verdammt.*

Er bekam das Bild von Jayla und Marcus nicht aus dem Kopf, spürte, wie seine Muskeln sich verspannten, und sprang vom Bett. Verspannte Muskeln waren ein Problem, das er nun wirklich nicht brauchte. Er schnappte sich seinen Parka und ging nach draußen.

Kia und Teri waren auf dem Weg zum Hauptgebäude. Kia fiel das dicke flammendrote Haar in lockeren Wellen über die Schultern, Teri trug ihr dunkles Haar zu einem Pferdeschwanz zusammengebunden. Die beiden machten kein Geheimnis daraus, welche Art von Interesse sie an ihm hatten – einzeln oder auch zusammen. Aber abgesehen von der Tatsache, dass Rush keine der beiden Frauen äußerlich wirklich anziehend fand, hatte er Schussfahrten in die Schlafzimmer der eigenen Skimannschaft immer tunlichst vermieden.

Nur bei Jayla hätte er gern eine Ausnahme gemacht. Und das auch erst, seit er endlich kapiert hatte, wie verliebt er in sie war.

»Hey, Rush«, sagten Kia und Teri gleichzeitig.

»Gehst du auch zur Besprechung?« Kia schob ihren Kaugummi im Mund hin und her wie eine Kuh beim Wiederkäuen.

»Sieht ganz so aus.«

Aus einem der Chalets drangen laute Stimmen.

»Auweia! Marcus und Jayla.« Teri schüttelte den Kopf. Alle drei drehten sich in die Richtung, aus der der Lärm kam.

Rush blieb wie festgefroren stehen. Wie oft er Jayla in den letzten fünfzehn Jahren hatte schreien hören, konnte er an einer Hand abzählen. Und eines dieser fünf Male ereignete sich gerade jetzt und hier.

»Der Typ ist ein echter Vollpfosten«, fügte Teri hinzu. »Ich wüsste wirklich zu gern, was sie an ihm findet.«

»Lange macht sie das nicht mehr mit. Sie wartet nur das Saisonende ab. Jayla ist viel netter als ich. Ich hätte ihm längst einen Tritt gegeben, aber ihr kennt sie ja. Wenn ein Sieg auf dem Spiel steht, ist sie unfassbar ehrgeizig und will sich von nichts ablenken lassen. Ich wette, am Samstag macht sie direkt nach dem Rennen mit ihm Schluss. Im Augenblick will sie sich nur nicht mit einem Vollpfosten *und* einer Trennung mental belasten.« Kia zuckte die Achseln.

»Glaubst du wirklich, sie tut das?« Rush strich sich durchs Haar und unterdrückte den Drang, schnurstracks zu Jaylas Chalet zu marschieren und Marcus den Hals umzudrehen.

»Ich weiß es«, antwortete Kia.

Gut. Vielleicht zog Jayla den Schlussstrich ja doch schon in dieser Minute und das war der Grund für die lauten Worte. Er fischte sein Telefon aus der Tasche und schrieb ihr eine Nachricht. *Brauchst du mich?* Beim Tippen ging er weiter Richtung Lodge, wo die Besprechung mit dem Trainer und den Carters stattfinden würde.

Die beiden Fensterwände des Besprechungszimmers boten einen herrlichen Blick auf die Pisten. Rush und die anderen ließen sich auf den edlen Ledersesseln um den großen Glastisch nieder. Die Fensterrahmen und Türen waren genau wie die Intarsien im Eichenfußboden aus einem mahagonifarbenen Holz gearbeitet. So wie alles in diesem Resort strahlte der Raum Stil und Klasse aus.

Patrick setzte sich neben ihn. »Schick, unsere kleinen Luxushütten, was, Kumpel?« Patrick war groß, muskulös und liebte die Frauen mehr, als ihm guttat. Ständig bekam er Ärger, weil er an fast jedem Wettkampfort die Freundin irgendeines Einheimischen abschleppte. Rush mochte ihn trotzdem, oder vielleicht gerade deshalb, sehr gern. Was nichts daran änderte, dass seine eigene Einstellung zu solchen Abenteuern inzwischen eine grundlegend andere war. Patrick war geradlinig und gesellig und machte aus seiner Schwäche fürs schöne Geschlecht keinen Hehl.

»Todschick«, bestätigte Rush.

»Und hast du das Babe am Empfang gesehen?« Patrick zog sich die Strickmütze vom Kopf, worauf sein kurzes schwarzes Haar sich wie ein Stachelpelz aufrichtete.

»Ist mir nicht aufgefallen.« Das war natürlich Quatsch. Aber wenn er an die Empfangsdame dachte, fiel ihm sofort Jaylas Schmerzenslaut in der Lobby wieder ein. Inzwischen fragte er sich, wo zum Teufel sie blieb. Zu Besprechungen kam sie normalerweise eher überpünktlich. Im Grunde durfte ihn das gar nicht interessieren. Schließlich hatte sie nur noch Augen und Ohren für Marcus. Sollte der sich doch um sie kümmern. *Ja, klar, als ob der Vollpfosten das täte.* Aber ihm lag Jayla am Herzen. Sehr sogar. Wenn dieser Arsch ihr wehtat … Er fragte sich, wie sie das zulassen konnte. Ach was, sie würde es nicht zulassen. So etwas passte nicht zu ihr. Einen Moment lang tröstete ihn dieser Gedanke und schließlich war er bloß Jaylas bester Freund. Er hatte kein Recht, sich in ihre Beziehung einzumischen. Sie war eine achtundzwanzigjährige Frau mit mehr Eiern in der Hose als die meisten Kerle, die er kannte. Sie kam sicher klar.

Patrick stieß einen leisen Pfiff aus. »Verdammt scharfe Kurven.«

Jetzt sah Rush Jayla draußen vor der Glastür angespannt mit Marcus flüstern. Als Marcus die Hand nach ihr ausstreckte, verzog sie das Gesicht und wich einen Schritt zurück.

Zum Teufel, jetzt reicht's aber. Marcus rückte noch näher an Jayla heran und Rush sprang auf. Doch Jayla wandte sich bereits ab. Den Blick zu Boden gerichtet betrat sie zusammen mit Coach Cunningham und Chad, dem Assistenztrainer, den Raum. Rush schleuderte Marcus einen drohenden Blick entgegen, dann setzte er sich wieder, als wäre nicht jeder Muskel in seinem Körper gespannt wie bei einer sprungbereiten Raubkatze.

Jayla wählte den Platz ihm gegenüber zwischen Kia und Teri. Die beiden beugten sich zu ihr und flüsterten auf sie ein.

Und, verdammt, ja, Jaylas Augen schimmerten feucht.

Nicht mein Problem. Blödsinn. Jayla würde immer sein … *Problem* sein. Er schaute auf seinem Telefon nach, ob er womöglich eine Nachricht von ihr verpasst hatte. *Anscheinend hat sie mich nicht gebraucht.*

»Alle mal herhören.« Coach Sean Cunningham galt als unerbittlichster und härtester Trainer der Alpinski-Szene. Er war über eins achtzig groß und auch mit seinen fast sechzig Jahren noch immer ein Fels von einem Mann mit einer Brust wie ein Ochse, mehr braunen als grauen Haaren, einem kräftigen Hals und noch kräftigeren Armen. Die Teammitglieder wären nie auf die Idee gekommen, den Coach zu duzen oder auch nur beim Vornamen zu nennen. Cunningham hingegen duzte seine Schützlinge ganz grundsätzlich. Chad stellte sich mit ein paar Schritten Abstand neben ihn. Er war klein, ein wenig untersetzt und versuchte, genauso streng zu wirken wie Coach Cunningham. Doch seine freundlichen braunen Augen und sein jungenhaftes Gesicht sprachen ihre eigene Sprache.

Coach Cunningham schlug den üblichen barschen Kommandoton an. »Tagsüber unterrichtet ihr, abends wird trainiert. Eine offizielle Sperrstunde gibt es diese Woche nicht, aber …« Er richtete die durchdringenden stahlblauen Augen erst auf Patrick und dann nacheinander auf jedes einzelne Teammitglied. »… ihr kennt die Regeln. Falls jemand verkatert hier auftaucht oder nicht in der Lage ist zu trainieren, falls mir irgendwelche Schwachpunkte auffallen, wird es doch eine Sperrstunde geben. Verstanden?«

»Ja, Coach«, antworteten sie einstimmig im Chor.

Der Trainer schaute Jayla an. Rush richtete sich auf. Dass Jayla den Blickkontakt mit dem Coach mied, gefiel ihm nicht.

Sie wusste doch genau, wie schlecht so etwas bei Cunningham ankam. Das konnte nur eines bedeuten: Was immer zwischen ihr und Marcus lief, brachte sie komplett aus dem Gleichgewicht. Und damit in die Gefahrenzone. Wenn Beziehungsprobleme sie in Beschlag nahmen, fehlte ihr die nötige Konzentration. Und die brauchte sie nun mal zum Siegen.

Schon deshalb konnte er nicht einfach darüber hinwegsehen, was mit ihr los war.

»Die kleinste Schwäche und hier ist die Hölle los.« Der Trainer ließ die Worte in der Luft hängen. Alle Blicke richteten sich auf Jayla.

Schwäche? Rush wusste, dass Jayla alles tun würde, um weiter Rennen fahren zu können. Schmerzen würde sie schlicht überspielen. Was Verletzungen und körperliche Beschwerden anging, lebten Leistungssportler in einem ständigen Zustand der Verdrängung. Trainer allerdings auch. Jeder tat so, als wären die Besten durch nichts aufzuhalten. Alles andere hätte ihr Vertrauen in das Team und damit auch in ihre eigene Stärke untergraben. Top-Athleten waren eine seltsame Spezies und würden es wohl immer bleiben. Rush nahm sich da absolut nicht aus. Aber so nachdrücklich, wie der Coach jetzt auf Jaylas Schulter starrte, vermutete er, dass sie nicht bloß ihren Beziehungsstress verbergen wollte.

Die Anspannung im Raum wurde geradezu greifbar, und Rush war sicher, dass Cunningham genau das beabsichtigte. »Heute und morgen lasse ich euch in Ruhe. Danach gehört ihr im Anschluss an die Nachmittags-Workshops mir. Und jetzt bitte ich um eure volle Aufmerksamkeit für Danica und Blake Carter. Die Ski-Workshops sind Danicas Baby. Sie leitet das No Limitz, ein Jugend- und Familienzentrum in Allure, nur ein paar Meilen von hier entfernt. Blake ist als Besitzer von AcroSki, dem örtlichen Skigeschäft, der Hauptsponsor der Kurse.«

»Vielen Dank, Coach Cunningham, und vielen Dank euch allen, dass ihr uns eure Zeit schenkt und euer Wissen mit uns teilt«, begann Danica. Ihre dunklen Korkenzieherlocken kräuselten sich wild in alle Richtungen und verliehen ihr einen Look wie vom Wind hereingeweht. Aber Rush wusste, dass sie immer so aussah. Ihren Ehemann Blake hatte er vor ein paar Jahren kennengelernt, als er zu einem Wintersport-Event in Allure gewesen war. Er hatte sich in Blakes Skigeschäft umgeschaut und aus einer kurzen Frage an den Besitzer hatte sich eine lange Unterhaltung entwickelt. Das war der Anfang ihrer Freundschaft gewesen, die seither immer enger wurde. Deshalb hatte Rush seine Mannschaftsmitglieder um Unterstützung bei den Workshops gebeten, nachdem Blake ihm von Danicas Plänen erzählt hatte.

Danica fuhr fort. »Die Workshops sollen Kindern und Teenagern aus der Umgebung Möglichkeiten für eine sinnvolle Freizeitbeschäftigung aufzeigen, damit sie nicht irgendwelchen Blödsinn machen. Nicht dass unsere Teenies mehr Quatsch im Kopf hätten als andere, aber ich glaube, sich außer fürs andere Geschlecht auch noch für ein Hobby oder einen Sport zu begeistern, kann ihnen helfen, erst gar nicht auf dumme Gedanken zu kommen.« Danica hielt inne und lächelte freundlich in die Runde. »Wir hätten gern, dass jeder von euch täglich drei Unterrichtseinheiten gibt. Aber nicht allein, sondern in Zweierteams. Sicher hat der Coach euch das bereits gesagt. Und ich kann nur wiederholen, wie dankbar wir euch sind. Ihr werdet Kindern und Jugendlichen zwischen sechs und fünfzehn Jahren die Grundlagen des Skifahrens beibringen. Fast alle sind

Anfänger und einige der Teenager sind … na ja, sie sind Teenager.« Sie zuckte die Achseln. »So wie wir alle es mal waren.«

Blake war weit über eins achtzig groß, hatte rabenschwarzes Haar und freundliche Augen. Er zog ein Blatt Papier zu sich und fügte hinzu: »Wir dachten, es ist am besten, wenn die verschiedenen Gruppen immer von einer Frau und einem Mann angeleitet werden.«

Patrick knuffte Rush in die Seite. »Tut mir leid, Kumpel, aber ich unterrichte sowieso lieber zusammen mit einer netten Lady als mit dir. Und wer weiß, vielleicht reicht es nach der Arbeit ja für ein bisschen Vergnügen.«

Rush schaute von einer Frau des Skiteams zur anderen. Kia und Teri würden ununterbrochen mit ihm flirten und damit seine Geduld strapazieren. Aber wenn er mit Jayla zusammen unterrichtete, würden seine Liebe zu ihr und die Art, wie Marcus, der Vollpfosten, sie behandelte, ihn mehr beschäftigen als der Skikurs. Und das war kein bisschen besser.

»Jayla und Rush unterrichten zusammen, Kia und Patrick, Teri und Cliff.« Blake gab ihnen die Kurspläne, bedankte sich noch einmal herzlich und beendete dann die Besprechung.

Großartig. Rush musterte Jayla, die noch immer in ihren Schoß starrte und ihm die Antwort auf seine letzte Nachricht schuldig geblieben war. Bei ihrer gemeinsamen Arbeit den Mund zu halten und nichts zum Thema Marcus zu sagen, würde er nicht fertigbringen. Es war schon schwierig genug, nicht einfach über den Tisch zu steigen und sie in die Arme zu nehmen.

Rush wartete, bis die anderen gegangen waren, damit er allein mit Blake und Danica sprechen konnte.

»Rush, super, dass du hier bist.« Blake begrüßte ihn mit

einer Umarmung. Rushs ältester Bruder Jack war mit Blakes Cousine Savannah Braden verlobt. Bald würden sie also zur selben Großfamilie gehören.

»Gibt es etwas Heißeres als zwei harte Kerle, die sich herzhaft umarmen?«, lachte Danica, als Rush sich zu ihr drehte und sie auf die Wange küsste.

»Du siehst prima aus, aber kein Mensch würde darauf kommen, dass du schwanger bist.«

»Manchmal ist es ganz praktisch, ein bisschen größer zu sein.« Danica tätschelte ihren Bauch. »Und noch sind es keine drei Monate. Dass du so viele aus deiner Mannschaft für die Workshops begeistern konntest, ist einfach großartig. Danke.«

»Gern geschehen.« Er strich sich durchs Haar. Wenn er nervös war, machte er das immer. »Hört mal, lässt sich an der Einteilung für die Teams noch etwas drehen?«

Blake und Danica tauschten einen Blick.

Blake klopfte Rush auf die Schulter. »Sorry. Euer Coach hat darauf bestanden, dass du mit Jayla zusammen unterrichtest. In ihrer Beziehung läuft es anscheinend nicht besonders, und Cunningham glaubt wohl, sie braucht Unterstützung.«

»Was zum …? Und wieso soll das mein Problem sein?« Rush verschränkte die Arme, sein Bizeps spannte sich fast automatisch. »Entschuldigt, bitte. Ihr könnt nichts dafür.«

»Hast du ein Problem mit Jayla?«, fragte Danica.

Rush wusste, dass sie früher als Psychotherapeutin gearbeitet hatte, und verspürte keinerlei Lust, sich von ihr genauer unter die Lupe nehmen zu lassen. »Nein. Alles in Ordnung. Tut mir leid, dass ich davon angefangen habe.«

»Ist wirklich alles okay?«, hakte Danica nach. »Falls ihr beide eine gemeinsame Vergangenheit habt, möchten wir euch natürlich nicht in eine schwierige Situation bringen. Das wäre weder für euch noch für die Workshops wirklich gut.«

Vergangenheit? Rush hoffte von ganzem Herzen auf eine Zukunft. *Ja, Jayla und ich haben eine gemeinsame Vergangenheit, aber nicht, wie du denkst. Jayla würde ich nie so behandeln, wie ich andere Frauen viel zu lange behandelt habe.* »Nein, nichts in der Art. Alles bestens, schon gut.« Rush hatte kein Interesse daran, seinen Trainer gegen sich aufzubringen. Und dass der Coach glaubte, jemand müsse sich um Jayla kümmern, beunruhigte ihn zusätzlich. Sicher ging es um Marcus, vor allem aber um Jaylas Konzentration aufs Training. Für die freiwilligen Skilehrer war in dieser Woche Coach Cunningham verantwortlich, der Trainer der Frauenmannschaft war nicht mitgekommen. Doch sechs Top-Athleten zu betreuen, war für Cunningham eine Kleinigkeit, und aus ihren persönlichen Angelegenheiten hielt er sich normalerweise heraus. Es sei denn, sie wirkten sich auf ihre Leistungen aus. Rush nahm an, dass Jayla ein Training vermasselt hatte oder dass ihre Liaison mit Marcus dem Coach Kopfzerbrechen verursachte.

»Ich finde, das zeigt deutlich, was euer Trainer von dir hält«, sagte Blake. »Aber wir wissen ja alle, dass es keinen besseren Skifahrer gibt als dich. Auch wenn du dir beim Trickski noch was von mir abschauen könntest.«

»Na ja, manche von uns schlagen eben gern Purzelbäume, andere lieben eher die Geschwindigkeit«, scherzte Rush.

»Okay, Jungs, trommelt euch bitte nicht allzu heftig auf die Brust. Danke noch mal, Rush. Dann bis morgen früh um acht?« Danica griff nach Blakes Hand. »Liebling, ich gehe nur kurz müssen.«

Als Danica gegangen war, musterte Blake Rush mit zusammengekniffenen Augen. »Stimmt was nicht zwischen dir und Jayla? Soll ich mich über euren Coach hinwegsetzen und die

Teams neu einteilen?«

»Nein, Mann. Alles cool. Aber danke.« Je mehr er darüber nachdachte, desto bewusster wurde ihm, dass er weder Cliff noch Patrick in Jaylas Nähe haben wollte. Wegen Cliff machte er sich keine großen Gedanken, aber Patrick würde ganz sicher versuchen, ihre derzeitige Schwäche auszunutzen. Sich eine Jayla mit Schwächen vorzustellen, brachte ihn fast um den Verstand. Denn die Jayla, die er kannte, war nicht schwach. Aber seit diesem Nachmittag hatte sich sein Blick auf sie verändert, und er fragte sich, was ihm bisher vielleicht noch entgangen war.

Drei

›Brauchst du mich?‹ – Wie soll ich das verstehen? Jayla hatte die
Nachricht auf zwei unterschiedliche Arten gelesen. Zuerst mit
einem hoffnungsvollen Herzen, das sich eine verborgene tiefere
Bedeutung hinter den Worten wünschte. Dann mit dem
schmerzhaft nüchternen Blick einer besten Freundin. *Soll ich
kommen und Marcus in den Hintern treten?* Sie brauchte keine
Hilfe. Nicht von Rush. Ganz besonders nicht von Rush.

Sie marschierte auf dem Fliesenboden der luxuriös
ausgestatteten Damentoilette auf und ab – dem einzigen Ort, an
dem sie in Ruhe nachdenken konnte, ohne befürchten zu
müssen, dass Marcus plötzlich hinter ihr stand. In den
vergangenen drei Wochen hatte er sich in jeder Nische ihres
Lebens breitgemacht, aber nicht auf gute Art. Eine Zeit lang
hatte sie geglaubt, sie wollte einen Mann, der sie mit Aufmerksamkeit geradezu überschüttete. Doch Marcus' Aufmerksamkeit hatte sich schnell in einen Kontrollwahn verwandelt.
Natürlich war ihr das aufgefallen, aber da hatte sie bereits
mitten in den Vorbereitungen für die letzten Rennen der
laufenden Saison gesteckt. In dieser Phase wollte sie sich nicht
zusätzlich mit einer Trennung belasten. Denn eine Trennung
bedeutete Stress, Stress bedeutete Ablenkung und das konnte sie

den Sieg kosten. Doch der kurze Austausch mit Rush in der Lobby hatte sie von ihrem Wettkampf-Tunnelblick kuriert. Nur ein einziges Rennen wartete noch auf sie, und es war Zeit, endlich einen Schlussstrich unter die Geschichte mit Marcus zu ziehen. Jetzt ärgerte sie sich, dass sie ihren sportlichen Ehrgeiz über die Notwendigkeit gestellt hatte, einen Kerl loszuwerden, der von Anfang an kein einziges Date mit ihr verdient hatte. Geschweige denn drei kostbare Wochen ihrer Lebenszeit.

Vor der Besprechung hatte sie versucht, Nägel mit Köpfen zu machen und ihren Trennungsvorsatz in die Tat umzusetzen. Doch Marcus hatte das Gespräch in einen Streit darüber verwandelt, wie sie in der Lobby Rush angesehen hatte. Um nicht zu spät zur Besprechung zu kommen, hatte sie die Sache zunächst auf sich beruhen lassen. Sie wollte nicht auch noch den Coach gegen sich aufbringen.

Ihre Muskeln waren so verspannt, dass schon allein deshalb ein dumpfer Schmerz in ihrer Schulter pulsierte. Warum war bloß alles so kompliziert? Wenn sie mit Rush zusammen Workshops gab, musste sie sich zusammenreißen. Ein einziges Zucken und er würde Bescheid wissen. Sie konnte nur hoffen, dass er mental zu sehr mit seinem eigenen Training und dem Workshop beschäftigt war, um etwas zu merken.

Seufzend kramte sie zwei verschiedene rezeptfreie Schmerzmittel aus ihrer Tasche, warf sich die Tabletten in den Mund, hielt die hohlen Hände unter den Wasserhahn und spülte die Medikamente mit Leitungswasser hinunter. Dann schaute sie in den Spiegel. Wo war die Frau hin, zu der sie dank jahrelanger harter Arbeit geworden war? Die stolze Athletin, die die Skicamps und ihr Training früher selbst bezahlt hatte, die sich bewiesen und genügend Sponsoren an Land gezogen hatte, um sich die notwendige Vorbereitung für die Nominierung für den Olympiakader leisten zu können? Jetzt lagen dunkle Ringe unter ihren Augen, und man sah ihr die Leere, die sie in sich spürte, deutlich an. Und wenn sie ganz ehrlich war, hörte man sie auch in ihrer Stimme. *Das Gesicht von Dove?* Kaum noch zu erkennen. Während der Trainingsphasen und in der Wettkampfsaison rackerten sie und Rush sich normalerweise den ganzen Tag auf der Piste und im Kraftraum ab und waren ein paarmal die Woche auch abends zusammen. Doch wegen ihres besten Freundes hatte es zwischen ihr und Marcus von Anfang an Spannungen gegeben. Rush blieb seit drei Wochen auf Distanz. Das konnte sie ihm nicht verübeln, aber sie vermisste ihn aus tiefstem Herzen.

»Weshalb habe ich mich überhaupt je auf ein Date mit Marcus eingelassen?«, fragte sie ihr Spiegelbild. Sie hörte eine Toilettenspülung und schlug die Hand vor den Mund. *Mist.* Sie war so in ihre Grübeleien versunken gewesen, dass sie gar nicht darauf geachtet hatte, ob sie auch wirklich allein war.

Danica kam aus einer der hinteren Kabinen und trat lächelnd ans Waschbecken. »Bevor ich meinen Mann kennengelernt habe, habe ich mir diese Frage auch öfter gestellt.«

Jayla setzte ein Lächeln auf. Dabei wäre sie viel lieber hinausgerannt und hätte den Kopf in einen Schneehaufen gesteckt.

Beim Händewaschen schaute Danica sie im Spiegel an. »Hi, Jayla. Leider kenne ich dich bis jetzt nur aus dem Fernsehen und aus der Zeitung. Du wirst zusammen mit Rush unterrichten, stimmt's?«

»Hm-hm.« Sie wünschte sich die Tarnkappe herbei, über die sie und Rush oft Witze machten. Im Moment wollte sie einfach nur unsichtbar sein.

»Du hast mich zwar nicht um einen Rat gebeten, aber ein Mann, bei dem du dich fragst, weshalb du ihn datest, ist keinen weiteren Gedanken wert.« Danica musterte Jayla mit einem langen, mitfühlenden Blick. »Schon gar nicht, wenn man so attraktiv und talentiert ist wie du. Falls du noch mit ihm zusammen bist, trenn dich. Und falls er schon weg ist …« Sie zuckte die Achseln. »Schüttle die Erinnerungen an ihn ab, so schnell du kannst. Verbrenn alles, was dich noch mit ihm verbindet, und befreie dich von ihm.« Danica warf einen Blick auf ihre Uhr. »Ach herrje. Ich muss los.« Sie öffnete die Tür, wandte sich aber noch einmal um. »Hör mal«, sagte sie. »Falls du reden möchtest, ich bin eine recht gute Zuhörerin.«

»Danke.« Jayla schaute zu, wie sich die Tür hinter Danica schloss. *Jetzt hält sie mich auch für eine Loserin.* Vorsichtshalber vergewisserte sie sich, dass die anderen Kabinen leer waren. Dann stellte sie sich wieder ans Waschbecken, zeigte auf ihr Spiegelbild und sprach mit der Entschlossenheit ihrer Schwester Mia. »Du lässt diesen Mist jetzt hinter dir. Sei ein großes Mädchen und gib diesem Arsch einen Tritt.«

Sie riss die Tür auf, preschte hinaus in den Flur und stieß dort direkt mit Rush zusammen. Ihre Hände suchten an seiner Brust nach Halt, damit sie nicht die Balance verlor. Bevor sie vollends ins Straucheln geriet, fing er sie in seinen starken Armen auf. Der Schmerz durchzuckte ihre Schulter und sie verzog das Gesicht, doch im Nu hatte sie sich wieder im Griff.

»Hey.« Das klang nicht vorwurfsvoll, sondern mehr wie: *Hey, alles in Ordnung?*, ohne dass er die letzten Worte aussprechen musste.

»Sorry. Tut mir leid.« Sie schaute in die gletscherblauen Augen, die sie in so vielen einsamen Nächten heraufbeschworen hatte.

»Alles okay? Du bist hier rausgeschossen, als würde dich jemand jagen.«

Ich jage mich selbst. »Ich bin ... Ich habe es bloß eilig.«

»Ich hatte dir eine Nachricht geschickt.«

»Sorry. Ich hatte wegen der Besprechung so viel im Kopf.« Das war nicht gelogen. »Mir geht's gut. Wirklich.«

Er kniff die Augen zusammen. »Wollen wir ernsthaft so tun, als wäre alles in Butter?« Er schaute auf ihre Hände, die sich noch immer an seine Brust klammerten.

Oh. Was tue ich da? Hastig zog sie die Finger zurück. »Entschuldige. Ich ... ich muss los.«

In seinen Augen lag Sorge. »Hol lieber erst mal tief Luft. Du bist völlig außer Atem.«

Ich weiß nicht mehr, wie das geht.

»Jayla, ich bin's. Erinnerst du dich? Ich weiß, ich habe mich in letzter Zeit ziemlich im Hintergrund gehalten. Aber ... ist wirklich alles in Ordnung?«

Nein. »Hm-hm.«

»Sicher? Ich bin nämlich da. Jetzt und hier. Und ich muss auch nicht dringend irgendwo hin, falls du gerne reden möchtest.« Rush war einen knappen Kopf größer als sie, und als sie nicht antwortete – nicht antworten konnte –, beugte er sich zu ihr. Nur ein Atemzug trennte ihn von ihr.

»Ich habe den Mund gehalten, aber verdammt, Jay. Dieser Kerl ist wie ein Krebsgeschwür. Er saugt das Leben aus dir heraus. Dabei bist du für so etwas viel zu stark. Viel zu klug.«

Ihre Knie wollten nachgeben, und sie gab sich alle Mühe, nicht in seine Arme zu sinken. »Schön, dass du das gemerkt hast.«

»Was soll das heißen?«

Keine Ahnung, aber es klang ziemlich taff. Rush hatte immer an sie geglaubt, sich immer um sie gekümmert und sie darin bestärkt, zu tun, was am besten für sie war. Alles Gründe, weshalb sie ihn als Freund so sehr liebte. Doch jetzt verbündeten sich diese Gründe gegen sie und drohten, ihre Gefühle für ihn auffliegen zu lassen.

Forschend schaute er ihr in die Augen, und zu gern hätte sie ihm gesagt, dass sie Marcus in die Wüste schicken würde. Um genau das zu tun, war sie so hektisch in den Flur geprescht. Und dort mit Rush zusammengestoßen. Doch irgendetwas zerrte an ihr. Wut? Ärger? Vielleicht. Aber wütend war sie vor allem auf sich selbst. Weil sie sich so sehr von einem Mann angezogen fühlte, der ihr über kurz oder lang nur wehtun würde.

»Ich brauche niemanden, der mir sagt, was ich zu tun habe.« Ihr Ton klang barscher als beabsichtigt.

Ein Muskel in seinem Kiefer zuckte. »Bisher hatte ich auch nie den Eindruck, dass das nötig ist. Aber jetzt mache ich mir Sorgen um dich.«

Sie wich einen Schritt zurück. »Ich komme schon klar. Und aus deinem Liebesleben halte ich mich wie immer raus. Wie wär's, wenn du dich auch aus meinem heraushältst?«

Der Schmerz, der in seinen Augen aufzuckte, ließ Erinnerungen aus unzähligen Jahren in ihr aufbrechen. Wie Wesen aus zwei völlig unterschiedlichen Welten waren sie im zarten und sehr verletzlichen Alter von dreizehn und siebzehn Jahren aufeinandergetroffen. Sie aus einer Familie, bei der kein Geld für ein Skicamp da war. Er aus einer Familie, die sämtliche Skicamps westlich von Kentucky hätte kaufen können. Rush war auf der Flucht vor seinem herrischen Vater gewesen. Er hatte versucht, seinen Weg zu finden, zu beweisen, dass er es aus eigener Kraft zu etwas bringen konnte. Obwohl er erst siebzehn gewesen war. Von ihrem ersten gemeinsamen Trainingscamp an hatte sie jeden Sommer von Rush geträumt und die Tage bis zu den Winterferien gezählt, wenn sie ihn endlich wiedersehen konnte. E-Mails und Textnachrichten waren zwar toll, konnten aber nie das Lächeln in seinen Augenwinkeln ersetzen und schon gar nicht das Gewicht seines Arms, der sich auf ihre Schulter legte und sie an seiner Seite festhielt, als wären sie siamesische Zwillinge. Dabei hatten sie sich nicht ein einziges Mal geküsst und er hatte sie immer nur wie seine beste Freundin behandelt.

Rush fuhr sich mit der Hand durchs Haar. Die Bewegung holte sie zurück ins Hier und Jetzt. Ihr Blick huschte über die rauen Stoppeln auf seinen Wangen, über seine breiten Schultern und seine muskulöse Brust. Der unsichere Siebzehnjährige war längst verschwunden. Rush war ein Mann. Und weil sie genau wusste, welche Art Mann er war, fiel es ihr leichter, ihm den Rücken zu kehren.

Rush bekam das Gefühl von Jaylas Kurven an seinem Körper und die Erinnerung an ihren Blick nicht aus dem Kopf. Sie war nicht sie selbst. Das vertraute Blitzen in ihren Augen fehlte. Kummer, Stress und irgendetwas, was er nicht benennen konnte, hatten es vertrieben. Wo zum Teufel hatte er nur in den letzten Wochen hingeschaut? Frustriert sank er auf die Couch in seinem Chalet. Weil er sich so sehr auf die Wettkämpfe konzentriert und so angestrengt darüber nachgedacht hatte, wie er Jayla sagen sollte, was er für sie empfand, hatte er die Geschichte zwischen ihr und Marcus nicht aufmerksam genug beobachtet. Er hatte die Sache für ein kurzes Techtelmechtel gehalten. Zwei Dates vielleicht und dann … Ja, was dann? Dann würde sie ihm gehören? Verdammt, er hatte keine Ahnung, was er erwartet hatte. Aber mit Sicherheit nicht, dass Marcus sie nach Colorado begleiten würde.

Vielleicht ging ihn das ja wirklich nichts an. Im Augenblick spielte er in Jaylas Leben kaum eine Rolle und das war ein ziemlich beschissenes Gefühl. Zu allem Überfluss versuchte sie auch noch, eine Verletzung zu überspielen. Ihm war nicht entgangen, dass ihre linke Hand sich fester an sein Shirt geklammert hatte als die rechte. Ihre gottverdammte Schulter. Sie mussten dringend reden, wie sie früher immer geredet hatten. Sie mussten in aller Ruhe durchkauen, was in ihren Köpfen und Herzen gerade los war. Dass sie bis spätnachts zusammengesessen und über das Training und ihre Familien gesprochen hatten, war Wochen her. Verdammt, es war Wochen her, dass sie zusammen gelacht oder einander aufgezogen hatten. Kein anderer hätte sich herausnehmen dürfen, was sie einander im Scherz oft gegenseitig an den Kopf warfen. Er vermisste Jayla und er vermisste ihre Freundschaft.

Zum Stillsitzen war er zu angespannt. Er musste raus und auf die Skier. Es war zwar schon nach zehn, aber wenn er sich beeilte, war eine Stunde auf der Piste gerade noch drin. Er schnappte sich seinen Parka, trat auf die Veranda und zog ungeduldig den Reißverschluss zu. Die kalte Luft stach ihm in die Wangen, doch er spürte es kaum. Die lauten Stimmen aus Jaylas Chalet lenkten ihn zu sehr ab.

Geh einfach weg.

Sie will deine Hilfe nicht.

Sein Telefon vibrierte. In der Hoffnung, dass sie ihm eine Textnachricht geschrieben hatte, zog er es aus der Tasche. Er war froh über die Ablenkung, denn seine Beine wollten den

Befehl seines Kopfes nicht befolgen.

Die Nachricht kam von Patrick. *Sitzen in der Lodge an der Bar. Kommst du auch?* Einen Drink konnte er jetzt ganz gut vertragen. Oder fünf. Im Augenblick war ihm jeder Vorwand recht, um sich nicht mit Jayla und Marcus auseinandersetzen zu müssen. Doch während seine Finger über dem Telefon schwebten, gewann sein Beschützerinstinkt die Oberhand. Jayla war ihm viel zu wichtig, um jetzt wegzugehen, als ob nichts wäre.

»Verdammt.« Er setzte sich auf einen der Sessel auf der Veranda und schrieb eine Antwort an Patrick. *Heute nicht. Aber danke.*

Patrick antwortete fast sofort. *Okay. Aber du verpasst was. Jede Menge süße Skihäschen.*

Rush würde es ohne ein einziges weiteres Skihäschen durch die gesamte nächste Wettkampfsaison schaffen. Aber zu wissen, dass der Coach sich so sehr um Jayla sorgte, dass er sie und ihn zusammen in einem Unterrichtsteam haben wollte, und dazu noch dieser seltsame Ausdruck in ihren Augen – das hielt er keine zehn Minuten länger aus. Er musste sich vergewissern, dass ihr nichts fehlte. Die Skimütze tief über die Ohren gezogen, die Hände in den Taschen vergraben überlegte er, wie er vorgehen sollte.

Doch das Denken wurde ihm abgenommen. Die Tür von Jaylas Chalet flog auf, Marcus polterte die Verandastufen hinunter und stapfte Richtung Lodge. Rush sprang auf und pflügte sich durch den tiefen Schnee auf direktem Weg zu Jaylas Chalet. Seine Muskeln waren gespannt, sein Blick hing an Marcus' Rücken, der langsam im Dunkeln verschwand. Mit jagendem Herzen stieg er die Stufen der Veranda hinauf. Die Haustür stand offen, das kleine Holzhaus lag im Dunkeln. *Mist.*

Auf keinen Fall wollte er Jayla in Verlegenheit bringen. Aber wenn dieser Arsch ihr wehgetan hatte …

»Jayla?« Wut und Sorge trieben ihn durch die Tür. »Jayla? Ich bin's.«

Er schaute sich in dem kleinen Wohnzimmer um. Kleine Spuren von Jayla überall. Über einer Stuhllehne hingen ihre Jacke und ihr Schal. Ihre Stiefel standen neben der Eingangstür, und auf der Küchentheke sah er eine angebrochene Flasche Hawaii-Fruchtpunsch, eine von Jaylas pappsüßen kleinen Lieblingssünden. Er schaute durch die offene Tür ins Schlafzimmer. Keiner da.

»Jay?« Drei entschlossene Schritte und er starrte in das leere Badezimmer. Hektisch drehte er sich um die eigene Achse und bemerkte, dass die Hintertür einen Spalt breit offen stand. Jayla saß draußen auf den Stufen der hinteren Veranda. Sie hatte die Arme um ihre Beine geschlungen und den Kopf auf die Knie gebettet. Er riss die Tür auf. »Jayla.«

»Was ist?«, fauchte sie. Sie warf ihm einen düsteren Blick zu. Ihre Brauen waren zusammengezogen, ihre Lippen aufeinandergepresst. In Sweatshirt und Jeans hockte sie zitternd in der kalten Nacht.

Bevor ihm klargeworden war, wie sehr er Jayla liebte, hätte er sich kurzerhand neben sie gesetzt und sie in die Arme genommen. Doch jetzt zögerte er. Es war schwer für ihn, Liebe und Freundschaft in Einklang zu bringen. Verdammt, mit Liebe fehlte ihm sowieso jegliche Erfahrung. Jayla war die erste und einzige Frau, für die er dieses große Gefühl empfand, und auf keinen Fall wollte er ihre Freundschaft und womöglich die Chance auf mehr vermasseln. »Ich … ähm … habe euch streiten gehört und dann gesehen, wie Marcus davonmarschiert ist.«

Sie wandte sich ab. »Und?«

»Und ich habe mir Sorgen um dich gemacht.« *Und warum bist du so zickig?*

»Ach ja? Hör zu, ich bin ein großes Mädchen. Und die letzten drei Wochen bin ich auch ganz gut zurechtgekommen.«

Der Zorn in ihrer Stimme traf ihn wie eine Ohrfeige, aber vermutlich hatte er das verdient. »Okay. Schön.« Er wandte sich ab und wollte gehen, brachte es aber nicht fertig, auch nur einen einzigen Schritt von ihr weg zu machen. Stattdessen setzte er sich neben sie auf die Treppe.

»Was machst du da?« Sie rückte zur Seite. Ihrer ruckartigen Bewegung merkte er an, dass sie ihm damit nicht Platz machen wollte, sondern auf Abstand zwischen ihnen bedacht war.

Das war noch schmerzhafter als ihr Zorn.

»Ich setze mich zu dir.« Eigentlich sollte er gehen. Aufstehen und zu Patrick in die Bar stapfen oder zu seiner Hütte und sich dort einen Film ansehen. Alles, nur nicht hier neben seiner besten Freundin sitzen, die keine Ahnung hatte, wie sehr er sie liebte. Sie roch so unglaublich gut, dass er gleich noch ein paar Zentimeter weiter von ihr wegrückte. Sonst lief er Gefahr, die Hände nach ihr auszustrecken, und das wollte sie ganz eindeutig nicht. Sie warf ihm einen versengenden Blick zu.

»Du hältst mich für eine Loserin, weil ich so lange mit ihm zusammen war.«

»Ich …? Hey, ich bin hier. Das sagt doch was, oder?« Rush hatte geglaubt, er hätte über die Jahre alle Gemütszustände kennengelernt, die Jayla bewegen konnten. Vermutlich war das auch der Fall. Aber jetzt, wo sie so aufgewühlt war und er sich nur aus ganzem Herzen wünschte, ihr ihren Kummer nehmen zu können, fühlte sich alles völlig anders an. Vergiftet. Persönlich.

»Und was erwartest du jetzt? Soll ich beeindruckt sein?« Sie schaute weg.

Eigentlich hätte es ganz leicht sein müssen, die Hand nach ihr auszustrecken. Sein Herz drängte ihn dazu, sein Kopf zögerte. So geriet die Bewegung zu verhalten, zu unentschlossen, und Jayla lehnte sich von ihm weg.

»Im Ernst?« Fragend hob er die Hände.

Sie funkelte ihn an.

»Was hast du überhaupt? *Ich* habe dich nicht angeschrien. Das war Marcus.«

Sie presste die Kiefer so fest aufeinander, dass er Angst um ihre Zähne bekam.

»Du hättest nie mit ihm zusammen sein sollen. Du verdienst einen Mann, der dich wirklich achtet und schätzt.«

Sie kniff ihre schönen Augen zusammen. »Seit wann bist du der Experte für Beziehungsfragen? Und was weißt du davon, wie man Frauen achtet? Du behandelst sie wie Wegwerfware. Benutzen, vergessen, ersetzen. Die Nächste bitte.«

Die Wahrheit in ihren Worten bohrte sich als spitzer Dorn in sein Inneres. Er stützte die Ellbogen auf seine Knie und vergrub eine Faust in der Handfläche der anderen Hand. »Verdammt, Jayla, du hast ja recht. Ich war ein absoluter Dreckskerl und es tut mir leid. Aber dich habe ich nie so behandelt und der Ausdruck in deinen Augen heute hat mich fast umgebracht.«

Jayla stand auf und schaute auf ihn herunter. Die Leere in ihrem Blick war ihm fremd und erschreckte ihn. »Ist das so? Spar dir dein Mitleid. Mir geht's prima.«

Sie ging zurück ins Haus und ließ ihn wie einen Volltrottel draußen sitzen.

Und ein bisschen wie einen Fremden.

Und das war viel schlimmer, als ein Volltrottel zu sein.

Vier

Jayla wachte mit rasenden Kopfschmerzen auf. Und mit dem Gefühl, in ihrer Schulter stecke ein Messer. Die halbe Nacht hatte die Sorge, Marcus könnte noch einmal zurückkommen, sie wachgehalten. Später war sie immer wieder kurz weggenickt und hatte in jedem wachen Moment an Rush gedacht. Dass sie sich im Lauf der Nacht auf die rechte Seite gedreht hatte, machte die Sache nicht besser. Marcus' Taschen standen noch auf dem Fußboden. Vermutlich würde er noch mal auftauchen. Wenn sie daran dachte, wie wütend er geworden war, wurde ihr fast übel. Dieses flaue Gefühl vertrieb die Selbstverachtung, die sie empfand, weil sie geglaubt hatte, Marcus' rasende Eifersucht auf Rush und sein Kontrollwahn hätten keinen Einfluss auf ihre Leistungsfähigkeit. Jemanden zu daten, der Rush nicht mochte, war keine gute Idee. Rush gehörte zu ihrem Leben. Er war ihr bester Freund – *und ich liebe ihn.* Sie hatte zugelassen, dass Marcus sich zwischen sie gedrängt hatte, und dafür hasste sie sich. Sie schämte sich, dass sie Marcus White, diesen aggressiven, selbstverliebten Albtraum von einem Mann, in den vergangenen zwei Wochen einfach hatte gewähren lassen. Doch jetzt hatte sie einen klaren Schlussstrich gezogen – ihm gegenüber, aber auch in ihrem Kopf – und fühlte sich schon wieder deutlich stärker. Allen Kopf- und Schulterschmerzen zum Trotz.

Gestern Nacht hatte sie Rush nicht weggehen gehört. Sie musste irgendwann zwischendurch eingeschlafen sein. *Großer Gott, Rush.* Draußen auf der Veranda hatte sie sich in seinen Armen verkriechen und ihm sagen wollen, wie idiotisch es gewesen war, Marcus nicht viel früher aus ihrem Leben zu werfen. Bis vor Kurzem hätte sie sich einfach von Rush festhalten lassen. Aber gestern Abend hatte sie einen Moment lang den Eindruck gehabt, dass Rush sie anders ansah als sonst. Sie hatte versucht, das als Wunschdenken ihres von Fantasien verwirrten Geistes abzutun. Sie hatte sich Mühe gegeben, seinen Blick als mitleidig zu deuten. Doch sie kannte den Unterschied zwischen Mitleid und Verlangen, und was sie gesehen hatte, hatte sie schockiert. Aus dem Schock war erst Verlegenheit und dann Ärger geworden. Wie kam er dazu, ihre Freundschaft aufs Spiel zu setzen, indem er sie so anschaute? Und das, nachdem sie sich solche Blicke jahrelang verboten hatte? Noch nie zuvor hatte er sie so angesehen, und so sehr sie sich wünschte, Rush würde sie nicht bloß als beste Freundin betrachten, sie hatte zu viel im Kopf und um die Ohren. Für große Veränderungen war jetzt nicht der passende Moment. Nur den Aus-Knopf für die Region unterhalb ihres Bauchnabels musste sie noch finden. Sie traute sich selbst nicht über den Weg, und sich in diesem Zustand bei Rush anzulehnen, war gefährlich. Wütend auf ihn zu sein, war die sicherere Option.

In ein paar Tagen war die Wettkampfsaison vorbei, und bald würden sie nicht mehr über das Training oder die Rennen sprechen, sondern über Rushs jeweils aktuellste weibliche Eroberung. Nach den Männern, mit denen sie ausging, würde er sie ebenfalls fragen. Manchmal erfand sie irgendeinen

Verehrer, weil ihr Leben im Vergleich zu seinem ziemlich langweilig war. Und natürlich würden sie Witze über den lebhaften Betrieb in seinem Schlafzimmer machen.

Ein neues Jahr, das alte Lied.

Die Frauen waren vernarrt in Rush. Sogar sein Name war cool. Jayla hatte immer gehofft, dass er sie irgendwann im Überschwang ihrer beider Erfolge so sehen würde, wie sie ihn sah. Und dass er seine Frauengeschichten ein für alle Mal abhakte. *Für mich. Für uns.* Aber dieser Wunsch war nicht in Erfüllung gegangen. Jeder von ihnen konnte tun und lassen, was er wollte. Mit Urteilen über die Dates des anderen hielten sie sich zurück. Doch bei Marcus hatte sie offenbar unterschwellig erwartet, dass Rush sich einmischte, das wurde ihr jetzt klar. Es hatte sich also etwas verändert und das beunruhigte sie. Er war ihr bester Freund, nicht ihr Bewacher.

Sie duschte und zog sich an, dann machte sie die Schulterübungen, die ihre Physiotherapeutin ihr nach der letzten Verletzung gezeigt hatte. Beim Kaffeetrinken in der Küche überlegte sie anschließend, wie sie Marcus und den ganzen Hilfloses-Mädchen-Mist, in den sie hineingerutscht war, ein für alle Mal loswerden konnte. Seine Sachen würde sie ihm mit einem Paketdienst schicken und ihm per Textnachricht mitteilen, noch einmal aufzutauchen, könnte er sich sparen. Ein Klopfen an der Tür ließ sie zusammenzucken.

Marcus.

Auf eine Fortsetzung des Streits hatte sie keine Lust, denn Streit hasste sie, und weitere Auseinandersetzungen mit Marcus waren Zeitverschwendung. Sie war fertig mit ihm.

Sie stellte die Kaffeetasse ab und starrte auf die Tür. *Mist.*

Erneutes Klopfen. Genervt stieß sie den Atem aus. Sie zog ein Thermoshirt über ihr T-Shirt, schnappte sich ihre Jacke, schlüpfte in die Stiefel und schlich zur Hintertür. Falls Marcus draußen stand, wollte sie nicht hier im Chalet festsitzen und sich eine weitere Auseinandersetzung aufzwingen lassen. Draußen konnte sie wenigstens davonmarschieren. Drei Mal hörte sie noch das energische Klopfen, während sie das kleine Holzhaus umrundete und vorsichtig auf die vordere Veranda spähte.

In schweren Stiefeln, eine Hand in die Hüfte gestützt, stand Rush vor ihrer Tür. Er fuhr sich durchs Haar, runzelte besorgt die Stirn und sah dabei unglaublich süß aus. Ihn süß zu finden, war nicht schwer mit seinem perfekten Hintern in den lässigen Levi's und den mindestens zwei Tage alten Stoppeln auf dem markanten Kinn. Großer Gott, gestern Abend hatte sie sich wie eine Monsterzicke benommen, und er stand trotzdem wieder da. Typisch Rush. Das unterschwellige Prickeln verwandelte sich urplötzlich in pure Lust. Ihr Herz führte einen verrückten kleinen Tanz auf. Normalerweise schaffte sie es mühelos, ihre Gefühle für ihn unter Kontrolle zu halten. *Was ist bloß plötzlich mit mir los?* Rush war der einzige Mann auf der Welt, nach dem sie sich nicht die Finger lecken sollte.

So wie sie es jetzt gerade tat.

Sie schloss die Augen, ballte die Hände zu Fäusten und versuchte, die ungebetenen Gefühle zu verscheuchen. *Er ist mein bester Freund und unsere Freundschaft ist mir unsagbar wichtig. Ich brauche diese Freundschaft. Und eine Beziehung mit einem Playboy brauche ich so dringend wie eine weitere Schulterverletzung.* Abgesehen davon war sie mit den Männern sowieso durch. Diese Erkenntnis hatte sie schon kurz nach dem Aufstehen ereilt. Wenn Rush eine ganze Wettkampfsaison ohne Frauengeschichten durchstand, konnte sie auch von den Männern lassen.

Vielleicht sogar für immer.

Sie öffnete die Augen. Rush stand nach wie vor auf ihrer Veranda. So heiß, so süß und … *Schluss jetzt!*

Er hob die Hand, als wollte er noch einmal klopfen, und schaute dabei zufällig in ihre Richtung. Sein linker Mundwinkel vollführte eine nervöse kleine Bewegung.

»Hey. Ich wollte mich bloß vergewissern, dass du heute Nacht nicht noch irgendwelchen Ärger hattest.« Er ging über die Veranda auf sie zu. »Ich bin noch ungefähr eine Stunde geblieben, aber …«

Jayla wich einen Schritt zurück. »Ach wirklich? Was für ein Kavalier du doch bist. Aber mir geht's blendend.« *Gütiger Himmel, stell endlich den Zickenmodus ab.*

Er stieg die Stufen herunter und ihr Magen flatterte.

»Sicher? Du siehst ein bisschen mitgenommen aus.«

»Mir geht's gut.«

»Okay. Sollen wir zusammen frühstücken?« Der marineblaue Parka unterstrich die Farbe seiner schönen Augen.

Hör auf, an seine schönen Augen zu denken. Und verscheuch diese irrwitzigen Gefühle für ihn.

»Nein danke.« Sie musste dringend hier weg. All die Jahre war es ihr gelungen, ihn in der Freundschaftsschublade zu verstauen. Aber durch die ungute Geschichte mit Marcus hatte ihr Schutzpanzer offenbar Risse bekommen. Sie war verletzlich und Rush beinahe unwiderstehlich. Er kam näher. Zu nahe. Er legte seine Hand auf ihre Schulter. Schmerz durchzuckte sie und sie erstarrte.

Seine Augen füllten sich mit Sorge. »Hör mal, was immer du mit Marcus erlebt hast, es tut mir leid. Falls ich ihm ein paar Knochen brechen soll, herzlich gerne.«

Der minzige Duft seines Atems vermischte sich mit seinem

männlichen Geruch und eine Flut von Erinnerungen brach über sie herein. Vor Kälte zitternd lagen sie unter den Sternen im Schnee und bekamen langsam blaue Lippen. Aber keiner wollte vor dem anderen aufstehen. Sie fuhren Ski ohne Stöcke und hielten sich dabei an den Händen. Dann musste sie niesen, verlor das Gleichgewicht, ihre Skier verhedderten sich und sie plumpsten in den Schnee. Noch heute konnte sie diese Sehnsucht nach einem Kuss von ihm spüren. Doch schon vor all den Jahren hatte sie gewusst, dass sie damit ihre Freundschaft aufs Spiel gesetzt hätten. Und Rush war immer derjenige gewesen, auf den sie sich während der langen Trainingsmonate hundertprozentig verlassen konnte. Ihre Familie unterstützte ihre Begeisterung für den Skisport, aber nur Rush verstand sie wirklich. Er wusste, wie viel Ehrgeiz, Fleiß und Leidenschaft nötig waren, um ganz oben auf dem Treppchen zu stehen. Und er verstand ihren unbändigen Drang, die Allerbeste zu sein. Er verstand *sie*. Er spürte, wenn sie traurig oder wütend war, wenn sie glücklich war oder einfach nur albern sein wollte. Er verstand sie besser als je ein Mensch zuvor. Und vermutlich auch besser als es je einem anderen gelingen würde. *Verdammt. Hör auf.*

Sie machte ein paar Schritte Richtung Hintertür, spürte, wie seine Hand von ihrem Arm glitt, und wünschte sich, er würde sie wieder zurücklegen. »Nein, nicht nötig. Und jetzt muss ich noch … ähm. Wir sehen uns später auf der Piste.« Sie verschwand zur Rückseite des Chalets, ließ sich mit dem Rücken gegen die Wand fallen, drückte die Augen fest zu und atmete tief durch. *Was ist bloß in mich gefahren?* Wenn sie stark genug war, die Sache mit Marcus zu beenden, dann hatte sie doch sicher auch die Kraft, auf Distanz zu Rush zu bleiben. Immerhin war ihr das jahrelang ganz gut gelungen.

Sie würde es weiterhin schaffen.

Vielleicht.

»Was soll das werden?«

Jayla erstarrte. Vorsichtig öffnete sie ein Auge. »Ähm – ich habe mir eine Tarnkappe übergestülpt und versuche, mich unsichtbar zu machen.«

Rush beugte sich lachend zu ihr. »Ich weiß zwar nicht recht, wer du bist, aber ich vermisse meine beste Freundin. Kannst du sie vielleicht zurückholen? Diese neue zickige und ziemlich unberechenbare Version von ihr gefällt mir nämlich nicht so gut wie die alte.«

»Sie ist …« *Tief beschämt.* »… im Moment ein bisschen durcheinander.«

Seine Augen weiteten sich fast unmerklich. »Aus welchem Grund?«

»Keine Ahnung. Sie antwortet nicht auf meine Textnachrichten.« *Oh mein Gott, was bin ich bloß für eine Loserin.*

Er grinste. »Auf meine auch nicht.« Rush stützte eine Hand neben ihrem Kopf an die Wand. »Himmel, du riechst gut.« Die Überraschung in seiner Stimme war mindestens so groß wie die, die Jayla empfand.

Seit wann fällt dir auf, wie ich rieche?

Er kniff die Augen zusammen, wich einen Schritt zurück und sorgte für etwas Abstand zwischen ihnen. »Wenn du sie siehst, sag ihr, sie soll sich wieder einkriegen. Und richte ihr aus, ich habe die hier für sie.« Er zog eine Tüte Gummibärchen aus der Tasche.

War ja klar, dass du welche dabeihast.

Fünf

Es gab eine Million Gründe, weshalb er am Morgen nicht zu ihrem Chalet hätte zurückgehen sollen. Doch als er vor dem kleinen Holzhaus gestanden hatte, war ihm klargeworden, dass er gar nicht anders konnte. Er hatte einfach dort sein müssen. Er musste sich vergewissern, dass es Jayla wirklich gut ging. Sie mit Marcus streiten zu hören, hatte ihn wie eine Kugel ins Herz getroffen. Und als sie ihn in ihrer Wut auf der hinteren Veranda hatte sitzenlassen, hatte zusätzlich ein Pfeil sein Herz durchbohrt. Doch beim Blick in ihre Augen heute Morgen hatte er Verlangen entdeckt. Es waren dieselben Augen, von denen er in den letzten Monaten jede Nacht geträumt hatte, von denen er sich ausgemalt hatte, wie sie ihn ansahen, wenn er nackt auf ihr lag. Jaylas Blick hatte ihm verraten, dass sich unter ihrem Schutzwall aus Zorn und Ärger ganz andere Dinge verbargen. Das verwirrte ihn zutiefst. Einen solchen Blick hatte er sich so lange und so sehnsüchtig von ihr gewünscht. Doch dies war nicht der richtige Zeitpunkt, ihr anzuvertrauen, was er ihr so gerne sagen wollte.

Jetzt, wo Marcus weg war, hätte er den gemeinsamen Workshops mit Jayla eigentlich gelassen entgegensehen können. Sie war eine großartige Skilehrerin und außerdem die einzige

Frau, mit der er jeden Tag zusammen sein und dabei jede Minute genießen konnte. Während er zuschaute, wie sie einem Teenager die richtige Stockhaltung zeigte und dabei lächelte wie schon seit Wochen nicht mehr, fiel ihm auf der ganzen Welt kein einziger Platz ein, an dem er lieber sein wollte. Was leider ein triftiger Grund war, lieber nicht hier zu sein. Jayla war gerade dabei, wieder zu sich zu finden. Dass er sie mit seinen Gefühlen erneut aus dem Gleichgewicht brachte, stand sicher nicht ganz oben auf ihrer Wunschliste. Dabei hatte er keine Ahnung, wie lange er sich noch zurückhalten konnte. Der Teenager lauschte mit großen Augen und befolgte Jaylas Anweisungen genau. Während Rush beobachtete, wie sie den Kopf ein wenig neigte und ihrem Schüler ermutigend die Hand auf die Schulter legte, wurde ihm plötzlich bewusst, dass er sie anstarrte. Hastig wandte er sich ab.

»Willst du nur rumstehen oder auch ein bisschen unterrichten?« Seit Beginn des Nachmittags-Workshops waren das Jaylas erste Worte an ihn. Gemeinsam betreuten sie eine Gruppe Fünfzehnjähriger, hatten mit ihnen Gleichgewichtsübungen gemacht, das Geradeausfahren und die Schneepflug-Kurventechnik geübt. Beim Schneepflug musste man die Skispitzen zusammennehmen und die Enden auseinanderdrücken. Für Anfänger war das die einfachste Möglichkeit, eine Kurve zu fahren oder zu bremsen. Die Jugendlichen hatten die notwendigen Bewegungen inzwischen x-mal wiederholt. Jetzt waren sie bereit für die erste Abfahrt vom Übungshügel.

Rush war nicht klar gewesen, dass er sich ausgeklinkt hatte. »Meinst du, sie sind schon so weit?«

Lächelnd zeigte Jayla auf die Gruppe. »Sie können es kaum erwarten.«

Die Jugendlichen stießen Freudenschreie aus.

Die nächste Stunde verbrachten Rush und Jayla vorwiegend damit, ihren Schützlingen aus dem Schnee hochzuhelfen und sie wieder auf die Skier zu stellen. Suzie Baker, eines der Mädchen in der Gruppe, hatte große blaue Augen, glattes blondes Haar und war mit ihrer pinkfarbenen Skihose samt farblich abgestimmter Jacke und Mütze angezogen wie für eine Skimodenschau. Sie trug tonnenweise Make-up und hing an Rush wie ein Klettverschluss. Er hoffte, dass Jayla es bemerken und ihn von dem Mädchen befreien würde. Denn inzwischen klimperte Suzie nicht mehr nur mit den Wimpern, sondern leckte ihren Teenagerschmollmund immer wieder auf eine Art, wie kein Mädchen in ihrem Alter es tun sollte. Doch Jayla gab sich die größte Mühe, jeden Blickkontakt zu meiden, und das machte ihn fast rasend.

Sein Blick hingegen flog nur allzu oft zu Jaylas sanft geschwungener Hüfte. Er erinnerte sich noch gut an die Zeit, als sie ein kluger, lustiger und ziemlich schlaksiger Teenager gewesen war. So viele Nächte lang hatten sie seither über alles und nichts geredet. Sie hatten in ihrer langen gemeinsamen Zeit ihr Vertrauen ineinander gestärkt und ihre Freundschaft gefestigt. Inzwischen wusste er, dass es noch viel mehr war: Sie hatten ein Fundament geschaffen, das so massiv war wie die Berge, die sie so liebten. Jayla war längst zu einer schönen, selbstbewussten Frau geworden, und seit einigen Monaten war Rush endlich reif genug, um das felsenfeste Fundament zu erkennen und zu schätzen. Jayla war für ihn aus der Freundschaftszone heraus in den exklusiven Bereich für die Frauen gerückt, für die man tiefe und ehrliche Gefühle, für die man Liebe empfand. Dort stand sie nun ganz allein, denn keine andere konnte ihr das Wasser reichen.

Sie beendeten den Unterricht der dritten und letzten

Gruppe des Tages. Jetzt, am Ende des Nachmittags, war der Himmel weiß wie ein Leintuch. Es sah aus, als wollte es bald schneien.

»Das war nicht übel, oder?« Rush stellte sich neben Jayla und schaute zu, wie die Eltern ihre Kinder in Empfang nahmen.

Jaylas Blick hing weiter an den jungen Leuten. »Nein, überhaupt nicht.«

»Du hast wirklich ein Händchen für die Kids.«

Sie zog sich die Mütze vom Kopf und schüttelte ihr Haar.

Ein Hitzestrahl durchzuckte ihn und er wandte sich hastig ab. Während seiner inneren Entwicklung im vergangenen Jahr war ihm nicht bloß bewusst geworden, wie sehr er Jayla liebte und wie viel sie ihm bedeutete. Nein, gleichzeitig hatte sein Körper begonnen, mit Lust auf ihren zu reagieren, und trotz all der Liebe und Zuneigung, die er für sie empfand, überraschte ihn das manchmal immer noch. Er beschloss, einen kleinen Test zu wagen. Vielleicht war ja Suzie Bakers Mutter der Grund für seine hitzigen Gefühle. Im Moment checkte die Frau ihn ganz unverhohlen ab. Anstatt ihre Tochter direkt zurück zur Lodge zu bringen, trödelte sie noch in der Nähe herum. Konzentriert richtete er den Blick auf die hochgewachsene Blondine mit den endlos langen Beinen. Noch bis vor ein paar Monaten hätte eine Frau wie sie seinen Jagdtrieb geweckt und in ihm eine Mal-sehen-wie-schnell-ich-dich-ins-Bett-kriege-Lust ausgelöst.

Nein. Keine Hitze, kein Feuer. Nicht mal der allerkleinste Funke.

Er drehte sich wieder zu Jayla mit ihrer demonstrativen Nein-danke-Haltung und der eng anliegenden Skihose. Sofort heizte sein Körper sich auf. Der Auslöser des Verlangens, das sein Blut zum Brodeln brachte, war eindeutig sie. Und diesmal überraschte ihn das kein bisschen. Jayla war nicht nur traumschön, sie war liebenswürdig, freundlich, klug und selbstbewusst, ohne dabei abweisend oder arrogant zu wirken. Andere Menschen waren ihr wichtiger als sie selbst. Mit diesen wunderbaren Eigenschaften hätte sie sich jeden Mann angeln können, den sie wollte. Doch ihr Selbstrespekt bewahrte sie davor. Von ihr hatte Rush in dieser Hinsicht in letzter Zeit einiges gelernt. Jetzt schaute er sie an und wusste ohne jeden Zweifel, dass sie die einzige Frau war, die er wollte. Die einzige, die er je wollen würde.

Sie hob den Kopf und ihre Blicke trafen sich.

Er schaffte es nicht, sich abzuwenden.

Am Ende tat sie das, wofür ihm die Kraft fehlte. »Bis später.«

Sie stieß sich mit einem Skistock ab und fuhr los.

»Augenblick. Hast du Lust, noch die Pisten zu testen?«

»Ich muss was erledigen.«

Bevor er antworten konnte, war sie schon weg.

Rush hatte schon jede Menge internationale Skirennen gewonnen, aber noch nie eine ernste Beziehung gehabt. Schneller, unverbindlicher Sex zum Stressabbau hatte ihm bislang vollauf genügt. Weil keine der Frauen, mit denen er geschlafen hatte, ihm etwas bedeutete, lenkten diese Bettgeschichten ihn auch nicht vom Training ab. Jetzt mit Jayla war alles anders. Eigentlich sollte es ihm egal sein, dass sie im Moment eigene Pläne hatte.

Doch es war ihm nicht egal.

Kein bisschen.

Er machte sich auf den Weg zur längsten Abfahrt, die die umliegenden Hänge zu bieten hatten. Vielleicht konnte er sich ja die Lust aus dem Körper fahren und den Frust aus der Seele.

Jayla konnte gar nicht schnell genug flüchten. Es war ihr unendlich schwergefallen, nicht weiter darauf zu achten, wie rührend Rush sich stundenlang um die Jugendlichen gekümmert hatte. Sie bewunderte seine Geduld und sein Einfühlungsvermögen und ihre Gedanken hatten sich auf neues und sehr gefährliches Terrain vorgewagt: Sie hatte sich gefragt, wie Rush wohl als Vater sein würde. Diese unerwartete Entwicklung beunruhigte sie. Und dann gab es noch Suzie, die sich ihm praktisch mitten auf der Piste an den Hals geworfen hatte.

Diese Sogwirkung hatte Rush auf so gut wie jede Frau auf dem Planeten. Aber als auch noch Suzies Mutter ihn beäugt hatte, als wollte sie die Klauen in ihn schlagen, hatte sich in Jaylas Kopfkino ein Wrestling-Match zwischen Mutter und Tochter abgespielt. Nicht dass Rush sich je an einem Teenager vergreifen würde. Aber Jaylas Geist war derzeit nicht unbedingt mit Klarheit gesegnet. Ihr Gehirn ertrank in einem Pool aus Lust und das minderte ihre Denkfähigkeit. Doch auf gar keinen Fall würde sie sich in den sexuellen Strudel namens Rush Remington reißen lassen. Sie waren Freunde. Sie musste ihre seltsamen Anwandlungen im Keim ersticken, bevor sie diese kostbare Freundschaft ruinierten und sie um den Verstand brachten.

Entschlossen machte sie sich auf den Weg zu ihrem Chalet, um Marcus' Sachen zu holen. Sicher würde man ihr in der Lodge behilflich sein, sie ihm zuzuschicken. Aber als sie an dem hübschen kleinen Holzhaus ankam, stand die Tür weit offen. Sie blieb stehen. Ihr Pulsschlag beschleunigte sich, und sie schaute sich um, ob irgendwer in der Nähe war. Leider nicht. *Na prima.*

Einen Moment lang überlegte sie, ob sie zur Lodge gehen oder nach Rush suchen und ihn bitten sollte, mit ihr zum Chalet zu kommen. Doch sie hatte sich von Marcus in den Schwaches-Mädchen-Modus drängen lassen, und das war jetzt vorbei. Verdammt. Sie holte tief Luft und erklomm die Stufen zur Veranda. Marcus stand mit seinen Taschen über der Schulter und einer düsteren Miene mitten im Wohnzimmer.

»Ich bin nur hier, um mein Zeug zu holen.« Er trug noch dieselben Kleider wie am Vorabend und schaute auch noch genauso finster drein.

Jayla blieb an der offenen Tür stehen und vergrub die Hände in den Taschen, damit er nicht sah, dass sie zitterten. »Wie bist du hier reingekommen?«

Er hielt den Schlüssel in die Höhe, dann warf er ihn auf die Couch. Als er auf sie zuging, trat sie zur Seite, um ihn vorbeizulassen. Doch er blieb vor ihr stehen. Noch viel bedrohlicher als sein Blick war die Aggression, die er ausstrahlte. Kein Vergleich zu Rushs positiver, warmer Aura. *Was zum Teufel habe ich je in dir gesehen?* Sofort wurde sie wieder wütend auf sich. Sie biss die Zähne zusammen und wich einen weiteren Schritt zurück.

»Hör mal, der ganze Mist, der passiert ist, tut mir leid. Ich hätte dich nicht anschreien und in der Lobby am Arm packen sollen. Ich bin einfach nur ...«

»Spar dir die Mühe. Ich habe genug von deinen Entschuldigungen. Ich hatte meinen sportlichen Erfolg an die erste Stelle gesetzt. Eine Zeit lang war er mir wichtiger als mein Wohlergehen. Nur deshalb bin ich viel zu lange mit dir zusammengeblieben. Ich habe die mentale Ablenkung durch die

Trennung gescheut, aber so was passiert mir nicht noch mal.« Wieder biss sie die Zähne zusammen. Diesmal, damit sie nicht klappernd aufeinanderschlugen.

»Jayla …«

»Lass es, Marcus.« Mit angehaltenem Atem schaute sie zu, wie er durch die Tür ging. *Wie bin ich bloß auf die total irre Idee gekommen, ich könnte mit dir meine Gefühle für Rush vergessen?*

Auf der Veranda blieb Marcus noch einmal stehen und schaute über die Schulter zurück. Zwischen seinen Brauen bildete sich ein tiefes V. »Eigentlich ist es besser so. Du warst immer bloß hinter Rush her, nicht hinter mir.«

Ihr Atem ging schnell und schwer. Sie verkniff sich die Erwiderung, die ihr auf der Zunge lag. *Ich war niemals hinter Rush Remington her!*

Okay, streng genommen mochte sie ihm zwar nicht gerade nachgerannt sein. Aber sie war auch nie über ihre Gefühle für ihn hinweggekommen. Und so, wie er sie in letzter Zeit ansah, fragte sie sich, ob er vielleicht endlich ebenfalls mehr für sie empfand.

Selbst eine Stunde später steckte ihr das Zusammentreffen mit Marcus noch in den Knochen. Sie hatte geduscht, ihre Schulterübungen gemacht und die rezeptfreien Schmerzmittel eingenommen – was in etwa die Wirkung eines Stücks Heftpflaster hatte, das man auf eine Schusswunde klebte. Jetzt summte ihr Telefon. Rush hatte ihr eine Textnachricht geschrieben.

Flutlichtskifahren?

Die Sehnsucht, ihrem besten Freund nahe zu sein, wurde übermächtig. Sicher konnte sie die Gefühle, die sich in letzter Zeit zwischen sie drängen wollten, irgendwie ignorieren. Sie würde das hinbekommen. Ganz bestimmt. Schließlich hatten sie schon ein halbes Leben überstanden, ohne sich auch nur zu küssen. Weshalb ging sie ihm plötzlich aus dem Weg? Sie dachte daran, wie Rush am vergangenen Abend bei ihr aufgetaucht war. Vielleicht war sie in seiner Gegenwart ja ein bisschen zu entspannt. War so etwas möglich? Bislang hätte sie es nicht geglaubt, aber jetzt hatte sie Angst, dass sie ihn wieder grundlos anblaffen könnte ... oder ihm die Kleider vom Leib reißen.

Sie entschied sich, auf Nummer sicher zu gehen, und schrieb zurück: *Zu müde, aber danke.*

Eineinhalb Stunden später klopfte jemand dreimal kräftig an ihre Tür. Nach dem ersten Schreck fiel ihr ein, dass Rush am Morgen auf dieselbe Art geklopft hatte. Sie öffnete die Tür einen Spaltbreit und spähte vorsichtig hinaus. Und tatsächlich, draußen stand Rush. Er balancierte einen Stapel DVDs, Mikrowellenpopcorn und seine großen, albernen Hausschuhe in den Händen.

»Ich dachte, du jagst über die Piste.«

»Schon erledigt. Ich habe drei Wochen ohne meine beste Freundin hinter mir.« Er schob sich an ihr vorbei und stellte seine Mitbringsel auf die Küchentheke. »Vermutlich ist das meine Schuld, aber, na ja ...« Er zuckte die Achseln.

»Der übliche Tunnelblick während der Wettkampfsaison. Schon klar. Ich weiß.«

»Jetzt, wo Marcus weg ist, hat der Tunnel sich geweitet.« Rush tat sich keinen Zwang an. Er öffnete die Küchenschränke, bis er zwei Weingläser gefunden hatte, und stellte sie neben die anderen Sachen.

»Weißt du, warum du noch nie eine längere Beziehung hattest?« Jayla stützte die Arme auf die Theke und spielte mit seinen Schlüsseln. Die Mini-Skier, die sie ihm vor etwa hundert

Jahren als Schlüsselanhänger geschenkt hatte, hingen noch immer daran, und zum ersten Mal seit Wochen hatte sie das Gefühl, wieder festen Boden unter den Füßen zu haben.

»Weil ich nie eine wollte?« Er zog eine Braue hoch.

»Nein. Weil du immer noch diese albernen Hausschuhe hast und Wasser aus Weingläsern trinkst. Frauen erwarten einen edlen Tropfen zu einem schicken Abendessen.«

»Kann schon sein. Aber meine beste Freundin nimmt mich, wie ich bin. Außerdem könnte ich, wenn ich eine anspruchsvolle Lady an der Backe hätte, nicht einfach zu dir rüberspazieren und zuschauen, wie du dein Leben nach Marcus genießt. Wobei du vermutlich erst mal eine Reha brauchst.«

Besorgt, dass er von ihrer Schulter sprechen könnte, fragte sie zaghaft: »Eine DVD-Reha?«

»Was sagst du immer?« Er zog den Parka aus und hängte ihn über eine Stuhllehne.

»Dass dein Ego zu groß ist?« Sie schaute die DVDs durch und hielt eine in die Höhe. »*Eyes Wide Shut?* Im Ernst?« Sie verdrehte die Augen.

»Ich habe einen ganzen Armvoll Filme mit nach Colorado gebracht, weil wir schließlich eine gemütliche Beste-Freunde-Woche geplant hatten. Also danke, dass du Du-weißt-schon-wen vor die Tür gesetzt hast.«

»Erinnere mich bloß nicht an diesen Idioten.«

Er hob eine Schulter. »Den Gefallen tue ich dir gern. Ich wusste nicht, in welcher Stimmung du sein würdest. Deshalb habe ich deinen Lieblingsfilm mitgebracht und den, den du am meisten hasst. Und …« Er legte das Popcorn in die Mikrowelle, dann zog er zwei Jumbotüten Gummibärchen aus den Taschen seines Parkas.

Jayla griff nach den Süßigkeiten. »Du bist einfach der

Beste.« *Und ich war so grauenhaft zickig und bin dir aus dem Weg gegangen. Was war nur in mich gefahren? Herrje, was bin ich für ein Schaf. Ich kann nicht mal klar denken.*

Rush versteckte eine Tüte hinter seinem Rücken. Die andere hob er so hoch, dass sie sie nicht erreichen konnte. »Ihr Frauen wollt immer nur das Eine. Von meinen Süßigkeiten naschen.«

Wenn du wüsstest, was ich wirklich will. »Ich nehme mal an, ich möchte andere süße Sachen von dir als deine Skihäschen.« Sie trat ein wenig näher und legte den Daumen an eine ganz bestimmte Stelle direkt über der Tasche seiner Jeans. Diesen magischen Punkt kannte sie schon seit einer Kitzelattacke in ihrer Teenagerzeit. Sie drückte zu.

»Hey.« Sein Arm schnellte nach unten und sie schnappte sich die Tüte.

Völlig mühelos hatten sie zu ihrer alten Vertrautheit zurückgefunden. Das gehörte zu den vielen Dingen, die Jayla an dieser Freundschaft so liebte: Das Vertrautheitsgefühl war immer nur einen Atemzug weit entfernt. Sie verscheuchte die Schmetterlinge aus ihrem Bauch, verschloss die Ritzen in ihrem Anti-Lust-Schutzpanzer und rückte ihn zurecht.

»Funktioniert immer.« Jayla warf einen Blick ins Wohnzimmer und stellte fest, dass das rote Gummiband, das sie für die Schulterübungen um die Klinke der Schlafzimmertür geschlungen hatte, noch immer dort hing. Die Tüte Gummibärchen fest umklammert löste sie mit der freien Hand das Band, warf es aufs Bett und schloss die Tür.

Rush öffnete zwei Flaschen Vitaminwasser und goss es in die Weingläser. »Was sagst du zu Anfang der Trainingssaison immer zu mir?«

»Das will ich jetzt gar nicht hören.« Sie nahm sich ein Glas, dann legte sie *Spaceballs* in den DVD-Player.

»Warum? Das ist ein guter Rat. *Hinter der nächsten Ecke wartet immer schon die nächste Gelegenheit.*«

Er hielt den Blickkontakt aufrecht und ihr Herz zog sich zusammen. Offenbar hatte sie seine Signale komplett missgedeutet. Wenn er der Meinung war, sie solle sich nach Marcus gleich ins nächste Abenteuer stürzen, empfand er offenbar doch nur freundschaftliche Gefühle für sie. Sie ließ sich auf die Couch fallen und versuchte so zu tun, als wäre ihr nicht gerade die Hoffnung abhandengekommen.

»Das ist ein prima Rat für einen Kerl, der glaubt, Sex sei wie eine Art Weinprobe, bei der man alles kostet, was irgendwie vielversprechend aussieht. Aber zu einer Frau, die gerade beschlossen hat, den Männern für alle Zeiten abzuschwören, passt er nicht.«

Rush schlüpfte in seine puscheligen Hausschuhe und sah damit wieder einmal aus, als trüge er zwei Kaninchen an den großen Füßen. Er nahm das Popcorn aus der Mikrowelle und setzte sich zu ihr. Dann legte er den Arm um sie und sie zog die Füße unter sich.

»Für alle Zeiten? Tatsächlich?«

Sie kuschelte sich an ihn wie tausendmal zuvor. Ganz automatisch. Wie gewohnt. Trotz des Schutzschildes, hinter dem sie sich eisern verschanzte, beschleunigte sich ihr Puls. Sie atmete tief durch. *Freunde. Wir sind Freunde. Das ist völlig ausreichend. Das muss genügen.*

»Vielleicht.«

»Ich habe mal gehört, dass bestimmte Körperteile abfallen, wenn man sie nicht benutzt.« Er kitzelte sie zwischen den Rippen.

Der Film begann und sie verflocht die Finger mit seinen.

Die Wärme ihrer Freundschaft hatte ihr in den letzten Wochen unsäglich gefehlt. Das Zusammensein mit Rush hatte ihr gefehlt. *Er* hatte ihr gefehlt. »Das ist nur bei Männern so. Und wer sagt denn, dass ich die Körperteile brachliegen lasse? Ich schwöre nur den Männern ab.«

»Auf dass dir niemals die Batterien ausgehen mögen.«

»Danke.«

Rush zog eine Decke von der Couchlehne und breitete sie über Jaylas Beine. »Vielleicht ist das ein guter Plan. Wir Kerle können ziemliche Arschlöcher sein.«

»Oh ja. Aber du hast mir meinen Lieblingsfilm mitgebracht. Dafür kriegst du einen Gutschein für einen Arschlochtag.«

Er hielt sein Smartphone in die Höhe. »Lächeln!«

»Rush …« Sie schlug die Hände vors Gesicht. Im Lauf der Jahre hatten sie Hunderte solcher Fotos gemacht. Auf den meisten sah Jayla nicht gerade modeltauglich aus und Rush strahlte in die Kamera wie ein Idiot. Irgendwann war er auf die Idee gekommen, sie könnten ein Album erstellen, und er hatte das Projekt immer viel ernsthafter verfolgt als sie. Jetzt, wo sie an ihn geschmiegt auf dem Sofa saß, fragte sie sich, ob das Album ihm genauso viel bedeutete wie ihr. Dabei ließ sie sich eigentlich nur sehr ungern fotografieren.

»Komm schon. In guten wie in schlechten Zeiten. Du weißt, ich mache sowieso eine Aufnahme. Sie wird Teil unserer Sammlung. Bitte?«

Sie streckte die Zunge heraus und er schoss das Foto.

Jayla sog die Vertrautheit dieses Augenblicks in sich auf und wusste, dass es gut gewesen war, ihre Gefühle für ihn all die Jahre in ihrem Herzen zu verschließen. Um nichts in der Welt wollte sie ihre Freundschaft mit dem einen Menschen aufs Spiel setzen, der sie wirklich verstand. Sie und ihre Leidenschaft fürs

Skifahren, ihren Ehrgeiz und ihre Entschlossenheit. Er hatte ihr geholfen, mehr aus sich herauszuholen und härter an sich zu arbeiten, als sie es je für möglich gehalten hätte. Im Grunde konnte sie sogar fester auf ihn bauen als auf ihre Familie. Ihre Angehörigen liebten und unterstützen sie auf eine andere Art. Sie waren wie ein Sicherheitsnetz und würden sie auffangen, falls sie fiel. Rush hingegen würde niemals abwarten, bis sie stürzte. Er würde zu ihren Beinen werden, ihrer Kraft, ihren Skiern. Er würde sie festhalten, für sie atmen und das Gleichgewicht für sie finden. Und wenn sie es sicher ins Tal geschafft hatte, würde er sie zurück auf den Berggipfel schleppen und sie drängen, sich gleich noch einmal in den Steilhang zu wagen. Nur diesmal allein.

Weil er wusste, dass sie es konnte.

Auch wenn sie es gar nicht musste.

Sechs

Rush wachte um vier Uhr morgens auf. Er und Jayla hatten erst *Spaceballs*, dann einen *Star Wars*-Film und hinterher noch *Tomb Raider* angeschaut. Jayla würde lieber sterben, als sich irgendeinen kitschigen Film mit einer hilflosen, schwachen Heldin anzusehen. Er räumte das Wohnzimmer ein bisschen auf, dann ging er auf der Suche nach einer wärmeren Decke für sie ins Schlafzimmer. Obwohl sie das Chalet erst seit ein paar Stunden bewohnte, hatte sie es bereits jaylafiziert. An der Tür des Kleiderschranks hingen drei Paar Skihosen. Zwei Paar Stiefel und ein Paar Sneaker lagen auf dem Boden und mitten auf der Kommode prangte ein gerahmtes Foto von ihrer Familie.

Er nahm es in die Hand und betrachtete es lächelnd. Genau wie er hatte sie viele Geschwister, die er inzwischen gut kannte. Ihr jüngerer Bruder Jared blickte zu ihr auf, ihre älteren Geschwister gaben auf sie Acht. *In gewisser Weise.* Ganz so viel Nähe wie in Rushs Familie gab es in Jaylas nicht. Seine Angehörigen versuchten, so oft wie nur möglich zusammen zu sein und gemeinsam etwas zu unternehmen. Doch auch in Jaylas Sippe herrschten Wärme und Geborgenheit, und wenn sie ihre Familie wirklich brauchte, war sie für sie da. Allerdings legte sie großen Wert auf Unabhängigkeit und wollte lieber alles ohne Hilfe schaffen. Deshalb widmeten ihre Geschwister Jared, Jace, Mia und Jennifer sich ihrem eigenen, prallgefüllten Leben und hielten vor allem über E-Mails, gelegentliche Anrufe und Besuche zu den Feiertagen Kontakt. Hin und wieder kamen ein oder zwei von Jaylas Angehörigen zu den Wettkämpfen. Rush tat das immer ein wenig leid für sie, denn bei seinen Rennen tauchte häufig der ganze große Remington-Clan auf, um ihn anzufeuern. Jayla schien das nicht weiter zu kümmern. Und seine Familie kannte sie schon so lange, dass alle sie behandelten, als gehörte sie zur Verwandtschaft.

Rush warf einen weiteren Blick auf das Foto. Früher hatte Jayla manchmal über Jaces überentwickelten Beschützerinstinkt gestöhnt. Doch nach ihrem Highschoolabschluss schien sich der ein wenig gelegt zu haben. Einen Moment lang hing sein Blick an Jen. Die war seinem früheren Ich recht ähnlich. Sie scheute kein Liebesabenteuer und Sex war für sie eine Art Hobby. Im Grunde fand Rush das völlig in Ordnung, aber die Vorstellung, dass Jen die jüngere Jayla in dieser Richtung beeinflussen könnte, fühlte sich plötzlich anders an als früher. So etwas wie Eifersucht stieg in ihm auf, und es war nicht leicht, dieses Gefühl zurückzudrängen.

Er stellte das Foto auf die Kommode zurück und ging zum Bett. Dort lag etwas, was er lieber nicht gesehen hätte. Zähneknirschend hielt er das lange Gummiband in die Höhe. »Verdammt, Jayla.« Er legte es auf den Nachttisch und zog die Decke vom Bett, um sie ins Wohnzimmer zu bringen.

Eine gute halbe Stunde später saß er, den Kopf in die Hände gestützt, in seinem Chalet auf der Bettkante. Er hatte sich umgezogen, sich einen Proteindrink gemixt und dachte noch immer an das Thera-Band. Ihm fiel ein, wie Jayla zusammengezuckt war, als sie ihre Tasche hochgehoben hatte. Er hatte gehofft, dass er sich täuschte und ihr Trainer sich mehr Sorgen um Jaylas Konzentration als um eine etwaige Verletzung machte. Doch das Band konnte nur eines bedeuten: dass Jayla sich mit einer gravierenden Beeinträchtigung herumschlug. Mit einem unguten Gefühl im Magen stapfte er zum Fitnessraum der Lodge. Auf seine nur halb scherzhaft gemeinte Bemerkung hin, schon hinter der nächsten Ecke würde die nächste Gelegenheit für eine neue Liebschaft warten, hatte Jayla keinerlei Interesse an ihm erkennen lassen. Dabei hatte er geglaubt, zuvor zumindest einen Funken davon bemerkt zu haben. Enttäuschung machte sich in ihm breit.

Wie fast alle Leistungssportler lebten er und Jayla mit der ständigen Angst vor einer Verletzung, die ihr Karriereende bedeuten konnte. Ihr Blut bestand zur Hälfte aus Schnee und die Wettkämpfe waren für sie wie die Luft zum Atmen. Wie oft hatten sie zusammen darüber nachgedacht, was wäre, wenn. *Was wäre, wenn wir nie wieder Skifahren dürften? Was wäre, wenn wir nie mehr ein Rennen fahren könnten?* Was wurde denn aus sportuntauglichen Ex-Athleten?

Rush war froh, den Fitnessraum für sich zu haben, denn auf Small Talk hatte er jetzt keine Lust. Nach den Dehnübungen begann er, seinen Bizeps zu trainieren. Er arbeitete mit den schwersten Gewichten, die er heben konnte, und kämpfte damit gegen Jaylas Antworten auf die Was-wäre-Wenns an. Er wollte diese Gedanken nicht zulassen, doch sie drängten sich unbarmherzig in seinen Kopf. *Absolut unvorstellbar. Die Entzugserscheinungen würden mich umbringen.* Es war mehr als nur der tiefverwurzelte Wunsch, auf Skiern zu stehen. Lukrative Werbeverträge wurden nur selten an Ex-Skistars vergeben. Andere Sportler waren da eher gefragt. Er konnte, wenn nötig, wenigstens auf einen Collegeabschluss zurückgreifen, auch wenn er sich das lieber nicht vorstellen wollte. Jayla hingegen hatte nie ein College von innen gesehen. Den Sommer über hatte sie jahrelang in zwei Jobs gearbeitet und jeden Cent in ihre Skikarriere investiert. Sie hatte die richtigen Trainer engagiert, sich die richtige Ausrüstung gekauft und sich in den besten Camps abgerackert. Ihre Eltern hatten sie nach Kräften unterstützt, doch mit ihren knappen Einkünften hatten sie ihren Kindern keine teuren Ausbildungen oder Studiengänge finanzieren können. Mit Geld konnte Jayla umgehen, das wusste er. Sicher legte sie so viele Sponsorendollars wie nur möglich für später beiseite. Aber für einen Menschen, dessen einziger Lebenstraum immer das Skifahren gewesen war, bedeutete das Ende dieses Traums den freien Fall in die Katastrophe. Verdammt, wenn es bei Jayla eines Tages so weit war, würde er bereitstehen, um sie aufzufangen.

Rush ging weiter zur Beinpresse und packte schwere Gewichte darauf, um gegen das Grübeln anzutrainieren. Was, wenn Jayla keine Rennen mehr fahren konnte? Wie würde sie damit klarkommen? Was würde passieren, wenn die Nation sie nicht mehr als die starke, talentierte, kluge und schöne Frau sah, die sie immer sein würde, ganz gleich ob sie nun auf dem Siegertreppchen stand oder nicht? Wie würde sie es wegstecken, wenn das ganze Land sie plötzlich als eine Ex-Olympionikin in einer Identitätskrise wahrnahm? Nicht mehr bei Wettkämpfen starten zu können, würde ihr Leben komplett verändern. Ihm machte der Gedanke eine Heidenangst, aber Jayla versetzte er vermutlich in eine ausgewachsene Panik.

Und deshalb versteckst du deine Verletzung sogar vor mir.

Sieben

Während des dritten Workshops an diesem Tag bemerkte Jayla plötzlich, dass Coach Cunningham am Lift stand und sie beobachtete. Sie ließ die letzten zehn Minuten Revue passieren, konnte sich aber nicht erinnern, zusammengezuckt zu sein oder ihre Schulter gerieben zu haben. Nein, sie war sich ziemlich sicher, obwohl der Schmerz sie nie ganz in Ruhe ließ. Aber sie hatte sich so sehr auf die jugendlichen Skianfänger konzentriert, dass sie die Schulterprobleme zeitweise ausblenden konnte. Jetzt versuchte sie, sich vom kritischen Blick des Trainers nicht verunsichern zu lassen. Angestrengt schaute sie an ihm vorbei und entdeckte Rush, der gerade mit Suzie Bakers Mutter sprach. *Nicht unbedingt die Ablenkung, die ich mir gewünscht hätte.* Kelly Baker versuchte andauernd mit völlig überflüssigen Fragen, die sie auch nach Kursende hätte stellen können, seine Aufmerksamkeit auf sich zu ziehen.

Rush fing Jaylas Blick auf und verdrehte die Augen. Dass er die Frau höchstwahrscheinlich nach ihrer Telefonnummer fragen würde, gab Jayla einen Stich. Gleichzeitig fand sie es schön, dass sie und Rush gemeinsam darüber lachen konnten, wie hartnäckig Frauen ihm nachstellten. Diese Art von Vertrautheit gab es normalerweise nur unter Freunden oder

Freundinnen desselben Geschlechts. Für gewöhnlich vertraute man seine kleinen dunklen Geheimnisse vor allem ihnen an. Deshalb war Jayla umso glücklicher, dass sie und Rush einander immer alles erzählten. *Nur meine Verletzung verschweige ich ihm. Aber das ist etwas anderes.* Im Kopf musste sie das noch einmal wiederholen, um sich selbst davon zu überzeugen. Dann schob sie den Gedanken beiseite und wandte sich wieder der Szene zwischen Rush und der Blondine zu, die sich in einiger Entfernung abspielte. Gleich würde er sich mit einem verführerischen Blick auf einen Skistock stützen und sich dann wieder den Jugendlichen zuwenden. Aber nicht, ohne der blonden Schönheit zuvor ein bisschen länger als nötig in die Augen zu schauen. Der Pulsschlag der Frau würde sich beschleunigen und Jaylas Herz würde sich schmerzhaft zusammenziehen.

Warum tue ich mir das an?

Sie musste einfach hinsehen, es war wie ein Zwang. Inzwischen huschte Rushs Blick von seiner Verehrerin weg, als suchte er nach einem Fluchtweg. Diese Beobachtung ließ Jaylas Herz ein wenig höherschlagen. Dabei tat er vermutlich nur so, als wäre er schwer rumzukriegen, oder er spielte sonst irgendein Spielchen.

Rush kam zurück zur Gruppe, ohne sich noch einmal umzudrehen. Ms. Baker starrte ihm mit einem biestigen Gesichtsausdruck hinterher. Rush schaute Jayla an, nickte kurz und warf ihr das schiefe Lächeln zu, mit dem er ihre Welt jedes Mal ein bisschen aus den Angeln hob.

Nach dem Workshop gingen sie zum Aufwärmen zurück zur Lodge. Das imposante Hauptgebäude aus Zedernholz und Naturstein hatte nicht nur himmelhohe Decken und zwei Fensterwände mit einer traumhaften Aussicht auf die verschneite Landschaft und die Skihänge, es gab auch eine Bar und ein Selbstbedienungsrestaurant mit vielen kleineren und größeren Tischen. Mittendrin verbreitete eine kreisrunde gemauerte Feuerstelle Wärme und Behaglichkeit. Dieser Raum war groß, luftig und dennoch urgemütlich. Jayla setzte sich an einen Tisch, Rush holte ihnen etwas zu essen. Er kam mit zwei dampfenden Schalen Suppe, Mini-Baguettes und Mineralwasser zurück.

»Danke.« Sie legte ihre Handschuhe auf den freien Stuhl neben ihr, Rush streifte seine Skijacke ab.

»Was sagst du zu unseren Kursen heute?« Er nahm die Mütze ab. Sein kurzes Haar stand in alle Richtungen ab, so sexy, als käme er geradewegs aus dem Bett.

Jayla streckte die Hand aus und glättete die widerspenstigsten Strähnchen.

»So schlimm?«

»Irgendwer muss ja für einen etwas aufgeräumteren Look sorgen, sonst laufen dir die heißen Mamis davon.«

»Kein Interesse an heißen Mamis. Das weißt du.« Er lehnte sich zurück und streckte die Arme über den Kopf.

Jayla konnte nicht übersehen, wie seine Muskeln die Ärmel seines Shirts dehnten. Leider ging das etwa zehn weiteren Frauen an den Tischen in der Nähe genauso.

»Erst ab der übernächsten Woche wieder«, sagte sie nur halb im Scherz.

»Wohl eher nicht.« Er schaute ihr in die Augen.

Diese Antwort wunderte sie. Was steckte hinter seiner ungewohnten Zurückhaltung?

»Bist du plötzlich wählerisch geworden?« Sie fixierte eine Frau, die ihn noch immer anstarrte, und seufzte.

»Vielleicht habe ich einfach keine Lust mehr auf weitere

Eroberungen.«

Ja, klar. Und vielleicht hängt meine Karriere nicht an einem seidenen Faden.

»Wie sieht's aus, sollen wir uns die Piste vornehmen, die einmal um den ganzen Berg führt?« Beim Essen ruhte Rushs Blick allein auf ihr, obwohl sich die Frau am Nebentisch bei seinem Anblick fast besabberte.

Dass er nur Augen für sie hatte, war neu und machte sie ein bisschen nervös. »Ich glaube, ich warte, bis wir mit dem Mannschaftstraining anfangen.« Um seinem forschenden Blick zu entgehen, senkte sie die Lider. »Danke, dass du gestern Abend zu mir rübergekommen bist.«

Er nickte. »Es war schön. Außerdem höre ich dich gerne schnarchen. Sollen wir ein bisschen Krafttraining machen?«

»Ich schnarche nicht. Und dein Krafttraining hast du heute Morgen schon absolviert. Ich habe dich zu deinem Chalet zurückkommen sehen.«

»Du schnarchst wie eine Kettensäge, aber irgendwie finde ich das süß.« Er verschränkte die Arme und richtete den Blick auf ihre Schulter.

Sie ließ den Löffel in die Suppe fallen. »Was ist?«

Rush zuckte die Achseln. »Nicht Skifahren? Kein Krafttraining? Sag du es mir.« Er nahm seine leere Suppenschale und brachte sie zur Geschirrabgabe.

Offenbar weißt du es bereits.

»Ich gehe noch eine Weile auf die Piste«, erklärte Rush, als er einen Augenblick später wieder da war.

»Rush.« *Warum zwingst du mich immer, den Tatsachen ins Auge zu sehen?* »Setz dich.«

Schon saß er auf dem Stuhl neben ihr.

»Es ist nicht, wie du denkst.« *Es ist schlimmer.*

»Sag mir, was ich denke, Jayla. Denn ich kann mir nur einen einzigen Grund vorstellen, weshalb du etwas vor mir verbergen willst.« Er verschränkte die Arme und nagelte sie mit einem düsteren Blick fest.

»Hey! Ich habe viele Geheimnisse.« *Eines. Ein einziges. Meine Verletzung. Zählt das? Und meine verrückten Gefühle für dich. Okay, zwei Geheimnisse. Für mich ist das eine ganze Menge.*

Der bohrende Blick wich einem schiefen Lächeln und sie schmolz dahin. Sie stellte sich vor, wie sie von ihrem Stuhl zu Boden glitt und die Rettungssanitäter sich über sie beugten. *Daran ist dieses verdammte Lächeln schuld. Einfach immer wieder umwerfend.*

»Okay, das ist vielleicht eine kleine Übertreibung. Aber, hey, glaub nicht, dass du alles über mich weißt. Das ist nämlich nicht der Fall.«

»Kann schon sein. Aber ich weiß, dass meine Freundin Jayla, die es hasst, wenn jemand sie Jay-Jay nennt, und der eine Flanellpyjamahose lieber ist als sexy Unterwäsche, mir nie etwas so Großes oder so Kleines wie eine Verletzung verheimlichen würde. Das bedeutet, das Therapieband, das ich gesehen habe, ist eine Vorbeugungsmaßnahme, oder du tust nur, als ob was wäre.«

»Pffft.« Sie warf ihre Serviette auf den Tisch. »Es ist nichts.«

»Sieht dein Arzt das genauso?«

Sie verdrehte die Augen und schaute an ihm vorbei.

Rush rückte ein wenig näher an sie heran, sie wandte sich ab. Abgesehen von ihren Gefühlen für ihn, die sie hoffentlich erfolgreich verborgen hatte, hatte sie ihm nie etwas verheimlichen können. In diesem Augenblick hasste sie ihn dafür und plötzlich durchzuckte sie ein neuer, unguter Gedanke. *Was, wenn er die ganze Zeit gewusst hat, was ich für ihn empfinde, und nur so getan hat, als würde er es nicht merken? Oh Gott. Bitte gebt mir den Gnadenschuss.* Sie kämpfte gegen diese Vorstellung an. Auf keinen Fall hätte er davon wissen und trotzdem ihr bester Freund bleiben können.

»Wie besorgt du bist, sehe ich auch, wenn du wegschaust«, sagte er leise.

»Ich bin nicht besorgt. Ich bin genervt, dass du so viel Lärm um nichts machst.« *Ich habe alles im Griff.*

»Was *nichts* ist, möchte ich gerne selbst beurteilen.« Er fuhr sich mit der Hand durchs Haar. »Hast du Marcus von diesem *Nichts* erzählt?«

Sie glaubte, eine Spur von Eifersucht zu hören. »Wie kommst du denn darauf? Denkst du, ich würde Marcus etwas sagen, was ich dir verschweige?«

»Ich habe nie das Bett mit dir geteilt.«

Was nicht heißt, dass ich mir das nie gewünscht hätte. »Höre ich da etwa Eifersucht?«

Er senkte die Stimme noch weiter. »Ist das etwa ein Ausweichmanöver?«

Ihr Atem ging so heftig, dass sie sich nicht konzentrieren konnte.

Er legte den Arm über ihre Stuhllehne und einen Moment lang schloss sie die Augen. Sie wollte sich an ihn schmiegen und ihm ihr Herz ausschütten. Aber wenn sie über ihre Schulterprobleme sprach, musste sie auch sich selbst eingestehen, wie schwerwiegend sie waren. Und vielleicht täuschten die Ärzte sich ja doch. Vielleicht bedeutete eine weitere Verletzung ja gar nicht das Ende ihrer Karriere. An diese Hoffnung klammerte sie sich, als hinge ihr Leben davon ab.

»Was ist los, Jayla?«

»Nichts. Ich mache bloß Übungen, um meine Schultern zu

kräftigen.« Sie starrte angestrengt auf den Tisch.

Rush legte seine Hand an ihre Wange und drehte ihren Kopf zu sich. »Ehrlich?«

Nein. Wie konnte sie in diese vertrauensvollen Augen schauen und lügen? Er war der eine Mensch, der immer für sie da war und ihre Bedürfnisse stets über seine stellte. Und warum zum Teufel schlug ihr Herz so verdammt schnell? *Denk »Freund«, denk »Freund«. Was ist nur mit mir los? Warum habe ich mich nicht im Griff?* Sie atmete tief durch, versuchte ihr jagendes Herz zu beruhigen und hoffte, dass er nichts merkte.

Er beugte sich vor und flüsterte: »Ich weiß von deinem batteriebetriebenen kleinen Freund. Glaubst du, da ertrage ich die Wahrheit über eine Verletzung nicht?«

Ein Schauer durchlief sie. »Halte …« *Oh mein Gott, warum macht mich das an?* »Halte meinen … kleinen Freund … da raus. Ich reibe dir deine geheimen Sünden schließlich auch nicht unter die Nase.«

Rush lehnte sich zurück und legte den Kopf schief. »Meine geheimen Sünden? An meinen Sünden ist nichts geheim. Ich erzähle dir alles.«

»Ach. Haben dich etwa noch andere Frauen dabei ertappt, wie du zu Fotos von Victoria's-Secret-Models Hand an dich gelegt hast?«, flüsterte sie.

»Himmel.« Hektisch schaute er sich um, vermutlich, um nachzusehen, ob jemand sie gehört hatte. »Damals war ich neunzehn.«

Sie zuckte die Achseln. Das kleine Ablenkungsmanöver funktionierte hervorragend.

»Und wenn ich mich recht erinnere, bist du nicht sofort schreiend aus dem Zimmer gerannt.«

»Ich … Das …« *Shit.* Er hatte recht. Nach einer Schrecksekunde war ihr klargeworden, was er da tat. Und in der nächsten Sekunde hatte sie das zutiefst fasziniert. Erst nach drei Sekunden hatte sie gemerkt, dass sie schon zwei Sekunden zu lange dastand, und hastig das Zimmer verlassen.

Diesmal wirkte sein schiefes Grinsen ziemlich listig und selbstzufrieden.

»Okay. Ich muss jetzt in mein Chalet und mich um ein paar Dinge kümmern.« Sie stand auf.

»Das glaube ich dir aufs Wort.«

Acht

Jayla stand vor dem Spiegel und trat auf ein Ende des Thera-Bandes. Das andere Ende hielt sie in der rechten Hand. Langsam hob sie den Arm und biss dabei gegen den Schmerz die Zähne zusammen.

»Nie das Bett mit mir geteilt. Selbstverständlich hast das nie getan«, sagte sie zu ihrem Spiegelbild.

Sie senkte den Arm und wiederholte dann die Bewegung.

»In mein Bett wolltest du nie.«

Sie legte die Stirn in Falten. »Oder doch?« Jayla dachte angestrengt nach. »Oh mein Gott. Habe ich irgendwas nicht mitbekommen?«

Sie ließ das Band fallen und machte einen Schritt auf den Spiegel zu.

»Bist du wirklich so vernagelt?« Sie seufzte. »Nein. Bist du nicht. Und er ist ein Playboy, wie er im Buche steht. Nein. Nein. Du hast nichts übersehen.«

Sie setzte sich mit ausgestreckten Beinen auf den Boden, schlang das Band um ihre Fußballen und zog die Enden zu sich. Die Unterarme hielt sie dabei parallel zum Boden. Sofort musste sie an Rushs Bizepse denken. *Lass das.* Mit verkniffener Miene machte sie ihre Übungen. Was nicht verhinderte, dass ihr seine Bemerkung über ihren batteriebetriebenen kleinen Freund durch den Kopf schwirrte. Wieder überlief sie ein leiser Schauer. Als sie vor zwei Jahren um vier Uhr morgens auf den albernen Gedanken gekommen waren, »Wahrheit oder Pflicht« zu spielen, hätte sie lügen sollen. Wie oft hatte sie das verdammte Ding benutzt und dabei an Rush gedacht? Sie spürte ein lustvolles Prickeln und ließ das Band los.

Unendlich oft, lautete die Antwort. Und jedes einzelne Mal hatte sie dabei die lebhafte Erinnerung an den neunzehnjährigen Rush heraufbeschworen. Mit Wassertropfen vom Duschen auf dem muskulösen Körper lag er auf seinem Bett, eine große Hand um seine noch größere Erektion. Neben ihm lag eine aufgeschlagene Zeitschrift mit halbnackten Victoria's-Secret-Models. Und sie war, wie so oft, ohne anzuklopfen, in sein Zimmer gestürmt. Nach dem Anblick, der sich ihr geboten hatte, war es ihr in Zukunft noch schwerer gefallen, sich zum Anklopfen zu zwingen.

Sie ließ sich ein Bad ein und sank ins warme Wasser. Dabei überlegte sie, was wohl passiert wäre, wenn sie damals einfach geblieben wäre. Seit jenem Tag hatte sie sich das sicher tausendmal ausgemalt und jedes Mal endete ihr Tagtraum auf dieselbe Weise. Sie schloss die Augen und ließ ihre Hand an ihrer Hüfte entlang zwischen ihre Beine gleiten. Sofort sah sie wieder den jungen Rush vor sich. Dieses Bild zum Leben zu erwecken, war nicht schwer. Sie sah alles klar und deutlich vor sich. Die kräftigen Oberschenkel mit den perfekt definierten, angespannten Muskeln. Die herrlichen Bauchmuskeln, seine breite Brust und die athletischen Schultern. Letzte Wasser-tropfen vom Duschen schimmerten auf seiner Haut. Den Kopf hatte er gesenkt, schmal blitzten seine lusterfüllten Augen unter den Haarsträhnen hervor, die ihm über die Stirn ins Gesicht fielen. Die Kiefer presste er aufeinander. Sein Arm bewegte sich schnell und geschmeidig. Sein Bizeps zuckte, und die Muskeln in seinem Unterarm traten im selben Rhythmus hervor, in dem er mit kundiger Hand die beeindruckende Erektion bearbeitete. Sein Höhepunkt hätte sicher nicht mehr lange auf sich warten lassen.

Mit einem Seufzen sank sie ein wenig tiefer ins Wasser und ließ warme Finger in ihre ungeduldig wartende Mitte gleiten. Sie brachte sich bis an die Schwelle des Orgasmus und zögerte ihn hinaus, so lange es ging. Irgendwann hielt sie das Kribbeln in ihren Gliedern und die Anspannung in ihrem Inneren nicht mehr aus. Ganz zu schweigen von der Sehnsucht nach dem Mann, den sie niemals haben würde. Mit einer letzten Bewegung ihrer Finger katapultierte sie sich auf den Gipfel der Lust. Dabei seufzte sie Rushs Namen und ihr Herz zog sich vor Verlangen nach ihm schmerzhaft zusammen.

Noch während sie sich abtrocknete, vibrierte ihr Telefon. Kia hatte ihr eine Textnachricht geschrieben. *Wollen in einen Laden in der Stadt. Er heißt »Fingers«. Lust?*

Fingers? Jayla spürte, wie ihre Wangen heiß wurden, und textete zurück. *Bar? Restaurant? Wann?*

Noch wohlig warm von ihren Gedanken an Rush schlüpfte sie in ein paar Skinny Jeans und ein hauchzartes Top mit Spaghettiträgern. Dann föhnte sie ihr Haar. Ein paar Minuten später kam Kias Antwort. *Beides. Und man kann tanzen. Abfahrt in zwanzig Minuten. Bist du dabei?*

Das klang auf jeden Fall besser, als hier in ihrem Chalet zu sitzen und angestrengt jeden Gedanken an Rush zu vermeiden. *Oh Mist, Rush.* Sie schrieb zurück. *Wer kommt mit?*

Eine Minute später hatte sie die Antwort. *Teri und Patrick. Die anderen Loser gehen zum Lagerfeuer hier im Resort.*

Im Resort gab es heute ein Lagerfeuer? Was für ein Dilemma. Sie tanzte für ihr Leben gern und sie liebte Lagerfeuer. Wie sollte sie sich da entscheiden?

Sie holte den Flyer aus der Küche, auf dem die Veranstaltungen im Resort aufgelistet waren. Das Ding hatte bei ihrer Ankunft auf der Theke gelegen, aber vor lauter Marcus- und Schulterproblemen hatte sie noch keinen Blick darauf geworfen. Zwei Lagerfeuerabende nacheinander. Perfekt. Dann konnte sie morgen noch am Feuer stehen. Sie schrieb eine Antwort an Kia. *Okay. Komme mit. Wie kommen wir hin?*

Kia antwortete umgehend. *Mietwagen. Holen dich ab.*

Fünf Minuten später klopfte jemand an ihre Tür und Jayla riss sie lachend auf. »Das ging aber schn...«

Vor ihr stand Rush in einem dicken anthrazitfarbenen Strickpullover und verwaschenen Jeans. Er trug eine Baseballmütze, und als er sie zurechtrückte, wehte die abendliche Brise sein Aftershave zu ihr. Sie atmete es tief ein.

»Hey.«

»H... hey.«

Sein Blick rutschte tiefer und blieb unterhalb ihres Halses hängen. Mit seinem sexy schiefen Grinsen nickte er in Richtung ihrer Brust. Dann schaute er weg. »Ähm ...«

Sie linste an sich hinunter. Dass sie erst halb angezogen war, hatte sie vergessen. Sie trug nur das dünne Top und keinen BH. Dafür waren ihre Brustwarzen hellwach.

»Oh.« Sie kreuzte die Arme über der Brust und warf sich herum. Hektisch schaute sie sich nach einem Shirt um. In der Küche oder im Wohnzimmer: Fehlanzeige. Auweia. Hastig schnappte sie sich ihren Parka. »Sorry.« Sie drehte sich wieder zu ihm und zog den Reißverschluss hoch bis zum Kinn.

Sein rechter Mundwinkel hob sich und er lachte leise auf.

»Hey, ich habe mich nicht beklagt.« Mit zusammengezogenen Brauen betrachtete er ihren eigentümlichen Look.

Sie zupfte an ihrem Parka herum und spürte, wie sie schon wieder rot wurde.

»Ich gehe gleich zum Lagerfeuer hier im Resort und wollte fragen, ob du Lust hast mitzukommen.«

Ja. Auf jeden Fall. Es dauerte einen Moment, bis ihr einfiel, dass sie nicht nur den Männern abgeschworen, sondern gerade einen großartigen Orgasmus gehabt und dabei an dieses ganz besondere Prachtexemplar von einem Kerl gedacht hatte. *Eine wirklich schlechte Idee.* »Ich … ähm. Ich habe gerade mit Kia vereinbart, dass ich mit ihr, Teri und Patrick in die Stadt fahre. Möchtest du vielleicht mitkommen?« Ihr Mund war schneller als ihr Kopf.

»Sie haben mich vorhin auch gefragt. Aber ich glaube, ich bleibe lieber hier. Trotzdem, viel Spaß.« Er stieg die Stufen hinunter, dann wandte er sich noch einmal um. »Vielleicht möchtest du dir vorher doch noch ein Shirt anziehen.«

Sie schloss die Tür, lehnte sich dagegen und atmete, als wäre sie gerade mehrere Stockwerke hinaufgerannt. Zu gern wäre sie ihm nachgelaufen und mit ihm zum Lagerfeuer gegangen. Zwischen ihnen hatte sich definitiv etwas verändert. Energisch rief sie sich in Erinnerung, dass der warmherzige, freundliche Rush, dem sie rückhaltlos ihre Geheimnisse anvertraute, auch ein Playboy war. Mit so einem fing man nichts an und eine feste Beziehung schon gar nicht. *Nein. Nein, nein, nein.*

Mindestens fünfzig Leute waren zur Feuerstelle gekommen.

Familien mit kleinen Kindern rösteten Marshmallows, Teenager fanden sich zusammen so wie Rush und Jayla damals in den Skicamps. Auf den Bänken in der Nähe saßen kuschelnde, verliebte Pärchen. Am Spätnachmittag hatte es eine Stunde lang leicht geschneit, jetzt war der Himmel grau und der Schneeduft hing noch in der Luft. Die Flocken hatten die mit bunten Lichtern dekorierten Tannen weiß überzuckert und verliehen dem Abend eine besondere Magie.

Rush zog sich die Baseballmütze noch tiefer ins Gesicht. Keine besonders raffinierte Verkleidung, aber, hey, bis jetzt funktionierte sie. Er machte einen großen Bogen um die vielen Menschen. Nach dem Korb von Jayla wollte er eine Zeit lang nur in Ruhe seinen wirren Gedanken nachhängen.

Am wohlsten fühlte er sich seit jeher auf der Skipiste. Die halsbrecherische Geschwindigkeit, die eisige Luft im Gesicht und der Adrenalinschub – diese berauschende Kombination war mit nichts zu vergleichen. Als Junge war er vor den kritischen Blicken seines Vaters, eines Vier-Sterne-Generals, und dem Stress in der Schule auf die Piste geflüchtet. So lange er auf zwei Brettern über den Schnee jagte, gab es nur ihn und den Berg. Durchs Skifahren hatte er Jayla kennengelernt und bald mit ihr zusammen die steilsten Abfahrten erobert. Liebend gerne hätte er sie jetzt hier am Lagerfeuer an seiner Seite gehabt.

Hand in Hand spazierte ein junges Paar vorbei. Die beiden blieben in einiger Entfernung stehen und küssten sich. Sofort dachte Rush wieder an Jayla. Ihr Kommentar über seine Eroberungen nagte an ihm. Verdammt, er musste ihr endlich sagen, dass er sich geändert hatte, und ihr auch den Grund dafür nennen. Quälend genau erinnerte er sich an den Moment, in dem ihm sein ältester Bruder Jack die unbequeme Wahrheit vor die Füße geschleudert hatte. Jacks Frau Linda war kurz zuvor tödlich verunglückt. Dieses dramatische Ereignis hatte die ganze Familie schwer getroffen, doch Jack, der seine beste Freundin, seine Geliebte und Ehefrau verloren hatte, war halb von Sinnen gewesen vor Schmerz. Weder er noch Rush hatten gewusst, wie sie mit diesem Gefühl umgehen sollten, und hatten sich eines Abends so sehr in ihrem Schmerz verloren, dass sie einander schreckliche Dinge an den Kopf geworfen hatten. Jacks wütende, nachdrückliche Worte hatten sich in Rushs Gedächtnis gebrannt. *Du bist ein verwöhnter Playboy und hast von Liebe keine Ahnung. Sie könnte dir in den Arsch treten und du würdest sie nicht erkennen. Du hast keinen Schimmer, wie es sich anfühlt, einen geliebten Menschen zu verlieren.* Zwei volle Jahre hatte Rush danach noch gegen die Wahrheit hinter Jacks Worten rebelliert. Eine Schöne nach der anderen hatte er sich ins Bett geholt, als folgte er einem Naturgesetz. Doch vor etwa einem Jahr war er neben einer Frau aufgewacht und hatte sich beim besten Willen nicht an ihren Namen erinnern können. In diesem Augenblick hatte sich bei ihm ein Schalter umgelegt und aus irgendeinem Grund hatte er sofort an Jayla denken müssen. Er hatte sehr lange und sehr genau in den Spiegel geschaut, und was er gesehen hatte, hatte ihm nicht gefallen.

Kurz nachdem er aufgehört hatte, wahllos mit allen möglichen Frauen zu schlafen, war ihm klargeworden, weshalb er das so lange getan hatte. Ja, klar, Sex machte ungeheuer viel Spaß, aber er war vor allem ein Getriebener gewesen. Er hatte versucht, eine ungreifbare Leere in seinem Inneren zu füllen. Inzwischen spürte er dieses Vakuum überdeutlich, hatte aber feststellen müssen, dass es sich nicht durch Bettgeschichten vertreiben ließ. Ganz gleich, wie viele es sein mochten. Und im Lauf des vergangenen Jahres hatte er endlich gemerkt, dass er keinerlei Leere empfand, wenn er mit Jayla zusammen war.

Doch Jayla war für ihn immer tabu gewesen. Von Anfang an. Nicht mit ihr zusammen sein zu können, war vermutlich der Hauptgrund dafür, dass er so rastlos von einem Bett ins andere gesprungen war. Er hatte einen Ersatz gesucht. Dabei war die Frau, der sein Herz gehörte, durch nichts und niemanden zu ersetzen.

An jenem Morgen war er aus dem Bett der namenlosen Schönheit gestiegen und hatte beschlossen, sein kindisches, rebellisches Verhalten hinter sich zu lassen und sich auf die Suche nach seinem Erwachsenen-Ich zu machen. Er hatte sich vorgenommen, Jayla zu sagen, was er für sie empfand. Selbst wenn er damit ihre Freundschaft aufs Spiel setzte. Denn Jack hatte recht: Von Liebe hatte er keine Ahnung. Ihm war nicht klar gewesen, dass Liebe einem Menschen nicht nur begegnen, sondern ihn ganz und gar ausfüllen konnte. Erst als er sich geöffnet und seine wahren Gefühle für Jayla zugelassen hatte, hatte er Jacks Worte auch wirklich verstanden. Denn die Liebe zu Jayla durchdrang jeden seiner Gedanken.

So gut wie alles, was er erlebte und was in ihm vorging, vertraute er ihr früher oder später an. Nur von Jacks Vorhaltungen und seinem Versuch, sich zu ändern, hatte er ihr nie erzählt. Er hatte der Wahrheit ins Auge geblickt und aufgehört, seinen Umgang mit Frauen zu beschönigen. Was er getrieben hatte, war kein Witz, nicht harmlos und schon gar kein Kavaliersdelikt. Er hatte sich furchtbar geschämt und zum ersten Mal seit sehr langer Zeit so etwas wie Angst empfunden. Sie hatte ihn bewogen, seine Bemühungen um Veränderung erst einmal für sich zu behalten. Was, wenn er Jayla sagte, er wolle ein besserer Mensch werden, und es dann nicht schaffte? Dann würde er weiterhin der Kerl sein, für den er sich schämte, und zusätzlich ein Versager. Um keinen Preis wollte er diese Art von

Enttäuschung in ihren Augen sehen. Selbst seine Familie hatte er in dem Glauben gelassen, er wäre noch immer der alte Playboy. Bei Videoanrufen oder gemeinsamen Abendessen hatte er die üblichen Sprüche von sich gegeben und die gewohnten Reaktionen erhalten.

Jayla wusste über seine Frauengeschichten Bescheid. Doch sie hatte ihn stets mit all seinen Fehlern angenommen. Seit Jahren witzelten sie über seine zahllosen kurzen Abenteuer und so schonungslos wie Jack hatte Jayla ihn nie mit seinem Verhalten konfrontiert. Genau genommen hatte sie ihm zu keinem Zeitpunkt das Gefühl gegeben, dass er sich für etwas schämen müsste. Das war typisch für sie. Sie stand in jeder Lebenslage bedingungslos hinter ihm. Aber jetzt war er an der Reihe. Jetzt musste er ihr beistehen und ihr helfen, das Problem zu lösen, von dem sie ihm nichts sagen wollte.

Er ging am Feuer in die Hocke und wärmte seine Hände.

»Hallo, schöner Mann.«

Rush drehte sich zu Danicas Stimme um. »Hey, was macht ihr denn hier?«

»Wir kommen oft zu den Lagerfeuerabenden«, erklärte Danica. »Die Kinder meiner Schwester kriegen gar nicht genug davon.« Rush hatte Kaylie und ihre Familie bei einem gemeinsamen Skiausflug mit Blake kennengelernt. Suchend ließ er den Blick schweifen.

»Heute sind sie ausnahmsweise nicht hier. Diese Woche hat Kaylie jeden Abend einen Auftritt«, erklärte Blake. »Wir sind nur zu zweit zum Turteln gekommen. Ein Lagerfeuer im Schnee ist immer sehr romantisch.« Er vergrub die Nase an Danicas Hals.

Turteln und Romantik. Das hatte ich mir für diese Woche auch gewünscht. Rush rieb sich den Nacken und versuchte, die

Gedanken an Jayla wegzuschieben.

Blake und Danica Zärtlichkeiten austauschen zu sehen, war nicht besonders hilfreich.

»Läuft alles gut mit dem Baby?« Rush hoffte, dass ein Themawechsel Jayla aus seinem Kopf vertreiben würde.

Danica löste sich aus Blakes Armen. »Oh ja.« Sie legte eine Hand auf ihren Bauch. »Es war faszinierend, den Herzschlag des kleinen Würmchens zu hören. Dabei klingt es gar nicht wie ein Herzschlag, sondern eher wie eine Art Wischgeräusch.«

»Ich kann noch gar nicht fassen, dass wir Nachwuchs kriegen. Aber es war höchste Zeit, denn bald bin ich alt und grau.« Blake fuhr sich mit der Hand durch das dichte schwarze Haar. »Bist du allein hier?«

Rush nickte. »Jap. Ein paar von der Mannschaft wollten eigentlich auch kommen, aber vermutlich sind sie schon ins Bett gefallen. Und die anderen sind in die Stadt gefahren. Sie haben von einer Kneipe gesprochen. Ich glaube, sie heißt Fingers.«

Blake und Danica tauschten einen Blick.

»Was ist denn?« Er hoffte, dass es Jayla nicht an einen zwielichtigen Ort verschlagen hatte.

»Nichts. Das Fingers ist bloß ein beliebtes Revier für Jäger und Sammler, wenn du weißt, was ich meine«, antwortete Blake.

Jäger und Sammler. Na prima. Und dorthin war Jayla in ihrem sexy Top, den engen Jeans und vermutlich in den brandheißen Lederstiefeln aus ihrem Schrank gefahren.

»Hier herrscht aber auch kein Mangel an hübschen Ladys.« Blake nickte in Richtung einer Gruppe junger Frauen. »Weshalb bist du allein?«

»Vielleicht will er es ja so.« Danica lehnte sich an ihren

Mann.

»Danica hat's erfasst«, bestätigte Rush, obwohl das von der Wahrheit meilenweit entfernt war. Wenn es nach ihm gegangen wäre, hätte Jayla jetzt in diesem Augenblick in seinen Armen gelegen. »Ich muss mich aufs Training konzentrieren.«

»Aber diese Woche stehen nur Workshops auf dem Plan, keine Wettkämpfe. Oder etwa doch?« Danica zog ihre Jacke ein wenig fester um sich.

Rush zuckte die Achseln. »Am Wochenende fahren wir das letzte Rennen der Saison. Also …«

Blake hatte Rush von seinen wilden Zeiten vor Danica erzählt, und davon, wie diese Frau jede erdenkliche Art von Leere in ihm gefüllt hatte. Sogar die leeren Stellen, von denen er zuvor gar nichts geahnt hatte. Sein Freund und er hatten offenbar eine ganz ähnliche Vergangenheit. Und Blake jetzt mit Danica zu sehen, gab ihm Hoffnung, dass er sich wirklich langfristig ändern konnte und dass es Frauen gab, die einem Mann sein unrühmliches Vorleben verziehen. *Jayla.* Dass Jayla ihm sein unrühmliches Vorleben verzieh.

»Die eine Woche hältst du sicher noch durch.« Blake zwinkerte ihm zu.

Rush bezweifelte, dass er noch einen einzigen Tag lang durchhalten würde, von einer Woche ganz zu schweigen. In seinem Kopf drehte sich ein Gedankenkarussell. Jayla hatte eine wahre Flut von Emotionen in ihm ausgelöst, und weil er schon bei dem Gedanken an ihr hauchzartes Top hart wurde, war sein Körper offenbar ebenfalls betroffen.

Neun

»Los kommt!« Kia zog Jayla und Teri schon zum fünften Mal auf die Tanzfläche. Dabei waren sie noch keine Stunde hier. Patrick hatte schon nach wenigen Minuten Anschluss gefunden und erklärt, er würde später allein ins Resort zurückfinden. Er hatte Jayla mit Kia und Teri alleingelassen und die beiden waren ganz offensichtlich auf der Pirsch und checkten Männer ab. Dass sie zur olympischen Skimannschaft gehörten, setzten sie dabei als Trumpfkarte ein, so wie irgendwelche Möchtegern-It-Girls die Namen von Berühmtheiten, mit denen sie angeblich befreundet waren. Jayla hingegen blieb lieber inkognito, was in einem Wintersportort wie Allure nicht einfach war. Hier kannte offenbar jeder ihre Gesichter. Im Gedränge auf der Tanzfläche kam ihr ein hochgewachsener Typ Mitte zwanzig, der nach Geld aussah und vor Testosteron nur so strotzte, deutlich näher als nötig. Sie ging auf Abstand, doch er ließ sich nicht abschütteln.

Kia hob die Brauen. *Heiße Schnitte*, formte sie mit den Lippen. Das tannengrüne Minikleid bildete einen dramatischen Kontrast zu ihrem flammendroten Haar. Beim Tanzen warf sie effektvoll den Kopf hin und her.

Hol du ihn dir, antwortete Jayla mit Lippenbewegungen.

Mit dem Tanzen hatte sie sich von Rush ablenken wollen, aber jeder Typ, der ihre Nähe suchte, stachelte nur ihre Sehnsucht nach ihm an.

Kia war nur zu gern bereit, sich zwischen sie und den nervigen Tänzer zu schieben. Damit sicherte sie ihr einen freien Abzug zum Tisch. Vom Rand der Tanzfläche aus winkte Teri ihr zu, die dort gerade mit einem großen Blonden ziemlich ungezogene Hüftschwünge vollführte. Sein Blick hing dabei gebannt an ihren Brüsten. Als Jayla sich drehte, um Teri zuzuwinken, stieß jemand gegen ihre rechte Seite, und ein rasender Schmerz durchzuckte ihre Schulter. Verdrossen arbeitete sie sich zum Tisch zurück und wünschte sich, sie hätte stärkere Schmerzmittel eingenommen oder wäre gleich zu Hause geblieben. Sie brauchte einen Plan B für die blöden Beschwerden. Ihr Plan A, sich heimlich auszukurieren, war von Anfang an zum Scheitern verurteilt gewesen.

Eine halbe Stunde vor Mitternacht setzten sie sich in den gemieteten SUV und fuhren zurück zur Lodge.

»Was für ein Hammer-Abend. Ich glaube, das machen wir morgen gleich noch mal«, schlug Kia beim Einbiegen auf den Resort-Parkplatz vor.

»Morgen stelle ich mich lieber in aller Ruhe ans Lagerfeuer.« Jayla sah, wie die beiden sich anschauten und die Augen verdrehten.

Kia stieg aus dem Wagen. »Das war's für heute mit dem Autofahren. Sollen wir uns noch auf einen Absacker an die Bar setzen?«

»Macht ruhig, aber ich lege mich jetzt aufs Ohr.« Jayla sog den Geruch von brennendem Holz ein, der von der Feuerstelle herüberwehte, und dachte an Rush.

»Eigentlich wollte ich dich gnadenlos abfüllen, damit du

mir deinen Startplatz für die Abfahrt überlässt.« Kia drehte eine feurige Locke um den Finger und lächelte, als machte sie einen Witz. Aber Jayla wusste, dass die ehrgeizige junge Athletin das nur halb im Scherz gesagt hatte. Zwar hatten Kia und Teri noch keine olympischen Medaillen gewonnen, doch für Jayla waren sie harte Konkurrentinnen. Auch bei den Fans wurden die beiden immer bekannter und populärer, nicht nur wegen ihrer Skierfolge, sondern auch durch die Zusammenarbeit mit Sponsoren aus dem Modesektor. Noch hatten die beiden nicht denselben Promistatus wie Jayla und Rush, aber sie holten zügig auf.

»Träum weiter. Ich habe ein paar Wochen mit Marcus durchgestanden, da halte ich das bisschen Gruppendruck locker aus. Aber danke für den Ausflug in die Stadt. Das war eine prima Idee.«

Jayla folgte dem gepflasterten Pfad den Hügel hinunter und um eine Gruppe Tannen herum zum Feuer. Nur tiefrote Glut und kleine Flämmchen durchdrangen noch die Dunkelheit. In der Hoffnung, Rush zu entdecken, musterte sie die Grüppchen, die plaudernd an der Feuerstelle standen. Als sie Rush nirgends sah, seufzte sie in einer Mischung aus Enttäuschung und Erleichterung auf. Sie wärmte ihre Hände an den erlöschenden Flammen, schaute hinauf in den Nachthimmel und hätte jetzt gern ein paar Marshmallows geröstet. Vielleicht halfen ja Süßigkeiten gegen ihren Kummer.

Beim ersten Stern, den sie entdeckte, schloss sie die Augen und wünschte sich etwas. *Erster Schein vom ersten Stern, ich wünsch mir was, ich hätte gern …*

Sie spürte seine Hände an der Taille und roch das vertraute Tommy-Hilfiger-Cologne, noch bevor seine Stoppeln an ihrer Wange kratzten.

»Erster Schein vom ersten Stern …«

Jaylas Lider öffneten sich flatternd. *Ich habe mir ein Zeichen gewünscht, wie ich mit meiner Verletzung umgehen soll, und der Himmel schickt mir Rush? Auweia, ich habe wohl mit dem falschen Stern gesprochen. Oder aber ihr Sterne kennt meine Wünsche besser als ich selbst.*

Rush stellte sich neben sie. »Ich dachte, ihr zieht um die Häuser und streicht die Stadt knallbunt an.«

»Schon erledigt.« *Ich bin so froh, dass du hier bist.*

»Prima. Ich weiß doch, wie gerne du tanzt.«

»Ja, die Musik war toll.« *Es tut so gut, dass du weißt, was mir gefällt.*

»Ich habe was für dich, falls du morgen Abend Lust aufs Lagerfeuer hast.« Er zog eine Tüte Marshmallows aus der Tasche.

Jayla schnappte sie sich und holte Luft. Sie hatte ein schlechtes Gewissen, weil sie ihm nichts von ihrer Schulter gesagt hatte, und vielleicht auch ein bisschen wegen ihrer Fantasien über ihn. Er war so lieb und fürsorglich. Da durfte sie doch nicht so lüstern an ihn denken. *Oder doch?* Sie hielt ihm die Tüte wieder hin.

Plötzlich fühlte sich alles, was bislang immer ganz normal gewesen war, so an, als würde sie ihn ausnutzen. Die Männer, mit denen sie gelegentlich ausging, machten sich nie so viele Gedanken wie Rush. Er war immer unglaublich aufmerksam, und das ganz ohne sie abschleppen zu wollen. Er freute sich für sie, wenn sie tanzen ging, weil sie das für ihr Leben gern machte. Er brachte ihr Marshmallows. Er kannte ihren Lieblingsfilm und den Film, den sie am scheußlichsten fand. *Kein Wunder, dass ich dich so liebe.* Und was tat sie? Sie hielt ihre Schulterverletzung vor ihm geheim und schwärmte auf eine ziemlich unanständige Art für ihn. Ihr schlechtes Gewissen meldete sich überdeutlich und sie gab ihm die Marshmallows zurück.

»Hier, bitte.«

Er legte die Stirn in Falten. »Die sind für dich.«

»Ich weiß, aber …«

Er stopfte die Tüte in die Tasche und sie sah seine Kiefermuskeln zucken.

»Marcus muss dich ziemlich durcheinandergebracht haben.«

Du bringst mich durcheinander. »Marcus war nicht mehr als ein sehr dummer Fehler.« Sie spielte mit dem Saum ihres Jackenärmels.

»Was ist denn dann los? Habe ich etwas falsch gemacht?« Er zog die Brauen zusammen.

Ich komme einfach nicht dagegen an. Du bist da und mir wird ganz heiß. Sie schaute in seine Augen und hätte sich dabei am liebsten in seine Arme geworfen. Doch wenn sie das tat, würde sie sich an ihm festklammern und an ihm hochsteigen bis zum Gipfel. *Oh Gott. Keine Gipfel. Nicht mit dir.* Sie schaute weg. »Es liegt nicht an dir und es geht mir gut. Wirklich.«

»Das sagst du in letzter Zeit ziemlich oft. Dass es dir gut geht, meine ich. Aber weißt du was, Jayla?« Er rückte einen Schritt näher.

Sie vergaß zu atmen.

Er senkte sein Gesicht zu ihr. »Das kaufe ich dir nicht ab.«

Als er sich wieder zu seiner vollen Größe aufrichtete, berührte sie ihn aus purer Gewohnheit mit den Fingerspitzen am Bauch wie schon eine Million Mal zuvor. Normalerweise sagte sie ihm damit kumpelhaft freundschaftlich: *Immer mit der Ruhe,* oder: *Lass mir ein bisschen Luft zum Atmen.* Doch diesmal durchzuckte sie dabei die Lust wie ein Stromschlag. *Oh Gott.*

Oh Gott. Oh Gott. Sie wich einen Schritt zurück und ließ die Hand sinken.

»Es geht mir wirklich gut, Rush. Es ist alles … in Ordnung.« *Und warum zittert meine verdammte Stimme?* »Außerdem war es meine Schuld, dass ich mich so lange mit Marcus herumgequält habe, nicht deine.«

Er schloss die Lücke zwischen ihnen und griff nach ihrer Hand. Sie würde alles an die Wand fahren. Die Freundschaft mit Rush, ihre Karriere. Vielleicht hatte Marcus ja doch einen größeren Schaden angerichtet als den kleinen Riss in ihrem Schutzpanzer. *Vielleicht hat er gesehen, was ich verberge.* Sie wollte Rush und sie wollte ihn sehr. Deshalb musste sie schleunigst hier weg. Sie versuchte, die Hand aus seiner zu ziehen, doch er hielt sie fest und führte sie zu den Bäumen.

Jayla stolperte neben ihm her. »Rush?«

Behutsam legte er die Hände auf ihre Arme und sofort durchlief sie ein wohliges Kribbeln. Erst nach einer Sekunde merkte sie, dass er ihren rechten Arm kaum berührte. Als er das Gesicht zu ihr senkte, glaubte sie, er wollte sie küssen. Sie machte sich auf etwas gefasst, worauf sie seit ihren Teenagertagen gewartet hatte. Verdammt, sie war nicht stark genug, um jetzt davonzulaufen. Vor ihr stand Rush und er roch so gut und … Er legte die Wange an ihre, zog sie an sich und hielt sie fest.

»Was war das?«, flüsterte er.

»Was war was?«

»Als du mich eben am Bauch berührt hast. Du hast es gespürt. Das weiß ich. Und, verdammt, ich auch. Was passiert mit uns, Jay?«

Ihr Körper fühlte sich an wie abgeschaltet, doch ihr Kopf kannte tausend Antworten. Oder vielleicht nur eine. *Du wachst endlich auf. Nach so vielen Jahren.* Sie holte Luft und öffnete den Mund. Aber er strich ihr das Haar von der Wange und verhinderte damit, dass sie auch nur ein einziges Wort hervorbrachte.

»Ich will dich küssen«, flüsterte er.

Mich küssen? Sie konnte kaum glauben, was sie hörte. Sie versuchte, sich zurückzulehnen, damit sie ihm in die Augen schauen und nachsehen konnte, ob er sie womöglich aufzog. Doch er hielt sie fest und ihr blieb nichts anderes übrig, als seinem heißen Atem an ihrem Hals nachzuspüren und jedem seiner Worte zu lauschen.

»Ich muss dir etwas sagen.«

Er ließ sie los, doch sie konnte sich nicht regen. Seine Worte, seine Berührung und das Gefühl seines Körpers an ihrem hatten sie mit einem Bann belegt.

»Aber vorher wüsste ich gern, ob ich jetzt komplett den Verstand verloren habe. Moment, nicht antworten …« In seinem Blick lag tiefe Aufrichtigkeit. Seine dunklen Augen hielten sie fest. »Es ist schwer, es zu erklären. Aber ich versuche es jetzt einfach.« Er führte ihre Hand an seine Lippen und küsste sie.

Jayla hielt den Atem an.

»Ich habe an mir gearbeitet, Jayla. Ich bin ein anderer geworden und auch meine Gefühle für dich sind nicht mehr dieselben.«

»Was? Aber …« Sie schüttelte den Kopf, holte mühsam Luft, war voller Freude, verwirrt und auch ein bisschen entrüstet. Wie konnte er sie beide in diese Situation bringen? Sie war wenigstens klug genug gewesen, ihre Gefühle zu ignorieren. »Was soll das heißen, du hast an dir gearbeitet?«

»Jayla.« Er streckte die Hände nach ihr aus.

Sie wich zurück. Marcus' Worte klangen ihr noch im Ohr. *Du warst immer bloß hinter Rush her, nicht hinter mir.* Hatte sie deshalb in ein Date mit dem Vollpfosten eingewilligt? Um Rush eifersüchtig zu machen? Gehörte sie damit zu den Frauen, die wider besseres Wissen die Nähe von Männern suchten, die ihnen nicht guttaten? Nein. Das traf ganz bestimmt nicht auf sie zu. Ihre früheren Freunde hatten sie liebevoll und anständig behandelt. Die Sache mit Marcus war ein Fehler gewesen, den sie niemals wiederholen würde. Nicht einmal für Rush.

»Nein.« Ihre Unterlippe zitterte. »Was soll das werden? Bist du wahnsinnig?« Ihre Arme und Beine zitterten nun ebenfalls. »Ich bin's, Rush, deine alte Freundin Jayla. Ich kenne dich.« Sie lachte auf, doch das klang nicht heiter, sondern eher nervös und als wäre sie den Tränen nahe. »Ich kenne dich nur zu gut. Du wirst mir das Herz brechen. Ich kann viel ertragen, aber nicht das. Nicht von dir.«

»Aber ich habe …«

»Nein.«

Rush machte einen Schritt auf sie zu, sie wich einen Schritt zur Seite. Er sagte all das, worauf sie so lange gehofft hatte. Doch sie hatte zu viel Angst, um klar denken zu können oder sich noch mehr anzuhören.

»Jayla, unsere Freundschaft ist mir unsagbar wichtig. Und das hier, was immer es ist, macht auch mir eine Scheißangst.« Einem Moment lang ging er auf und ab, dann drehte er sich wieder zu ihr. »Heißt das, du spürst nichts? Überhaupt nichts? Wirklich?«

Natürlich spüre ich es! Sie verschränkte die Arme vor der Brust, wich einen weiteren Schritt zurück und schüttelte den Kopf.

Er musterte sie skeptisch. »Ich werde mich dir nicht

aufzwingen.«

»Ich … ich weiß.«

»Ich habe viel nachgedacht, Jay, das ganze letzte Jahr. Ich bin nicht mehr der Mann, der sich eine Frau nach der anderen ins Bett holt. Das war ich viel zu lange, und es tut mir zutiefst leid, dass ich überhaupt so war. Und in den vergangenen Monaten ist mir endlich auch klargeworden, was ich für dich empfinde. Damit hatte ich im Leben nicht gerechnet. Ich habe versucht, es zu ignorieren, zu vergessen. Aber dich vergessen kann ich nicht, Jay.« Sein linker Mundwinkel zuckte. »Und ehrlich gesagt, möchte ich das auch gar nicht.« Er wandte sich ab und zog sich die Mütze noch tiefer ins Gesicht.

»Was willst du jetzt von mir hören, Rush? Was du da sagst, macht mich fassungslos. Wie soll ich dir glauben?« Hektisch schnappte sie ein paarmal nach Luft. »Denkst du wirklich, ich will eine der Frauen werden, mit denen du schläfst, nur um sie sofort wieder zu vergessen?« Sie verschränkte die Arme noch fester.

Er schaute sie einfach an, und sein offener, unverstellter Blick ließ sie beinahe schwachwerden. Er rückte wieder ganz nahe an sie heran.

»Nein. Auf gar keinen Fall. Ich habe mich geändert.«

Sie verdrehte die Augen.

»Weißt du was? Das hier ist tatsächlich ziemlich gaga. Schon klar. Du bist meine beste Freundin und etwas anderes sollte ich mir auch nicht wünschen. Aber ich komme nicht dagegen an.«

Rushs Stimme wurde lauter, klang dabei aber nicht ärgerlich oder wütend. Seine angespannten Muskeln verrieten ihr, wie frustriert er war. Er sah aus, als müsste er sich mit aller Macht davon abhalten, ihr noch näher zu kommen.

»Aber weißt du, was noch ziemlich gaga ist?«, fragte er.

»Dass du Geheimnisse vor mir hast. Mal abgesehen von der Sache mit Marcus war ich immer für dich da. Weshalb ziehst du jetzt eine Mauer zwischen uns hoch?«

»Als ich mit Marcus Schluss gemacht habe, warst du da.«

»Aber ich hätte von Anfang an verhindern müssen, dass du ihn überhaupt datest.« Er machte einen Schritt zur Seite. Breitbeinig stand er vor ihr im Schnee und sein ernster Blick durchbohrte ihr Herz.

»Es verhindern? Du bist mein Freund, nicht mein Dating-Coach.«

»Ja, schon klar. Aber ich hätte besser auf dich aufpassen müssen. Ich habe versagt.«

»Was ich tue oder lasse, liegt nicht in deiner Verantwortung, und ich ziehe keine Mauern hoch.« *Oder doch?*

Er zerrte sich die Mütze vom Kopf, strich sich mit der Hand übers Gesicht und setzte die Mütze wieder auf. »Ich möchte dir gerne den Menschen zeigen, zu dem ich inzwischen geworden bin. Dann kannst du dich selbst von den Veränderungen über-zeugen. Großer Gott, Jayla, mir wird schon bei dem Gedanken übel, außer dir noch irgendeine andere Frau auch nur anzusehen. Ich will nur dich.«

Verzweifelt suchte sie nach ihrer Stimme. In ihr kämpften das Verlangen nach ihm und ihr Selbsterhaltungstrieb um die Oberhand. »Und wie stellst du dir das vor?«, stieß sie schließlich hervor. »Willst du mir etwas vorgaukeln, mich in dein Bett locken, nach dem letzten Rennen von dannen ziehen und so tun, als wäre nichts gewesen?« Tränen traten in ihre Augen. »Das wäre das Ende unserer Freundschaft.«

Heute und hier sagte er plötzlich all das, was sie sich seit Ewigkeiten von ihm wünschte. Zu gerne hätte sie die Arme um seinen Hals gelegt und die Lippen auf seine gedrückt, sich an ihm festgeklammert wie eine Ertrinkende. Aber sie war nicht sicher, ob sie ihm glauben konnte. Konnte man sich wirklich so grundlegend ändern? Sollte sie den Versuch wagen, es herauszufinden, und dafür ihre Freundschaft aufs Spiel setzen? War dieser Einsatz nicht zu hoch? Sie war völlig ratlos. Im Moment wusste sie ja kaum, wie sie sich auf ihren Beinen aus Pudding halten sollte.

»Nein.« Es war kaum mehr als ein Flüstern. »Ich werde einfach ich selbst sein und hoffen, dass du die Veränderung erkennst und siehst, dass ich ein besserer Mann geworden bin. Wegen dir. Für dich.« Er legte seine warme, raue Hand an ihre Wange.

Stoß ihn weg. Lauf davon. Sie brachte es nicht fertig.

Sein Kiefer spannte sich an, seine Augen wurden dunkler. »Ich kann nicht anders, Jayla. Ich will dich immer noch küssen.«

Trotz der unübersehbaren Warnsignale, die in ihrem Kopf um die Wette blinkten, weckten seine Stimme, die Liebe in seinen Augen und seine behutsamen, ruhigen Bewegungen in ihrem Herzen Vertrauen. Und bald hüllte es sie ein wie eine zärtliche Umarmung. All die Angst, die in ihr aufgestiegen war, verebbte. »Du willst ...«

»Dich küssen. Aber wenn du nicht fühlst, was ich fühle, lasse ich es natürlich bleiben. Es ist bloß ...« Er hielt inne und legte die Stirn in Falten. »Ich ... Meinst du, du hast einfach bloß Angst, oder empfindest du wirklich nur Freundschaft für mich?« Seine Stimme war kaum noch zu hören. »Sag es mir, Jay. Was willst du?«

Sie öffnete den Mund, brachte aber keinen Ton heraus. So unendlich lange hatte sie sich gegen ihre tiefsten Wünsche gestemmt. Sie wollte ihn, vertraute ihm, und sie hatte die Nase so verdammt voll davon, die Liebe niederzukämpfen, die seit ihren Teenagertagen in ihr gewachsen war. Sie nickte. Zumindest nahm sie es an. Das wilde Rauschen des Blutes in ihren Ohren und das stürmische Pochen ihres Herzens machten Denken fast unmöglich. Oh Gott, wie sehr sie hoffte, dass sie genickt hatte.

Er schaute ihr noch immer fragend in die Augen.

»Küss … küss mich. Küss mich, Rush«, flüsterte sie.

Er legte die Lippen auf ihre und Jayla schloss die Augen. Als ihr Körper mit seinem verschmolz, war es, als driftete sie hinaus auf einen weiten Ozean von Gefühlen. Rushs Lippen waren weich und warm, voll und sinnlich, genau wie in ihren sehnsüchtigsten Träumen. *Ich sollte das lassen.* Doch offenbar hatte es zwischen ihrem Gehirn und dem Rest ihres Körpers einen Kurzschluss gegeben, denn ihre Lippen öffneten sich und ihr Becken drängte sich an seines. Verdammt, das fühlte sich himmlisch an. *Hart.* Und weil Rush sich so himmlisch und hart anfühlte, wurde ihr heiß vom Scheitel bis zu den Zehen. Seine Zungenspitze wanderte von ihrer Unterlippe zu ihrem Mundwinkel und von dort über ihre Oberlippe. Sie wollte vor Verlangen vergehen. Dann endlich, endlich legte er den Mund zu einem tiefen, sinnlichen Kuss auf ihren. Eine seiner starken Hände schob sich in ihr Kreuz, die andere fand den Weg unter ihr Haar. Sie spürte, dass er sie nicht bloß küsste, nein, er brannte ihr all die Empfindungen, die dieser Kuss und sein Körper in ihr auslösten, fest ins Gedächtnis. Und er küsste einfach meisterhaft. Das überwältigende Kribbeln, das er dabei in jeden Winkel ihres Körpers sandte, würde sie ebenso wenig vergessen wie das Gefühl seiner Brust an ihrer und den Hunger, mit dem ihre Zungen einander umtanzten. Drängende kleine Lustlaute stiegen aus ihrer Brust und verfingen sich in ihren

Mündern. Diesen Augenblick hatte sie sich so lange herbeigewünscht, ihn sich tausendmal ausgemalt. Auf ewig würde sich das Gefühl seines Hinterkopfs und seines Haars unter ihren Fingerspitzen in ihre Erinnerung einprägen. Sie zog ihn noch fester an sich und wünschte sich, dieser Kuss würde niemals enden. Für immer würde ihr im Gedächtnis bleiben, wie aufregend prickelnd seine Stoppeln an der weichen Haut ihrer Wangen rieben. Nur weil sie Luft holen mussten, ließen sie schließlich voneinander ab. Dieser Kuss war einfach perfekt gewesen, und dass Rush so viel Übung im Küssen hatte, tat weh. Doch in diesem Augenblick war der schneidende Schmerz schon beinahe – *beinahe* – verblasst.

»Oh Gott.« Er atmete schwer. »Ich muss mich eine halbe Ewigkeit lang gefragt haben, wie sich deine Lippen wohl anfühlen würden.«

Jayla war gebannt von dem Wunsch, ihn noch einmal zu küssen. Sprechen hätte sie jetzt nicht können. Um keinen Preis der Welt.

Als er fragte: »Kann ich dich zu deinem Chalet zurückbringen?«, suchte sie noch immer nach ihrer Stimme. Sie konnte nur nicken und hoffen, dass ihre Beine sie trugen.

Schweigend gingen sie den Pfad zu den hübschen kleinen Wohnhütten entlang. Hinter ihnen verklangen die Stimmen der Menschen am Feuer. Rush konnte das Knistern zwischen ihm und Jayla unmöglich ignorieren. Sie zu küssen, war unvergleichlich. Nie zuvor hatte ein Kuss ihn so aufgewühlt. Und er wusste auch genau, weshalb Jayla zu küssen so anders war. So groß. So perfekt. Weil er für sie etwas empfand, was er noch für keine andere empfunden hatte. In den langen Monaten des Nachdenkens war es ihm gelungen, die Türen zu seinen tiefsten Gefühlen zu öffnen, und hinter jeder einzelnen hatte er Jayla gefunden. Immer nur Jayla.

Je näher sie ihrem Chalet kamen, desto schwerer wurde sein Herz, weil er sich gleich von ihr verabschieden musste. Jahrelang war sie nicht nur seine beste Freundin gewesen, sondern auch eine starke Frau, die er bewunderte, und der Mensch, dem er am meisten vertraute. Nur Jayla hatte er gestanden, wie sehr er sich von seinem Vater unter Druck gesetzt fühlte und wie sehr er seinen älteren Bruder vermisst hatte, als der ans College gegangen war. Verdammt, sogar von seinem ersten Mal mit einem Mädchen hatte er ihr erzählt. Jetzt wünschte er, dieses Mädchen wäre sie gewesen. Sie kannte ihn mit all seinen Fehlern und hatte ihn stets so angenommen, wie er war. Dass sie so viel über ihn wusste, konnte jetzt allerdings zum Grund werden, weshalb sie nicht mehr wollte als eine gute Freundschaft. Der Gedanke war wie ein Schlag in die Magengrube. Abgesehen von seinen Angehörigen war sie die einzige Person, die er liebte – *ja, ich liebe dich.* Er würde alles tun, was in seiner Macht stand, um ihr zu beweisen, dass er es wert war, von ihr zurückgeliebt zu werden.

Die Veranda von Jaylas Chalet lag im Dunkeln. Mit zittrigen Fingern schloss sie die Haustür auf. Rush unterdrückte den innigen Wunsch, sie in seine Arme zu reißen, in ihr Schlafzimmer zu tragen und bis zur völligen Erschöpfung zu lieben. Sie hob den Kopf. Ihre Lippen waren leicht geöffnet, in ihren Augen lagen Verlangen, Sehnsucht und … eine gewisse Traurigkeit.

Er strich mit dem Finger über ihre Wange. Liebend gern

wollte er ihr alle Bedenken nehmen, doch er wusste, dass nur die Zeit ihr zeigen würde, wie sehr er sich zum Besseren verändert hatte.

»Falls du fürchtest, ich würde unseren Kuss für einen Fehler halten, täuschst du dich, Jay. Ich bin nicht mehr so, wie ich war.«

»Ich mochte dich so, wie du warst.«

Ihre Stimme war kaum mehr als ein Flüstern, doch in ihren Augen konnte er lesen, dass die Worte von Herzen kamen. »Du mochtest den Mann, der ich gewesen bin, wenn wir zusammen waren. Aber wir wissen beide, dass es noch eine andere Seite gab.«

Sie wandte den Kopf ab, doch er hob behutsam ihr Kinn an, damit sie ihn wieder anschauen musste.

»Ich mag den Mann, der du bist, wenn wir zusammen sind.« Sie hakte einen Finger in die Tasche seiner Jeans. »Dass es diese andere Seite ebenfalls gibt, weiß ich natürlich. Von deinen … Abenteuern hast du mir oft erzählt. Und jedes hat mir das Herz immer noch ein bisschen schwerer gemacht. Aber … gemocht habe ich dich immer.«

»Du hast mich … *gemocht*? Du meinst …?«

»Vielleicht.«

»Jayla.« Ernst schaute er ihr in die Augen.

Sie senkte die Lider und wandte sich ab.

Verdammt. Ich hätte schon vor einem Jahr mit ihr sprechen sollen, gleich als mir klargeworden ist, wie sehr ich sie liebe. »Warum hast du nie etwas gesagt?«

»Welchen Sinn hätte das gehabt? Was hätte ich damit ausgerichtet?« Sie vergrub das Gesicht an seiner Brust. »Unsere Freundschaft ist so wunderbar und sie ist mir so wichtig. Ich wollte lieber deine beste Freundin sein und die Frau, der du alles erzählst, als eine, mit der du ins Bett gehst und sie dann vergisst.«

»Jay.« Er nahm sie fest in die Arme. »Gib mir die Chance, dir den neuen Rush zu zeigen. Dich könnte ich niemals vergessen.«

Wieder schaute sie weg und berührte seinen Bauch wie schon vorhin unter den Bäumen. Ihre Fingerspitzen streiften die Muskeln direkt oberhalb seiner Taille. Sofort beschleunigte sich sein Puls und er wurde wieder hart. Sie drängte das Becken an seines und sandte ihm damit eine klare und doch widersprüchliche Botschaft. Jayla noch einmal in die Arme zu nehmen und erneut zu küssen, stand ihm nicht zu. Doch er konnte sich nicht losreißen. Als er spürte, wie ihr Bein sich zögernd an seinem nach oben schob, fand seine Hand zu ihrem Hintern. Zu ihrem unfassbar verführerischen, perfekten Hintern. Er durfte keinen Schritt weitergehen, das war ihm bewusst. Die Rückseiten ihrer Oberschenkel zu reiben, als gehörten sie ihm, stand ihm eigentlich nicht zu. Aber, *großer Gott*, sie fühlte sich so gut an. Als sie einen sinnlichen und sehr weiblichen kleinen Laut ausstieß, der ihr Verlangen nach ihm verriet, drückte er sie gegen die Wand des Chalets und küsste sie tief. Ihre kalten Hände stahlen sich unter seinen Pullover und ein Luststrahl durchzuckte ihn wie ein eisheißer Blitz. Er schnappte nach Luft.

»Jayla.« Forschend schaute er ihr in die Augen. Sie waren voller Leidenschaft und forderten: *Liebe mich.* Doch er sah auch die Schatten des Zweifels darin. Deshalb bremste er sich. Nichts war ihm je so schwergefallen, wie ihre Hände von seinem Körper zu lösen. Als sie von seiner Haut glitten, stieß er lange und tief den Atem aus.

Sie schaute ihm lächelnd ins Gesicht. »Du hast mich schon

immer mühelos durchschaut. Und mir gegenüber warst du immer ein Gentleman.«

Ein Nicken war alles, was er zustande brachte.

»Gute Nacht, Rush.« Sie wandte sich ab, betrat das luxuriöse kleine Holzhaus und schloss die Tür hinter sich.

Rush starrte die Tür an, als wäre sie sein Feind. Doch eigentlich wusste er es besser. Während er widerstrebend und noch immer steinhart die Verandastufen hinunterstieg, regte sich in ihm eine Erkenntnis. Es gab keinen Feind. Es gab nur seine Vergangenheit und seine Veränderung. Und es gab die Brücke aus Beweisen, die er mit ganzer Kraft errichten wollte.

Zehn

Jayla war, als wäre sie mit Rush durch eine geheime Tür getreten und in einem Wunderland gelandet, das sie nie wieder verlassen wollte. Ob das wirklich schlau war, konnte sie nicht sagen. Aber es fühlte sich fantastisch an. Sie lag im Bett und dachte an Rush und den unvergleichlichen Kuss, bis sich die ersten Sonnenstrahlen durch die Vorhänge stahlen. Widerstrebend stemmte sie sich hoch, schlüpfte in ihre Sportsachen und begann nach einem kritischen Blick in den Spiegel mit den Schulterübungen. Ein aussichtsloser Kampf. Nicht einmal ihrem Spiegelbild konnte sie in die Augen schauen, ohne ein schlechtes Gewissen zu bekommen, weil sie Rush ihre Verletzung verheimlichte.

Bislang hatte sie sich stets auf ihren gesunden Menschenverstand verlassen. Angefangen von ihrer Entscheidung, sich ganz dem Skifahren zu verschreiben, bis hin zur Wahl ihrer Freunde und Liebhaber. Okay, drei Liebhaber waren eine ziemlich überschaubare Zahl, aber sie hatte es nicht anders gewollt. Zum Glück war ihr schnell klargeworden, dass Marcus zu daten eine ihrer dümmeren Ideen gewesen war, und trotz der Zeit, die sie zusammen verbracht hatten, hatte sie nicht mit ihm geschlafen. Sie nahm an, dass er vor allem deshalb mit nach

Colorado gekommen war. In der Workshop-Woche hatte er den einen Sieg einfahren wollen, den Rush noch nicht errungen hatte. Was Männer anging, zweifelte sie langsam ernsthaft an ihrer Urteilsfähigkeit. Ratschläge holte Jayla sich nur selten, aber wenn es doch einmal nötig wurde, konnte sie jederzeit auf ihre Schwestern bauen. Am liebsten hätte sie jetzt mindestens eine von ihnen hier in dem Chalet in den Bergen gehabt. Mia, ihre älteste Schwester, war eine nie versiegende Quelle kluger Gedanken. Und Jennifer war gnadenlos ehrlich. Außerdem scheute sie sich im Gegensatz zu Mia nicht davor, auch über die intimeren Aspekte einer Beziehung zu sprechen. Jayla lehnte sich an die Kommode, betrachtete das Familienfoto und überlegte, welche Schwester sie mit ihrem Liebesleben behelligen sollte. Sie entschied sich für eine kräftige Dosis Ehrlichkeit. Jennifer nahm beim zweiten Klingeln ab.

»Wie geht's denn meiner pfeilschnellen, supersüßen kleinen Baby-Schwester?« Jennifer war nur siebzehn Monate älter als Jayla, doch diesen Altersunterschied betonte sie immer gern.

»Das Baby der Familie ist immer noch Jared.« Ihre Eltern hatten die seltsame Idee gehabt, allen ihren Kindern Namen mit dem Anfangsbuchstaben J zu verpassen. Mia hieß eigentlich Jocelyn, hatte aber als Teenager erklärt, sie fände die J-Namen blöd, und ließ sich seither mit ihrem zweiten Vornamen ansprechen. Ihr Bruder Jace war sechsunddreißig und damit der Älteste der Geschwisterschar. Danach kamen Mia, Jennifer, Jayla und dann Jared, der Jüngste.

»Jared ist mein supersüßer Baby-*Bruder*.«

Jayla hörte im Hintergrund Papier rascheln. Jennifer leitete eine Highschool und hatte immer viel um die Ohren.

»Bist du in der Schule?«

»Ja. Einer muss den Laden ja am Laufen halten.«

Jayla stellte sie sich in ihrem Bleistiftrock und einer taillierten Bluse vor, das lange dunkle Haar hochgesteckt und mit einem Stift oder einem anderen ähnlich schulmeisterhaften Gegenstand befestigt, der an ihrer sexy Schwester absolut deplatziert wirkte.

»Wie geht's dir? Was macht das Arschloch? Hast du ihm schon einen Tritt gegeben?«

Jayla seufzte. Die Wochen mit Marcus schienen bereits ein halbes Leben zurückzuliegen und kamen ihr inzwischen vor wie ein böser Traum. »Ja. Es war höchste Zeit. Und du als meine weise ältere Schwester hättest *mir* in den Hintern treten und mich dazu zwingen sollen, den Kerl schon viel früher abzuservieren.«

»Hast du vergessen, wie eine ganz bestimmte, sehr besorgte Person mehr als einmal bis drei Uhr morgens auf dich eingeredet und dich gedrängt hat, genau das zu tun?« Bevor Jayla etwas sagen konnte, fügte Jennifer hinzu: »Ich glaube, deine Antwort lautete: *Nichts ist so wichtig wie das nächste Rennen. Einen Tag, eine Woche oder so halte ich es schon noch mit ihm aus.* Herrje. Ich war richtig sauer auf dich.«

»Ja, okay, aber zu dem Zeitpunkt lagen noch drei Wettkämpfe vor mir und ich hatte den Kopf zum Platzen voll mit anderen Dingen. Nächstes Mal solltest du mir vielleicht ernsthaft drohen. Aber wie dem auch sei, ich brauche einen Rat.«

»Wirst du ihn diesmal befolgen?«

Jayla hörte den Sarkasmus in Jennifers Stimme und stellte sich vor, wie sie die perfekt gestylten Brauen über den haselnussbraunen Augen hochzog. »Ja. Vielleicht.«

Jennifer seufzte. »Okay, ich helfe, wo ich kann. Aber es muss schnell gehen. In etwa sechs Minuten habe ich einen

Termin. Ein neuer Lehrer will sich vorstellen.«

»Es geht um Rush ...« In Erwartung einer ganzen Salve von vernichtenden Bemerkungen zog Jayla die Schultern hoch. Ihre Familie kannte Rushs Ruf als Playboy. So wie vermutlich die ganze Welt. Seit er vor zwei Jahren olympisches Gold gewonnen hatte, folgten die Medien ihm auf Schritt und Tritt. Und auf fast jedem Foto in den Klatschzeitschriften hatte er eine andere Frau am Arm.

»... der seit Ewigkeiten dein bester Freund ist und, wenn ich das sagen darf, ein rattenscharfer Playboy.« Wieder raschelte Papier.

Jayla hörte eine Tastatur klappern und nahm an, dass Jennifer bereits das Interesse an diesem Gespräch verlor. Ihre Ratschläge mochten Gold wert sein, doch sie hatte die Aufmerksamkeitsspanne eines Eichhörnchens.

»Ja, genau der. Im Augenblick geben wir zusammen ein paar Ski-Workshops und ...«

»Und plötzlich ist nichts mehr wie früher. Er ist ein anderer Mann geworden und du eine andere Frau, und du kannst es kaum erwarten, ihm die Kleider vom Leib zu reißen. Stimmt's?«

»Jennifer.«

»Was ist? Wir wissen beide, dass du ihn willst. Und nicht erst seit gestern. Außerdem höre ich das deiner Stimme an. Willst du bloß meinen Segen oder soll ich sagen: *Nimm dich in Acht?*«

»Ich weiß nicht, was ich will, verdammt noch mal. Deshalb rufe ich dich ja an.« Jayla ging zum Wohnzimmerfenster und schaute hinaus auf die schneebedeckten Berge. Sonnenstrahlen fielen durch die Wolkenlücken und sorgten für dramatische Lichteffekte. Diese majestätische Kulisse hatte etwas Beruhigendes. Und ihre Liebe zu den Bergen verband sie mit

Rush.

»Du willst meine Meinung? Okay. Können Menschen sich ändern? Natürlich. Selbstverständlich. Nur leider ist schwer einzuschätzen, ob eine Veränderung dauerhaft oder nur vorübergehend ist. Dazu kann ich nichts sagen, weil ich nicht da bin und ihm nicht in die Augen schauen kann.« Die Tastatur hörte auf zu klappern. »Was sagt dir denn dein Bauchgefühl?«

»Dass *meine* Gefühle für ihn sich nie geändert haben.«

»Schön. Aber ob das gut ist, darfst du mich nicht fragen. Du kennst seine Schwäche für schöne Frauen. Für viele, viele, viele schöne Frauen. Trotzdem warst du immer ganz hingerissen von ihm. Und was sagt uns das?«

»Dass ich eine Idiotin bin?«

»Hey, sei nicht so streng mit meiner Baby-Schwester. Vielleicht sagt es uns ja, dass du ihn wirklich liebst. Ich bin wirklich keine Beziehungsexpertin, aber eigentlich geht es doch vor allem um eins: Wenn du dich entscheidest, mit ihm zusammen zu sein, und zwar richtig, kann er sich natürlich nicht gleichzeitig durch andere Betten wühlen.«

»Natürlich nicht.« Jayla lehnte sich an die Fensterbank, zwirbelte eine Haarsträhne um den Finger und überlegte, ob sie Jen auch gleich von ihrer Schulter erzählen sollte. Ihre Familie hatte nie so richtig erfasst, wie eine Leistungssportlerin tickte. Auch mit wie viel Ehrgeiz und Leidenschaft sie dem Skifahren frönte, war ihren Angehörigen stets ein wenig rätselhaft erschienen. Rush verstand beides. »Ein Lügner oder Betrüger war Rush nie. Soweit ich weiß, war er mit keiner seiner Eroberungen je in einer ernsthaften Beziehung. Ich glaube sogar, dass er noch nie eine hatte.«

»Hallo? Gehen da bei dir nicht sämtliche Alarmlichter an?«

Jayla seufzte. *Nein.* Von ihrer Verletzung würde sie jetzt

nichts sagen. So sehr sie Jennifers Ehrlichkeit schätzte, eine Überdosis wollte sie sich im Moment nicht antun. »Vielleicht. Aber vielleicht spricht das ja für ihn und seine Ehrlichkeit. Was sein Verhältnis zu Frauen angeht, hat er mir nie etwas vorgemacht. Weder über die Zahl seiner Flammen noch über seine mangelnden Gefühle für sie oder sonst irgendwas.«

»Hör mal, ich muss Schluss machen. Aber du wolltest einen Rat.« Jennifer legte eine so lange Pause ein, dass Jayla schon fürchtete, ihre Schwester hätte sich in ihren Schreibarbeiten verloren. »Ich muss dir leider sagen, ich habe keinen. Zum ersten Mal im Leben scheue ich mich vor einer klaren Aussage. Was, wenn er tatsächlich Mister Richtig für dich ist? Oder was, wenn er sich letztendlich doch als Dreckskerl erweist?«

»Wirklich, Jen? Das soll schon alles sein? Jetzt bin ich fast noch mehr durcheinander als vor meinem Anruf bei dir.«

»Das tut mir leid, nur diesmal kann ich dir nicht wirklich helfen. Aber ich habe eine Idee …« Jennifer seufzte laut auf. »Schlaf mit ihm, finde raus, ob ihr im Bett zusammenpasst, und entscheide dann.«

Jayla verdrehte die Augen. »Das ist ein kein guter Rat. Ich weiß, dass Sex mit Rush einfach traumhaft sein wird. Großartig. Der helle Wahnsinn.«

»Du würdest dich wundern. Die heißesten Schnitten sind oft Nieten im Bett.« Aus ihrer Schwäche für sexuelle Experimente hatte Jennifer nie einen Hehl gemacht. Als Teenager hatte sie mit ihrer Abenteuerlust ihren Vater vor Sorge fast um den Verstand gebracht. Später hatte sie heiße Nächte mit immer neuen Männern fast zu einer Art Kunstform erhoben. Sie schien stets auf der Suche nach jemandem zu sein, der irgendein namenloses Bedürfnis in ihr befriedigte. Manchmal rätselte Jayla, ob Jennifer überhaupt wusste, wonach sie suchte. Ein paar Mal hatte sie sie gefragt, warum sie sich auf so viele Abenteuer einließ, und Jennifer hatte behauptet, sie würde es genießen, in den Armen eines Mannes zu liegen, sich aber sehr schnell langweilen.

Im Moment ging es Jayla allerdings weniger darum, ihre Schwester zu verstehen. Sie verstand ja nicht mal sich selbst.

»Du musst es wissen. Aber was, wenn wir damit unsere Freundschaft ruinieren? Die ist mir nämlich wichtiger, als Sex es je sein könnte.«

»Hmmm. Okay. Dann also keine gefühlsbefreiten kleinen Schweinereien, süße Miss Tugendhaft. Aber deinem fluffigen Herzen solltest du trotzdem folgen. Denn eines weiß ich ganz sicher: Es war immer nur Rush.«

»Und das heißt was?«

»Das findest du besser selbst raus. Ich muss auflegen, Schwesterherzchen. Hab dich furchtbar lieb. Lass mich wissen, wie du dich entscheidest. Ich rate dir vielleicht doch zu schmutzigem, glutheißem, animalischem Sex ohne Verpflichtungen, bis du weißt, ob Rush ist, was du willst. Und zwar in jeder Hinsicht.«

»Ach, meine unzähmbare wilde Schwester. Hab dich auch lieb.« Jayla beendete den Anruf und öffnete die Tür, denn es hatte geklopft. Rush füllte den Türrahmen aus. Sofort ließ die Nervosität ihr Lächeln verrutschen. *Schmutziger, glutheißer, animalischer Sex.* Hitze stieg ihr in die Wangen. Damit er das Verlangen in ihren Augen nicht bemerkte, fixierte sie die dampfenden Becher in seinen Händen.

»Hey.« Rush hielt ihr einen davon hin. »Haselnuss.«

Sie nahm den Kaffee entgegen. »Danke.« Nervös biss sie sich auf die Unterlippe. »Das war doch nicht nötig.«

Er stützte eine Hand in den Türrahmen über seinem Kopf

und streckte sich. Dabei hob sich sein Shirt ein wenig und gab den Blick auf einen sexy Streifen seines muskulösen Bauchs frei. »Für dich immer gerne. Hör mal, ich habe nachgedacht.«

»Ich wusste, dass da noch was kommt.«

Sein Lächeln machte es ihr unfassbar schwer, den Freund von dem Mann zu trennen, der sich um sie bemühte … und damit auf der Erfolgsspur war.

»Bis jetzt hast du immer nur Rush, den besten Freund, gesehen. Und Rush, das Arschloch. Aber Rush, den *festen* Freund, kennst du noch nicht.«

Sie kniff die Augen zusammen. Sie war seit jeher sehr direkt mit ihm, und soweit sie wusste, hatte er sie noch niemals belogen. Damit sie nicht zitterte, griff sie nach dem Türknauf. »Kennt den überhaupt irgendwer?«

Er beugte sich ein wenig näher. »Dafür war ich bisher nicht geschaffen. Das müsstest du eigentlich wissen.«

»Stimmt. Deine Vergangenheit ist kein Geheimnis. Aber du bist zweiunddreißig und das sind ganz schön viele Jahre ohne eine einzige feste Freundin.«

»Verdammt viele Jahre.« Er lehnte die Schulter an den Türrahmen und kam ihr damit noch näher. Dann fuhr er sich durchs Haar und schaute beiseite. Als er sie wieder anschaute, zuckten seine Lippen.

Zuverlässiger Nervositätsanzeiger.

Wenn es doch nur einen Anzeiger für unglaubhafte Sprüche gegeben hätte, auf den sie sich ebenso gut verlassen konnte.

Seine Stimme wurde wieder ernst. »Ich habe überlegt, was dich davon abhalten könnte, uns eine Chance zu geben. Und mir fallen eine Million Dinge ein. Aber ein wirklich triftiger Grund ist nicht dabei.« Er hielt inne und steckte die freie Hand in seine Tasche. »Du würdest die Angst um unsere Freundschaft als Hinderungsgrund nennen. Aber ich sehe unsere Freundschaft als Fundament für viel mehr. Allerdings gibt es etwas, was ich dir sagen will, weil ich vermute, dass du auch deshalb zögerst. Falls ich damit falschliege, sei mir bitte nicht böse.«

»Erklär mir jetzt bloß nicht, dass du auf perverse Spielchen stehst, denn damit wären womöglich wirklich alle Chancen dahin.« Sie zog eine Braue hoch.

»Tatsächlich? Herrje. Und ich war mir fast sicher, dass du so was magst. Immerhin hast du ja einen kleinen summenden Freund.« Er seufzte. »Vielleicht lasse ich mir die Sache doch noch mal durch den Kopf gehen.« Er grinste spitzbübisch.

Doch seine Stimme hatte so sinnlich geklungen, dass ihr ein kleiner Schauer über den Rücken lief.

»Okay. Hör zu. Das einfach so zu sagen, mag merkwürdig sein, aber vermutlich beantworte ich damit eine der Fragen, mit denen du dir dein kluges Hirn zermarterst.« Er schaute ihr fest in die Augen. »Ich hatte nie ungeschützten Sex und nie eine Krankheit. Ich sage das nicht in der Erwartung, dass du allein deshalb umgehend mit mir ins Bett fällst. Trotzdem ist es wichtig, dass du es weißt. Ich habe nichts. Ich bin gesund.«

Und plötzlich entdeckte sie, wonach sie gesucht hatte. Rush schaute ihr ohne den Hauch eines Zweifels oder eines schlechten Gewissens in die Augen. Dies war der Blick eines verlässlichen, aufrichtigen Mannes. Sie hatte ihn immer direkt vor der Nase gehabt, den ersehnten Anzeiger für unglaubhafte Sprüche. Wer hätte gedacht, dass er ganz schlicht und einfach unübersehbar in seinen Augen lag? Tief im Herzen hatte sie immer gewusst, dass es ihn gab. Das ging ihr jetzt auf. Deshalb hatte sie Rush auch immer rückhaltlos vertraut. Aber was sollte sie ihm jetzt antworten?

Sie räusperte sich. »Ähm … Okay.«

»So eine Ansage aus dem Nichts heraus ist vermutlich ziemlich ungewöhnlich. Aber, Jayla, zwischen uns beiden ist selbst so etwas möglich.« Er zuckte die Achseln, als wäre damit alles erklärt.

Und irgendwie hatte er ja recht.

Zwischen uns beiden. Sie vertrauten einander. Ehrlichkeit war wichtig für ihre Freundschaft, und Rush zeigte ihr, dass sie seine Ehrlichkeit verdiente. *Zwischen uns beiden.* Es gab nichts, was er ihr nicht sagen würde, ganz gleich wie ungewöhnlich oder seltsam es sein mochte.

Das schlechte Gewissen, das seit dem Kuss, der ihr Herz hatte beben lassen, noch heftiger an ihr nagte, machte ihr die Kehle eng. Es stand so viel auf dem Spiel und Rush war so offen und aufrichtig. Sie konnte sich nicht länger verstellen.

»Ich habe dir verschwiegen, was mit meiner Schulter wirklich los ist.«

»Ich weiß.« Er berührte ihre Hand. »Aber ich weiß auch, dass du es mir sagst, sobald du so weit bist.«

»Ich bin noch nicht so weit.«

Er zuckte die Achseln. »Irgendwann kommt der richtige Moment. Früher oder später. Sag mir einfach nur: Solltest du lieber eine Trainingspause machen?«

»Nein.« Die Antwort kam so schnell, dass sie sie ihm regelrecht vor die Füße spuckte.

»Sicher?«

»Ja. Ich muss trainieren.« Das war eine Tatsache und sie galt nicht bloß für den Augenblick. Sie trainierte für die nächsten Olympischen Spiele, das taten alle Spitzensportler auf diesem Level. Ob die Wettkämpfe in zwei Jahren oder in zwei Wochen stattfanden, machte nur einen kleinen Unterschied. Ein

Leistungssportler trainierte immer für die nächste große Herausforderung. »Du lieber Himmel, Rush. Du stellst mein ganzes Leben auf den Kopf. Weißt du, wie lange ich schon hoffe, dass du mehr in mir sehen könntest als deine beste Freundin?« Bevor er ihr antworten konnte, fügte sie hinzu: »Was ist aus deinem Vorsatz geworden, während dieser Wettkampfsaison die Finger von allen Frauen zu lassen?«

»Es ist kein Geheimnis, dass ich sehr fokussiert bin. Und Frauen lenken mich ab.«

»Ich bin eine Frau und ebenfalls sehr fokussiert. Nur deshalb habe ich die Geschichte mit Marcus so lange weiterlaufen lassen. Eine Trennung hätte mich bei der Vorbereitung auf die nächsten Rennen zu sehr durcheinandergebracht.«

Rush stieß sich vom Türrahmen ab und rieb sich den Nacken. Offenbar hatte sie einen Nerv getroffen.

»Auf Frauengeschichten habe ich in dieser Saison verzichtet, weil ich nur mit dir zusammen sein will, Jayla. Ganz einfach. Ja, ich bin sehr fokussiert und habe keine Ahnung, wie eine Beziehung sich auf meine sportlichen Leistungen auswirkt. Bisher war mir keine Frau wichtig genug, um das auszuprobieren. Eine echte Beziehung hatte ich nie, das weißt du. Aber mach dir nichts vor. Schon Markus zu daten, hat dich ziemlich abgelenkt.«

Sie beschloss, darüber ein andermal nachzudenken. »Mich beschäftigen noch ein paar weitere Dinge. Wichtige Dinge.«

»Vielleicht kann ich dir ja helfen.« Er trat einen Schritt auf sie zu, sie wich zurück.

»Manches muss ich erst mal mit mir selbst ausmachen. Viel wichtiger ist jetzt doch, was eine Beziehung mental mit *dir* macht. Falls du mit mir an deiner Seite weniger fokussiert bist, wirst du mir das vielleicht irgendwann vorhalten. Wenn nicht jetzt, dann in der nächsten Saison, wenn wir bis dahin noch zusammen sind. Was passiert nach dem Sommer, wenn wir wieder voll ins Training einsteigen?« *Wir?* Angesichts der Schmerzen in ihrer Schulter hatte sie ernsthafte Zweifel, dass sie im kommenden Jahr noch mit der Mannschaft trainieren würde. Hektisch schob sie den Gedanken beiseite, damit er sich nicht festsetzen und sie von diesem Gespräch ablenken konnte. »Glaubst du, ich möchte dafür verantwortlich sein, dass dir die Konzentration fehlt und du nicht in Topform bist? Was, wenn du merkst, dass du keine Beziehung haben und gleichzeitig Spitzensportler sein kannst? Servierst du mich dann ab? Im schlimmsten Fall würde ich dann nämlich meinen *besten* Freund *und* meinen *festen* Freund verlieren.« Sie verschränkte die Arme vor der Brust wie einen Schutzschild gegen die Wahrheit.

»Wir haben schon immer gemeinsam trainiert.«

»Nein. Wir waren schon immer während des Trainings als gute Freunde zusammen unterwegs. Nicht als Paar. Das ist ein riesengroßer Unterschied.« Ungläubig stellte sie fest, dass sie tatsächlich versuchte, Rush eine Beziehung mit ihr auszureden. Und sogar ihre Schulter spielte dabei eine Rolle. Falls die Ärzte recht behielten und sie keine weiteren Rennen fahren konnte, würde Rush sie dann immer noch so sehen wie jetzt? Musste sie nicht erst mal ihr Leben auf die Reihe bringen, bevor sie ihm einen Platz darin anbot?

Rush machte einen Schritt in das Chalet und schloss die Tür hinter sich. »Jayla, wir sind beide Topathleten. Wir wissen, was das bedeutet. Wenn irgendwer eine Beziehung führen und gleichzeitig Rennen fahren kann, dann wir zwei.«

»Du willst, ohne mit der Wimper zu zucken, diese Art von Ablenkung riskieren?« *Weshalb zittere ich?*

Sein Blick war fest. »Für dich? Ja.«

Ihr Atem ging so flach und schnell, dass die Worte nur so über ihre Lippen sprudelten. »Alles, was du sagst, klingt wunderbar richtig, aber vergiss nicht, ich kenne dich schon eine Ewigkeit. Und du hast selbst zugegeben, dass du noch nie eine echte Beziehung hattest. Warum glaubst du, dass mit uns beiden alles möglich ist?« Sie sank auf die Couch und zog die Beine unter sich.

Rush setzte sich zu ihr. »Weil wir anders sind. Wir sind nicht nur seit fünfzehn Jahren Freunde, sondern *beste* Freunde. Wir sind miteinander durch dick und dünn gegangen und haben gute und schlechte Zeiten durchlebt. Nach verlorenen Rennen haben wir zusammen geheult, gewonnene haben wir mit Schneeengeln gefeiert.« Er zog einen seiner Mundwinkel in die Höhe. »Glaubst du, ich würde das mit irgendjemandem sonst machen? Nicht im Ernst, oder? Wir beide wissen, was hartes Training bedeutet. Wie viel Schinderei, Ehrgeiz, Härte und Entschlossenheit nötig sind, um oben auf dem Treppchen zu stehen. Wir werden uns gegenseitig keine Steine in den Weg legen oder uns beieinander über mangelnde Aufmerksamkeit beklagen.«

Jayla schüttelte den Kopf. Sie wollte den Klumpen in ihrer Kehle nicht spüren.

»Du bist keine, die aufgibt. Das kann also nur bedeuten, dass ich deine Reaktionen völlig falsch gedeutet habe. Dass du bei unserem Kuss nicht dasselbe empfunden hast wie ich.«

Als sie ihm die Antwort schuldig blieb, wurde sein Blick glasig, und sie hätte schwören können, dass die Hoffnung in seinen Augen mit dem nächsten Atemzug erlosch. Das brach ihr beinahe das Herz. Durch ihre Schulterprobleme und wegen Marcus hatte sie viel Zeit verloren und war tatsächlich sehr abgelenkt gewesen. Sie musste sich und dem Trainer unbedingt beweisen, dass sie den Wettkampfstrapazen gewachsen war. Wenn sie dann noch an Rushs Bedürfnis dachte, während der Trainingsphasen in einer Art Tunnel zu leben, hatte sie das Gefühl, ein bleischwerer Mantel lege sich über ihre Schultern wie eine erdrückende Last.

Rush stemmte sich hoch. »Ich habe mich wohl getäuscht.«

Sie griff nach seiner Hand und sprang so schnell auf, dass sie ihn beinahe umrempelte. »Es ist nicht, wie du denkst, Rush.« Sie spürte, wie er von ihr wegstrebte, und hielt ihn noch fester. »Dich zu küssen, war besser als mein Olympiasieg.«

Seine Anspannung ließ die Luft vibrieren. »Aber?«

Sie krallte die Finger in den Bund seiner Jeans. »Wir wissen beide, dass nichts aus uns werden kann. Dass du während des Trainings absolut fokussiert bist, ist der Schlüssel zu deinem Erfolg, und dass der Coach mich ständig kritisch mustert, hat Gründe.«

Und ich muss herausfinden, ob ich in der nächsten Saison überhaupt noch antreten und Rennen gewinnen kann oder ein Nobody sein werde. Denn das könnte deinen Blick auf mich vollkommen verändern.

Elf

Wie erwartet war der zweite Workshop-Tag deutlich anstrengender als der erste. Einerseits hatten einige der Jugendlichen inzwischen mehr Wagemut als Können, was bedeutete, dass Rush und Jayla extra wachsam auf ihre Schützlinge achten mussten. Andererseits bekam Rush das Gespräch mit Jayla nicht aus dem Kopf. Sie hatte in Worte gefasst, was unterschwellig längst deutlich im Raum gestanden hatte, nämlich dass eine echte, tiefe Beziehung sich schlecht mit Leistungssport vertrug. Damit hatte sich der Wind erneut gedreht und die Hitze zwischen ihnen merklich abgekühlt. Trotzdem hatte er nur Jayla im Kopf, als er jetzt mit Suzie Baker auf dem Übungshügel stand.

»Ich glaube, ich kann das nicht.«

Suzies Stimme holte ihn zurück ins Hier und Jetzt. Im Moment ging es vor allem darum, das Mädchen sturzfrei den flachen Hang hinunterzubekommen. Er verschob das Grübeln auf später und konzentrierte sich auf Suzie. Unter ihrer pinken Strickmütze wallte blondes Haar hervor. Dazu trug sie einen nagelneuen Parka in Pink und Schwarz und eine schicke schwarze Skihose. Ihre Mutter hatte sie perfekt ausstaffiert. Leider hatte sie ihr nicht mit demselben Engagement vermittelt, dass es im Leben noch auf etwas anderes ankam, als männliche Aufmerksamkeit auf sich zu ziehen.

»Was kannst du denn besonders gut, Suzie?«

Sie zog die Nase kraus. »Ich nehme mal an, daten zählt nicht?«

Großer Gott. Eigentlich hätte Jayla Suzie unter die Fittiche nehmen sollen, aber sie hatte mit ein paar anderen Kids alle Hände voll zu tun. »Ich spreche von Sport, Suzie. Daten ist keine Sportart.« Vor einiger Zeit hätte er sich selbst vielleicht widersprochen. Er war froh, dass er sich inzwischen grundlegend geändert hatte. Für und wegen Jayla.

Suzie verdrehte seufzend die Augen. »Schwimmen.«

»Schwimmen. Cool. Dazu braucht man Kraft, Selbstvertrauen und Beweglichkeit. Okay, und was macht dich zu einer guten Schwimmerin?«

»Ich bin schnell.« Sie schob ihre Mütze ein wenig höher auf die Stirn.

Er ignorierte das heftige Klimpern ihrer allzu kräftig getuschten Wimpern.

»Okay, im Wasser bist du also schnell und wendig. Und jetzt sag mir, was dir hier oben solche Angst macht.« Rush schaute zu, wie ihr Blick dem Verlauf der Piste folgte. Dabei wich die Farbe aus ihrem Gesicht. Wenn sie diese Angst nicht verlor, würde sie die Abfahrt niemals entspannt und locker bewältigen.

»Ich könnte hinfallen.«

»Und was passiert, wenn du fällst?«

Sie zuckte die Achseln. »Vielleicht breche ich mir ein Bein.«

»Stimmt. Das *könnte* passieren. Aber ich gehe nicht davon aus. Schau mich an.«

Sie lächelte ihm ins Gesicht.

Er wartete, bis ihr Lächeln erlosch, denn er wollte halbwegs sicher sein können, dass sie nicht bloß versuchte, mit ihm zu flirten. »Weißt du noch, wie es war, als du schwimmen gelernt hast?«

»Nein. Aber meine Mom sagt, ich hätte einen ziemlichen Aufstand gemacht, weil ich glaubte, ich würde ertrinken.«

»Und? Bist du ertrunken?«

Sie lachte. »Nein.«

»Mit dem Skifahren ist es ganz ähnlich. Hier drin …« Er zeigt auf seinen Kopf. »Hier drin glaubst du, du könntest hinfallen. Aber hier drin …« Er zeigte noch einmal auf seinen Kopf. »… sitzt ein Gehirn, das deinem Körper sagt, was er tun soll, damit du *nicht* fällst. Bisher hattest du zwei Stürze, nicht wahr?«

Sie nickte.

»Einen, als wir den Schneepflug geübt haben, und einen, weil du das Gleichgewicht verloren hast, als wir seitwärts den Hügel raufgestiegen sind.«

Sie nickte erneut. »Aber beim nächsten Mal hat das Seitwärtssteigen schon ganz gut geklappt.«

»Richtig. Und wenn du jetzt die Piste runterschaust, denkst du daran, dass du richtig gut schwimmen kannst und nicht ertrinkst. Dann fährst du los, und falls du plötzlich das Gefühl hast, du könntest hinfallen …«

»… balanciere ich mich aus.« Sie grinste und ihre Augen weiteten sich.

Rush lächelte. »Jap. Du hast gut zugehört. Auf der Piste denkst du weder an Jungs noch an Klamotten, nicht an die Schule und auch nicht an sonst was, was dich irgendwie ablenken könnte.«

Sie nickte und zog die Brauen zusammen.

Rush wusste, dass er den Moment nutzen musste, in dem er Zuversicht in Suzies Augen aufblitzen sah. Er durfte ihr keine Zeit lassen, sich noch einmal in ihre Angst hineinzusteigern. »Du erinnerst dich, wie ich euch gezeigt habe, wie man Kurven fährt anstatt nur stur geradeaus?«

Sie nickte. »Damit kann man das Tempo besser kontrollieren.«

»Gut. Dann weißt du ja Bescheid. Und immer dran denken: Schneller heißt nicht automatisch besser.« Er zeigte auf seinen Kopf. »Du hast alles unter Kontrolle. Genau wie beim Schwimmen. Du bist stark, du kennst die Bewegungen und vertraust auf deine Fähigkeiten.«

Rush fuhr neben ihr her und war beeindruckt, wie gut sie die Balance hielt. Die Arme behielt sie nahe am Körper und den Kopf gerade, so wie es ihr erklärt worden war.

Unten angekommen musste sie sich auf einen ihrer Stöcke stützen, um nicht umzufallen. Sie strahlte Rush an. »Kann ich gleich noch mal?«

»Weißt du, was du gerade bewiesen hast?«

»Dass ich das Skifahren vielleicht doch lernen kann?« Suzie schaute den Übungshügel hinauf.

Wie ein Laserstrahl traf ihn im selben Moment der Blick ihrer Mutter. Nachdem Kelly Baker ihn gestern ständig mit Beschlag belegt hatte, hatte er sich heute alle Mühe gegeben, ihr aus dem Weg zu gehen.

»Kann ich kurz mit Ihnen reden?«, rief sie ihm zu.

Mist. Er streckte einen Finger in die Höhe und beantwortete erst einmal Suzies Frage. »Dass du schon auf dem besten Weg dahin bist und dass die Kraft positiver Gedanken dir durch Situationen hilft, die dir Angst machen. Das ganze andere Zeug steht dir nur im Weg. Volle Konzentration, Suzie. Klar kannst du gleich noch mal eine Abfahrt machen. Ich bin stolz auf dich. Fahr schon vor zu Jayla und den anderen. Ich bin in einer Minute bei euch.« Er fragte sich, ob die Kraft positiver Gedanken auch Jayla in seine Arme holen konnte. Oder ihm helfen würde, Suzies Mutter loszuwerden.

In einer knappen Stunde mussten sie zum Mannschaftstraining, und er hatte gehofft, zuvor noch mit Jayla sprechen zu können, um ein paar Dinge zu klären. Für das Training mussten sie beide den Kopf freihaben. Eine Ski-Mami mit hungrigen Augen war das Letzte, was er jetzt brauchte. Worauf Ms. Baker in ihren kniehohen schwarzen Lederstiefeln und dem figurbetonten taillierten Mantel aus war, den sie heute anstelle des dicken Parkas von gestern trug, war leicht zu erraten. Wenn ihn nicht alles täuschte, hatte sie sogar noch mehr Make-up aufgelegt als am Vortag. Er warf einen kurzen Blick zu Jayla mit ihrem völlig ungeschminkten Gesicht. Selbst mit der dicken Mütze, die sie sich tief über die Ohren gezogen hatte, war sie zehnmal schöner als Ms. Baker oder jede andere Frau es je sein würden. Denn Jayla hatte ein warmes Herz und gute Absichten. Sie schien seinen Blick zu spüren und hob den Kopf. Erst lächelte sie, doch dann bemerkte sie Suzies Mutter und wandte sich ab.

Er konnte Jaylas Gedanken beinahe hören. *Siehst du? Es ist alles noch wie immer.* So als hätte er nie an sich gearbeitet.

Aber er war nicht mehr derselbe.

Zwölf

Jayla las eine Textnachricht von Jen – *Schon weitergekommen mit RR?* –, während Rush nach dem letzten Workshop auf sie zusteuerte. Hastig schrieb sie zurück: *Grüble.*

Bei ihr angekommen zog Rush die Mütze vom Kopf und fuhr sich durchs Haar. »Hast du Suzie gesehen?« Seine Wangen waren von der Kälte gerötet, aus seinen Augen blitzte Stolz über Suzies Fortschritte.

»Hm-hm.«

Die kühle Antwort irritierte ihn. Bei Jayla löste sie Gewissensbisse aus. Sie hatte den ganzen Tag über das letzte Gespräch mit Rush nachgedacht, es immer wieder durchgespielt und zerpflückt. Dass Leistungssport und eine Beziehung sich ausschlossen, wollte sie im Grunde ihres Herzens nicht wahrhaben. Und als wären diese quälenden Gedanken nicht genug, um ihren Magen rebellisch und ihre Nerven flattrig werden zu lassen, hatte sie auch noch mitansehen müssen, wie Suzies Mutter mit Rush flirtete. Dass Frauen ihm schöne Augen machten, passierte ständig, doch nie zuvor hatte die Eifersucht sie dabei so heftig gepackt wie heute. *Unser Kuss hat alles verändert.* Noch dazu hatte sich der vermaledeite dumpfe Schmerz inzwischen fest in ihrer Schulter eingenistet. Wie sie sich auf das Training konzentrieren sollte, war ihr völlig schleierhaft.

Rush nahm ihre Hand. »Wir haben noch zwanzig Minuten. Lass uns irgendwo hingehen und reden.«

Reden führt zum Küssen und Küssen bringt mich komplett durcheinander.

Er führte sie in den Gastraum der Lodge. Dort rückte er an einem kleinen Ecktisch mit einem herrlichen Blick auf die Pisten einen Stuhl für sie zurecht.

»Soll ich dir etwas Heißes zu trinken holen?«

Wieder einmal stellte sie fest, wie fürsorglich Rush sich um sie kümmerte. *Immer.*

»Ja, danke.«

»Heiße Schokolade mit Minimarshmallows oder lieber Haselnusskaffee?«

Sie lächelte ihn an. »Überrasch mich.« Sie folgte ihm mit Blicken und registrierte, dass viele der Frauen an den anderen Tischen das ebenfalls taten. Für sie war Rush immer nur Rush gewesen, ihr bester Freund und Vertrauter. Aber er war auch unverschämt gut aussehend, lustig und charmant. *Und er küsst verdammt gut.* Den letzten Punkt konnte sie ihrer Liste nun getrost hinzufügen. Doch wenn sie alles, was sie über ihn wusste, beiseiteschob und nur sah, was die anderen Frauen sahen, welches Bild von ihm hatte sie dann?

Jayla schloss einen Moment lang die Augen, dann öffnete sie sie wieder und tat, als hätte sie keine Ahnung, dass sein Vater ein unverbesserlicher Kontrollfreak war, dem man nichts recht machen konnte, und seine Mutter sich alle Mühe gab, das mit viel liebevoller Zuwendung auszugleichen. Sie versuchte, nicht an die Tätowierungen auf seinen Schultern und seinem Oberarm zu denken und auch nicht an die Narbe am

Zeigefinger seiner rechten Hand. Sie war ein Andenken an ein Sommerlager vor vielen Jahren. Jayla schob den Klang von Rushs damals noch sehr junger Stimme weg, die sie mit hektischem Flüstern drängte, sich zu verstecken, damit die Betreuer sie nicht dabei erwischten, wie sie sich spätabends draußen herumtrieben. Auch an seinen heißen Atem, der ihr gestern Abend wohlige Schauer über den ganzen Körper getrieben hatte, wollte sie jetzt nicht denken.

Als er mit zwei dampfenden Tassen in den Händen zu ihr zurückkam, sah sie einen Mann, der sie anschaute, als wäre sie die einzige Frau weit und breit. Er hatte ein offenes, schönes Gesicht. Wenn sie ihn tatsächlich zum ersten Mal sehen würde, wären *liebenswert* und *aufmerksam* ihre ersten Eindrücke gewesen. Ihr Blick wanderte an ihm nach unten, und bei der Erinnerung daran, wie er sich angefühlt hatte, erbebte sie unwillkürlich. Oh ja, sie wusste, was die anderen Frauen sahen. Er war nicht bloß unverschämt sexy, sondern warm und wohltuend wie eine Sommerbrise.

Rush stellte die heiße Schokolade vor sie hin und setzte sich. »Hey! Gerade war mir, als würde ich abgecheckt. Kann das sein?«

Jayla spürte, wie sie errötete, und versteckte die Augen hinter ihren Händen. »Ich wollte bloß sehen, was die anderen Frauen sehen.«

»Und?«

Sie ließ die Hände sinken und sah seinen amüsierten Blick. »Und jetzt ist es mir furchtbar peinlich, dass du mich dabei ertappt hast.«

»Warum? Ich checke dich doch auch ständig ab.« Sein Lächeln erreichte seine Augen. Ohne den Blickkontakt zu unterbrechen, führte er die Tasse zum Mund. Seine Augen lächelten weiter.

»Im Ernst?«

»Teufel, ja. Ich kann gar nicht anders. Aber ganz ehrlich, ich hatte immer nur die besten Absichten, wollte zum Beispiel nachschauen, ob du auch wirklich keine Petersilie oder so was zwischen den Zähnen hast.« Er lachte leise.

Ihr klang vor allem sein *Teufel, ja* in den Ohren.

»Auf die andere Art checke ich dich erst seit etwa einem Jahr ab. Und seit Kurzem noch viel intensiver …«

»Seit einem Jahr?« *Jahr!* »Und jetzt noch viel intensiver?« *Aufhören. Schluss. Lass das.*

Er beugte sich über den Tisch und winkte sie näher. »Jap. Seit wir uns geküsst haben«, flüsterte er und lehnte sich mit einem vielsagenden Lächeln zurück.

Sie zupfte an ihren Haarspitzen. »Du willst mich bloß durcheinanderbringen.« Um Zeit zu gewinnen, nahm sie einen Schluck heiße Schokolade. Das Atmen musste sie erst wieder lernen. »Scheusal.«

»Okay. Wir sollten reden.« Er machte eine Geste, die sie beide einschloss. »Über uns.«

Warum halte ich es plötzlich für eine prima Idee, über den Tisch zu hechten und dich zu küssen? In Wahrheit war das eine irre Idee, die allem zuwiderlief, was sie sich vorgenommen hatte. Zudem war sie mit den klobigen Skistiefeln an den Füßen ziemlich schwer in die Tat umzusetzen.

»Über uns? Ich wusste gar nicht, dass ich mich auf ein *Wir* eingelassen hatte.«

»Hast du auch nicht. Und das ist, wenn ich das sagen darf, ein harter Schlag für mein empfindliches Ego.« Er stellte seine Tasse ab. »Aber findest du nicht, dass wir zumindest darüber reden sollten?«

»Ich kann noch nicht mal daran denken. Seit ... du weißt schon ... bin ich komplett durch den Wind.« An einem Tisch in der Nähe hatte sie Patrick und Cliff entdeckt und die Stimme gesenkt.

Er lachte. »Du kannst es nicht mal aussprechen? Seit unserem Kuss?« Er beugte sich wieder näher. »Seit unserem heißen, sinnlichen, leidenschaftlichen Kuss, der mich praktisch von den Füßen gehauen hat?«

»Du tust es schon wieder. Du sagst Sachen, um mich rumzukriegen.« Ihr Blick flog zu den anderen Tischen.

»Dich rumzukriegen?« Er legte den Kopf schief.

»Mich aus dem Konzept zu bringen. Du weißt, dass ich über gewisse Dinge lieber nicht spreche.«

»Ich weiß von mindestens neunzig Prozent der Männer, die du je geküsst hast.« Er legte die Stirn in Falten. »Wie kannst du da sagen, dass du über gewisse Dinge nicht sprichst?«

»Okay, mit dir schon. Du bist mein allerbester Freund, aber andere Leute geht das nichts an.«

»Tut mir leid.« Er senkte ebenfalls die Stimme. »Dich an den Kuss zu erinnern, war kein Versuch, dich rumzukriegen. Ich wollte nur dafür sorgen, dass es dir ein bisschen schwerer fällt, mich wieder in die Freundschaftszone zu verbannen.«

Das kantige Kinn vorgereckt, die breiten Schultern gestrafft, stapfte Coach Cunningham durch den Raum. An ihrem Tisch blieb er kurz stehen und schaute mit ernstem Blick zwischen ihnen hin und her. »Zehn Minuten.«

»Yes, Sir. Wir sind pünktlich da.« Rush nickte und schaute zu, wie der Trainer weiterging.

»Vielleicht verschieben wir selbst das Reden noch ein bisschen. Nach dem Saisonabschlussrennen am Samstag haben wir ein paar Wochen Zeit, uns zu überlegen, ob die Sache es wert ist.« Sie hatte ein flaues Gefühl im Magen und viel zu viel im Kopf. Ihre Schulter, das Rennen ... und vor sich her schieben, was sie wirklich wollte. Nämlich mit Rush zusammen sein. Aber was den Coach anging, bewegte sie sich schon jetzt auf sehr dünnem Eis. Der Trainer der Frauenmannschaft hatte sie bereits vor dem Trip nach Colorado auf ihre mangelnde Konzentration angesprochen und sich bestimmt auch mit Coach Cunningham über sie unterhalten. Vermutlich hatte Cunningham sie während der Besprechung vor den Workshops vor allem deshalb so streng gemustert. Ob er ihre Schulterverletzung oder das Techtelmechtel mit Marcus – oder beides – als Ursache für ihre Abgelenktheit betrachtete, war schwer zu sagen.

Rushs Kinn zuckte. Er presste die Lippen aufeinander, dann rieb er sich mit der Hand das Gesicht und nickte. »Ob die Sache es wert ist?« Ein gequälter Ausdruck trat in seine Augen. »Meinst du das wirklich so?«

»Ich ...« *Nein.* Sie starrte den Mann an, den sie seit Ewigkeiten liebte, und ärgerte sich, dass sie keinen vernünftigen Satz herausbrachte.

Seine Hände schlossen sich fest um die Tischkanten links und rechts. »Ich werde es dir leicht machen. Bis zum Rennen am Samstag sind es nur noch ein paar Tage, und deinem Blick nach zu urteilen, bist du wirklich ziemlich unsicher, ob du uns eine Chance geben sollst.«

Er stand auf und ihr blieb fast das Herz stehen.

»Beste Freunde. Bis du dich entschieden hast, was du willst.«

Das war sehr großzügig und rücksichtsvoll von ihm und doch bohrten seine Worte sich wie ein Messer in ihr Herz. Eigentlich musste sie nur aufstehen und ihm sagen, dass sie sehr genau wusste, was sie wollte. Doch dann fiel ihr Blick auf Coach Cunningham. Sie hatte noch ganz andere Sogen. Sie musste sich dringend aufs Training konzentrieren.

»Willst du es denn so?«, presste sie schließlich hervor.

»Ich glaube, die Antwort darauf kennst du schon.« Er nahm seine Tasse und schaute zur Tür. »Bereit fürs Training?«

Dass in seinem Ton keinerlei Vorwurf mitschwang, nahm ihr beinahe den Atem. *Nein. Ich glaube kaum, dass meine Beine besser funktionieren werden als mein Mund.*

Auf der rasenden Fahrt über den Steilhang kniff Rush hinter der Skibrille die Augen zusammen. Die eisige Luft schnitt ihn ins Gesicht und Coach Cunninghams Worte klangen ihm in den Ohren. *Wenn du dein Gesicht noch fühlst, bist du noch nicht schnell genug.* Der Trainer war ein harter Hund und damit der perfekte Mentor für Rush, der unter den unerbittlichen Augen seines Vaters aufgewachsen war. *Gib dein Bestes. Und sei vor allem besser als jeder andere.* Er nahm eine Kurve, sein Herz trommelte gegen seine Rippen, seine Gedanken drifteten zu Jayla. Mit eisernem Willen zwang er sich, sich auf die Abfahrt zu konzentrieren. Jede kleinste Unaufmerksamkeit würde ihn wertvolle Zeit kosten. Er duckte sich noch tiefer und beugte sich vor, um wertvolle Zehntelsekunden gutzumachen. Bei dieser wahnwitzigen Geschwindigkeit konnte jeder Fehler zu einem Sturz führen, der ihn seine Karriere, die Gesundheit oder gar das Leben kostete.

Die Lichter der Lodge kamen in Sicht, er gab noch einmal alles, und es gelang ihm, auf den letzten Metern nochmals zuzulegen. Beim Bremsen am Ende der Piste warfen die Kanten seiner Skier eine Schneekaskade in die Luft.

Coach Cunningham schüttelte nach einem Blick auf die Stoppuhr den Kopf.

Mist. »Wie schlimm ist es?« Schwer atmend glitt er hinüber zu seinem Trainer. Seine Lunge brannte von der kalten Luft. Ein gutes Gefühl.

Die anderen Teammitglieder kamen jetzt ebenfalls nacheinander den Hang herunter. Der Coach und Chad, sein Assistent, stoppten die Zeiten.

Rush wusste, dass es keinen Sinn hatte, den Mann mit Fragen zu löchern. Cunningham würde erst etwas sagen, wenn ihm danach war. Keine Sekunde früher.

Er fuhr zu Jayla hinüber, die gerade die Skibrille abnahm und die Stelle unter ihren Augen rieb, wo die Brille Abdrücke hinterlassen hatte. Sie atmete schwer und sie lächelte nicht.

»Wie ist es gelaufen?«

»Nicht so gut, wie es hätte laufen sollen.« Sie wandte sich um und warf einen Blick zu Cunningham hinüber. Rush entging nicht, wie der Coach die Augen zusammenkniff. Jayla nahm beide Stöcke in die linke Hand.

Am liebsten hätte er sie in die Arme genommen und ihr gesagt, alles sei gut. Aber nichts war gut und er wusste das wohl am besten.

»Dann haben wir ja alles richtig gemacht. Du musst dich ganz aufs Training konzentrieren. Was du jetzt nicht brauchst, ist ein Kerl, der dein sexy kleines Hirn durcheinanderbringt. Großes Hirn. Verdammt. Ich rede Mist.«

Noch eine knappe Woche bis zum Ende der Wettkampfsaison. Nur die eine Woche, dann ist es geschafft.

Aber so war es nicht. Selbst wenn sie keine Rennen fuhren

und nicht gezielt für einen bestimmten Wettkampf trainierten, lebten und atmeten sie doch für den Tag, an dem es wieder so weit war. Die Traurigkeit in Jaylas Augen verriet ihm, dass ihr das ebenso bewusst war wie ihm.

»Du kriegst das hin, Jayla. Ich kenne dich. Du warst nur abgelenkt. Erst durch Marcus und dann kam ich daher gestolpert – mit Gefühlen, von denen du nichts ahnen konntest. Und verdammt, ich hätte den Mund halten sollen.« Er schüttelte den Kopf. Seine Gewissensbisse wurde er damit nicht los.

»Rush.«

Die Art, wie sie seinen Namen aussprach, klang bestenfalls halbherzig. Aber das konnte er ihr nicht vorwerfen.

»Jayla? Schau mich an.«

Sie hob den Kopf, ihre Lippen öffneten sich leicht.

Er fixierte ihre Augen, denn wenn er auf ihre Lippen schaute, wollten seine sofort dort hin. Er beugte sich ein wenig näher zu ihr. »Bist du sicher, dass deine Schulter das Training aushält?«

Sie ließ die Arme nach hinten kreisen, wie um ihm zu beweisen, dass alles in Ordnung war. Ihre Augen verwandelten sich zu flüssigem Stahl. Sie würde keine Schwäche zeigen. Nicht einmal ihm gegenüber. Die Jayla, die er kannte, war zurück. Ihre Verletzlichkeit hatte sie in die Tonne getreten.

Aber leider vielleicht auch ihn.

Beste Freunde. Trotz der Risse, die er in seinem Herzen spürte, musste er sie unterstützen. Und das wollte er auch, ganz gleich, wie ihm zumute war. »Du hast jahrelang hart gearbeitet, um es bis ganz an die Spitze zu schaffen.«

Er sah die Entschlossenheit in ihrem Blick und bemerkte, wie sie ihr Kinn hob. Als er ihre linke Schulter berührte, spürte er, wie sie Kraft schöpfte und den Rücken durchdrückte.

»Im Moment ist nur das hier wichtig«, sagte er. »Konzentrier dich. Trainier auf dem Hang, bis die verdammte Abfahrt der Himmel auf Erden für dich ist. Kriegst du das hin?« Sein Blick driftete zu ihrer Schulter, und er wünschte sich aus tiefstem Herzen, er wüsste, was wirklich los war.

Sie nickte.

»Remington.« Coach Cunningham hatte die Arme verschränkt, seine Miene war eine strenge Grimasse.

Rush fuhr zu ihm hinüber.

»Komm mit«, kommandierte der Coach barsch. Er stapfte voran zu einer Baumgruppe, warf noch einen kurzen Blick zurück zu Jayla und nahm dann Rush ins Visier. »Du bist kein Dummkopf, Rush. Du weißt verdammt gut, weshalb ich dich mit Jayla in den Workshops haben wollte.«

»Wegen Marcus, dachte ich. Die Sache hat sich erledigt. Sie hat mit ihm Schluss gemacht.«

»Ja, wegen Marcus. Er hat sie abgelenkt und sie damit wertvolle Zehntelsekunden gekostet. Und auf die kommt es hier nun mal an.« Der Coach rieb sich das Kinn und stieß den Atem aus. »Rush, ich werde dir keine Vorschriften für dein Privatleben machen. Aber Jayla ist eine Spitzensportlerin und muss mental auf der Spur sein. Wenn du sie ständig beäugst wie ein Fangirl, auf das du scharf bist, kriegt sie das nicht hin.«

Wie ein Fangirl? Wohl eher wie die Liebe meines Lebens. »Aber Sie wollten doch, dass wir gemeinsam unterrichten!«

»Weil ich gesehen habe, wie du dich um sie kümmerst. Du beschützt sie und brauchst dabei kein Wort zu sagen. Ein entsprechender Blick von dir und die Spinner bleiben von ihr weg. Bloß auf Marcus hatte das leider die gegenteilige Wirkung, weil es zwischen euch Kerlen irgendeinen idiotischen

Konkurrenzkampf gibt. Er hat sich nur an sie rangemacht, um dir eins auszuwischen.«

»Nichts für ungut, Coach. Aber ich glaube nicht, dass Marcus' Interesse an Jayla irgendwas mit mir zu tun hatte.«

Der Trainer schüttelte grinsend den Kopf. »Dann bist du noch blinder als ein Maulwurf.«

Das kann doch nicht sein.

»Okay. Als Skifahrer halte ich große Stücke auf dich, Rush. Und ich erwarte, dass du Jayla unterstützt und nicht behinderst. Schließlich seid ihr seit Ewigkeiten befreundet. Sie hat noch eine gewisse Chance, den Anschluss zu finden. Und ihr beide habt den ganzen Sommer, um rauszukriegen, wohin die Blicke führen sollen, die du ihr ständig zuwirfst. Aber sie muss sich zusammenreißen, sonst bringt sie sich selbst um den Erfolg. Außerdem sehe ich, dass sie ihren rechten Arm schont. Und das macht mir Sorgen.«

»Verstanden, Coach.«

Falls Rush noch irgendwelche Zweifel an seiner Entscheidung gehabt hatte, hatte Cunningham sie gerade restlos ausgeräumt. Und um keinen Preis wollte Rush Jaylas Karriere gefährden.

Dreizehn

Am nächsten Morgen schreckte Jayla um halb fünf aus dem Schlaf. Sie setzte sich im Bett auf und versuchte herauszufinden, was sie geweckt hatte. Irgendwer klopfte an die Tür des Chalets. Mit jagendem Herzen schnappte sie ihr Smartphone und drückte es an die Brust. *Marcus?* Panik erfasste sie. Zusätzlich zu ihrem Unterhemd und der Flanellpyjamahose zog sie sich ein T-Shirt und ein Sweatshirt über. Als noch drei weitere Male kräftig an ihre Tür geklopft wurde, schrieb sie an Rush. *Vor meinem Chalet ist jemand. Marcus?* Wie erstarrt stand sie im Schlafzimmer und hoffte, dass Rush wach war. Ein paar Sekunden später vibrierte ihr Telefon. *Guten Morgen, Sonnenschein. Mach die Tür auf.*

Sie tat genau das und Rush marschierte herein.

»Los geht's.« Er schaute an ihr hinunter. »Stiefel. Jetzt.«

»Jetzt?« Artig steckte sie einen Fuß in einen Stiefel und rieb sich die Augen. »Was ist los mit dir, zum Teufel? Hast du mal auf die Uhr geschaut?«

»Jap. Nimm irgendwas für deine Schulter und beeil dich. Der Coach macht sich Sorgen.«

Seufzend stapfte sie ins Schlafzimmer, schluckte zwei Schmerztabletten und kehrte ins Wohnzimmer zurück.

»Wenn du glaubst, so könntest du das Herz einer Frau erringen, brauchst du einen neuen Plan.«

Er grinste. »Willst du dir vielleicht eine andere Hose anziehen?«

»Kommt drauf an. Wohin gehen wir?«

»Wir bringen deinen Hintern in Form. Mist. Fast hätte ich's vergessen. Dehnen.«

»Wie bitte?«

»Mach deine Dehnübungen. Hier. Jetzt.«

»Ich bin ja noch nicht mal wach.«

Rush musterte sie mit gerunzelter Stirn. »Jetzt komm schon, du Heulsuse. Ich turne mit.«

Sie setzten sich auf den Fußboden, fingen mit den Beinen an und dehnten nach und nach sämtliche Muskelgruppen. Als sie bei den Armen ankamen, spürte Jayla Rushs forschenden Blick. Sie gab sich alle Mühe, die Schulterschmerzen zu überspielen.

»Okay, Dornröschen. Und jetzt raus an die frische Luft.« Er zeigte zum Schlafzimmer. »Aber steig vorher besser aus deiner sexy Flanellpyjamahose und in die Skiklamotten.«

Murrend verschwand sie hinter der Tür. *Sexy Pyjama. Kurz nach halb fünf.*

Ein paar Minuten später stapfte sie gähnend hinter Rush durch die Dunkelheit zum Ausrüstungsraum. Zu ihrer Rechten wanden sich die Pisten den Berg empor wie Finger, die nach den tief hängenden Wolken griffen. Mächtig und imposant stand die Lodge oben auf dem Hügel. Die unzähligen kleinen weißen Lichter am First und an den Giebeln strahlten wie Sterne auf sie herab. Über Nacht war die oberste Schneeschicht zu einer Kruste gefroren, die unter ihren Stiefeln knirschte und brach.

»Weshalb bist du überhaupt schon auf?« Wegen der eisigen Luft zog sie die Schultern hoch und vergrub die Hände tief in den Taschen.

»Weil wir beide dringend schneller werden müssen. Und der Himmel weiß, dass du deinen Hintern nur aus dem Bett bekommst, wenn ein Freund dir einen kleinen Tritt gibt.«

Ein Freund. Wie oft hatte er sie in den Camps und Trainingslagern dazu gebracht, noch ein paar Extra-Trainingseinheiten einzulegen, wenn sie gebibbert hatte, jemand könnte sie schlagen? »Wie kommen wir überhaupt auf den Berg? Um diese Uhrzeit läuft doch kein Lift.«

Sie holten ihre Sachen aus dem gespenstisch stillen Lager.

»Du solltest Rush Remington nicht unterschätzen.« Er zwinkerte ihr zu, dann schlug er den Weg zum Skilift ein.

»Du hast mir in den letzten Wochen gefehlt. Auch weil du mich noch härter antreibst, als ich es selbst schon tue.«

»Machen wir uns nichts vor. Wenn ich nicht aufgetaucht wäre, hättest du dich ein bisschen später aber umso fester selbst in den Hintern getreten.«

Er hatte recht. Ganz gleich, wie sehr sie ihn mochte, und völlig davon abgesehen, dass sie sich seit sehr langer Zeit trotz ihrer Verletzung zum ersten Mal wieder wie ein ganzer Mensch fühlte, war sie zu einem Entschluss gelangt. Es stand zu viel auf dem Spiel, um sich von irgendjemandem ablenken zu lassen. Rush leider mit eingeschlossen.

»Weshalb hast du mich dann geweckt?« Sie stiegen in einen Liftsessel und hatten kaum Platz genommen, da ratterte die Anlage los.

»Weil du mir auch gefehlt hast. Außerdem ist das Morgentraining ein guter Vorwand, um mir zusammen mit meiner besten Freundin den Sonnenaufgang ansehen zu können.« Er nickte in Richtung des roséfarbenen Schimmers, der über den verschneiten Berggipfeln lag.

»Das sieht jetzt schon wunderschön aus.«

»Bis wir oben sind, ist die Sonne noch ein bisschen höher geklettert. Dafür lohnt sich das Aufstehen. Findest du nicht?«

Ganz selbstverständlich lehnte sie den Kopf an seine Schulter, und als er den Arm um sie legte, sog sie das tröstliche Gefühl von Geborgenheit in sich auf. »Oh, doch.«

Rush zog sein Smartphone aus der Tasche und schoss ein Foto von ihnen, dann knipste er noch eines von der spektakulären Winterlandschaft und steckte es wieder weg. Er küsste sie oben auf die Mütze. »Hey, Jay?«

Sie hörte die Anspannung in seiner Stimme und wappnete sich gegen das, was sie sicher gleich hören würde. »Sag es bitte nicht, okay?«

Er schwieg.

»Ich weiß, es kann kein *Wir* geben, Rush. Lass mich einfach zusammen mit meinem Freund den Sonnenaufgang genießen, ohne mir Gedanken machen zu müssen.« Sie fragte sich, ob er gehört hatte, wie zittrig ihre Stimme klang.

Zwei Stunden später waren sie auf dem Weg zur Lodge, um sich einen Kaffee zu holen, und Jayla gab sich Mühe, das unbarmherzige Brennen in ihrer Schulter zu verdrängen. »Das hat riesigen Spaß gemacht.« Sie atmete tief durch.

»Du warst volle drei Sekunden schneller als gestern. Wenn du so weitermachst, kann die Konkurrenz einpacken.«

»Danke, dass du mich auf die Piste geschleppt hast, Rush.« Sie lächelte ihn an, doch das hätte sie sich sparen können. Sein Blick hing schon während des gesamten Rückwegs unverrückbar an der Lodge.

Ein paar Schritte vom Gebäude entfernt blieb er stehen.

»Weißt du was? Geh schon mal vor. Mir ist gerade etwas eingefallen, was ich noch erledigen muss. Wir treffen uns um acht zum Workshop, okay?«

Sie schaute zu, wie er zu den Chalets marschierte. Ihr Bauchgefühl sagte ihr, dass er absichtlich auf Abstand zu ihr ging. Das konnte sie ihm nicht vorwerfen. Schließlich hatte sie behauptet, sie wollte es so. Auch wenn es höllisch wehtat.

Drei Sekunden. Konzentrier dich aufs Positive.

Vielleicht habe ich einen Fehler gemacht.

Leise fluchend schloss Rush die Tür seines Chalets auf und stapfte ins Haus. Drinnen warf er den Schlüssel auf die Küchentheke und starrte in den leeren Raum. Er hatte keine Ahnung, was er eigentlich machte oder wie er Jaylas widersprüchliche Botschaften deuten sollte. Dabei hatte er geglaubt, er käme mit dem gemeinsamen Training klar, ohne ständig daran denken zu müssen, dass er viel mehr und ganz andere Dinge mit ihr tun wollte. Doch auf dem Weg zurück zur Lodge war er kurz davor gewesen, den Arm um sie zu legen. Bis vor Kurzem wäre das völlig normal gewesen. Aber schon frühmorgens im Sessellift hatte er damit die Erinnerung an den Kuss heraufbeschworen. Jetzt, wo er Jayla sein Herz geöffnet hatte, wusste er nicht mehr, wie er es anstellen sollte, einfach nur ihr bester Freund zu sein. Das musste er sich wohl oder übel eingestehen.

Er ging in dem kleinen Holzhaus auf und ab. Jayla war entsetzt gewesen, dass er ihre Freundschaft aufs Spiel setzen wollte, und vielleicht hatte sie ja recht. Er fuhr sich durchs

Haar, schaute aus dem Fenster und versuchte, den Zorn niederzukämpfen, der sich tief in seinem Inneren zusammenbraute. Zorn, weil er sie beide in diese Situation gebracht hatte. Zorn, weil Jayla seine Gefühle nicht einfach freimütig erwiderte. Dass das nicht fair war, wusste er natürlich. Aber verdammt, er war wütend auf die ganze Welt und musste den aufgestauten Frust dringend loswerden, bevor er damit ihre Freundschaft vergiftete und das Rennen am Wochenende womöglich gleich mit versemmelte. Er schnappte sein Telefon und rief seinen Bruder Jack an. Irgendwer musste für diesen ganzen Mist bezahlen und mit Jacks Vorhaltungen über seinen Umgang mit Frauen hatte schließlich alles angefangen.

»Hey, kleiner Bruder.« Für Rushs Geschmack klang Jack eindeutig zu fröhlich.

Eigentlich verdarb er nur ungern jemandem die Laune, doch ein Shitstorm aus Wut und Frustration drängte aus ihm heraus. »Du hast mir ganz schön was eingebrockt, Mann. Ich bin stinksauer.«

»Holla, Bruder. Ich habe dich seit Wochen nicht gesehen. Was ist denn los?«

Rush setzte seinen Marsch durch das Chalet fort. Sein Kopf sagte ihm, er solle sich beruhigen. Doch die Wut war stärker. »Du hast mir mein Playboy-Dasein um die Ohren gehauen und mich dazu gebracht, meine gottverdammten Augen zu öffnen. Dabei war ich absolut glücklich, solange sie zu waren. Und jetzt … jetzt …«

»Jetzt hast du dich in irgendeine Lady verliebt und bist aus irgendeinem Grund wütend auf mich. Hab ich recht?« Jack lachte leise auf. »Okay, weißt du was? Wir haben damals beide Sachen gesagt, die wir wahrscheinlich nicht hätten sagen sollen. Das tut mir leid. Aber so kurz nach Lindas Tod war ich nicht in bester Verfassung. Vergiss das nicht, kleiner Bruder. Bevor du mir also den Arsch aufreißt, denk nach. Ich hatte gerade meine Frau verloren.«

Jack hatte Wut und negative Gefühle meist bestens im Griff. Schon immer. Er sprach in dem ernsten, festen Ton, den Rush aus seiner wilden Jugend nur allzu gut kannte. Mit dieser Stimme hatte sein großer Bruder ihm tausendmal den Kopf zurechtgerückt. Selbst als Jack längst am College gewesen war, hatte sich die eine oder andere von Rushs Missetaten zu ihm herumgesprochen. Dann hatte Jack ihn angerufen und diesen ganz eigenen Tonfall angeschlagen. Fast immer war es ihm gelungen, Rush damit zur Vernunft oder zumindest zum Nachdenken zu bringen. Diese Stimme schien noch immer zu wirken.

Rush sank auf die Couch und stützte die Ellbogen auf die Knie. »Verdammt, Jack.«

Jack sagte kein Wort. Wie üblich wartete er geduldig, bis Rush seine inneren Kämpfe ausgefochten hatte.

Er stand wieder auf. »Verdammt, Jack. Ich habe mein ganzes Leben geändert, weil … wegen dem, was du gesagt hast.« *Und wegen Jayla.* »Und jetzt wünschte ich, ich hätte es nicht getan.«

»Wovon zum Teufel sprichst du?«

»Gefühle für eine Frau sind das Allerletzte.«

»Du redest Müll. Bist du betrunken?«

»Nein. Ich bin nicht betrunken, du Idiot.« Er brauchte frische Luft, riss die Haustür auf und stellte sich auf die Veranda. Weil im selben Augenblick Kia und Teri aus Kias Chalet kamen, ging er wieder zurück in sein Wohnzimmer und schloss die Haustür.

»Willst du mir verraten, worum es wirklich geht? Oder

einfach nur Dampf ablassen? Egal, was es ist. Mir ist beides recht. Ich will nur wissen, ob ich mir noch einen Kaffee machen soll.«

»Verdammt noch mal, Jack.«

»Das sagtest du bereits.«

Wieder ließ Rush sich auf die Couch fallen. »Okay.« Er drückte die Hand auf seine Brustmuskeln, die sich schmerzhaft zusammenzogen. »Herrgott, Jack.«

»Für dich einfach Jack, wir sind schließlich Brüder.«

Rush lachte trotz seiner Wut kurz auf. »Okay, hier ist deine Gelegenheit, tatsächlich den großen Bruder raushängen zu lassen und mich vor einer Dummheit zu bewahren.«

»Wo bist du?«

»In Colorado. Ich gebe Ski-Workshops für Danica Carters Jugendzentrum.«

»Verstehe. Ist die Saison schon vorbei?«

»Noch nicht ganz, aber fast. Und du verstehst *was*?«

»Es geht nicht um *irgendeine* Frau, nicht wahr?«

»Nein. Es geht um Jayla. Jack, hör zu. Lange Zeit wollte ich das, was du mir so schonungslos gesagt hast, nicht wahrhaben. Dann bin ich eines Morgens neben einer meiner Eroberungen aufgewacht und konnte mich nicht mal an ihren Namen erinnern. Vielleicht bin ich ein bisschen schwer von Begriff, aber in dem Augenblick habe ich einiges kapiert. Mir wurde klar, wie recht du hattest. Und dann wurde mir klar, dass all die vielen Frauen nur so etwas wie Platzhalterinnen waren. Für Jayla. Ich wollte immer nur sie.« Seine Eingeweide zogen sich zusammen, und bevor Jack etwas sagen konnte, redete er weiter. »Jedenfalls habe ich ab diesem Moment an mir gearbeitet. Monatelang. Großer Gott, allein beim Gedanken an meine zahllosen Bettgeschichten wird mir inzwischen fast übel.«

»Und Jayla?«

Rush stieß geräuschvoll die Luft aus. »Sie ist alles für mich. Ich glaube, ich liebe sie. Ja, ich liebe sie.«

»Und das merkst du nach gerade mal fünfzehn Jahren? Kein Wunder, dass du völlig durch den Wind bist.« Jack lachte. »Hey, erinnerst du dich noch daran, dass Mom mich vor einem halben Leben mal gedrängt hat, mit dir über einen respektvollen Umgang mit Frauen zu reden?«

»Mom? An das peinliche Gespräch damals erinnere ich mich noch gut. Und das war ihre Idee?«

»Ja. Sie hat mich angerufen, weil du ständig mit Jayla telefoniert hast. Das war kurz, bevor du mal wieder zu einem Skicamp aufgebrochen bist. Sie glaubte, dass ihr miteinander im Bett landen würdet. Ich war ziemlich sicher, dass du keine besonderen Erklärungen mehr brauchtest. Und sie war sicher, dass Dad für dieses Gespräch der Falsche sei.«

Rush lachte. »Was Dad angeht, lag sie komplett richtig. Aber nicht mit mir und Jayla. So ist es zwischen uns nie gewesen. Wir waren immer nur beste Freunde. Wir wurden älter und ich habe jede verfügbare Frau abgeschleppt, aber sie blieb immer in der Freundschaftszone.«

»Und jetzt?«

Rush ließ die Schultern kreisen und dehnte seine Muskeln. »Jetzt kann ich sie nicht mal mehr ansehen, ohne sofort mehr zu wollen.«

»Okay. Und wo ist das Problem? Warum bist du so wütend auf mich?«

»Wenn du mir nicht dieses ganze Zeug an den Kopf geworfen hättest, hätte ich mich nicht geändert, und dann hätte ich auch nicht jedes Mal, wenn ich sie sehe, diese verrückten Gefühle. Ich will sie beschützen, ich will sie berühren, ich will …«

»Schon gut, verstanden. Das hättest du auch gleich sagen und dir und mir damit einen Haufen Zeit ersparen können.«

»Nein. Erst mal musste ich dir klarmachen, dass ich nicht mehr der Vollidiot bin, für den du mich hältst.« Rush atmete tief aus.

»Hey, Mann! Wie tickst du eigentlich? Keiner von uns wirft dir vor, dass du von Frauen nicht genug kriegst. Also komm langsam zum Punkt.«

Rush seufzte. »Mir ist endlich bewusst geworden, was Jayla mir bedeutet, aber sie meint, eine Beziehung könnte uns zu sehr von unserem Sport ablenken. Vielleicht stimmt das ja. Ich weiß wirklich nicht, ob ich eine echte Beziehung führen und gleichzeitig erfolgreich Rennen fahren kann. Womöglich bin ich dann weniger fokussiert und das kann ich nicht riskieren. *Sie* kann es nicht riskieren.«

»Daran musst du arbeiten, Rush. Glaubt sie immer noch, dass du mit jeder Frau ins Bett springst, die nicht bei drei auf den Bäumen ist?«

»Nein, ich denke nicht. Aber vermutlich sind Worte nicht genug. Sie wird mich wohl an meinen Taten messen. Ich glaube, sie ist der einzige Mensch, der mich schon immer mühelos durchschaut hat.«

»Und wo ist dann das Problem? Kannst du das nicht trennen? Kannst du die Gedanken an sie während eurer Wettkämpfe oder beim Training nicht abstellen? Es gibt jede Menge Spitzensportler mit funktionierenden Beziehungen.«

»Keine Ahnung. Was, wenn ich es nicht kann? Wenn *sie* es nicht kann?«

»Etwas *nicht können*? Diese Worte hast du schon vor Jahren aus deinem Vokabular gestrichen, Rush.«

Da war was dran. »Dass wir noch mal in die Freundschaftszone zurückfinden, bezweifle ich. Ich denke Tag und Nacht an sie. Ich möchte jede Sekunde mit ihr verbringen. Jack, ich will Jayla auf keinen Fall verlieren.«

»Dann tu was. Du schaffst alles, was du dir in den Kopf setzt, Rush. Du bist einer der zielstrebigsten Menschen, die ich kenne. Vermutlich hat sie einfach nur Angst. Und du klingst, als hättest du ebenfalls die Hosen voll.«

»Aus Sorge, sie zu verlieren, vielleicht.«

»Eine Garantie gibt es nie«, antwortete Jack. »Aber wenn ihr eure Beziehung und euer Training voneinander abtrennen müsst, dann trennt ihr eben. Du bist der ungeschlagene Meister des Tunnelblicks. Beim Skifahren vergisst du alles um dich herum. Und falls du tatsächlich eine Beziehung mit Jayla anfängst, musst du sie beim Sport eben aus deinem Kopf verbannen. Sicher ist das gewöhnungsbedürftig, aber du schaffst das. Es gibt nichts, was du nicht kannst.« Bevor Rush darauf antworten konnte, fuhr Jack fort. »Rede mit ihr, Rush. Frag sie nach ihren Vorstellungen. Frag sie, was sie will. Ich könnte mir denken, dass sie genauso viel Angst hat wie du. Aber wenn sie aus irgendwelchen anderen Gründen nicht mit dir zusammen sein möchte, sind deine Überlegungen sowieso für die Katz. Du kannst sie nicht zwingen.«

»Das würde ich niemals versuchen.«

»Okay. Aber ich hatte immer das Gefühl, dass sie dich mag. Hör mal, die Sache ist einfach, selbst wenn du im Moment überall nur riesige Schwierigkeiten siehst. Ich kann es dir nachfühlen, denn als ich mich nach der langen stockdunklen Zeit nach Lindas Tod in Savannah verliebt habe, ging mir auch jede Menge Mist durch den Kopf.« Jack holte tief Luft. »Du weißt, wie man Hindernisse überwindet. Am besten packst du es an, wie du alles im Leben anpackst. Frontal und direkt. Und der ganze Kram, von wegen Fokus und Konzentration? Ich verrate dir jetzt mal was, kleiner Bruder. Das ist nur ein Scheingefecht. In Wahrheit hast du Mauern um dich errichtet, aus welchem Grund auch immer. Und diese Mauern bestehen aus Ausflüchten, Vorwänden und ähnlichem Quatsch. Reiß sie ein.«

»Genau das, was ich gebraucht habe. Eine Therapiesitzung. Da hätte ich gleich zu Danica gehen können.«

»*Du* hast *mich* angerufen.«

Rush warf einen Blick auf die Uhr. »Oh, Shit. Ich komme zu spät. Ich muss los. Tut mir leid, dass ich unser Gespräch abwürgen muss.« Das Telefon ans Ohr gedrückt hastete Rush aus der Tür und joggte den Hügel hinauf.

»Dafür sind Geschwister da. Du kannst mich jederzeit anrufen und deine Wut an mir auslassen.«

»Danke, Bruder. Ich hab dich lieb.« Rush eilte zur Anfängerpiste, wo Jayla bereits mit dem Workshop begonnen hatte. Sobald er sie sah, wusste er, wie recht Jack hatte.

Frontal und direkt. Nur so konnte es gehen.

Vierzehn

»Können wir schon rauffahren, Jayla?« Taylor Harper war fünfzehn. Eine Mütze trug er nicht, dafür einen schwarzen Hoodie unter der Skiweste und coole Stonewashed-Jeans. Sämtliche Mädchen seiner Altersgruppe in Sichtweite waren absolut hingerissen. Oben auf dem Berg würde er in diesem Outfit allerdings trotz ihrer heißen Blicke ordentlich frieren. Aber Jayla war seine Skilehrerin, nicht seine Mutter.

Sie schaute zu Jeffrey hinüber. In einem unauffälligen schwarzen Parka stand er neben Chris und Meg, zwei weiteren jugendlichen Skineulingen. Jeffrey nestelte an seinen Handschuhen herum, dabei sprang sein Blick von der süßen dunkelhaarigen Meg zu Taylor und wieder zurück. Meg hatte ihrerseits nur Augen für Taylor und Taylor grinste Jeffrey triumphierend an. Oje. Schon zu Jaylas Zeiten waren Teenager-Dreiecksbeziehungen nicht lustig gewesen. Sie hoffte, dass es auf der Piste keinen Ärger geben würde.

Endlich sah sie Rush auf die Gruppe zusteuern. Am liebsten hätte sie ihm den Kopf gewaschen, weil er sie hier hatte hängenlassen. Noch dazu hatte er ihr den ganzen Morgen über die widersprüchlichsten Signale gesendet, und sie konnte nur rätseln, ob sie daran vielleicht auch noch selbst schuld war. Tat er nur das, worum sie ihn gebeten hatte? Oder steckte vielleicht noch etwas anderes dahinter? Er benahm sich wie ein bester Freund. Aber sagten seine Blicke nicht viel mehr? Oder verlor sie einfach langsam den Verstand?

Konzentrier dich auf den Workshop.

»Klar, auf zum Lift. Taylor, du fährst mit Chris. Jeffrey fährt mit Billy und Suzie mit Meg. Und immer dran denken: Im Sessellift wird kein Blödsinn gemacht.« Sie stellte sich hinter den Jugendlichen an und schaute zu, wie Rush sich die Skier anschnallte. Hinter ihr trat eine hübsche junge Frau in die kurze Warteschlange, und als Rush schließlich zu ihnen stieß, wurde er für die Bergfahrt zum Liftpartner der Schönen.

Er beugte sich zu Jayla. »Tut mir leid, dass ich so spät dran bin. Ich habe beim Telefonieren die Zeit vergessen.«

Sie hätte gern gewusst, mit wem er sich so angeregt unterhalten hatte. *Das geht mich nichts an. Ich bin diejenige, die gesagt hat, dass sie im Augenblick nicht mehr will.*

»Kein Problem.« Sie nahm im Liftsessel Platz und versuchte, nicht an Rush und die schöne Frau hinter sich zu denken. Sie musste sich aufs Wesentliche konzentrieren.

Oben auf dem Berg scharte sie die Gruppe um sich. Einen Augenblick später fuhr auch Rush aus dem Lift. Er streckte die Hand aus und stützte die hübsche Unbekannte, die beim Aussteigen ein wenig ins Wanken gekommen war. Die Frau warf sich das lange Haar über die Schulter und klimperte mit den Wimpern. Jayla spürte die Eifersucht wie prickelnde kleine Stiche auf der Haut.

Sie musste sich ablenken, bevor sie womöglich gelb wurde vor Neid. »Wir legen gleich los. Gibt es noch irgendwelche Fragen?«

Megs Blick hing an Taylor und Taylor sonnte sich in ihrer

Aufmerksamkeit. Gleichzeitig schaffte er es, den desinteressierten Teenager zu spielen und scheinbar gelangweilt die Frau abzuchecken, die noch immer mit Rush redete. Die anderen hatten sich bereits in Reih und Glied aufgestellt und brannten darauf, loszufahren. Jeffrey stand ein wenig abseits und Suzies Blick hing an Rush. Jayla erinnerte sich noch gut daran, wie sie ihn in dem Alter angesehen hatte. *Ich tue es noch immer.* Dabei wünschte sie, Suzie würde ihre volle Aufmerksamkeit aufs Skifahren lenken oder wenigstens auf Jungs in der passenden Altersgruppe. Sie fragte sich, ob Suzie sich vielleicht vor allem deshalb so intensiv für Rush interessierte, weil ihre Mutter es ebenfalls tat.

Das geht mich nichts an.

Sie versuchte, das Mädchen aus seiner Traumwelt auf die Piste zu holen. »Du wirst diese Abfahrt prima hinbekommen. Das weißt du, nicht wahr?«

»Ja. Aber ein bisschen aufgeregt bin ich schon.« Suzie richtete ihre blauen Augen auf Jayla und strich sich das Haar aus dem Gesicht.

»Ich spüre auch immer noch ein Kribbeln, wenn ich hoch oben auf einem Berg stehe.« Jayla deutete auf die herrliche verschneite Landschaft und seufzte. »Aber wenn ich erst mal auf der Piste bin, passiert etwas mit mir. Es ist, als wären meine Beine nicht zum Gehen gemacht, sondern zum Skifahren. Als wäre ich mit Skiern an den Füßen geboren.«

Suzie lachte und warf einen weiteren verstohlenen Blick zu Rush.

Zu gern hätte Jayla ihr gesagt, sie sei schön und stark und hätte es nicht nötig, sich einem Mann an den Hals zu werfen. Aber das war genauso wenig ihre Aufgabe, wie Taylor klarzumachen, dass er es nicht nötig hatte, ein Angeber zu sein.

»Los. Wir zeigen jetzt mal allen, dass du schon richtig gut bist. Ich bleibe dicht neben dir.« Über die Schulter warf sie einen Blick zu Rush. »Seid ihr bereit?«

»Immer«, antwortete Rush.

Sie war versucht, das Wort als sexy Anspielung zu deuten, sagte sich aber, dass sie sich das wohl leider nur einbildete, denn er hatte sie beim Sprechen nicht mal angesehen.

Taylor glitt bereits zügig und sicher über die Piste, die anderen gaben sich Mühe, mit ihm mitzuhalten. Meg plumpste über einen kleinen Buckel im Schnee. Rush half ihr hoch, dann fuhr er hinter ihr die Abfahrt hinunter.

Jeffrey stieß unten als Letzter zu ihnen.

»Na endlich.« Taylor verdrehte die Augen.

Jeffrey schaute weg.

Lass dir das nicht gefallen. Jayla verzichtete darauf, Jeffrey zu verteidigen. Das hätte ihn in den Augen der anderen nur noch schwächer gemacht. Rush warf Taylor einen düsteren Blick zu und der Junge wandte sich ab. Problem erledigt. Zumindest für den Moment.

Gemeinsam fuhren sie alle zurück zum Lift.

»Hey, Rush!« Die dunkelhaarige Frau, die vorhin mit ihm im Lift gesessen hatte, winkte ihm zu. »Ich habe es genau so gemacht, wie du gesagt hast, und es hat prima funktioniert. Danke!«

Die Unbekannte lächelte, und nicht einmal Jayla konnte die Augen von ihren strahlend weißen Zähnen und der makellosen, leicht gebräunten Haut lassen. Die Gute hätte an ihrer Stelle das Gesicht von Dove sein können. Jayla packte die Eifersucht. Dabei stand ihr das gar nicht zu, denn schließlich hielt sie Rush aus guten Gründen auf Distanz.

»Freut mich.« Rush setzte sein unwiderstehliches schiefes

Grinsen auf.

»Fahren wir noch mal zusammen hoch?«, fragte die Frau.

Rush schaute zu den Jugendlichen, dann zu Jayla.

Sie wandte sich ab.

»Das geht nicht. Sorry«, antwortete er. »Wir geben hier einen Skikurs.«

Die Mundwinkel der Frau bogen sich nach unten.

Geht nicht? Das war neu. Jayla staunte.

»Sollen wir später zusammen etwas trinken?«, schlug die Frau vor.

Wow, du bist hartnäckig. Jayla schob sich auf den Liftsessel und wandte sich ab. Zuzuhören, wie die schöne Unbekannte mit Rush flirtete, war schon hart genug. Zuschauen wollte sie nicht auch noch. Und wenn Rush noch derselbe war wie immer, wusste sie sowieso, was nun folgen würde. Er würde sich später mit seiner Verehrerin auf einen Drink treffen, sie sein Ego und hinterher ausgewählte Körperteile streicheln lassen. Und ihren Namen am nächsten Morgen vergessen.

»Sorry. Heute Abend trainieren wir. Aber vielen Dank.« Rush schob sich neben Jayla in den Sessel.

Sie fuhr zu ihm herum. *Du hast sie abblitzen lassen? Du hast sie abblitzen lassen! Ach, Augenblick ... Noch ist die Wettkampfsaison nicht zu Ende.*

Aber mich hast du geküsst, obwohl die Saison noch läuft.

Jayla saß stocksteif und mit zusammengekniffenen Augen neben ihm. Möglicherweise lag auch etwas Ärger in ihrem Blick. Trotzdem war sie so verdammt schön, dass es fast wehtat. Nach einer Minute angespannten Schweigens sagte er: »Die Verspätung vorhin tut mir wirklich leid.«

»Ist okay. Wir haben schon mal losgelegt, aber auf die Piste konnte ich mit den Kids nicht alleine gehen. Deshalb …«

»Es war wirklich keine Absicht. Ich habe mit Jack gesprochen.«

Sie drehte sich zu ihm und sofort wurde ihm heiß.

»Wie geht's ihm?«

Was Jack ihm zum Thema Frauenverschleiß an den Kopf geworfen hatte, hatte Rush Jayla nie verraten. Doch dass sein Bruder sich nach Lindas Tod für zwei Jahre in die Berge von Colorado zurückgezogen und dort als Survivaltrainer und Buschpilot gearbeitet hatte, hatte er ihr damals erzählt. Bei einem seiner Survivalkurse hatte Jack seine jetzige Verlobte Savannah Braden kennengelernt und die Beziehung zu ihr hatte viele seiner Wunden geheilt.

»Gut. Er und Savannah haben gerade einen Hochzeitstermin festgelegt.« Rush spürte die Kluft zwischen ihm und Jayla und fragte sich, ob das an seiner Unpünktlichkeit lag oder daran, dass sie beide ihre Gefühle überspielten.

Oben auf dem Berg fand die Gruppe sich zusammen. Meg unterhielt sich mit Taylor, Taylor starrte Jeffrey herausfordernd an. Der Junge beugte sich vornüber und nestelte mit niedergeschlagenem Blick an seinen Skistiefeln. Suzie stand ebenfalls bei der Gruppe. Immerhin knüpfte sie langsam Kontakte zu ihren Altersgenossen.

»Kann ich los?« Taylors Frage war an Rush gerichtet.

»Augenblick noch.« Rush fuhr zu Jayla. »Soll ich die Nervigen und Verstockten nehmen oder die anderen?«

»Die Nervigen und Verstockten kannst du mir überlassen. Die kommen mir heute ganz gelegen.«

Rush schaute zu, wie sie losfuhr. Langsam kam er zu der Überzeugung, dass es ein großer Fehler gewesen war, ihr seine Gefühle zu offenbaren. Am Morgen mit ihr gemeinsam zu trainieren und sie danach einfach stehenzulassen, hatte die Sache nicht besser gemacht. Er hätte alles beim Alten belassen sollen.

Am Ende der Übungsstunde waren Taylor und Meg ein Paar. Wo einer war, war der andere nicht weit. Jeffreys trauriger Dackelblick verfolgte die zwei. Rush hätte gern eine Woche mit Jeffrey gehabt, um dem Jungen zu mehr Selbstbewusstsein zu verhelfen. Dann hätte er nie wieder so dreinschauen müssen. Gleichzeitig musste er sich eingestehen, dass sein eigenes Liebesleben komplett aus den Fugen war und er kaum in der Lage war, gute Ratschläge zu erteilen.

Meg zog die Handschuhe aus. Sie und Taylor standen ganz nahe zusammen. Sofort dachte Rush wieder daran, wie er und Jayla sich am Feuer geküsst hatten. Er beherrschte die Kunst der Verführung meisterlich. Gefühle waren dazu nicht nötig. Hatte man eine hübsche Lady ins Visier genommen und sie zeigte Interesse, ging der Rest fast wie von selbst.

Aber Jayla kannte er schon ewig. Und er liebte sie. Sie zu küssen, hätte eine einfache Übung sein sollen. Doch er war sich vorgekommen wie ein Schuljunge beim allerersten Annäherungsversuch.

»Hallöchen.« Suzies Mutter Kelly lächelte ihn mit einem Wie-wär's-denn-mit-uns-beiden-Blick an. Sie befeuchtete ihre Lippen mit der Zungenspitze und warf sich das blonde Haar über die Schulter. *Das hat Suzie sich von ihr abgeschaut.* Und Kelly hatte diesen Blick vermutlich tausendmal vor dem Spiegel geübt, denn sie schaffte es, dabei wirklich heiß auszusehen.

»Hi.« Rush schaute sich nach Jayla um. *Wo bist du?*

»Aaalso, ich hätte da einen Vorschlag …« Kelly schaute sich kurz zu ihrer Tochter um, die sich ein paar Schritte entfernt mit Chris unterhielt. »Suzie ist am Wochenende bei ihrem Vater. Das ist jetzt vielleicht ein bisschen direkt, aber, hey, wer nicht wagt, der nicht gewinnt. Lust auf einen Drink am Freitagabend?«

»Mom? Gehen wir?«, rief Suzie herüber.

Rush fragte sich, ob er ein Schild mit der Aufschrift *Teste mich! Finde raus, ob ich mich wirklich geändert habe* um den Hals trug. »Danke, aber ich muss passen. Am Freitagabend wird hart trainiert. Sorry.«

»Mom!«

Kelly seufzte. Ihrer Tochter schenkte sie keine Beachtung. Stattdessen legte sie die Stirn in Falten. »Falls Sie es sich noch überlegen …« Sie drückte ihm einen Zettel in die Hand, dann wandte sie sich ab und warf ihm über die Schulter hinweg noch einmal ein Lächeln zu.

An dem Tag, an dem die Hölle gefriert. Er zerknüllte den Zettel in der Faust und stopfte ihn in die Tasche. Aus dem Augenwinkel sah er Jayla davongehen.

Fünfzehn

Diesmal schaffte Jayla die Abfahrt deutlich schneller als am Vorabend. Dass Coach Cunningham ihr anerkennend auf den Rücken klopfte, bewies, wie richtig es war, zwischen ihr und Rush erst einmal alles so zu belassen wie immer. Nach dem Workshop hatte sie Rush mit Kelly Baker reden und ein paarmal an der Frau vorbeischauen sehen. Dabei hielt er seine Verehrerinnen normalerweise mit einem Blick in seinem Bann, der ihnen die Knie weich werden ließ. Jayla war in ihr Chalet gegangen und hatte Tabletten genommen, weil ihre Schulter schmerzte wie ein böser Zahn. Als Rush weder vorbeigeschaut noch ihr geschrieben hatte, war sie kurzfristig ein wenig in Panik verfallen. Hatte er wirklich aussprechen müssen, was sie schon so lange mit sich herumtrug? Dass ihr Umgang miteinander plötzlich so verkrampft war, war kaum auszuhalten. Nie hätte sie geglaubt, dass irgendetwas ihre Freundschaft erschüttern könnte.

Das ist idiotisch. Wir müssen reden. Reinen Tisch machen. Ich muss das letzte Rennen hinter mich bringen und dann zum Arzt gehen und rausfinden, ob ich nächstes Jahr noch vorne mitfahren kann oder nicht. Anschließend können Rush und ich darüber nachdenken, ob es wirklich ein Wir gibt.

Zusammen mit Kia stieg sie in den Sessellift und versetzte sich mental auf die Piste. Sich aufs Training zu konzentrieren, bewahrte sie vor weiteren Gedanken an Rush. Und es bewahrte sie davor, zu rätseln, ob sie ihm wirklich vertrauen konnte. Im Augenblick durfte das eigentlich nicht ihre größte Sorge sein. Auch die versengenden Schulterschmerzen waren erst einmal nebensächlich. Jetzt ging es vor allem darum, ihre Zeit zu verbessern und das Rennen zu gewinnen. Wenn es ihr gelang, das wirklich zu glauben, würde sie den Rest der Woche irgendwie überstehen.

»Du warst heute Morgen schon ziemlich früh unterwegs. Ich habe dich gegen fünf weggehen hören.« Kias Wangen waren gerötet und ihre Augen blitzten hintersinnig. »Wie hast du es geschafft, dass die den Lift so früh anstellen? Teri sagt, sie hätte ihn laufen sehen.«

Das war Rush. Wer könnte Rush etwas abschlagen? Laut aussprechen wollte Jayla das lieber nicht, denn Kia hatte eine Schwäche für ihn. So wie für fast jeden anderen gut aussehenden Kerl im näheren Umkreis. Und für heute hatte Jayla schon genügend Frauen gesehen, die Rush anschmachteten. Sie zuckte geheimnisvoll die Achseln.

»Machst du das morgen früh auch? Kann ich mitkommen? Ich würde gern noch ein bisschen intensiver trainieren.«

»Ich bin mir noch nicht sicher. Aber falls ich es tue, sage ich dir Bescheid.« Sie wollte definitiv am Morgen auf die Piste, musste aber erst einmal Rush fragen, wer die Liftanlage in Gang setzte. Und sie hatte ihn heute den ganzen Tag gemieden.

Nach dem Training holte er sie auf dem Weg zu den Chalets ein. »Hey, super Zeiten heute.«

»Danke.«

Er zog sich die Mütze vom Kopf und stopfte sie in die

Tasche. »Wir wollen uns später zum Abendessen treffen. Kommst du mit?«

Mitkommen? Du meinst mit dir? Du und ich gemeinsam?

Offenbar hatte er ihre Gedanken gelesen, denn er setzte hinzu: »Keine Sorge. Nicht als Date. Nur als Freunde. Zusammen mit dem Rest der Mannschaft.«

»Du hast kein Date mit Suzies Mom?«

Er starrte sie ungläubig an.

»Sorry. Das konnte ich mir nicht verkneifen. Klar, ich komme gerne mit. Es sei denn, es macht dir etwas aus.«

»Weshalb sollte mir das was ausmachen? Wir sind Freunde.«

Und warum zuckt dann dein Kiefer? »Stimmt. Ja.« Ihre Stimme klang seltsam hohl. »Sag mal, wen kann ich bitten, morgen früh den Lift anzuwerfen?«

Die Chalets kamen in Sicht und sie kämpfte gegen den Drang an, langsamer zu gehen, um noch ein bisschen mehr Zeit mit ihm verbringen zu können. Vielleicht konnten sie ja wirklich weiter nur beste Freunde sein, selbst nach dem atemberaubenden Kuss. Verstohlen musterte sie sein Profil und spürte prompt aufgeregte Schmetterlinge im Bauch. *Nein, beste Freunde, das war einmal.*

»Für die nächsten Tage ist schon alles arrangiert. Die Anlage läuft jeden Morgen ab fünf.«

»Wirklich? Danke. Das ist prima.«

Vor ihrem Chalet ging Rush ein wenig langsamer, blieb aber nicht stehen, um sich zu verabschieden. »Wir sehen uns zum Essen.«

Damit wandte er sich ab und joggte zu seinem eigenen hübschen kleinen Haus. Für ihr Leben gern hätte sie die Augenblicke tiefer Zweisamkeit noch einmal zurückgeholt, in denen so viel mehr zwischen ihnen gewesen war als

Freundschaft. Sie wollte jeden einzelnen davon noch einmal auskosten. Die Blicke, seine Lippen, das Gefühl seiner Hände an ihrer Taille, seine Stoppeln an ihrer Haut, seinen Geschmack …

Jayla duschte und zog sich dreimal um. Schließlich entschied sie sich für einen leicht transparenten Pullover. Sie zog ihn über das zarte Spitzenhemdchen, das Rush neulich abends so gut gefallen hatte. Dazu wählte sie einen kurzen schwarzen Rock und rundete das Outfit mit ihren kniehohen schwarzen Stiefeln ab. Vielleicht zog sie so ein paar Blicke auf sich und konnte Rush ein bisschen eifersüchtig machen. Dann war sie wenigstens nicht die Einzige, die sich etwas wünschte, was sie nicht haben konnte.

Ihr Telefon vibrierte. Jennifer hatte ihr eine Textnachricht geschickt. Jedes Mal, wenn ihre Schwester nach Rush fragte, kam die Erinnerung an all das, was sie so gern wegschieben wollte, und ihre Nerven prickelten.

Und???

Jayla hoffte, dass ihre Antwort Jennifers lästigen Fragen ein Ende setzen würde.

Es bleibt alles beim Alten.

Eine Minute später vibrierte ihr Telefon erneut. Diesmal hatte Kia geschrieben. *Fertig?*

Jayla war davon ausgegangen, dass Rush sie abholen würde. Warum eigentlich? Sie ging zu einem Mannschaftsabendessen. Weshalb sollte Rush da bei ihr vorbeikommen? *Weil er das immer gemacht hat.*

Sie tippte eine Antwort an Kia. *Jap. Wo finde ich euch?*

Einen Augenblick später ging Jennifers nächste Nachricht ein. *Feigling.*

Jayla schickte ihrer Schwester ein Emoji, das die Zunge herausstreckte. Dann las sie die Textnachricht von Kia. *Parkplatz. Jetzt.*

Sie schnappte sich ihre Jacke und die Handtasche und trat aus der Tür.

Sechzehn

Kräftige Blau- und Pinktöne tanzten über den Himmel, während die Sonne hinter den verschneiten Gipfeln unterging. Jayla machte sich auf den Weg zum Parkplatz. Die eisige Luft stach in ihre Beine. Einen Moment lang überlegte sie, ob sie umkehren und lieber Jeans anziehen sollte. Aber die anderen kamen bereits in Sicht und sie wollte sie nicht warten lassen. Unvermeidlich fiel ihr Blick auf Rush. Er hatte die muskulösen Beine an den Knöcheln übereinandergeschlagen und lehnte an der Motorhaube des schwarzen SUV. Der Schirm einer Baseballmütze verdeckte einen Teil seines Gesichts und er war ganz in ein Gespräch mit Teri und Kia vertieft, die in atemberaubend kurzen Röcken vor ihm standen.

Gut, dass ich die Jeans im Schrank gelassen habe.

»Oh prima, da bist du ja.« Kia drückte den Entriegelungsknopf auf dem Wagenschlüssel. »Fast hätte ich's vergessen. Ich habe gehört, Marcus hätte sich bereits Ersatz gesucht. Dieser Drecksack.« Kia verdrehte die Augen.

Gott sei Dank. »Ich werde jetzt bestimmt nicht in Tränen ausbrechen.«

Rushs Blick landete auf Jaylas Stiefeln, wanderte langsam an ihren Beinen entlang nach oben, blieb an ihrem Rock hängen und kletterte dann weiter bis zu ihrem Gesicht. Er kniff die Augen zusammen und presste die Lippen aufeinander. Sie nahm den düsteren Gesichtsausdruck als Kompliment, und als er ohne ein weiteres Wort auf den Beifahrersitz stieg, wusste sie, dass sie das richtige Outfit gewählt hatte.

Inzwischen hatten Patrick, Cliff und Teri sich bereits auf die Rückbank geschoben.

»Sieht aus, als wäre nur noch auf Patricks Schoß Platz«, sagte Kia grinsend zu Jayla.

Rush fuhr herum und starrte sie aus schmalen Augen an. Sein Kiefer spannte sich, der Mund war schmal. Ganz sicher würde er ihr nicht anbieten, sich zu ihm auf den Beifahrersitz zu zwängen. Schließlich wollten sie ja nur Freunde sein, und beim Küssen hatte sie deutlich gespürt, welche Wirkung sie auf seinen Körper hatte. Dank des kurzen Rocks wäre die jetzt vermutlich noch heftiger ausgefallen. Bei dem Gedanken durchrieselte sie ein wohliger kleiner Schauer.

»Oh ja, nimm Platz, Baby.« Patrick klopfte auf seine Oberschenkel.

Patrick war für seine wanderlustigen Hände berüchtigt. Sie wollte gerade vorschlagen, dass sie sich zwischen Cliff und Teri quetschen könnte, da kam ihr eine andere Idee. Weshalb nicht Rush ein bisschen quälen? Sie schob sich auf Cliffs Oberschenkel.

»Okay. Wir können.« Sie spürte Rushs Blick und merkte gleichzeitig, dass sie auf Cliff dieselbe Wirkung hatte wie auf Rush. *Herrje.*

Sie fuhren die kurze Strecke in den kleinen Skiort Allure, und parkten dort vor der »Bar None«. Auf dem Weg zum Eingang schob Rush sich neben Jayla. »Was sollte das, zum Teufel?«

»Was sollte was?« *Hmm, das macht Spaß.*

»Auf meinem Schoß wäre auch Platz gewesen.« Er hakte sie unter und zwang sie damit, langsamer zu gehen.

»Ich habe kein Angebot von dir gehört.« *Eifersucht ist nicht lustig, oder?*

»Und ich keines von Cliff.«

Eins zu null für dich. »Glaub mir, er fand es ganz erträglich. Und im Gegensatz zu meinen Gefühlen für dich sind meine Gefühle für ihn ziemlich eindeutig.«

Patrick hielt die Tür auf, sie machte sich von Rush los und folgte den anderen zu einem Tisch im Restaurantteil der Bar. Cliff setzte sich neben sie, Patrick und Teri schnappten sich die Stühle an den Enden des Tisches. Rush nahm Jayla gegenüber Platz, und Kia – *wie könnte es auch anders sein?* – ließ sich an Rushs Seite nieder.

Jayla hatte keinen Schimmer, wie sie damit umgehen sollte, was Rush und sie gerade versuchten. Doch sie sah seine Kiefermuskeln zucken und wusste, dass sie eindeutig einen Nerv getroffen hatte. Widerstrebend löste sie den Blick von ihm und dachte über ihr Dilemma nach. War sie vielleicht zu stur und beging eine riesige Dummheit? Sie liebte ihn. Oh, wie sie ihn liebte. Aber was, wenn es mit ihnen als Paar nicht funktionierte? Ihn als Freund zu verlieren, würde sie nicht ertragen. Schon die verkrampfte Stimmung in den letzten Stunden war kaum auszuhalten. Aber würde es nicht noch zehnmal schlimmer werden, wenn Rush nach ein paar Dates feststellen musste, dass er nicht mit ihr zusammen sein und sich gleichzeitig auf den Sport konzentrieren konnte? Die Antwort auf all ihre Fragen lag auf der Hand: Sie konnten kein Paar werden. Sie mussten beste Freunde bleiben. *Für immer.* Der Gedanke bereitete ihr fast körperliche Schmerzen.

Ihr Telefon vibrierte. Sie zog es aus der Tasche und war überrascht. Rush hatte ihr eine Nachricht geschrieben. Sie hob den Kopf und sah ihn in seinen Schoß starren. Fast gegen ihren Willen lächelte sie beim Lesen.

Cliff?

Sie schrieb zurück. *Nicht mein Date. Keine Dates während der Wettkampfsaison.*

Ein paar Sekunden später kam die Antwort. *Das ist meine Regel, nicht deine.*

Sie gab sich Mühe, sich nicht an Rushs Eifersucht zu freuen, aber das war verdammt schwer. *Stimmt. Aber wir waren uns einig, dass wir einander nicht daten können. Ablenkungsgefahr! Deine Regel gilt also für uns beide.*

Er schrieb sofort zurück. *Gut.*

Sie brauchte einen Drink oder lieber gleich zwölf, um mit diesem Freundschaftsschlamassel klarzukommen. Aber genehmigen durfte sie sich nur ein einziges Glas. Ein weiteres und sie würde es nie um halb fünf morgens zum Training aus dem Bett schaffen.

Nach dem Abendessen wechselten sie an einen Tisch in der schummrig beleuchteten Bar. Dort spielte eine Band und Teri und Patrick machten sich sofort auf den Weg zur Tanzfläche. Rush rückte für Jayla einen Stuhl zurecht. Doch bevor er sich neben sie setzen konnte, tippte jemand auf seine Schulter. Er wandte sich um und schaute in das lächelnde Gesicht von Rex Braden, einem Bruder seiner zukünftigen Schwägerin Savannah. Rex schob sich den Stetson aus Leder ins Genick. Wie alle

Braden-Männer war er hochgewachsen und muskulös. Mit seinen knapp eins neunzig, dem dichten schwarzen Haar und dem von jahrelanger harter Arbeit auf der Familienranch gestählten Körper war er eine beeindruckende Erscheinung.

Rush umarmte ihn männlich herzhaft. »Rex! Was machst du denn hier?«

Rex nickte in Richtung der Sängerin der Band. »Wir wollten Kaylie hören. Danicas Schwester.«

Rush schaute zu der attraktiven blonden Frau hinüber. »Stimmt, das ist ja Kaylie. Ich habe sie gar nicht erkannt.«

»Ich bin mit meinem Kumpel Cal Hayden hier.« Rex trat einen Schritt beiseite und ein weiterer Mann mit einer ähnlich athletischen Statur und einer ungeheuer breiten Brust nickte freundlich. Er trug ebenfalls einen Stetson und Cowboystiefel, hatte im Gegensatz zu Rex aber blondes Haar.

Rush streckte ihm die Hand hin. »Rush Remington.«

Cal lächelte. »Hallo. Wie ich höre, seid ihr allesamt Ski-Asse und gehört zur Olympiamannschaft. Ist das richtig?« Er schaute in die Runde und sein Blick blieb an Jayla hängen.

Jayla lächelte ihn an, und Rush spürte, wie seine Nackenmuskeln sich anspannten.

»Jap. Wir geben im Nachbarort gerade ein paar Workshops für Jugendliche, aber wir sind nur ganz kurz in der Gegend.« *Also nimm den Blick von Jayla.*

»Wir wollten gerade gehen«, erklärte Rex. »Dann habe ich euch entdeckt und dachte, wir sagen kurz Hallo.« Die Band stimmte ein langsames, romantisches Stück an. »Ist es okay, wenn wir uns für ein paar Minuten zu euch setzen? Das Lied würde ich gerne noch hören, bevor wir nach Hause fahren.«

Nein. »Ja klar. Schnappt euch zwei Stühle.«

Cal setzte sich neben Jayla, Rex holte zwei Stühle von einem anderen Tisch und schob Rush einen davon hin.

»Hi. Ich bin Cal.« Cal lächelte Jayla an und tippte grüßend an seinen Hut.

»Jayla.« Sie beugte sich ein wenig näher zu ihm und stellte ihm Kia vor.

»Ich wusste ja, dass Colorado voller Cowboys ist. Aber gleich zwei große starke Exemplare auf einmal? Mit Cowboyhüten und allem Drum und Dran?« Kia fächelte sich Luft zu.

Jayla lachte.

Na prima. »Dieser Cowboy ist schon vergeben.« Rush zeigte mit dem Daumen auf Rex und hoffte, Cal würde gleich sagen, dass er ebenfalls in festen Händen sei.

»Aber so was von«, bestätigte Rex.

Fehlanzeige. »Und wie sieht's bei dir aus, Cal?« Rush hoffte auf die ersehnte Antwort.

»Single und frei wie der junge Tag.« Erneut tippte Cal an seinen Hut und zwinkerte Jayla zu.

Pass auf, dass ich dir nicht auch gleich an den Hut tippe. Jeder Muskel in Rushs Körper glich einem zum Zerreißen gespannten Tau. Unter dem Tisch ballten sich seine Hände zu Fäusten.

»Hat Treat schon in der Lodge vorbeigeschaut?«, fragte Rex.

»Noch nicht.« Aus dem Augenwinkel nahm Rush eine Bewegung wahr und sah, wie Jayla und Cal zu Teri und Patrick auf die Tanzfläche gingen. In ihrem süßen Rock sah Jayla unfassbar heiß aus. Unwillkürlich fragte er sich, was sie darunter trug. Und schon im nächsten Augenblick überlegte er, ob Cal womöglich dasselbe dachte. Zähneknirschend stemmte er sich gegen diesen Gedanken und versuchte, Rex zuzuhören. Doch sein Blick hing wie gebannt an Cals Hand, die gefährlich nahe an Jaylas Hinterteil rutschte.

»Dann werdet ihr ihn diese Woche vermutlich gar nicht mehr treffen«, sagte Rex. »Er und Max sind heute noch einmal nach Nassau aufgebrochen. Für ein paar schöne Tage zu zweit, bevor das Baby kommt.«

Dass auch Max schwanger war, hatte Rush vergessen. »Prima Idee«, presste er schließlich hervor.

»Hey, Rex, willst du tanzen?«, fragte Kia.

»Vielen Dank, aber meine Tänze sind für meine Freundin Jade reserviert.«

»Och, schade.« Kia schob schmollend die Unterlippe vor. »Rush?« In ihrem sexy Kleidchen ging sie um den Tisch und nahm ihn an der Hand. »Komm schon. Tanz mit mir.«

Rex machte eine auffordernde Geste.

Widerstrebend stemmte Rush sich hoch. »Ich bin kein Tänzer.«

»Es ist ein langsames Lied. Du kannst Skifahren, dann schaffst du das auch.« Kia zog ihn zur Tanzfläche und schlang die Arme um seinen Hals.

Rush gab sich Mühe, das zufriedene Lächeln auf Jaylas sinnlichen Lippen zu übersehen und in Cals Blick nicht allzu viel hineinzulesen. Er versuchte, nicht daran zu denken, wie wunderbar Jaylas Körper sich in seinen Armen angefühlt hatte, und schon gar nicht daran, was er alles tun würde, um mit ihr tanzen zu können anstatt mit Kia. Aber verdammt, es wollte ihm nicht gelingen. Also tat er das Einzige, was er tun konnte. Er legte die Arme um Kias Taille und wiegte sich zähneknirschend mit ihr im Takt.

Nach dem Lied gingen Cal und Jayla zurück zum Tisch. Cals Hand lag dabei besitzergreifend an ihrer Taille. Rush kämpfte gegen den Drang an, diesen Kerl zu … Ja, was eigentlich? Er fühlte sich wie ein in die Enge getriebenes

Raubtier und hatte den Verdacht, dass Fäuste etwas damit zu tun haben würden.

Bei ihrer Rückkehr an den Tisch stand Rex auf. »Ich muss nach Hause, aber schön, dass wir kurz reden konnten.« Er nickte in Cals Richtung. »Sieht aus, als würde mein Kumpel gern noch eine Weile bleiben. Ist doch okay, oder?«

Rush leerte sein Bierglas mit einem Zug. »Absolut kein Problem. Deine Freunde sind …« *Offensichtlich auch Jaylas Freunde.* »Schade, dass du schon losmusst, Rex. Grüß den Braden-Clan von mir.«

»Klar, gerne. Und wir sehen uns spätestens bei Savannahs und Jacks Hochzeit.«

»Ja, ganz bestimmt.« Nachdem Rex gegangen war, winkte Rush der Kellnerin zu und bestellte eine weitere Runde.

»Für mich bloß Wasser. Ich fahre.« Kia wedelte mit der Hand. »Jayla, willst du morgen früh trainieren?«

Jayla hatte sich zu Cal gebeugt und hörte ihm für Rushs Geschmack viel zu aufmerksam zu.

»Jayla?« Kia ließ nicht locker.

»Sorry. Was hast du gesagt?«

»Trainierst du morgen früh?«, wiederholte Kia.

Jayla zuckte die Achseln. »Das muss ich mir noch überlegen. Aber der Lift läuft ab fünf. Auf die Piste kommst du also auf jeden Fall.«

»Du weißt noch nicht, ob du morgen früh die Bretter anschnallst?« Rush starrte sie düster an. Sie mussten sich aufs Training konzentrieren. Nur deshalb konnten sie nicht als Paar zusammen sein. Und jetzt das? Was zum Teufel ging im Kopf dieser Frau vor? »Jayla?«

Sie schaute ihn an. »Ja? Tut mir leid. Hier drin hört man kaum sein eigenes Wort.«

»Tanzen wir?« Verdammt, das hörte sich eher nach einem Befehl an als nach einer Frage.

»Ähm, wir unterhalten uns gerade.« Sie schenkte Cal ein strahlendes Lächeln.

»Kein Problem, Darling. Tanz ruhig eine Runde mit ihm. Ich laufe nicht davon.« Als Jayla aufstand, erhob sich auch Cal. Schon wieder tippte er an seinen Hut.

Gottverdammter Gentleman-Cowboy.

Mit einiger Mühe gelang es Rush, Jayla nicht allzu hektisch zur Tanzfläche zu schleifen. Die Arme um sie zu legen und ihren Körper an seinem zu spüren, fühlte sich gut an. Er presste die Lippen fest aufeinander, damit ihm nichts herausrutschte, was ihn endgültig zu einem eifersüchtigen Trottel stempelte.

»Danke, dass du mit mir tanzt.« In Jaylas Blick lag so viel Zuneigung und Vertrauen, dass er sich tatsächlich wie ein Trottel vorkam.

»Ehrlich gesagt habe ich dich aus Eifersucht zum Tanzen aufgefordert.«

Sie grinste. »Wirklich? Warum? Du hast mich doch schon oft mit anderen Männern tanzen sehen.«

»Nicht nachdem wir uns geküsst haben«, entgegnete er.

Sie drückte eine Hand auf seine Brust und er legte eine seiner Hände auf ihre.

»Ist es für dich genauso schlimm wie für mich?« Er musste es einfach wissen, selbst auf die Gefahr hin, dass sie mit Nein antwortete.

»Ach, ich weiß nicht. Sich mit einem gut aussehenden Pferdetrainer mit einem sexy Cowboy-Akzent und sinnlichen Augen zu unterhalten, ist eigentlich ganz erträglich. Ganz abgesehen davon, dass er regelrecht an meinen Lippen hängt.«

Jeder Muskel in seinem Körper spannte sich an. »Du bist

ganz schön frech, meine Liebe.« Rush drehte sich so, dass Cal nur noch Jaylas Rücken zu sehen bekam.

»Geschickt gemacht.« Sie kniff die Augen zusammen und flüsterte: »Vor dem Kuss war es dir egal, mit wem ich wann getanzt habe.«

Für eine Antwort war er zu sehr damit beschäftigt, sich davon abzuhalten, den Mund auf ihren zu drücken.

»Vor unserem Kuss …« Ihre Zungenspitze huschte über ihre Lippen. »… hast du mich nie so angesehen wie jetzt. Oder zumindest nicht vor diesem Trip nach Colorado.« Sie legte die Hand an seine Wange und die Hitze fuhr ihm direkt zwischen die Beine. »Vor dem Kuss war ich wegen dir nie unkonzentriert.« Mit der Fingerspitze strich sie erst über sein Kinn, dann über seinen Hals, und ihm fiel plötzlich das Atmen schwer. »Vor dem Kuss warst du nur eine Fantasie, die niemals wahrwerden konnte.«

»Eine Fantasie.« *Grundgütiger.* Sofort sah Rush vor sich, wie Jayla im Bett lag, verträumt an ihn dachte und sich dabei an der Stelle berührte, an der er tief vergraben sein wollte.

Sie stellte sich auf die Zehenspitzen und flüsterte: »Und vor dem Kuss bist du auch nie hart geworden, wenn wir uns berührt haben.«

Zum Teufel mit den Spielchen. Er nahm ihre Hand, zog sie quer über die Tanzfläche, an den Tischen vorbei und in den Flur, der zu den Toiletten führte. Dort presste er sich an sie und drückte sie an die Wand. Seine Hände lagen an ihren Seiten, sie atmeten beide schwer.

»Warte hier.«

Er verschwand in der Herrentoilette, war eine Sekunde später wieder zurück, packte ihre Hand und zog sie hinter sich her ins Männerklo. Benebelt vor Leidenschaft drückte er sie drinnen gegen die Tür und küsste sie tief und fordernd. Brust an Brust, Hüfte an Hüfte standen sie da. Er vergrub die Hände in ihrem Haar, und ihre Lippen, die sich so bereitwillig für ihn öffneten, fachten sein schmerzhaftes Verlangen nach ihr weiter an. Das hier. Das hier war alles. Sie war alles. Wenn er Jayla küsste, stand die Erde still. Wie von selbst fanden seine Hände zu ihren Brüsten, seine Daumen rieben ihre harten Brustwarzen.

»Rush.«

Ihren Namen aus seinem Mund zu hören, füllte ihn mit rasender Lust und versengendem Begehren. Erneut legte er den Mund auf ihren und schob seine Hand über ihre Hüfte und ihren Oberschenkel bis zu dem seidigen, feuchten Stoff zwischen ihren Schenkeln. Hitze strahlte in Wellen von ihr ab, als ihre Hände zu seinem Hintern fanden und sie ihr Becken an ihm rieb.

»Großer Gott, Jayla«, stieß er hervor. Dann legte er die Lippen an ihren Hals und saugte, bis sie lustvoll aufstöhnte. Der Duft ihres Parfüms steigerte seine Erregung noch. Er hob den Kopf und sah ihr forschend in die Augen. Er suchte nach einem sicheren Zeichen, dass sie ihn auch wollte.

Doch sie krallte die Finger in seinen Nacken und zog ihn zu einem Kuss zu sich. Himmel noch mal, er liebte sie. Er wollte sie anfassen, schmecken, besitzen. Erschrocken riss er die Augen auf. Auf keinen Fall konnte er sie hier auf der Herrentoilette lieben. Und einen Wagen hatte er nicht.

»Oh, verdammt.« Er küsste sie noch einmal.

Wieder rieb sie sich an ihm und klammerte sich an seinen Hintern. Er packte ihr Handgelenk. Wenn sie noch ein paar Sekunden so weitermachten, würde er sie doch gleich hier nehmen.

»Ich muss dich lieben.« Er musste es laut sagen. Was er

spürte und was er brauchte, ließ sich nicht länger unterdrücken. Und es war nicht nur Sex. Er verzehrte sich nach einer tiefen Verbindung mit ihr. Er wollte ihr mindestens so sehr gehören, wie er sie besitzen wollte.

Sie fixierte seine Finger an ihrem Handgelenk und zog eine Braue hoch.

»Nicht hier«, sagte er.

Sie zog die Brauen zusammen.

»Nicht so. Nicht mit dir.« Er lehnte sich ein wenig zurück und nahm leise fluchend die Mütze ab. Dann fuhr er sich durchs Haar und betrachtete die Beule unter seinem Reißverschluss. Wenn er nicht bald in ihr sein konnte, würde er den Verstand verlieren. Er beugte sich zu ihr und küsste sie. »Ich brauche dich ganz nahe bei mir.«

»Ja«, antwortete sie mit einem langen Atemzug.

»Wir müssen hier raus.«

»Sofort«, flüsterte Jayla heiser.

Ihr Haar fiel nach vorn und verdeckte halb ihr Gesicht. Sie sah so verdammt sexy aus, dass er es kaum ertrug. Sie waren beide außer Atem.

»Jayla, wenn wir jetzt noch einen Schritt weitergehen, gibt es kein Zurück. Dann haben wir nicht den Hauch einer Chance, noch einmal nur beste Freunde zu sein.«

»Ich weiß.« Sie klammerte die Finger an den Bund seiner Jeans und zog ihn fest an sich.

»Vielleicht kostet uns das die nötige Konzentration auf unseren Sport.« *Kein Versteckspiel mehr.*

Jayla wich seinem Blick nicht aus. »Das ist mir egal.«

Er nahm sie in die Arme und küsste sie. »Tut mir leid, dass wir hier in der Toilette sind.«

»Sei still und küss mich.« Der kehlige Klang ihrer Stimme

jagte ihm einen prickelnden Schauer über den Rücken.

Die Tür wurde aufgestoßen und sie stolperten rückwärts gegen die Wand. Mit einem Arm fing Rush Jayla auf und stützte sie ab. Finster starrte er den blonden Mann an, der von ihnen zur Tür und wieder zurück schaute.

»Sorry, Kumpel«, sagte der Fremde.

Rush brachte keine Antwort zustande. Er war zu sehr auf Jayla fixiert. »Deine Schulter?«

»Nichts passiert.« Sie unterdrückte ein Lachen und sah dabei so verdammt süß aus, dass er sie gleich noch einmal küssen musste. Sobald sie draußen und in sicherem Abstand zur Tür standen, setzte er seinen Wunsch in die Tat um.

Dann strich er ihr das Haar aus dem Gesicht und rückte ihren Pullover zurecht. »Du siehst aus, als hätten wir uns gerade in den Kissen gewälzt. Dabei hatten wir noch gar nicht das Vergnügen.«

»Und du siehst aus, als wäre dir das Hirn in die Hose gerutscht.« Sie stellte sich auf die Zehenspitzen und drückte ihm einen Kuss auf die Lippen.

»So können wir nicht zurück zum Tisch. Zumindest ich nicht.« Mit hochgezogenen Brauen deutete er auf seine Hose. »Geh schon mal vor. Ich bin in einer Minute da.«

Sie beugte sich ganz dicht zu ihm. »Du bist hart, aber mich hast du ganz feucht gemacht.« Sie schmiegte die Wange an seine und flüsterte: »Ich glaube, ich muss meine Pantys ausziehen.«

Jayla verschwand in der Damentoilette. Nicht in sieben kalten Wintern würde Rush seine Erektion loswerden. Nicht mit diesem Bild im Kopf.

Jayla vergrub ihre Pantys tief unten im Abfalleimer, dann lehnte sie sich an die Wand der Damentoilette und versuchte, zu Atem zu kommen. Ihr Herz raste, aber das war gar nichts im Vergleich zu dem aufgeladenen Vibrieren, das durch ihren ganzen Körper schwang. Sie drückte die Hand auf ihr Herz, schloss die Augen, atmete tief ein und versuchte, ihren Pulsschlag unter Kontrolle zu bringen.

»Da bist du ja.« Kia kam durch die Tür, ging direkt zum Spiegel und warf einen prüfenden Blick auf ihr Haar und ihr Make-up. »Gerade habt ihr noch getanzt, dann warst du plötzlich weg und Rush auch.«

Oh Shit.

»Rush habe ich draußen im Flur gesehen. Er sagt, dir wäre nicht gut.« Sie schaute Jayla im Spiegel an. »Ist alles in Ordnung? Brauchst du was gegen Periodenschmerzen?«

Ich brauche nur Rush Remington. »Nein danke, schon gut. Ich glaube, mir war bloß heiß vom Tanzen. Steht Rush noch draußen?«

Kia zuckte die Achseln und zog ihren Lippenstift nach. »Aber die Sängerin macht Pause und hat dir deinen hübschen Cowboy geklaut.«

»Oh mein Gott. War ich so lange weg?« Sie wusch sich die Hände mit kaltem Wasser und tupfte sich das Gesicht mit einem feuchten Papiertuch ab.

»Eine Viertelstunde vielleicht. Geht es dir wirklich gut? Sollen wir lieber gehen?«

Ja! Ja! Ja! »Ich glaube, das wäre besser.« Am liebsten wäre sie aus der Toilette und direkt zum Parkplatz gerannt.

Siebzehn

Auf der Rückfahrt saß Jayla auf dem Beifahrersitz auf Rushs Schoß. Kaum hatte die Fahrt begonnen, schon stahl sich seine Hand unter ihre Jacke und von dort unter ihre Kleider zu ihrer nackten Haut. Im Wagen war es dunkel und die anderen unterhielten sich angeregt. Das war gut so, denn Jayla konnte kaum atmen und schon gar nicht denken, als Rushs Daumen wie zufällig ganz zart die Unterseite ihrer Brust streifte. Bei der Ankunft an der Lodge war Rush wieder steinhart und sie wieder feucht. Draußen vor dem Wagen zog er sie zu einer unverhohlen besitzergreifenden Umarmung an sich.

Und sie fand es großartig.

»Ich bringe Jayla zu ihrem Chalet«, erklärte er so barsch, als wollte er jedem Widerspruch zuvorkommen.

»Gute Besserung, Jay«, rief Kia hinter ihr her.

Dass sie vorgegeben hatte, sich nicht wohlzufühlen, hatte sie beinahe vergessen. Eilig ging sie mit Rush den gepflasterten Weg zu den Chalets entlang. Sobald sie außer Sichtweite waren, zog er sie hinter eine Gruppe verschneiter Tannen und küsste sie so tief und sinnlich, dass ihr trotz der frostigen Nachtluft ganz warm wurde. Seine Hand glitt an ihrer Hüfte nach unten und ihre Knie wollten nachgeben.

»Sorry. Dir ist sicher kalt«, stieß er zwischen zwei schweren Atemzügen hervor.

Sie schüttelte den Kopf. »Heiß.«

Seine Augen weiteten sich und wurden wieder eng, dann legte er die Lippen erneut auf ihre. Er fühlte sich so gut an, so richtig. Wie war sie bloß auf die irrsinnige Idee gekommen, dass ihre Skikarriere wichtiger sein könnte als er? Als das hier. Als sie beide. Sie spürte so viel Liebe in seiner festen und doch vorsichtigen Umarmung. Als sie sich schließlich voneinander lösten, war sein Blick weich und fragend. Und auch das liebte sie an ihm. Er war immer unglaublich rücksichtsvoll und um sie besorgt.

»Zu mir?«

Sie nickte, denn nach ihrer Stimme zu suchen, wäre völlig sinnlos gewesen.

Rush schloss die Tür auf. Dabei schob er sich hinter sie und schirmte sie gegen den Wind ab, der um das kleine Haus pfiff. Er stieß die Tür auf und drückte dabei von hinten die Hüften an sie. Sie lehnte den Kopf an seine Brust und genoss das elektrische Knistern, das das warme Gefühl von Freundschaft nicht ersetzt hatte, sondern so wunderbar ergänzte. Noch immer in derselben Haltung legte er den Arm um ihre Taille, drückte die Lippen an ihren Hals, schob sie sanft in das Chalet und schloss die Tür mit dem Fuß. Ihr Körper stand in Flammen. Rushs Stoppeln kratzten an ihrem Hals, dann strich seine Zunge zärtlich über dieselbe Stelle. Er drehte Jayla behutsam zu sich um und schaute ihr liebevoll in die Augen. Dann strich er ihr das Haar von der Schulter und legte seine großen Hände an ihre Wangen.

»Jayla.« Seine Stimme war belegt vor Verlangen. »Bist du sicher?«

Sie nickte. Sein betörend männlicher Duft war überall. In der Luft, auf seiner Haut, in ihrer Lunge.

Seine Hände fanden zu ihren Hüften. »Hundertprozentig? Ich kann dich nämlich nicht lieben und danach die Zeit zurückdrehen und wieder nur Freunde sein. Verdammt, vermutlich könnte ich das schon jetzt nicht mehr. Als der Cowboy dich angefasst hat, wäre ich ihm am liebsten an die Gurgel gegangen.«

»Ja. Hundertprozentig. Ja.« *Ich weiß nicht, was ich mir dabei gedacht habe, dich zurückzuweisen. Du bist alles, was ich je wollte. Und selbst wenn es mich die Konzentration aufs Skifahren kosten sollte, ich will dich. Ich will dich ganz.* »Dass dir meine Gefühle wichtig genug sind, um mich das zu fragen, ist einfach wunderschön«, presste sie hervor.

»Sie sind mir wahnsinnig wichtig. Verdammt wichtig.«

Seine Lippen waren nur Zentimeter von ihren entfernt. Eine einzige winzige Bewegung und sie würden wieder zueinanderfinden. Doch in ihrer Schulter bohrte der Schmerz und die Schuldgefühle ließen sich nicht abschütteln. Ohne absolute Ehrlichkeit konnte sie keinen Schritt weitergehen. Dabei hätte sie viel lieber geschwiegen.

Sie schluckte, verzichtete schweren Herzens darauf, ihn zu küssen, und zwang sich zu sprechen. »Ich … ich muss dir etwas sagen.«

Er lehnte die Stirn an ihre, seine Brust hob und senkte sich mit jedem hitzigen Atemzug.

»Okay, aber wenn du mir jetzt erklären möchtest, dass wir doch nur beste Freunde bleiben sollten, erschieß mich lieber gleich.«

»Nein. Ich will das hier. Ich will uns. Aber vorher muss ich dir etwas gestehen.« Sie klammerte sich fest an seinen

Jackenkragen.

»Hast du Angst, dass ich weglaufe?«

»Nein«, flüsterte sie. »Ich habe Angst, dass *ich* weglaufen könnte.«

»Oh, Babe. Wirklich?« Er nahm sie in die Arme und zog sie an sich. »Ist es so schlimm?«

»Vielleicht ist meine Verletzung so schlimm«, murmelte sie an seiner Schulter.

Er lehnte sich zurück und schaute ihr forschend ins Gesicht. Sie konnte sehen, wie er ihre Worte abwog.

Er kniff die Augen zusammen. »Du meinst das ernst. Oh, Jayla. Es tut mir so leid.« Sein Blick flog zu ihrer Schulter.

Sie zuckte die Achseln.

»Nein, das kannst du nicht mit einem Achselzucken abtun. Habe ich dir wehgetan, als ich dich an der Hand genommen habe? Bei meinen Umarmungen? Beim Küssen? Oh Gott, als ich dich an die Wand gedrückt habe?«

»Nein. Nein.«

»Hast du mit den Mannschaftsärzten gesprochen?«

Sie schüttelte den Kopf.

»Mit anderen Spezialisten?«

Wieder ein Kopfschütteln. »Erinnerst du dich noch an mein letztes Schulterproblem? Den Riss im Knorpelring? Diesmal sind die Schmerzen noch stärker. Und schon beim letzten Riss hieß es, eine weitere Verletzung könnte das Ende meiner Karriere bedeuten.«

Rush warf die Baseballmütze zu Boden und fuhr sich mit beiden Händen durchs Haar. Dann rieb er behutsam Jaylas Schulter. »Wie groß sind die Schmerzen?«

Sie schluckte.

Er schüttelte den Kopf. »Warum hast du mir nichts davon

gesagt?«

»Weil ich dachte, ich könnte Muskeln aufbauen und die Beeinträchtigung damit ausgleichen. Es gibt Sportler, denen das gelungen ist. Das habe ich im Netz gelesen. Es hängt vom Schweregrad der Verletzung ab und von ihrer genauen Position. Von der Tiefe eines etwaigen Risses und von ein paar anderen Faktoren.«

»Jayla, das ist eindeutig ein Fall für die Mannschaftsärzte. Sie wissen, was man da tun kann.«

Sie hakte einen Finger in den Bund seiner Jeans. »Können wir morgen darüber reden? Noch habe ich Werbeverträge und Sponsoren. Und … ich habe dich. Heute Nacht. Jetzt. Ich will den Augenblick genießen, denn falls eine Operation nötig wird, kann ich viel verlieren. Darüber nachzudenken, schaffe ich jetzt nicht.«

Er küsste sie auf die Stirn. »Du weißt, dass du mich nicht verlierst, oder? Ob du nun an der Weltspitze fährst oder nicht, macht für mich keinen Unterschied. Ich liebe dich, weil du bist, wie du bist, Jayla. Was immer wegen deiner Schulter oder aus irgendeinem anderen Grund getan werden muss, wir stehen das gemeinsam durch.« Er drückte die Lippen auf ihre und Erleichterung durchrieselte sie.

Gleichzeitig stockte ihr der Atem. »Du … du liebst mich?«

Er schaute ihr in die Augen. »Ja. Ohne den geringsten Zweifel, Jayla. Ich liebe dich.«

»Rush, ich …« *Nicht weinen jetzt. Nicht weinen.* Sie hatte die Worte so viele Jahre lang zurückgehalten, dass es fast unmöglich war, sie einfach frei heraus zu sagen. »Ich … Oh Gott, Rush. Ich liebe dich auch.«

»Trotz meiner Vergangenheit? Wirst du dieses Geständnis nicht morgen bereuen?«

Sie schüttelte den Kopf. »In meinen Gedanken sage ich die drei magischen Worte schon eine Ewigkeit und habe sie nie bereut. Sie laut auszusprechen, wird daran nichts ändern.«

Er küsste sie zärtlich. »Warum wolltest du mir gerade jetzt von deiner Schulter erzählen?«

»Damit du dir den nächsten Schritt noch einmal überlegen kannst. Mach lieber jetzt einen Rückzieher, bevor ich herausfinde, wie es ist, dir noch näher zu sein. Von dir geliebt zu werden.«

»So leicht wirst du mich nicht los.« Rush half ihr aus der Jacke, zog auch seine aus und warf beide über eine Stuhllehne.

Nervös schaute Jayla sich in seinem nur spärlich beleuchteten, ordentlich aufgeräumten Chalet um. Auf der Küchentheke standen Behälter mit Proteinpulver. Daneben lagen ein zerknüllter Zettel, ein paar Münzen und ein Stapel Skizeitschriften. Ihr Blick huschte zur offenen Schlafzimmertür und ihr Pulsschlag beschleunigte sich. In ihrem Bauch flogen Schmetterlinge auf. Sie schloss die Augen und spürte Rushs Händen auf ihren nackten Beinen nach, während er ohne Hast die Reißverschlüsse ihrer Stiefel öffnete. Wie das warme Leder von ihrer Haut glitt, war unfassbar erotisch. Rushs Hände wanderten an ihren Beinen nach oben. Am Saum ihres Rocks hielten sie kurz inne. Einen Atemzug später berührte er die nackte Haut an ihren Hüften. Jayla schnappte nach Luft und sah ihn an.

Rushs Augen verdunkelten sich. »Dass du deine Pantys ausziehen wolltest, war ernst gemeint.« Er richtete sich auf.

Sie biss sich auf die Unterlippe und er drückte ihr lächelnd zarte Küsse aufs Kinn. Als sie wohlig aufseufzte, fanden seine Hände zu ihrer Taille und er küsste sie tiefer. Mit jeder Bewegung seiner Zunge raubte er ihr ein wenig mehr den Atem.

Er drängte das Becken an sie und sie klammerte sich vorn an sein Shirt. Seine Brustmuskeln zuckten unter ihren Fingerspitzen. Großer Gott, er fühlte sich himmlisch an. Als seine Lippen ihren Hals liebkosten, schmuggelte sie die Hände unter sein Shirt und grub die Finger in die Muskeln und die Haut seines starken Rückens. Sie nahm sich, so viel sie fassen konnte. Im Gegenzug strichen seine Hände über ihre Brüste, erweckten alle Nervenenden zum Leben und machten jede Empfindung noch hundertmal stärker.

Jaylas Knie verwandelten sich in Mus, ihr Verlangen ließ sich nicht mehr zähmen. »Rush«, flüsterte sie.

Mit angehaltenem Atem ließ sie zu, dass er ihr vorsichtig den Pulli auszog. Sorgsam achtete er darauf, ihre schmerzende Schulter dabei nicht zu sehr anzuheben. Den Pulli warf er auf die Küchentheke, dann war er ihr wieder ganz nahe. Sein Atem wurde zu ihrem und die Hitze seines Körpers hüllte sie ein.

»Von diesem Hemdchen habe ich geträumt. Es ist unglaublich sexy«, flüsterte er an ihrem Hals.

Sie erschauerte. »Und?«

»Und ich habe dabei vielleicht nicht mal geschlafen.« Er zog ihr das hauchfeine Nichts über den Kopf und weidete sich an ihren nackten Brüsten. »Herrgott, bist du schön.«

Rush senkte den Mund auf ihre Brust, verschlang hungrig jeden Quadratzentimeter ihrer Haut und brachte sie damit um ihren von Liebe getränkten Verstand. Dann schenkte er der anderen Brust dieselbe Aufmerksamkeit. Jayla schnappte nach Luft, krallte sich an seinen Rücken, wollte seine Haut an ihrer spüren und glaubte zu schmelzen, als Rush mit seiner heißen Zunge ihre Brustwarze verwöhnte.

Sie zerrte an seinem Shirt. »Zieh das aus«, stieß sie mühsam hervor.

Er zog sich das Shirt über den Kopf und warf es beiseite. Dann drückte er sie mit einem leidenschaftlichen Kuss gegen die Tür. Seine Härte drängte sich an sie, aus ihrer Lunge stieg ein gieriges Stöhnen. Sie schob ein Knie an seinem Oberschenkel nach oben, er packte es, hielt es fest und rieb sich an ihr.

»Rush«, seufzte sie an seinen Lippen.

Seine Hand fand zu ihrer Mitte und sie hörte ihn leise aufstöhnen. Sein Mund versengte sie mit Küssen, seine Finger spielten mit ihr, bis ihr Körper vor Lust wie von heißen Nadelstichen prickelte. Sie tastete nach dem Knopf seiner Jeans, doch er schüttelte den Kopf. »Noch nicht.«

Jayla stieß einen leisen Klagelaut aus. Im selben Moment ließ er die Finger in sie gleiten. Sie sog zischend den Atem ein. Rushs kundiger Daumen rieb ihren kleinen, empfindlichen Knubbel im perfekten Tempo und mit dem perfekten Druck. Ihre Hände krallten sich in den Bund seiner Jeans, während er sie noch härter küsste. Seine Zunge bewegte sich im Rhythmus seiner Finger. Jaylas Oberschenkelmuskeln spannten sich, ihr Atem ging stoßweise. Rush brachte sie bis kurz vor den Orgasmus und zog den Moment in die Länge. Unter dieser exquisiten Folter hob sie sich auf die Zehenspitzen, seufzte und stöhnte an seinem Mund, bis sie glaubte, sie müsste verrückt werden. Endlich wurde sein Kuss zarter und seine Finger bewegten sich schneller. Sie setzte zum letzten Höhenflug an. Weil sie Luft holen musste, riss sie die Lippen von seinen und schrie auf, als eine Explosion von Empfindungen ihren Körper durchjagte. Sie spürte, wie ihre Muskeln um seine Finger pulsierten. Seine Zunge liebkoste ihren Hals, seine Zähne rieben an ihrer Haut, während sie langsam vom Gipfel herabschwebte. Doch schon küsste Rush sie wieder hart und fordernd. Ihr Bein hielt er noch immer an seine Hüfte gedrückt, er streichelte und rieb sie, bis der nächste Höhepunkt sich ankündigte und sie sich hemmungslos an ihn drängte. Binnen Sekunden bescherte er ihr den zweiten traumhaften Orgasmus. Sie warf den Kopf zurück und klammerte sich an seinen Rücken.

»Oh Gott. Oh Gott.«

Offenbar spürte er, wie zittrig ihre Beine waren, denn er hob sie hoch und trug sie ins Schlafzimmer. Dort ließ er sie langsam an seinem Körper nach unten gleiten, bis ihre Füße den Boden berührten. Weil sie nicht sicher sein konnte, dass ihre Beine sie trugen, hielt sie sich an ihm fest. Rush schien zu merken, dass sie wankte. Er hielt sie mit einem Arm umfangen, öffnete mit der freien Hand den Knopf seiner Jeans, stieg aus der Hose und streifte die Boxershorts ab. Sie konnte sich gar nicht schnell genug aus ihrem Rock schlängeln. In Boxershorts hatte sie Rush schon tausendmal gesehen, doch wie sehr sein durchtrainierter harter Körper sie erregen würde, wenn er völlig nackt vor ihr stand, hatte sie nicht einmal in ihren wildesten Träumen geahnt. Sie versuchte wegzuschauen, doch sein liebevoller Blick hielt sie fest. Er griff nach ihrer Hand und dann nach seiner Geldbörse.

Sie hielt sein Handgelenk fest und schüttelte den Kopf. »Ich nehme die Pille.«

Sie spürte sein Zögern und ahnte, was er dachte. Er hatte ihr ganz direkt gesagt, was bei ihm Sache war, sie aber nie nach ihrer Vergangenheit gefragt.

»Drei Männer und nie ohne Kondom.«

Seine Augen verengten sich, seine Lippen öffneten sich leicht, und sie sah ihm an, was er sie fragen wollte.

»Weil du es bist, Rush. Ich will dich ganz. Ich habe dich immer ganz und gar gewollt.«

Er küsste sie. Gemeinsam sanken sie aufs Bett, sein starker Körper war über ihr, die Spitze seiner Härte lag an ihrer Mitte. Und seine Augen, seine sinnlichen blauen Augen, schauten tief in ihr Inneres und berührten ihre Seele.

»Ich liebe dich, Jayla. Und ich glaube, ich habe dich immer geliebt.«

Als er in sie glitt, schloss sie die Augen. Von diesem Moment hatte sie ewig geträumt. Nie wollte sie den Druck seiner Brust an ihrer vergessen, das Kratzen seiner Stoppeln, wenn er sie küsste, und das Gefühl, wie seine Härte sich in ihr bewegte, als hätte auch er immer nur sie gewollt.

Achtzehn

Einen Arm angewinkelt hinter den Kopf gelegt, die Finger der anderen Hand mit Jaylas verschlungen, lag Rush auf dem Rücken. Sein Herz schlug schneller als bei einem Abfahrtsrennen. Ihre nackten Körper berührten sich von den Schultern bis zu den Fußgelenken und er empfand nur tiefe Zufriedenheit. Nie hätte er geglaubt, dass er nach dem Sex so erfüllt sein konnte. So gesättigt und glücklich. Gleichzeitig wusste er, dass das hier viel mehr war als nur prickelnde Leidenschaft.

Er stützte sich auf einen Ellbogen und betrachtete Jayla liebevoll. Doch sie schaute beiseite. Weil er vermutete, dass sie verlegen war, zog er die Bettdecke über sie.

»Besser?«

Sie schloss die Augen und Rush legte sich seufzend wieder hin.

»Das war nicht die Reaktion, die ich erwartet hatte, aber …«

Sie lächelte, öffnete ein Auge und schloss es wieder.

»Ich kann nicht behaupten, dass mein zerbrechliches Ego sich von dir gestreichelt fühlt, Babe.« Mit der Flucht aus fremden Betten hatte er mehr Erfahrung als mit dem Liegenbleiben. Doch seltsamerweise schien das Fluchtbedürfnis von Jaylas Seite des Bettes auszugehen. Rush wusste nicht recht, was er davon halten sollte.

»Ich überlege gerade, ob ich bleiben und einschlafen, aufstehen und Gummibärchen essen oder duschen und dann in mein Chalet gehen soll.« Jayla hob die Lider und schaute ihm in die Augen.

»All das geht dir jetzt gerade durch den Kopf? Hmmm. Ich bin viel zu überwältigt zum Denken. Mehr als: *Wow, das war absolut fantastisch*, bringe ich nicht zustande.« Noch einmal stemmte er sich auf den Ellbogen und küsste sie auf den Mund.

»Wer hätte geahnt, dass mein cooler Bad Boy in Wahrheit so ein Mädchen ist?«

Sie biss sich auf die Unterlippe und am liebsten hätte er sich sofort wieder auf sie geworfen.

»Ich bleibe dabei, meinem Ego tust du nicht besonders gut.«

Sie lachte. »Das war ein Scherz. Ich überlege, ob du dir wünschst, dass ich gehe oder dass ich bleibe. Vergiss nicht, ich kenne dich. Und du hast mich schon viel länger in deinem Bett, als dir normalerweise lieb ist.«

Dass sie so dachte, zerriss ihm fast das Herz. Aber bei jeder anderen Frau wäre die Frage berechtigt gewesen. »Ja, du kennst mich. Aber wie wir bereits festgestellt haben, müssen wir beide erst herausfinden, was wir von dem neuen, besseren und beziehungswilligen Mann zu erwarten haben, zu dem ich inzwischen geworden bin.«

Sie stützte sich ebenfalls auf den Ellbogen. Das Zimmer lag im Dunkeln, nur ganz schwach schimmerte das Mondlicht zwischen den Vorhängen hindurch. Das Haar fiel ihr über die Brüste und in ihren Augen lag der schläfrig zufriedene Danach-Blick. Sein Herz zog sich ein wenig zusammen.

»Also? Gehen oder bleiben?«, fragte sie.

»Bleiben. Definitiv bleiben.«

»Wenn ich in ein paar Stunden in denselben Sachen, die ich gestern Abend anhatte, aus deinem Chalet spaziere, werden die anderen reden. Das weißt du.«

»Das werden sie nicht und das ist dir klar. Aber wenn du magst, duschen wir jetzt und gehen danach zu dir. Die anderen sind daran gewöhnt, mich zu jeder Tages- oder Nachtzeit aus deinem Zimmer kommen zu sehen.« Rush fragte sich, ob sie einfach nur nervös war. In dem Fall würde er tun, was er konnte, damit sie sich entspannte. Er fuhr sich mit der Hand durchs Haar und seufzte. »Seltsam, nicht wahr? Niemand hat uns je darauf angesprochen oder sich irgendwas dabei gedacht, obwohl sie es bei jedem anderen täten.«

»Sie hatten jahrelang Zeit, sich daran zu gewöhnen, dass wir uns nun mal bloß in der Freundschaftszone bewegen.«

»Das ist jetzt Geschichte.« Die Mannschaftsmitglieder würden sich wirklich nichts denken. Der Coach allerdings schon.

Jayla wickelte züchtig ein Laken um sich und ging zum Badezimmer.

»Hey, ich habe dich gerade ganz nackt gesehen.«

Über die Schulter warf sie ihm ein scheues Lächeln zu und schob errötend die Badezimmertür ein Stück hinter sich zu. Rush hörte, wie sie die Dusche aufdrehte, und überlegte, ob er zu ihr gehen sollte.

Er legte sich wieder hin. In ihrer ersten gemeinsamen Nacht wollte er sie nicht gleich überfordern.

»Kommst du? Oder wie sieht's aus?«, rief Jayla aus dem Badezimmer.

Großer Gott, ja!

Zu sehen, wie sie in seiner Dusche stand und das Wasser über ihren durchtrainierten Körper rann, brachte sein Blut sofort wieder in Wallung.

Sie musterte ihn kurz von oben bis unten. »Wenn du schön auf meine Schulter achtgibst, darfst du mir vielleicht zeigen, wie großartig Sex unter der Dusche sein kann.«

Er drückte sie an die nassen Fliesen.

»Jayla Stone, ich werde dich lieben, bis du schon rot wirst, wenn du nur an eine Dusche denkst.«

Eine halbe Stunde später half Rush ihr in eines seiner Langarmshirts. Es reichte ihr bis zur Mitte der Oberschenkel. Weil sie nur den kurzen Rock vom Abend hatte und keine Pantys, schlüpfte sie in eine seiner Jogginghosen. Das Ding war ihr natürlich viel zu groß und sah aus, als hätte es sie verschluckt.

Rush war versucht, ein Foto von ihr zu machen und es auch gleich bei Instagram zu posten. *Gewöhn dich dran, Amerika. Dein Liebling gehört jetzt mir!*, wäre seine Bildunterschrift gewesen. Jayla in seinen Kleidern zu sehen, hätte sie sofort wieder in die Freundschaftsecke rücken müssen. Stattdessen beschleunigte sich sein Puls und Hitze lief durch seine Adern. Er nahm sie in die Arme und vergrub die Nase an ihrem Hals.

»Ich möchte dich am liebsten gleich wieder in mein Bett schleifen.« Damit sie spürte, was sie mit ihm anstellte, drückte er das Becken an sie und fühlte gleich drauf, wie ihre Finger sich an seine Taille klammerten.

»Worauf wartest du?«, flüsterte sie atemlos.

Neunzehn

Irgendwann im Lauf der Nacht hatte Rush für Jayla ein paar Kleider aus ihrem Chalet geholt. Inzwischen lugten erste Sonnenstrahlen durchs Fenster, Jayla hatte sich unter Schmerzen durch ihre Schulterübungen gekämpft, geduscht und sich angezogen. Jetzt lauschte sie den Geräuschen, die Rush im angrenzenden Zimmer machte. Seine Schritte auf dem Fußboden des Schlafzimmers. Stoff, der über Haut gezogen wurde. Das Schließen eines Reißverschlusses. Was sie hörte, war vertraut und doch neu und aufregend. Mit Rush zusammen zu sein, würde ihre Welt aus den Angeln heben. Das hatte sie immer gewusst. Doch sie war überrascht, wie schnell die Veränderung vonstattenging. Sie war von der *besten* Freundin zur *festen* Freundin geworden, und das binnen weniger Stunden. Nicht nur die Geschwindigkeit beeindruckte sie, sondern auch, wie leicht ihr die Umstellung fiel. So als wären all ihre Sorgen und ihre Sturheit völlig grundlos gewesen.

Rush hatte jeden Quadratzentimeter ihres Körpers liebkost und verwöhnt. Wenn sie an all die ungezogenen Dinge dachte, die sie in dieser ersten gemeinsamen Nacht getan hatten, wurde ihr ganz heiß.

Mit dem Herzen randvoll von Rush und einer vor Schmerz

pochenden Schulter stand sie in der Küche. Doch sie bereute nichts. Stattdessen überlegte sie, wie die Mannschaft und der Coach ihre Beziehung wohl aufnehmen würden. Falls die Schulterschmerzen allerdings noch schlimmer wurden, musste sie sich diese Frage vielleicht gar nicht mehr stellen. Wer konnte schon sagen, ob sie in der kommenden Saison erneut zu Höchstleistungen in der Lage sein würde. Sie beschloss, diese Grübeleien erst einmal auf Eis zu legen.

Mit einer Tasse Kaffee für Rush ging sie ins Schlafzimmer.

»Vielen Dank, meine Schöne.« Er küsste sie auf die Wange.

Meine Schöne. Nicht Jay. Meine Schöne. Sie liebte das.

»Nach dem Krafttraining habe ich mir in dem kleinen Geschäft in der Lodge einen Proteindrink besorgt, damit ich dich nicht mit dem Mixer wecke. Tut mir leid, dass ich dich so lange wachgehalten habe. Aber das kommt davon, wenn man so unfassbar süß und sexy ist.«

»Vielleicht sollte ich mir öfter mal deine Klamotten borgen. Wie war das Krafttraining? Hattest du überhaupt die Energie dafür?«

»Du meinst, während du selig geschnarcht hast? Ein bisschen müde war ich nach den knapp zwei Stunden Schlaf tatsächlich. Aber halb so schlimm.«

Anstatt auf die Piste oder in den Kraftraum zu gehen, hatte sie sich lieber noch ein bisschen ausgeruht. Anfangs mit schlechtem Gewissen, doch sie hatte sich die halbe Nacht an Rush geklammert, am Vortag Workshops unterrichtet und hinterher abends trainiert. Und ihre Schulter protestierte. Deshalb hatte sie lieber noch eine Stunde geschlafen, ihre Übungen gemacht und ihrem Körper Zeit gegeben, sich zu regenerieren.

Als Rush sie an sich zog, zuckte sie zusammen.

Er musterte sie kritisch. »Wo sind deine Schmerzmittel?«

»Ich nehme bloß zwei rezeptfreie.«

»Das ist verrückt. Du musst irrsinnige Schmerzen haben.«

Sie ging ins Wohnzimmer und sank auf die Couch. »Ich komme schon klar.« Für wirkungsvollere Tabletten hätte sie ihre Eckzähne gegeben, fürchtete aber deren dämpfenden Effekt.

Rush setzte sich ihr gegenüber auf den Couchtisch und stellte seine Kaffeetasse neben sich. Er legte die Hände auf ihre Knie und schaute sie mit dem ernsten Blick an, den sie so gut kannte. Es war sein Du-weißt-dass-ich-recht-habe-Blick.

»Lass uns reden. Keine Ausweichmanöver mehr, kein Versteckspiel.«

Sie schlug die Augen nieder. »Die Wahrheit? Mein Schulterproblem wird mich meine Karriere kosten.« Sie kämpfte gegen die Tränen an, die sich absolut ungebeten in ihre Augen drängten.

Er breitete die Arme aus. »Komm her.«

»Nein.« Sie wich zurück.

Rush schaute ihr fragend ins Gesicht, doch sie wandte sich ab.

»Du willst die Sache mit dir allein ausmachen? Sprich mit mir, Jayla. Wie lautet dein Plan?«

»Ich habe keinen. Eigentlich hatte ich gehofft, Muskeln aufbauen zu können, um die Schulter zu entlasten. Nach dem Rennen am Wochenende gehe ich zum Arzt. Wenn es wirklich ein Riss ist, lasse ich mich vielleicht operieren. Dabei habe ich keinen Schimmer, ob das auch gut ist. Vielleicht kann diese Art Verletzung ja von selbst ausheilen und eine Operation macht alles nur schlimmer.« Weil er die Tränen in ihren Augen nicht sehen sollte, stand sie auf.

»Jayla.« Die Sorge lag schwer auf seiner Stimme. »Du weißt,

dass wir großartige Mannschaftsärzte haben.«

Mit Ärger im Herzen, Sorge im Bauch und gottverdammten Tränen in den Augen fuhr sie zu ihm herum. Schon in der nächsten Sekunde war er aufgesprungen und hielt sie fest in seinen Armen.

»Was, wenn sie recht haben? Beim letzten Mal haben sie mir prophezeit, eine weitere Schulterverletzung wäre das Aus für mich. Was, wenn ich wirklich keine Rennen mehr fahren kann?« Ihre Tränen flossen in den weichen Stoff seines Shirts und sie klammerte sich an seine Brust. Ganz sicher erwischte sie dabei auch ein paar Brusthaare und das tat bestimmt weh, aber er wich nicht zurück, er hielt sie nur noch fester.

»Dann fährst du keine Rennen mehr.«

Sechs einfache Worte, die tief in ihre Seele schnitten. Mit aller Kraft schloss sie die Lider gegen diesen Schmerz. Doch Rush zog sie aus ihrem Versteck an seiner Brust. Er legte die Hände an die Seiten ihres Kopfes und zwang sie, ihn anzusehen. Trotz der Tränen.

»Du bist eine Weltklasse-Skiläuferin, aber das ist längst nicht alles. Ich kenne dich, Jayla. Wir sind uns sehr ähnlich. Du glaubst, wenn du keine Rennen mehr fahren kannst, wäre dein Leben vorbei. Doch es geht weiter.«

»Du weißt, dass das … dass das nicht stimmt«, sagte sie durch die blöden Tränen hindurch, wegen denen sie sich so schwach fühlte. »Unser Leben lang war das unsere größte Angst.« Sie machte sich von ihm los, ihre Stimme wurde lauter. »Weißt du noch? *Wenn wir eines Tages nicht mehr antreten können, erschießt uns.* Das haben wir immer gesagt. Denn was bleibt uns dann noch?«

»Was uns bleibt? Es gibt dich. Es gibt mich. Uns beide. Und selbst wenn du dich aus dem Leistungssport zurückziehen musst, kannst du wahrscheinlich trotzdem noch Skifahren.«

»Woher willst du das wissen? Was, wenn die meine Schulter so kaputtmachen, dass ich mir nie mehr Bretter an die Füße schnallen kann?«

»Was, wenn du sie so kaputtmachst, dass sie sie nicht mehr reparieren können?«

Sein herausfordernder Blick machte sie wütend. Sie wandte sich ab und wollte davongehen.

Er war einen halben Schritt hinter ihr. »Du kannst nicht so tun, als wäre alles in Butter. Dass du dir so sehr schadest, dass dir am Ende keiner mehr helfen kann, lasse ich nicht zu.«

Sie fuhr herum. »Weißt du was? Das ist meine Entscheidung. Nicht deine. Und auch nicht die unseres Trainers.« Sie zeigte auf ihre Brust. »Es ist allein meine, Rush. Es ist mein Körper, mein Problem.«

Er fuhr sich mit beiden Händen durchs Haar. Sie sah, wie seine Bizepse sich spannten und seine Hände sich zu Fäusten ballten. Seine Frustration verwandelte sich in Entschlossenheit. Schwer atmend ging er auf und ab.

»Verdammt, Jayla. In Ordnung. Okay. Du bist eine Topathletin und kennst dich selbst am besten. Wie es weitergeht, entscheidest allein du. Dir Vorschriften zu machen, steht mir nicht zu.« Er fuhr sich übers Gesicht.

Von ihrem Gewissen getrieben ging sie zu ihm. Schließlich wollte er ihr nur helfen. »Ich weiß, du machst dir Sorgen. Aber die Verantwortung für das, was ich tue, liegt letztendlich bei mir.« Sie zitterte am ganzen Körper. Dennoch gelang es ihr, mit ruhiger Stimme zu sprechen. Sie tastete nach der Küchentheke und lehnte sich dagegen. Dabei gab sie sich Mühe, ihre Gedanken zu sortieren. »Tut mir leid, dass ich so eine Heulsuse bin und so wütend. Aber ...«

Erneut streckte er die Hände nach ihr aus und diesmal wich sie nicht zurück.

»Eine Heulsuse? Nicht mal ein ganzes Frauenbataillon könnte so stark sein wie du. Und Wut ist in Ordnung. Aber mach dir bitte klar, worauf du wütend bist. Ich kann dich verstehen und ich bin ein geduldiger Mensch. Aber ich bin nicht dein Feind.«

»Ich weiß, dass du nicht mein Feind bist.«

»Okay. Gut. Ich möchte mit dir zum Arzt gehen. Ich will hören, was die Spezialisten sagen, und Aufnahmen von deiner Schulter sehen. Was immer es ist, Jayla, gemeinsam schaffen wir es.«

Sie hielt seinem Blick stand. »Gut. Aber erst nach dem Rennen am Wochenende.«

»In Ordnung.«

Sie stieß den Atem aus. »Wirklich?«

»Dein Körper, deine Entscheidung. Und abgesehen davon würde ich es an deiner Stelle genauso machen. Als dein Freund finde ich es unerträglich, dass du Schmerzen hast. Als dein Mannschaftskamerad würde ich schlicht erwarten, dass du durchhältst.«

»Oh, Gott sei Dank.« Sie fiel in seine Arme und hielt sich an ihm fest. »Danke.« Sie spürte seine Anspannung und ahnte, wie sehr es ihn quälte, dieses Problem nicht für sie aus der Welt schaffen zu können. Doch sie würde jetzt nicht einknicken. Zudem fühlte sie sich schon besser, weil sie den einen Menschen eingeweiht hatte, der sie ganz und gar verstand.

»Dank mir lieber nicht. Du weißt verdammt gut, dass du die Sache durchs Trainieren vielleicht noch schlimmer machst. Von den Strapazen bei einem Rennen ganz zu schweigen. Falls der Schaden nicht mehr gutzumachen ist, werde ich damit leben müssen, dich nicht zum Aufhören gezwungen zu haben.«

»Zwingen könntest du mich sowieso nicht.«

Er schaute sie mit einem schiefen Grinsen an. »Ich bin einen ganzen Kopf größer und knapp fünfzig Kilo schwerer als du. Und dass du recht hast, macht mich rasend. Wollen wir wenigstens darüber reden, wie es weitergehen könnte, falls du dich tatsächlich vom Leistungssport verabschieden musst?«

»Bloß, wenn du meine Krallen spüren willst.«

Er ließ das Thema auf sich beruhen.

Rush machte ihnen Omeletts aus Eiklar und dazu Toast. Nach dem Frühstück spülte Jayla das Geschirr und er trocknete ab.

»Wir brauchen ein paar Regeln«, sagte er.

»Oh Gott. Bitte sag mir jetzt nicht, dass du all die Jahre einen Kontrollwahn vor mir verborgen hast. Denn ohne das Skifahren und ohne meinen besten Freund verliere ich vielleicht den Verstand.«

»Kein Kontrollwahn und auch keine anderen wirklich irren Charakterzüge. Es sei denn, du wünschst dir welche.« Er zog eine Braue hoch.

Sie verdrehte die Augen.

»Ich finde nur, wir sollten ein paar Dinge besprechen. Als dein fester Freund habe ich schließlich gewisse Rechte.«

Sie berührte seinen Bauch. »Das hört sich gut an. *Mein fester Freund.*«

»Wahrscheinlich nicht halb so gut, wie es sich anhört, dich meine *feste Freundin* nennen zu dürfen.« Er stellte den Teller weg und lehnte sich seufzend an die Arbeitsplatte. »Aber bevor wir Beziehungsregeln aufstellen, was machen wir mit dem Coach und der Mannschaft? Was sollen wir ihnen sagen? Und ehe du antwortest, verrate ich dir besser noch, dass der Coach mir gesagt hat, ich soll die Finger von dir lassen.«

»Hat er nicht.« *Ich muss mich verhört haben.*

Rush nickte. »Doch. Er meinte, du müsstest dich aufs Training konzentrieren und ich würde dich ablenken. Wahrscheinlich liegt er richtig. Wahrscheinlich sind wir jetzt beide ziemlich abgelenkt.«

»Sind wir nicht. Denn bis nach dem Rennen behalten wir unser Geheimnis für uns. Ich will den Coach nicht im Nacken sitzen haben und du sicher auch nicht.«

»Ich weiß nicht, ob ich dir das versprechen kann.«

»Doch, kannst du.«

Er beugte sich zu ihr. »Wenn ich dich sehe, will ich dich berühren.« Er küsste sie. »So.«

»Hmmm«, schnurrte sie wohlig. Dann riss sie theatralisch die Augen auf. »Huch! Eigentlich darf mir das jetzt doch gar nicht gefallen.« Sie seufzte. »Betrachte es als sportliche Herausforderung. Für uns beide. Wer von uns kann seine Gefühle in der Öffentlichkeit am besten verstecken?« Sie lächelte.

Er schüttelte den Kopf.

»Sobald wir durch diese Tür nach draußen gehen, habe ich verloren.«

Sie lachte. »Du schaffst das. Wenn ich ohne harte Schmerzmittel klarkomme, kommst du auch ohne Küsse zurecht. Außerdem hältst du mich seit Jahren bei jeder Gelegenheit an der Hand oder legst deinen Arm um mich. Solange du mich dabei nicht anguckst wie ...« Sie schaute ihm tief in die Augen und das Verlangen in seinem Blick ließ sie fast schwachwerden. »... wie jetzt gerade, ist alles in Ordnung.«

»Wie gucke ich denn?«

»Vielleicht ist es doch zu schwer.« Sie hob sein Shirt und

küsste seinen Bauch.

»Großer Gott. Wir werden absolut niemandem etwas vormachen können.«

Sie stellte sich auf die Zehenspitzen, und er küsste sie so tief und so zärtlich, dass ihr schwindelig wurde.

»So was ist draußen natürlich tabu«, flüsterte sie.

»Du willst mich umbringen. Jetzt habe ich verstanden.« Nach dem nächsten Kuss nahm er ihre Hand und legte sie auf die harte Beule unter seinem Reißverschluss.

»Schon deshalb müssen wir das in der Öffentlichkeit lassen. Beziehungsregel Nummer eins.« Sie warf einen Blick auf die Uhr und überlegte, ob sie vor Beginn des Workshops noch einen Quickie unterbringen konnten. Seufzend stellte sie fest, dass selbst für einen sehr schnellen Quickie keine Zeit war.

»Damit hätten wir das Wesentliche schon festgelegt. Jetzt bin ich an der Reihe. Regel Nummer zwei: Falls es mit deiner Schulter noch schlimmer wird, sagst du es mir. Sofort.«

»Okay.«

»Ich meine es ernst, Jayla.« In seiner Stimme lag nicht der kleinste Anflug von Heiterkeit und er schaute ihr fest in die Augen. »Wir müssen einander in jeder Hinsicht vertrauen.«

»Schön. Dann will ich auch darauf vertrauen können, dass du dir keine weiteren Telefonnummern von irgendwelchen Ladys zustecken lässt.« Sie sah, wie er die Brauen zusammenzog.

»Das habe ich längst hinter mir gelassen. Und du warst dabei, als ich der Frau aus dem Skilift gesagt habe, dass es kein Date geben wird.«

»Ja, das stimmt.« Sie drehte sich zurück zum Spülbecken. »Aber ich habe Kelly Bakers Telefonnummer auf der Arbeitsplatte liegen sehen.«

»Wovon redest du?«

Sie schloss die Augen. »Hör zu, Rush. Ich bin nicht bereit, mit irgendeinem Mann Spielchen zu spielen. Am allerwenigsten mit dir.«

Er berührte sie am Arm, und als sie sich umdrehte und ihn anschaute, sah sie echte Verwirrung in seinem Blick.

»Spielchen liegen mir absolut fern, Jay. Aber welche Nummer?«

»Auf der Küchentheke liegt ein zerknüllter Zettel und ich … ich war neugierig.«

Er betrachtete das zerknitterte Stück Papier. »Mist. Ja, richtig. Den hat sie mir nach dem Workshop in die Hand gedrückt, und ich habe ihn zerknüllt und in die Tasche gestopft.«

Forschend schaute sie ihm in die Augen. »Ich glaube dir, aber …«

»Aber was? Ich tue alles, was du willst. Sag mir einfach nur was.«

»Ich möchte gern, dass du so einen Zettel beim nächsten Mal gar nicht mehr annimmst. Dann muss ich keine Angst davor haben, irgendwo in einem Zimmer oder in deiner Tasche eine Telefonnummer zu finden. Aber vor allem will ich sicher sein, dass du wirklich keine mehr haben willst. Denn diese Art Verletzung würde ich niemals ertragen.«

Seine Lippen weiteten sich zu einem Lächeln.

»Schau mich nicht so an. Ich meine es ernst. Du hast keine Ahnung, wie es sich anfühlt dabeizustehen, wenn Frauen jeder Altersgruppe dich anschmachten.«

Er zog sie an sich und schaute ihr in die Augen. »Ach ja?«

»Ja!«

»Wie war das doch gleich mit dem gut aussehenden Cowboy mit dem sexy Akzent?«

Huch.

»Soweit ich mich erinnere, sind wir wegen ihm auf der Tanzfläche und kurz danach in der Herrentoilette gelandet«, fügte er hinzu.

»Aber ich habe mir nicht seine Nummer zustecken lassen.«
Touché!

»Stimmt. Du hast nur an seinen Lippen gehangen und ihn so angesehen, wie du mich hättest ansehen sollen.«

Dem konnte sie nicht widersprechen.

»Also lass uns das ein für alle Mal klären.« Sein ernster Ton war zurück. »Du bist die einzige Frau, die ich will. Keine Telefonnummern mehr und auch keine Flirts.« Er drückte sie an sich.

»Vorsicht. Ist dir überhaupt klar, wie *Nicht*-Flirten geht, Rush?«

»Wie schwer kann das sein?«

»Ziemlich. Für jemanden, der so sehr daran gewöhnt ist wie du. Deshalb will ich erst mal gar kein Versprechen von dir hören. Wenn du es tatsächlich willst, kannst du das Fremdflirten auch ohne vorherige Schwüre lassen.«

Er wich einen Schritt zurück. »Schön, aber dass du mit anderen Männern flirtest, möchte ich wirklich nicht.«

»Das werde ich auch nicht tun.«

»Wie kannst du das sagen, ohne dasselbe von mir zu fordern?«

»Das muss ich nicht. Ich vertraue darauf, dass du es ganz von selbst bleiben lässt.«

Zwanzig

Das leichte Schneegestöber vom Vormittag ging am Nachmittag in anhaltenden Schneefall über. Das unruhige Wetter färbte auf die Jugendlichen ab, und Rush konnte es kaum erwarten, dass die Workshops zu Ende waren und er eine Abfahrt unter die Skier nehmen konnte, die den Namen verdiente. Die frisch verschneiten Hänge übten eine unwiderstehliche Anziehung auf ihn aus. Trotzdem beschäftigten ihn Gedanken an Jayla. Er hatte sie aufmerksam beobachtet. Jetzt fragte er sich, weshalb er nicht schon viel früher bemerkt hatte, wie sie jedes Mal zusammenzuckte, wenn sie auch nur den Skistock zu fest hielt oder sich ein wenig zu stark nach rechts lehnte. Er musste sich ins Gedächtnis rufen, dass sie nicht irgendeine Frau mit einer Schulterverletzung war. Sie war *Jayla Stone*, die Olympiasiegerin. Spitzensportlerin. Sie kannte ihre Grenzen, und er musste davon ausgehen, dass sie versuchen würde, sie zu durchbrechen. Sein Beschützerinstinkt wollte das nicht zulassen, trotzdem musste er es akzeptieren.

Die Jugendlichen warteten ungeduldig auf die Abfahrt von einem etwas steileren Hügel. Suzie warf sich das Haar über die Schulter und lächelte dabei Taylor an. Rush war froh, dass sie jemanden aus ihrer eigenen Altersgruppe ins Visier genommen hatte. Auch wenn sie sich dadurch giftige Blicke von Meg einfing. Er fuhr zu Jeffrey.

»Na? Wie läuft's?«

»Ganz gut.« Jeffrey beschäftigte sich mit seinen Skistöcken.

»Aufgeregt wegen der Abfahrt?« Der Junge gehörte längst zu den besseren Skifahrern der Gruppe, doch aus Erfahrung wusste Rush, dass auch gute Fahrer nervös sein konnten.

»Nicht besonders.« Jeffrey schaute kurz zu Taylor.

Rush sah, wie Taylor hinter vorgehaltener Hand etwas zu Suzie sagte. Suzie schielte zu Jeffrey und kicherte.

»Am besten, du beachtest sie gar nicht, Jeffrey. Konzentrier dich aufs Skifahren.« Er fixierte Taylor mit einem durchdringenden Blick und Taylor schaute beiseite.

Jeffrey nickte. Rush nahm an, dass der Junge fürs Erste klarkommen würde, und fuhr zu Jayla.

»Hey.« Jaylas Wangen röteten sich. »Du schaust mich genauso an, wie du mich nicht anschauen sollst.«

»Ich schaue … Wirklich?«

Sie nickte.

»Dann haben wir ein Problem.« Er beugte sich zu ihr und senkte die Stimme. »So ein Gesicht mache ich nämlich immer, wenn ich gegen den Drang ankämpfe, dich zu küssen.« Aus der Art, wie sie sich auf die Unterlippe biss, schloss er, dass sie denselben Kampf ausfocht. »Wie geht's deiner Schulter?«

»Nächste Beziehungsregel: Frag nicht. Je mehr ich daran denke, desto mehr tut sie weh.«

»Okay. Verstanden. Aber wenn es schlimmer wird, sagst du mir wie abgesprochen Bescheid.« Rush rückte seine Skibrille zurecht. »Wir sehen uns unten.« Er drehte sich zu den Jugendlichen. »Jetzt geht's los. Ihr kennt die Regeln. Haltet Abstand voneinander und nicht zu viel Tempo. Sicherheit geht vor.«

Er schaute zu, wie sie sich nach und nach alle in Bewegung setzten. Taylor fuhr voran, Suzie hielt sich hinter ihm. Meg und Chris folgten. Jeffrey war schlau genug, Taylor nicht zu nahe zu kommen. Und auch Rush ließ sich Zeit. Er wollte Jayla voranfahren lassen, damit er sehen konnte, wie konsequent sie ihre rechte Seite schonte.

Unten angekommen hörte er über alle anderen Geräusche hinweg die Stimme von Jeffreys Vater.

»Gut gemacht, Junge«, rief Mr. Dager voller Stolz.

Jeffrey winkte seinem Vater zu und Rush rief die Jugendlichen zur Schlussrunde zusammen.

»Papis kleiner Liebling ist kreuz und quer über die Piste gerutscht«, sagte Taylor im Vorbeifahren zu Jeffrey.

Jeffrey schaute beiseite.

Rush hatte gute Lust, Taylor am Kragen zu packen und ihn kopfüber in den Schnee zu stecken. Doch damit hätte er Jeffrey in Verlegenheit gebracht. Es gab andere Möglichkeiten, das Großmaul ein wenig zurechtzustutzen.

Er warf Taylor einen langen, kritischen Blick zu. »Ihr wart wirklich gut heute. Aber lasst uns am Ende vorsichtshalber noch mal die Sicherheitsregeln durchgehen. Taylor, du nennst uns die drei wichtigsten. Los.« Wie sehr Taylor sich unter seinem Blick wand, nahm Rush erfreut zur Kenntnis.

»Vorfahrtsregeln und Schilder beachten.« Taylor brach ab und seufzte.

»Und?« Rush ließ nicht locker.

Der Junge zuckte die Achseln.

»Diese Regeln sind wichtig. Wer auf die Piste will, muss sie kennen. Kann jemand helfen?« Alle anderen Jugendlichen hoben die Hände. Rush grinste Taylor an und hob die

Augenbrauen. *Das Großmaul findet keine Worte.* »Jeffrey, die drei wichtigsten Regeln. Los.«

Jeffrey heftete den Blick auf seine Skier. »Ähm … Wer vor mir fährt, hat Vorfahrt. Für die Sicherheit auf der Piste sind alle verantwortlich. Und man nimmt keine gesperrten Abfahrten.«

»Prima. Suzie, was fällt dir noch ein?«

»Nicht mitten auf der Piste stehenbleiben und andere behindern. Nur mit Liften fahren, in die man schon sicher einsteigen kann und bei denen man auch weiß, wie man sicher wieder rauskommt. Und man benutzt Schnüre oder andere Vorrichtungen, damit … Moment …« Sie zog die Nase kraus. »Damit man bei einem Sturz keine Ausrüstungsteile verliert, die dann den Hang runterrasen und vielleicht jemanden verletzen. Ja. Ich glaube, das war's.«

»Korrekt. Taylor, ich würde vorschlagen, du lernst diese Regeln bis morgen auswendig. Eure Eltern haben bei der Anmeldung eine Infobroschüre bekommen, da stehen sie drin. Wer von euch hat die Broschüre überhaupt gelesen?«

Außer Taylor hoben alle die Hand.

»Das freut mich, Leute. Gut so. Also dann, bis morgen.« Rush legte eine Hand auf Taylors Schulter und hielt ihn zurück. »Ich will kurz mit dir reden.«

»Was ist?« Taylor hob herausfordernd das Kinn.

Rush starrte den trotzigen Teenager so lange an, bis er wegschaute. »Ich habe gehört, was du zu Jeffrey gesagt hast.«

»Ja, und?« Taylor zuckte die Achseln.

»Und wenn ich so was noch mal höre, rede ich mit deinen Eltern.«

»Nur zu.« Wieder das Achselzucken.

Taylors Vater winkte seinen Sohn zu sich und Rush berührte ihn erneut an der Schulter. »Ich meine es ernst. So läuft das hier nicht.«

Jayla fuhr zu ihm und sie schnallten ihre Skier ab. »Was war denn?«, fragte sie.

»Dieser Taylor ist ein Kotzbrocken.«

»Ja. Aber das liegt meist an den Eltern, die Kids können oft am wenigsten dafür.«

»Rush?«

Kelly Baker. Verdammt.

Jayla machte einen Schritt beiseite, aber Rush hielt sie am Jackenärmel fest. »Bitte bleib.«

Sie schüttelte den Kopf und raunte: »Ich will mir das nicht ansehen.«

»Wir haben Regeln aufgestellt, und ich will dir zeigen, dass ich sie einhalte.« Er marschierte zu Kelly.

»Hi. Suzie macht große Fortschritte. Während der letzten beiden Übungsstunden ist sie viel sicherer geworden.«

»Ach ja?« Kelly Baker strich mit einer Hand über ihre Hüfte und warf sich das Haar über die Schulter. »Das ist dann wohl gut.«

Wohl gut?

Sie zog ihr Smartphone aus der Tasche und hielt es Rush unter die Nase. »Ich war überrascht, nicht von Ihnen zu hören.«

»Überrascht?« Noch vor einem Jahr hätte er sich die Chance nicht entgehen lassen, mit einer schönen Frau zu flirten, die mehr als eindeutig Interesse signalisierte. Doch inzwischen fühlte sich das an, als wäre es ein Leben lang her. Und er hatte nicht die geringste Lust, die Zeit zurückzudrehen.

»Ich habe Ihnen meine Nummer gegeben. Schon vergessen?« Sie lächelte und legte den Kopf schief. Die Bewegung wirkte viel zu einstudiert.

»Falls Sie den Eindruck hatten, dass ich Ihre Nummer will,

Kelly, tut es mir leid. Aber ich habe eine Freundin.« Er nahm seine Mütze ab und steckte sie in die Tasche.

Ms. Baker trat einen Schritt näher und senkte die Stimme. »Das muss kein Hinderungsgrund sein. Diskretion ist kein Fremdwort für mich.«

Rush schaute über Kellys Schulter hinweg zu ihrer Tochter. Suzie verdrehte die Augen und sah weg. Er spürte, wie Übelkeit in ihm aufsteigen wollte. »Meine Freundin derart zu verletzen, würde mir nicht im Traum einfallen.« Damit ließ er Kelly stehen, marschierte zurück zu Jayla, legte ihr den Arm um die Schultern und ging mit ihr Richtung Lodge.

»Siehst du? Kleinigkeit.« Rush küsste sie auf die Schläfe.

»Warum habe ich ein schlechtes Gewissen?« Sie lehnte den Kopf an seine Schulter.

»Weil du nicht daran gewöhnt bist, mich um etwas zu bitten. Und in deinem schönen Kopf reift der Verdacht, du wolltest mich ändern. Aber ich habe mich bereits geändert und möchte nie wieder in alte Gewohnheiten zurückfallen. Suzie kann einem leidtun. Kannst du dir vorstellen, so eine Mutter zu haben? Der Gedanke, dass ich bis vor nicht allzu langer Zeit einer der Kerle war, die so ein Angebot trotz allem entspannt angenommen hätten, macht mich krank.«

Als die Chalets in Sicht kamen, schlug Jaylas Magen Purzelbäume. *Gehen wir zu mir? Zu ihm? Haben wir Zeit, einander die Kleider vom Leib zu reißen und ein bisschen von dem nachzuholen, was wir in all den Jahren versäumt haben?* Aus dem Augenwinkel schaute sie zu Rush hinüber, der vermutlich überlegte, wie lange er brauchen würde, um sich einen Proteindrink zu mixen, ein paar Liegestütze und Sit-ups zu machen und ... *Und was?* Dachte er womöglich dasselbe wie sie?

Sie zog ihre Schlüssel aus der Tasche. »Dann bis gleich beim Training.«

»Ich ... Soll ich dich abholen, damit wir zusammen gehen können?«

Diese Unsicherheit in seiner Stimme war neu. Jayla fühlte einen Stich in der Brust.

»Klar. Okay.«

Er beugte sich zu ihr, um sie zu küssen.

»Hey, ihr beiden!«, rief Kia vom Weg aus.

Rush zuckte zurück. »Hey.«

»Jayla! Schade, dass du heute Morgen nicht mit auf der Piste warst. Perfekte Trainingsbedingungen. Ich gehe schon mal los zur Trainingsvorbesprechung. Wollt ihr gleich mitkommen?« Kia schaute zwischen ihnen hin und her. »Habe ich ein Gespräch unter besten Freunden gestört?«

»Ähm, nein. Ich wollte gerade reingehen.« Jayla eilte die Stufen hinauf und schloss ihre Tür auf.

Rush zog die Schlüssel aus seiner Tasche. »Wir müssen beide noch was erledigen, aber wir sind gleich da, Kia.«

»Cool. Okay.«

Jayla flüchtete in das kleine Holzhaus und lehnte sich mit dem Rücken gegen die Tür. Weshalb war sie so durcheinander? *Was ist schon dabei, wenn Kia von uns weiß?* In der nächsten Sekunde fiel ihr ein, dass dann auch der Coach von ihnen erfahren würde. Und der hatte Rush aufgefordert, die Finger von ihr zu lassen. Sie spürte, wie sie sauer wurde, stapfte in die Küche, nahm ihre Schmerzmittel und machte dann im Schlafzimmer ihre Schulterübungen.

Neben ihr auf dem Fußboden vibrierte ihr Telefon. Sie schielte aufs Display. *Rush.*

Kommt es mir nur so vor oder war das eben ein bisschen seltsam?, hatte er geschrieben.

Sie atmete erleichtert auf. Wenigstens sah sie keine Gespenster. Sie schrieb zurück. *Total seltsam. Aber warum eigentlich? Machen wir einen Fehler?*

Dass er nicht sofort antwortete, verunsicherte sie. *Herrje.* Nie im Leben hätte sie geglaubt, dass sich zwischen ihnen irgendetwas seltsam anfühlen könnte. *Das ist scheußlich. Oberscheußlich.* Sie beendete ihre Übungen und schaute zum vierten Mal aufs Telefon. Noch immer keine Nachricht. Ihr wurde flau.

Jemand klopfte an die Schlafzimmertür, die zugleich die Hintertür des Chalets war. Jayla zuckte zusammen. Vorsichtig spähte sie durch die Vorhänge. Draußen stand ein ziemlich ernst blickender Rush. Sofort tanzten Schmetterlinge durch ihren Bauch und sie öffnete die Tür.

Rush schob sich an ihr vorbei. »Einen Fehler?«

Mit einem Schritt war er bei ihr. Dann lagen seine Lippen auf ihren und seine Zunge vertrieb alle Unsicherheiten und Fragen. Von seinen Armen umschlungen und fest an ihn gedrückt konnte sie kaum denken. Als er den Kopf hob, flog ein sehnsüchtiger kleiner Laut von ihren Lippen.

Auf seiner Stirn erschienen neue Falten und in seine Augen trat Traurigkeit. »Einen Fehler?«, flüsterte er.

Sie schluckte und versuchte, sich daran zu erinnern, wie man atmete, damit sie mit Hilfe ihres von Verlangen benebelten Verstandes vielleicht einen Satz bilden konnte. Sie schüttelte den Kopf.

»Nein«, presste sie schließlich hervor. »Mit dem Fehler

meine ich nicht uns beide. Unsere Beziehung ist kein Fehler. Das könnte ich niemals denken.«

Er stieß die Luft aus. »Mir wäre fast das Herz stehengeblieben. Das ist dir klar, oder? Bitte sag so was nicht, es sei denn, du meinst es wirklich. Ich habe Monate darauf gewartet, dir endlich gestehen zu können, wie sehr ich dich liebe.«

»Und ich Jahre«, antwortete sie leise.

»Oh, Babe.«

Sie schmiegte sich an seine Brust. »Seltsam war nur die Situation.«

»Wohl wahr. Aber bloß, weil wir Angst haben, dass der Coach etwas mitbekommt. Ich muss mit ihm reden, damit er es nicht durch irgendeinen blöden Zufall erfährt.«

»Es ist mehr als das. Plötzlich weiß ich nicht mehr, wie wir uns verhalten sollen. Gehen wir zu mir? Zu dir? Machen wir alles so wie immer? Soll ich warten, dass du sagst, du möchtest mich sehen? Brauchen wir ein Date? Ich hätte nie geglaubt, dass das so schwierig und verwirrend werden könnte. Aber es ist wirklich kompliziert.«

»Nur ein kleines bisschen. Aber was ist schon einfach?« Er lächelte sie an. »All diese Dinge haben wir bald im Griff. Ganz sicher.« Rush legte die Hände auf ihre Arme und sie zuckte zusammen. Sein Blick fiel auf ihre Schulter. »Du hast versprochen, es mir zu sagen, wenn die Beschwerden schlimmer werden. Tut es jetzt schon weh, wenn ich nur deinen Arm berühre? Babe, so kannst du nicht trainieren.«

»Ich schaffe das.« Sie wich einen Schritt zurück. »Und wir waren uns einig, dass das meine Entscheidung ist.« Im Lauf des Nachmittags hatten die Schmerzen deutlich zugenommen. Das Training würde die Hölle werden. Sie hatte das Gefühl, in einen

Sturm geraten zu sein, der ihre ganze Welt mit sich riss. Und irgendwo mitten im Chaos war Rush. Warm, fürsorglich, hilfsbereit und liebevoll. Es war schwer, auf den Beinen zu bleiben und einen Weg zu ihm zu finden, auf dem keine Verletzung und keine anderen Schwierigkeiten sie behinderten.

»Ja. Aber es ist nur ein eher unwichtiges Rennen, Jayla. Es sind nicht die Olympischen Spiele, nicht mal ein großes Event. Und dafür riskierst du …«

»Wirklich, Rush? Kein großes Event? Sobald wir anfangen, so zu denken, können wir es auch gleich lassen.« Sie funkelte ihn an. Egal, was er ihr jetzt antworten würde, tief im Inneren war er derselben Meinung. Das wusste sie.

»Vor der vergangenen Nacht hätte ich dir gesagt, du sollst den Schmerz ignorieren. Das ist dir klar, oder? Schon als dein bester Freund wäre mir das zwar sehr schwergefallen. Aber jetzt?« Er kniff die Augen zusammen und bei seinen nächsten Worten blieb ihr beinahe das Herz stehen. »Ich kann mich nicht mehr verstellen. Ich kann nicht mal mehr mir selbst etwas vormachen. Ich liebe dich, und die vergangene Nacht hat alle Gefühle, die ich je erstickt habe, ganz neu aufleben lassen. Wie soll ich noch tatenlos zusehen, wie die Frau meines Herzens ein Risiko eingeht, von dem sie verdammt gut weiß, dass sie es nicht eingehen sollte?«

Sie rückte ein wenig näher an ihn heran und sprach viel ruhiger, als sie es sich zugetraut hätte. »Ich gehöre zum olympischen Skiteam, genau wie du. Wir fahren Rennen. Wir trainieren. Von Strapazen und Schmerzen lassen wir uns nicht unterkriegen.«

»Aber du bist auch meine Liebste.«

»Dann steh hinter mir«, bat sie ihn. »Erwarte nicht weniger von mir, als du erwarten würdest, wenn wir immer noch bloß beste Freunde wären.« Sie hakte den Finger in den Bund seiner Jeans. »Wenn wir einander nicht unsere Gefühle gestanden und miteinander geschlafen hätten, würdest du mich jetzt antreiben, anstatt mich zu beglucken. Also tu so, als wäre nichts passiert.«

Sein Blick wurde weich. Nachdenklich setzte er sich aufs Bett. »Du meinst, die Situation eben mit Kia war seltsam? Verdammt, wie soll das erst beim Training werden?«

So, wie sich meine Schulter anfühlt, werde ich zwei Stunden lang durch die Hölle gehen.

Einundzwanzig

Rush hielt ganz bewusst ein wenig Abstand zu Jayla. Nur so hatte er eine gewisse Chance, nicht irgendwann die Hand nach ihr auszustrecken, obwohl Coach Cunninghams stählerner Blick sich wie eine Barriere zwischen sie schob.

»Heute ist Donnerstag. Bis zum North-Face-Rennen sind es keine zwei Tage mehr. Danach ist Schluss und die Saison ist vorbei. Ihr habt weniger als achtundvierzig Stunden, um eure Zeiten zu verbessern und euch vorzubereiten. Das heißt, von jetzt an gilt eine Ausgangssperre. Keine Partys in Allure und keiner kommt erst um drei Uhr morgens nach Hause.« Cunningham fixierte Patrick einen Moment länger als die anderen, dann stapfte er mit seinen schweren Stiefeln einen Pfad in den Schnee. »Irgendwelche Verletzungen, Beschwerden, Probleme, von denen ich wissen müsste?« Sein Blick heftete sich an Jayla. »Erkältungen? Schmerzen? Jayla? Wie geht's deiner Schulter?«

»Alles in Ordnung, Coach.« Aufrecht und mit erhobenem Kinn stand sie vor ihm.

Rush sah, wie der Trainer die Augen zusammenkniff und einen Moment lang auf ihre rechte Schulter starrte.

Dann nickte der Coach. »Gut.« Er wandte sich wieder an

die ganze Gruppe. Mit seinem drohenden Blick erinnerte er an einen angriffslustigen Hund. »In den nächsten Tagen wird es auf diesem Berg vor Reportern nur so wimmeln. Seid auf der Hut und bei der Sache. Immer.« Er blieb stehen und verschränkte die Arme vor der breiten Brust. »Training. Heute legen wir noch eine Schippe drauf. Wenn ihr euer Gesicht noch spürt, seid ihr noch nicht schnell genug. Wenn eure Beine nach der Abfahrt nicht wie Gummi sind, habt ihr noch Reserven. Und falls euch heute Abend nicht schon auf dem Weg ins Bett die Augen zufallen, habt ihr euch nicht genug angestrengt. Und jetzt auf die Bretter. Gebt mir einen Grund, stolz auf euch zu sein.«

Während die anderen sich in Bewegung setzten, hielt der Trainer Jayla noch zurück. Aus Coach Cunninghams stechendem Blick und seiner ernsten Miene schloss Rush, dass Jayla sich einen Vortrag anhören musste, der sicher alles andere als angenehm war. Nur unter Aufbietung all seiner Willenskraft gelang es ihm, sich loszureißen und zum Sessellift zu fahren. Zu gerne hätte er Jayla tatsächlich *begluckt*. Er wollte ihr sagen, sie würde das schaffen, und ihr doch gleichzeitig versichern, dass sie nichts schaffen *musste*.

Am Lift holte er Cliff und Patrick ein.

»Was hast du bis drei Uhr morgens getrieben?«, fragte Cliff seinen Mannschaftskameraden.

»Du meinst, mit *wem* ich es getrieben habe?« Patrick zwinkerte Rush zu. »Lass mich mal überlegen … Willst du eine Liste?«

Cliff schüttelte den Kopf. »Kia hat gestern Morgen schon um fünf trainiert und gesagt, am Vortag wärest du mit Jayla auch schon vor Tagesanbruch auf der Piste gewesen«, sagte er zu Rush. »Patrick und ich haben die Abfahrt bislang immer morgens, direkt vor den Workshops, unter die Skier genommen. Kommst du morgen mit uns raus?«

»Normalerweise bin ich um halb sieben im Kraftraum. Können wir vorher gehen? Um halb sechs?« Rush warf einen Blick über die Schulter und sah Jayla mit gesenktem Kopf zur Piste fahren.

»Kein Problem. Falls Patrick seinen Arsch aus dem Bett kriegt.« Cliff knuffte Patrick in die Rippen.

»Hey, Mann, wenn es sein muss, komme ich auch ganz ohne Schlaf zurecht. Ich bin dabei. Was ist mit Jay?«, fragte Patrick auf den letzten Metern zum Lift.

»Ich rede mit ihr.« Rush wartete auf Jayla, während Patrick und Cliff bereits in einen Sessel stiegen. Jaylas ausdrucksloser Blick verriet ihm gar nichts. »Was ist?«

»Nichts.«

»Und das soll ich dir abnehmen?« *Verdammt noch mal.* In ihm kämpfte der Mann, der sie liebte, mit dem Kameraden und Leistungssportler.

Sie bestiegen den Lift, und Jaylas Blick hing an den schneebedeckten Berggipfeln, während der Sessel schwankend über die erste Stütze rumpelte. Der klare Nachthimmel hätte gut auf eine romantische Postkarte gepasst und zusammen mit Jayla hätte die Fahrt auf die majestätische Bergspitze wunderschön sein können. Doch Rushs Magen und seine Brust zogen sich zusammen.

»Hey, alles klar?«

»Ja.« Auf den letzten Metern lehnte sie sich an ihn.

»Wenn du reden willst, ich bin da.«

Endlich sah sie ihn auch an, doch bevor er in ihren Augen lesen konnte, senkte sie den Blick und beschäftigte sich mit ihrem Skistock.

»Danke.« Der Sessel näherte sich der Ausstiegsstelle. »Es ist alles gut.«

Die ersten beiden Abfahrten liefen nicht besonders. Rushs Gedanken waren bei Jayla. Er wollte unbedingt wissen, was der Coach zu ihr gesagt hatte. Und Jayla hatte richtig gelegen: Wenn sie nicht miteinander geschlafen hätten, hätte er ihr ein Loch in den Bauch gefragt und bei jedem Ausweichmanöver nachgehakt. Aber jetzt war alles anders. Coach Cunninghams strenger Blick konnte nur bedeuten, dass Jaylas Zeiten nicht gut genug waren.

Und gerade war der Coach auf dem Weg zu ihm. *Verdammt. Auch das noch.*

»Du hast meine Anweisung nicht befolgt.«

Das war keine Frage und keine Feststellung, sondern eine Anschuldigung. Rush schob die Skibrille auf seine Stirn und beschloss, den Ahnungslosen zu spielen.

»Coach?«

Die Augen des Trainers verwandelten sich in flüssigen Stahl. »Die Mutter einer Skischülerin hat sich über Jaylas Lehrmethoden beklagt.«

Kelly Baker. Verdammt. Rush ballte die Hände zu Fäusten.

»Ich habe mit den anderen Eltern gesprochen und einen ziemlich guten Eindruck von Jaylas Unterrichtsstil bekommen. Nicht dass ich irgendwelche Zweifel gehabt hätte. Aber ich musste mich darum kümmern. Sie ist eine sehr gute Lehrerin, doch du weißt ja, wie so was laufen kann. Von dir hat diese Mutter dagegen in den höchsten Tönen geschwärmt. Willst du mir sagen, was zum Geier da los war? Normalerweise erfahre ich von deinen Eroberungen immer erst, wenn etwas darüber in den Klatschspalten steht. Und vor allem nach dem Saisonende, wenn du es dir leisten kannst, absolut nichts mehr anbrennen zu lassen.«

»Diese Frau redet Mist, Coach. Kelly Baker hat mir nach den Übungsstunden regelrecht aufgelauert und sich mir an den Hals geworfen. Ich habe ihr gesagt, ich hätte kein Interesse. Darum geht es. Sie wissen, dass Jayla eine prima Skilehrerin ist. Verdammt, sie ist zehnmal besser als ich.« Er sah Jayla zum Lift fahren. »Ich nehme an, Sie haben es Jayla gesagt?«

Coach Cunningham schaute zu ihr hinüber und dann zurück zu Rush. »Noch nicht.«

»Aber was …?«

Der Coach zog die Brauen hoch.

Rush nahm das als Hinweis, dass ihn das nach Ansicht des Trainers nichts anging. »Sorry, Coach. Falsche Frage.«

»Einen Tag noch, dann habt ihr die verdammten Workshops hinter euch. Tu, was immer du tun musst, um dich von dieser Baker fernzuhalten. Und, Scheiße noch mal, Remington, du hättest dir keinen schlechteren Zeitpunkt aussuchen können, um plötzlich Frauen abzuweisen.«

Was du nicht sagst. Rush fuhr zu Jayla, die am Lift auf ihn wartete, und fragte sich, was zum Teufel sie ihm verschwieg.

Zweiundzwanzig

Jayla war bewusst, dass sie sich vor Rush verschloss, doch sie kam nicht dagegen an. Sobald sie an das Gespräch mit Coach Cunningham dachte, wollte sie entweder jemanden erdrosseln oder in Tränen ausbrechen. Keine der beiden Möglichkeiten kam in Frage. Sie war keine mordlustige Irre und Schwäche hasste sie wie die Pest. Deshalb blieb ihr nur, alle Welt von sich fernzuhalten.

Das höllische Brennen in ihrer Schulter machte es ihr schwer, die Skier auszuziehen. Erst als sie es mit der linken Hand versuchte, gelang es ihr, die Fangriemen von ihren Stiefeln zu lösen. Rush stand neben ihr und hatte seine Skier in Sekundenschnelle von den Füßen.

»Morgen früh wollen Patrick, Cliff und ich um halb sechs auf die Piste. Möchtest du mitkommen?« Er nahm die Mütze ab, zog die Handschuhe aus und stopfte alles in seine Taschen.

Sie zuckte die Achseln. »Mal sehen.«

»Okay.«

Er machte ein paar Schritte Richtung Ausrüstungslager, doch als sie nicht folgte, kam er zu ihr zurück.

»Geht's dir gut?« Sein Blick driftete zu ihrer Schulter.

Sie sammelte ihre Sachen ein und biss die Zähne zusammen

gegen den stechenden Schmerz, der jetzt durch ihren ganzen Arm strahlte.

»Gib her.« Rush nahm ihre Skier und trug sie zusammen mit seinen. »Komm.«

Ein Befehl.

Du weißt Bescheid.

Mit eckigen Bewegungen räumte er die Ausrüstung weg. Jayla schaute er dabei nicht an. Er sagte die ganze Zeit kein Wort. Auch nicht zum Thema Schulter. Sie hasste und liebte ihn dafür gleichermaßen. Stumm zu bleiben fiel auch ihr schwer, besonders wo er doch alles richtig machte. Auf dem Weg nach draußen hob er den Arm, um ihn über ihre Schulter zu legen. Dann ließ er ihn wieder sinken und ihr Herz zog sich ein wenig zusammen.

»Hast du Hunger? Sollen wir in der Lodge etwas essen?« Seine Stimme klang jetzt nicht mehr angespannt, sondern seltsam niedergeschlagen. Jayla schaute in seine vertrauensvollen Augen. Eigentlich wollte sie nichts vor ihm verbergen. Sie machte einen Schritt auf ihn zu und berührte seinen Bauch. Sein rechter Mundwinkel hob sich zu dem sexy kleinen Grinsen, das ihre Knie immer ganz weich werden ließ.

»Hast *du* Hunger?«

Er lehnte die Stirn an ihre. »Auf dich«, raunte er.

Okay, vielleicht konnten ihre Geständnisse ja noch eine Weile warten. Sie brauchte den Trost ihres besten Freundes, der nun so viel mehr geworden war. Auf dem Weg den Hügel hinunter zu den Chalets spürte sie wieder das seltsame nervöse Kribbeln. Sollten sie zu ihm gehen oder zu ihr? Würde er wieder um vier Uhr morgens durch den Schnee schleichen müssen, um ihre Kleider zu holen? Sollte sie lieber gleich frische Kleider mitbringen, falls sie die Nacht bei ihm verbrachten?

Als hätte er ihre Gedanken gelesen, fragte er: »Zu mir oder zu dir?«

Die Vorstellung, dass er um vier Uhr morgens von ihr wegmusste, gefiel ihr ganz und gar nicht. »Zu mir?«

»Und ich hatte mich schon so darauf gefreut, dich noch mal in meinen Klamotten zu sehen.«

Sie stieg die Stufen ihrer Veranda hinauf. Während sie sich mit dem Türschloss abmühte, stand Rush hinter ihr. Er nahm ihr Haar zusammen und drückte ihr zärtliche kleine Küsse auf den Nacken. Ihre Hand erstarrte, ein Schauer überlief sie.

»Hast du …? Hast … du …?« Sie schloss die Augen.

Er legte die Lippen an den Übergang zwischen ihrem Hals und ihrer Schulter.

Weiter. Ja. Oh Gott.

»… keine Angst, dass uns jemand sieht?«, konnte sie endlich mit einem langen Atemzug hervorstoßen.

Er nahm ihr die Schlüssel aus der Hand. »Nur, wenn wir es nicht ins Haus schaffen, bevor ich noch weiter gehe.« Er schloss die Tür auf. Drinnen schloss er sie wieder zu, warf die Schlüssel auf die Küchentheke und küsste Jayla, noch während sie ihre Stiefel abwarfen. Sie stolperten an der Küche vorbei und ließen dabei ihre Jacken zu Boden fallen. Auf dem Weg ins Schlafzimmer löste er sich nur lange genug von ihren Lippen, um sich das Shirt über den Kopf zu ziehen und Jayla behutsam aus ihrem zu schälen. Als er dazu ihren Arm hob, schnappte sie nach Luft. Rush erstarrte, seine Augen verdunkelten sich.

»Alles in Ordnung. Kein Problem.«

Den Mund auf ihren gedrückt, zog er ihr den BH aus und stieg aus seiner Hose. Dann half er ihr, auch ihre loszuwerden. Sobald seine Lippen zu ihrer Brust fanden, verflogen ihre letzten schweren Gedanken. Sie vergrub die Hände in seinem Haar, zog ihn an sich und drängte ihn, sich noch mehr von ihr zu nehmen. Er rieb seine Härte an ihr, und, *oh Gott*, sie wollte in ihm verschwinden. Sie holte seinen Mund zurück zu ihrem. Er küsste sie tief, liebte ihre Zunge, ihre Zähne, jeden Winkel ihres Mundes, während sie sich ihm auf den Zehenspitzen entgegenhob. Dann war ihr Hals an der Reihe. Er liebkoste ihn mit den Lippen und seiner Zunge, bis sie vor Verlangen fast verging. Sie strich mit den Händen über seine Brust und spürte, wie seine Muskeln unter ihren Fingerspitzen zuckten. Dann beugte sie sich vor und leckte frech an einer seiner Brustwarzen. Das hungrige Stöhnen, mit dem sie belohnt wurde, klang unfassbar sexy und spornte ihre Hände zu weiteren Erkundungen an. Sie rieb seine muskulöse Brust, seinen harten Bauch und die Muskeln an seinen Seiten. Schwer atmend, unter zahllosen Küssen und mit dem Geschmack seiner salzigen Haut auf der Zunge ließ sie die Hände nach Süden wandern.

»Jayla.« Seine von Lust erstickte Stimme brachte sie dazu, den Weg ihrer Hände mit den Lippen nachzuzeichnen. Entlang der Vertiefung zwischen Rushs herrlich definierten Bauchmuskeln küsste sie sich zu seinem harten Schaft. Gierig nahm sie ihn in den Mund, saugte, streichelte und rieb ihn und genoss, wie er sich dabei mit rhythmischen Bewegungen in sie drängte. Er schmeckte salzig, heiß und so unfassbar gut. Seine Hände in ihrem Haar waren wie die Bitte, ihn noch tiefer in sie aufzunehmen. Sie hielt sich an seinen Hüften fest und genoss die Schauer, die ihn durchliefen, als sie ihn langsam aus ihrem Mund entließ und dann leckte. Dabei schenkte sie der empfindlichen prallen Spitze besondere Aufmerksamkeit, bevor sie ihn wieder in sich einsaugte. Rushs tiefes, männliches Stöhnen verwandelte ihr Inneres in flüssige Hitze.

»Großer Gott, Jayla. Wenn du so weitermachst, kann ich

für nichts garantieren.« Seine Oberschenkelmuskeln spannten sich an.

Ein paarmal saugte sie ihn noch tief in sich ein, und seine Härte, auch wenn das unmöglich schien, wurde noch fester und größer. Sie genoss die exquisiten Qualen, die sie ihm bereitete. Ihn ganz in Besitz zu nehmen, war ein herrliches Gefühl. Sie schob sich tiefer und leckte seine Hoden, während er sich vor Lust wand. Als sie den Mut fand, ihm in die Augen zu schauen, zog die Glut darin sie hinauf zu seinem sinnlichen Mund.

Unter stürmischen Küssen legte Rush sie aufs Bett und liebkoste mit den Lippen jeden Quadratzentimeter ihres Körpers. Bald lagen seine Hände an ihren Oberschenkeln und drückten sie auseinander. Sie krallte sich in die Laken. Sein Mund fand zu ihrer Mitte, liebte sie und spielte mit ihr, bis sie das Gefühl hatte, ihre prickelnde Haut wäre viel zu eng und sie müsste aus ihr herausbrechen. Ihre Finger gruben sich in seine Schultern. Jede Berührung seiner Zunge lockte einen Laut aus ihrem tiefsten Inneren.

»Oh … Ru…« Jedes Wort endete mit tiefem Atemholen.

Er veränderte seine Position, liebkoste die Innenseite ihres Oberschenkels und bescherte ihr damit völlig neue Lustgefühle. Heiß, feucht und stechend. Im nächsten Moment schob er ihr ein Kissen unter die Hüften und ihre Beine fielen wie von selbst weit für ihn auf. Seine starken Hände rieben ihre Schenkel. Die erotische Mischung aus Kraft und Hitze jagte wohlige Schockwellen durch ihren Unterleib. Mit festem Griff hielt er ihre Hüften, um sie weiter verschlingen zu können. Sie stemmte sich gegen seine starken Hände, wollte ihm das Becken entgegendrängen und grub dabei die Finger so fest in die Laken, dass ihre Nägel sich in ihre Handflächen bohrten. Von einem Orgasmus geschüttelt schrie sie seinen Namen. Dann war Rush über ihr, ihren Duft noch auf den Lippen. Sie öffnete die Augen, doch die Lust vernebelte ihr Gehirn und ließ keinen klaren Gedanken zu. Sie schlang die Beine um seine Taille, während er sich kraftvoll und tief wieder und wieder in sie schob. Ihre Hände suchten nach Halt. An seiner Haut, an seinen Muskeln und – *oh verdammt* – einen Moment lang nahm ihr der Schmerz in ihrer Schulter die Luft und Rush verharrte unbeweglich. Sein besorgter Blick suchte ihren.

»Ich höre auf.«

»Nein, bitte nicht«, stöhnte sie.

Ihre rechte Schulter pochte. Vorsichtig senkte sie sie auf die Matratze. An Rushs Blick konnte sie erkennen, dass er sich besorgt zurückziehen wollte. Doch sie holte seinen Mund zu ihrem und drängte rhythmisch das Becken an ihn. Schon einen Atemzug später war der Schmerz vergessen, sie bewegten sich wieder im Einklang und sein Mund liebkoste jeden Zentimeter von ihr, den er erreichen konnte. Dabei trieb er sie weiter und weiter dem Gipfel der Lust entgegen und hielt sie dann unendlich lange auf der Schwelle zu ihrem nächsten Orgasmus. Sie rang nach Luft.

»Weiter.«

Er verlagerte sein Gewicht und stieß tiefer in sie hinein. Einen Herzschlag lang verharrten sie bewegungslos, überwältigt von dem intensiven Gefühl. Jayla spürte, wie ihr Inneres sich um ihn spannte.

»Oh … Gott. Mehr.«

Seine Hände legten sich an ihre Rippen und hielten sie fest, während er sich in ihr bewegte und ihr dabei in die Augen sah. Ihr ganzer Körper vibrierte, bis sie sich endlich bei ihrem Höhepunkt rhythmisch um ihn zusammenzog. Mit dem nächsten Atemzug weiteten sich seine Augen und wurden dunkel. Dann drückte er die Lider fest zu, während sein Körper zuckte und bebte und er ihren Namen stöhnte.

Der Streifen Mondlicht, der durch die Vorhänge in das dunkle Schlafzimmer fiel, zeichnete einen hellen Pfad auf Jaylas und Rushs nackte Beine. Schwer atmend lagen sie auf dem Bett nebeneinander.

»Du lieber Himmel, Jayla.« Rush hob ihre Hand an seine Lippen. »Wie konnte die Frage, ob wir etwas essen sollen, bloß zu dem hier führen?«

»Meine Frage ist noch besser. Warum sollten wir unser Bett je wieder verlassen?«

Unser Bett. Freude durchrieselte ihn. Er drehte sich auf die Seite und weidete sich an ihrer sanft vom Mondlicht beschienenen Silhouette.

»Du bist unfassbar schön, Jay.« Selbst im Dunkeln spürte er ihre Verlegenheit und wusste, dass sie errötete. Mit der Hand strich er über ihren Bauch und ihre schlanke, muskulöse Hüfte, dann über ihre Rippen hinauf zur Seite ihrer Brust und zur Rundung ihrer Schulter. Beim Gedanken an den Schmerz, der dort wütete, zog sich sein Herz zusammen. Fast genauso weh tat ihm die falsche Anschuldigung von Kelly Baker, von der er Jayla eigentlich erzählen sollte. Doch morgen mussten sie die Tochter dieser Frau noch ein letztes Mal unterrichten und danach war jeder weitere Gedanke an Kelly Baker absolut überflüssig. Zudem wollte er Jayla nicht noch zusätzliche Sorgen bereiten. Wenn der Coach glaubte, die Sache nicht mit ihr besprechen zu müssen, konnte auch er den Mund halten.

Er rückte näher und streichelte ihre verletzte Schulter mit den Fingerspitzen. Ihre Muskeln spannten sich unter seiner Berührung. »Schhh. Ganz ruhig. Schließ die Augen und entspann dich.«

»Das wird kaum funktionieren. Du bist nackt und streichelst mich. Eine entspannende Wirkung hat das auf mich eher nicht. Ganz im Gegenteil …«

»Deine Schulter hat wehgetan, als wir …«

»Nur ein bisschen.«

Er schaute ihr tief in die Augen. Der verborgene Schmerz und die Angst darin rissen an seinem Herzen.

»Kann ich dir ein Schmerzmittel holen? Oder sonst irgendwas für dich tun?« Er küsste sie sanft auf die Lippen.

Sie schüttelte den Kopf. »Nein danke. Nicht nötig.«

»Nicht nötig. Schon gut. Du bist stark. Du erträgst alles.« Seufzend fiel er aufs Kissen zurück. »Wäre es wirklich so schlimm, mich an dich heranzulassen? Schließlich werde ich nicht gleich zum Coach rennen und petzen, dass du schlimme Schmerzen hast. Ich habe dir gesagt, dass ich deine Entscheidung akzeptiere, erst nach dem Rennen zum Arzt zu gehen. Dazu stehe ich nach wie vor.«

»Das weiß ich.«

»Wo ist dann das Problem?« Er beugte sich über sie und strich mit der Fingerspitze über ihre Wange. »Ich weiß, wie stark du bist, Babe. Und vor deiner Stärke habe ich den größten Respekt. Aber ich liebe dich auch, und wenn wir zusammen sind, musst du dich nicht verstellen.«

Jayla blinzelte ein paarmal. Dann griff sie nach seiner Hand und verflocht ihre Finger mit seinen. »Der Coach hat mich nach meiner Schulter gefragt. Ihm ist aufgefallen, dass ich sie schone.« Auf ihrer Stirn erschienen Falten und ihre Augen wurden feucht.

»Schon gut, meine Süße«, flüsterte er.

»Er hat gesagt …« Sie schluckte. »Er …«

Eine Träne glitt über ihre Wange, Rush wischte sie weg. Er schmiegte das Gesicht an ihres und hielt Jayla fest in den Armen. »Schon gut, Babe.«

Tränen sickerten zwischen ihre Wangen wie Geheimnisse. Der Kummer schien Jaylas Körper zu zerreißen. Dass er das Problem nicht für sie aus der Welt schaffen konnte, brachte Rush beinahe um. Gleichzeitig wusste er, wie wenig sie von ihm erwartete, dass er die Welt für sie in Ordnung brachte. Ein paar Minuten lang lagen sie so zusammen, dann beruhigte sich ihr Atem und die Tränen versiegten. Rush hielt sie fest, bis er spürte, wie die Anspannung aus ihren Muskeln wich und sie sich an ihn schmiegte. Doch auch dann ließ er sie nicht los. Er wollte sie beschützen. Vor falschen Anschuldigungen, dem Schmerz, dem Kummer. Und vor ihrer Zukunftsangst, die wie ein Dorn in ihr steckte. Er wollte der Mensch sein, der ein Lächeln auf ihr schönes Gesicht zauberte und sie um den Verstand brachte, wenn sie zusammen allein waren. Als die Gefühle so stark wurden, dass er sie nicht mehr zurückhalten konnte, ließ er sie heraus.

»Du bist alles für mich, Jayla. Du musst nichts sagen. Ich weiß, der Druck ist riesig.« Ihre Finger gruben sich in seine Haut. »Wie wär's, wenn ich dir ein Bad einlasse? Vielleicht gibt dir das ein bisschen innere Ruhe.«

Er deckte sie zu, damit sie es warm hatte, und ging ins Badezimmer. Die Wände waren in Erdfarben gehalten, der Fußboden mit weißen Keramikkacheln gefliest. Der Spiegel in dem dunklen Holzrahmen passte zu dem im antiken Stil gehaltenen Doppelwaschbecken mit Armaturen in matten

Bronzefarben. Die Jacuzzi-Wanne war groß genug für sie beide. Doch er wollte Jayla nicht mit seiner Liebe erdrücken. Während das Bad einlief, duschte er kurz. Als er mit einem Handtuch um die Hüften und Schmerztabletten in der Hand ins Schlafzimmer zurückkehrte, saß Jayla auf der Bettkante. Sie hatte ein Laken um sich geschlungen.

»Ich bringe dir eins von meinen T-Shirts mit, dann musst du dich nicht immer in Laken wickeln.«

Sie errötete.

»Darf ich dich daran erinnern, dass ich dich schon nackt gesehen habe?«

»Ich weiß. Aber es ist merkwürdig. Ich meine, wie du aussiehst, wusste ich schon immer. Aber jetzt weiß ich, wie alles an dir aussieht.« Ihre Wangen färbten sich noch dunkler.

Er hob ihr Kinn und schaute ihr in die Augen. »Und wie wir schmecken, wissen wir inzwischen auch ganz genau.« Sie schlug die Augen nieder und er musste sie einfach küssen. »Du bist so unfassbar süß. Wenn deine Schulter nicht wäre, würde ich dich aufs Bett werfen und mir ein Dessert genehmigen.«

Sie gab ihm einen spielerischen Schubs. »Rush.«

»Was ist? Ich bin bloß ehrlich.« Er drückte ihr die Schmerztabletten in die Hand und ging in die Küche, um ein Glas Wasser zu holen. »Bist du sicher, dass du nichts Stärkeres willst?«

»Nein. Schon gut.«

Er hob seinen Slip vom Boden auf und reichte ihr das Wasserglas, bevor er das Handtuch fallen ließ und in die Hose stieg. Jaylas Blick wanderte über seinen muskulösen Körper. Ihre Mundwinkel kräuselten sich nach oben.

»Vorsicht. Schau mich lieber nicht so an.«

»Komm her.« Sie spülte die Tabletten mit dem Wasser

hinunter und stellte das Glas auf den Nachttisch.

Rush ging vor ihr in die Hocke, damit sie sich in die Augen schauen konnten. Eine volle Minute lang sah Jayla ihn einfach nur an. Sie neigte den Kopf auf eine Seite, dann auf die andere. Sie fuhr mit den Fingerspitzen die Tätowierungen auf seinem linken Oberarm nach und zog die Brauen zusammen. Schließlich legte sie seufzend eine Hand an seine Wange.

»Der Coach sagt, ich muss ans Team denken. Falls ich mir den Sieg nicht zutraue, soll ich meinen Startplatz einer anderen überlassen.«

»Das ist gequirlter Bockmist. Wie kann er so was sagen? Wenn du dich fit fühlst, trittst du auch an.« Der Mann in Rush reagierte schneller, als der Sportler oder der Freund in ihm es konnten. Und der Mann in Rush ließ sich nur ungern etwas vorschreiben, auch wenn die Vorschrift sein Mädchen betraf.

»Und wenn er recht hat?« Jaylas Stimme klang dünn und brüchig.

Rush dachte nach. In der Stille hörte er das Geräusch des fließenden Wassers. »Augenblick.« Er eilte ins Bad, drehte den Hahn ab und brachte Jayla ein Duschtuch.

»Bitte sehr, du schüchterne Schönheit. Leg dich in die Wanne und gönn deinen Muskeln ein bisschen Entspannung, während wir uns gemeinsam Gedanken machen.«

Sie klemmte sich das Laken unter einen Arm und schob das Duschtuch darunter. Ihr nackter Körper war nur eine Sekunde lang zu sehen, als das Laken aufs Bett fiel und sie aufstand, bevor das Duschtuch richtig saß.

»Wie muss ich mir das vorstellen? Wir schlafen miteinander und danach darf ich dich nicht mehr nackt sehen? Falls das dein Plan sein sollte, brauchen wir einen neuen.«

Lachend ging sie an ihm vorbei zum Badezimmer. In dem

flauschigen weißen Duschtuch, das ihr nur knapp bis über den Hintern reichte, sah sie einfach zum Anbeißen aus. Das Badezimmer war warm vom Wasserdampf, und als sie das Tuch aufs Waschbecken legte und in die Wanne stieg, fiel Rush auf, dass er sie anstarrte. Er wandte sich ab.

»Umdrehen musst du dich nicht.«

Mit einem breiten Grinsen drehte er sich wieder zu ihr. »Wirklich? Ich darf mir die Nackte-Jayla-Show anschauen?« Ein langer Blick und er wurde wieder hart.

Sie nickte.

Er zeigte auf die Beule in seinem Slip. »Vielleicht wäre ein Guckverbot doch keine schlechte Idee.« Er holte sich seine Hose und stieg hinein, dann lehnte er sich an den Türrahmen. Den Sicherheitsabstand hielt er ein, damit er sich hoffentlich auf etwas anderes konzentrieren konnte als auf den dringenden Wunsch, sie wieder anzufassen. »Sorry. Und wie denkst *du* über einen Start beim Rennen?«

»Ich möchte unbedingt antreten. Das wünsche ich mir mindestens so sehr wie den nächsten Atemzug.«

Rush kreuzte die Fußknöchel. »Okay. Dann sagen wir das dem Coach.«

Jayla legte den Kopf zurück. Beim Anblick ihres langen, anmutigen Halses durchjagte ihn ein neuer Hitzestrahl. Dass sein Körper so ungewohnt heftig reagierte, überraschte ihn. Und zugleich bestätigte es, was er bereits wusste. Er hatte seine Gefühle für Jayla viel zu lange verdrängt. Doch bis vor Kurzem war er noch nicht in der Lage gewesen, mit ihnen umzugehen und ihnen nachzugeben.

Sie drehte sich mit einem unsicheren Lächeln zu ihm.

So viele Schritte Abstand von ihr zu halten, wurde zur Qual. Er kniete sich neben die Wanne, tauchte einen Waschlappen ins

Wasser und begann, Jayla behutsam und zärtlich zu waschen. Das hatte er noch nie mit einer Frau gemacht, aber bei Jayla kam der Wunsch danach ganz von selbst. Mit geschlossenen Augen lag sie in der Wanne, während er mit ruhigen Bewegungen ihre Arme, ihre Brust und ihre Schultern wusch.

»Ich frage mich, ob das der Mannschaft gegenüber fair ist«, sagte sie schließlich.

»Als Mannschaftsmitglied würde ich dem Trainer vielleicht recht geben. Aber als dein *bester* Freund will ich hinter dir stehen und dir sagen, du sollst antreten, wenn du es dir so sehr wünschst. Als dein *fester* Freund wiederum möchte ich dich auf dem schnellsten Weg zum Arzt bringen und rausfinden, was wirklich los ist. Du bist die beste Skifahrerin, die ich kenne.« Er wusch ohne Hast ihre Beine. »Aber du versuchst, eine Entscheidung zu treffen, für die dir handfeste Informationen fehlen. Warum gehst du nicht zum Mannschaftsarzt und lässt untersuchen, wie schlimm die Verletzung wirklich ist? Auf dieser Grundlage könntest du einen fundierteren Entschluss fassen und wüsstest, ob es sich wieder um einen Riss handelt oder vielleicht um etwas ganz anderes.«

Sie wandte sich ab und er legte den Lappen auf den Rand der Wanne.

»Jetzt mal ehrlich, Baby. Wie schlimm tut es weh? Auf einer Skala von eins bis zehn?« Er griff ins Wasser und nahm ihre Hand in seine. Jede Sekunde ihres Schweigens war voller Was-wäre-wenn-Fragen und Worst-Case-Szenarien. Sie schien nicht antworten zu wollen, und er wusste, dass es keinen Sinn hatte, sie zu drängen. »Es ist deine Entscheidung, und ich unterstütze dich, was immer du tust.«

Ihr Blick suchte seinen. »Ich bin keine, die aufgibt.«

»Das weiß jeder, der dich kennt.«

»Ich schaffe das. Ich will es. Selbst wenn ich am Ende nicht ganz oben auf dem Treppchen stehe. Ich muss es versuchen. Ich bin nicht so weit gekommen, um jetzt wegen ein paar Schmerzen alles hinzuschmeißen.«

Diese Entscheidung mitzutragen, brachte ihn fast um. Doch wie Leistungssportler tickten, wusste er selbst am besten. An Jaylas Stelle hätte er genauso gedacht wie sie. »Dann lass es krachen.«

Sie nickte. »Okay.«

Ein letztes Mal musste er es trotzdem noch versuchen. »Okay. Aber willst du nicht doch vorher mit dem Arzt sprechen, um eine bessere Vorstellung ...«

»Nein. Auf keinen Fall. Wenn er glaubt, dass ich mit den Schmerzen nicht klarkomme, lässt er mich nicht antreten.« Sie setzte sich auf und hob das Kinn. »Aber ich komme klar. Hundertprozentig.«

»Das weiß ich.«

Sie runzelte die Stirn. »Ich glaube, jetzt brauche ich eine Pizza.«

»Und Gummibärchen.«

»Definitiv.«

»Das lässt sich einrichten.«

Dreiundzwanzig

Zwei Stunden später saßen sie eng aneinandergekuschelt auf Jaylas Couch und schauten sich *Dirty Dancing* an. Auf dem Couchtisch lag neben der leeren Pizzaschachtel eine halbleere Tüte Gummibärchen und in einem Weinglas auf dem Beistelltisch dümpelte noch ein kleiner Rest Hawaii-Fruchtpunsch.

»Ich liebe Patrick Swayze.« Jayla schmiegte wohlig ihren Rücken an Rush. Sie hatte die Beine auf der Couch ausgestreckt, sein Arm lag über ihrer Brust. Rush hatte die Füße gegen den Couchtisch gestützt und Jayla fuhr mit der Fingerspitze die Naht seiner Jeans nach. »Er ist das perfekte Paket. Ein brandheißer und doch sehr sensibler Bad Boy.«

»Und was bin ich? Gehackte Leber?«

Ihren Geliebten neckte sie noch viel lieber als ihren besten Freund. »Hmm …« Jayla betrachtete seine Füße und tippte sich ans Kinn. »Mal überlegen. Puschelhausschuhe und du schaust mit mir *Dirty Dancing*.« Sie richtete sich ein wenig auf, drehte sich zu ihm, stützte sich auf die linke Hand und fixierte sein eng anliegendes T-Shirt. »Ein recht erträglicher Anblick.« Scheinbar nachdenklich strich sie über sein Oberarm-Tattoo. »Scharfes Teil, ohne Frage.« Wie prüfend berührte sie sein Kinn. »Und die Stoppeln sind ausgesprochen männlich und sexy.«

Er biss die Zähne zusammen und sie tippte an seinen zuckenden Kiefermuskel. »Und dann diese Eifersucht. Heiß! Definitiv heiß!«

Er antwortete mit einem tiefen, sinnlichen Kuss und brachte damit wieder einmal ihre Welt ins Trudeln.

»Definitiv heiß«, wiederholte sie flüsternd.

»Freches Mädchen.«

Rushs Telefon klingelte, und sie starrten es an, als wäre es von einem anderen Stern gefallen.

»Wer ruft denn um diese Zeit noch an?« Rush angelte es vom Couchtisch. »Es ist Jack«, sagte er zu Jayla. »Hey, Mann. Alles in Ordnung?«

Jayla zeigte auf das Fernsehbild. *Pause?*, formte sie mit den Lippen.

Rush nickte und sie drückte auf die Taste.

»Das wäre fantastisch. Ja.« Er hörte zu. »Warum bist du so spät noch wach?« Er schaute Jayla an und formte mit den Lippen: *Alles in Ordnung.* »Oh. Nein, kein Problem. Ich schaue mir gerade mit Jayla einen Film an.« Er hörte wieder zu. »Hm-hm. Ich kann noch nicht … Ja. Hm-hm. Okay.« Er ließ das Telefon kurz sinken und sagte zu Jayla: »Ein paar von meinen Verwandten kommen am Samstag zum Rennen.«

»Prima.« Jayla fand es großartig, wie man einander in Rushs Familie gegenseitig unterstützte. Sie freute sich auf die Remingtons. Während er sich verabschiedete, begann ihr Magen wieder nervös zu flattern.

»Alles klar. Jap. Bis bald, Bruderherz.« Rush legte das Telefon auf den Tisch. »Sieht ganz nach einem kleinen Familientreffen aus. Kurt fährt am Wochenende zu einer Signierstunde nicht allzu weit von hier und kommt danach her.

Siena und ihr Cash besuchen seinen Bruder in Allure. Sie sind also gleich um die Ecke. Und Jack packt außer Savannah noch meine Eltern in seinen Flieger. Dex und Ellie haben leider irgendeinen Termin und können nicht kommen. Sage und Kate sind geschäftlich in Südafrika, aber Jack und die anderen freuen sich auf dich.«

»Ich freue mich auch. Ich liebe deine Familie, aber …«

»Aber wie werden sie reagieren, wenn sie erfahren, dass wir ein Paar sind?«

Sie griff nach den Gummibärchen und er drückte ihren Rücken wieder an seine Brust.

»Meine Familie mochte dich schon immer sehr gern. Und wenn ich glücklich bin, sind sie es auch.« Er küsste sie aufs Haar.

Sie warf sich ein Bärchen in den Mund. »Ja. Aber was ist, wenn ich wegen meiner Verletzung das Rennen vergeige?« Das auszusprechen, fiel ihr jetzt etwas leichter als beim letzten Mal. »Du hast dich in eine Olympiasiegerin verliebt. Was werden sie denken, wenn ich mich vom Spitzensport verabschieden muss? Oh Gott, Rush, was wirst *du* denken? Dann bin ich Schnee von gestern. Geschichte.«

Sie legte die Tüte auf die Couch. Er angelte sich ein Gummibärchen, steckte es sich zwischen die Zähne und beugte sich zu ihr. Sie musste lachen. Wie er versuchte, ihre dunklen Gedanken zu vertreiben, war so unglaublich lieb.

»Du weißt, dass du mich willst«, nuschelte er grinsend um das Bärchen herum.

Sie legte die Lippen an seine und er schob es ihr in den Mund.

»Es gibt viele Wege, dich zu verführen.« Während sie das köstliche süße Ding zerkaute, drückte er ihr einen Kuss auf die

Lippen.

»Ich bin ziemlich sicher, dass ich längst in dich verliebt war, als du die Goldmedaille gewonnen hast. Und falls du glaubst, ich hätte mich *wegen* der Medaille in dich verliebt, warum hätte ich es dann noch zwei Jahre lang für mich behalten sollen?«

»Weil du nicht kapiert hast, was mit dir los ist.«

»Das stimmt allerdings. Wie sehr ich dich liebe, habe ich erst vor etwa einem Jahr gemerkt. Aber ich habe mein Herz an Jayla Stone verloren. Und ob du nun bei den Olympischen Spielen antrittst, als Skilehrerin arbeitest oder ein gummibärchenverrücktes Skihäschen sein möchtest, macht für mich keinen Unterschied. Ich liebe, wer du bist, nicht, was du tust.«

»Keinen Unterschied? Und wenn ich ein Skihäschen ohne Pantys wäre?« Sie hörte, wie sein Atem sich beschleunigte. »Mit Gummibärchen kannst du mein Herz gewinnen. Aber ich glaube, inzwischen weiß ich ganz gut, womit ich *dein* Herz erfreuen kann.«

»Babe, das Organ, das sich angesprochen fühlt, wenn du deine Pantys ausziehst, sitzt deutlich tiefer als mein Herz.«

Sie schob eine Hand an seinen Hinterkopf, fand den perfekten Platz an seinem kurzen Haar und drückte den kleinen Finger an die weiche Haut in seinem Nacken. Sie liebte das. Ihn. Und dass sie waren, was sie immer gewesen waren. Nur mehr.

Sie küsste ihn und versuchte, nicht darauf zu achten, wie ihre Sorgen stachelige kleine Tentakel um ihre Nerven schlangen.

Vierundzwanzig

Am nächsten Morgen saßen Rush und Jayla um halb sechs gemeinsam in einem Liftsessel. Im Sessel hinter ihnen fuhren Cliff und Patrick auf den Berg. Der auffrischende Wind ließ die Kälte noch bitterer erscheinen. Es war, als klammerte die Nacht sich an den Gipfeln fest und als wollte der Himmel mit seinem Grau die Sonne am Aufgehen hindern.

»Bist du sicher, dass du jetzt trainieren möchtest?«, fragte Rush.

Jayla stieß den Atem aus. Er stand als wattige weiße Wolke vor ihrem Mund. »Das hast du mich schon vier Mal gefragt. Glaubst du, ich kehre jetzt noch um?«

Dass sie nicht umkehren würde, wusste er sehr gut. Doch weil er sie liebte, fiel es ihm schwer, sie gewähren zu lassen. Schon beim Anziehen hatte sie immer wieder das Gesicht verzogen und war ein paarmal vor Schmerzen zusammengezuckt. Und dann wieder, als sie sich die Skier angeschnallt hatte. Diese Frau war so verdammt stur, dass er sie am liebsten schütteln wollte. Gleichzeitig war er ungeheuer stolz auf sie.

»Nein. Aber ich möchte dich auf die Möglichkeit aufmerksam machen.« Er küsste sie auf die Schläfe.

Sie drehte den Kopf und schaute ihn an. Mit der schwarzen Sturmhaube, die fast ihr ganzes Gesicht bedeckte, sah sie ein bisschen wie ein arktischer Bankräuber aus. Die Haube ließ nur ihre schönen und im Augenblick sehr herausfordernd funkelnden Augen frei.

»Dass wir zusammen abhängen, ist für Cliff und Patrick der Normalzustand. Daran sind sie gewöhnt. Aber Küsse werden ihnen auffallen. Meinst du nicht?«

Er zog die Haube von ihrem Mund weg und küsste sie erneut. »Das ist mir egal. Der Trainer weiß Bescheid oder hat zumindest einen starken Verdacht. Und was die anderen denken, ist nicht wichtig.«

Kleine Fältchen erschienen in ihren Augenwinkeln und verrieten ihm, dass sie lächelte.

Beim Aussteigen beobachtete er sie aufmerksam. Dass sie sich leicht nach links lehnte, fiel nur auf, wenn man genau hinschaute. Doch wer Bescheid wusste, konnte die Schonhaltung kaum übersehen. Seine Eingeweide zogen sich zusammen.

Patrick fuhr neben ihn. »Was war das denn?«

Rush rückte seine Skibrille zurecht. »Was war was?«

»Das Geschnäbel im Lift.«

Rush spannte den Kiefer und warf Patrick einen warnenden Achtung-ganz-dünnes-Eis-Blick zu. »Genau das, was du denkst.«

»Und was ist mit deiner Null-Pussy-während-der-Saison-Regel?«

Sein Beschützerinstinkt und seine Frustration über Jaylas Entscheidung, das Rennen zu fahren, ließen Rushs Hand reflexartig an Patricks Kragen schnellen. Zwischen seinen zusammengebissenen Zähnen hindurch zischte er: »Rede niemals so über Jayla. Verstanden?«

Patrick fiel kurz die Kinnlade herunter. Unwirsch versuchte er, sich loszureißen. »Hey. Was soll das? Sorry, Mann.«

Rush ließ ihn los, starrte ihm aber weiterhin düster ins Gesicht. Das Herz schlug ihm bis zum Hals. Seine heftige Reaktion hatte selbst ihn ein wenig überrascht. Schließlich hatte Patrick sich einfach so benommen wie immer. Doch sobald es um Jayla ging, konnte Rush seine Gefühle nur schwer lenken.

Das Morgenlicht kroch über die Berge und fiel endlich auch auf die Piste. Der Anblick bescherte ihm einen Adrenalinstoß. Schweiß brach ihm aus den Poren. Er schaute zu, wie Jayla sich von der Kuppe abstieß. Ihre Haltung war perfekt, ihr Tempo von der ersten Sekunde an atemberaubend. Trotzdem machte er sich höllische Sorgen um sie. Mit einigem Abstand fuhr er hinter ihr her und analysierte jede ihrer Bewegungen. Ihre Schonhaltung schien wie weggewischt. Jayla flog mit Lichtgeschwindigkeit den Hang hinunter. Froh, dass sie so gut zurechtkam, überließ er seinem Körper das Kommando und jagte an ihr vorbei, um den Rest der Abfahrt so gut wie möglich für sein Training zu nutzen.

Unten wartete er auf sie. Gemeinsam stiegen sie wieder in den Lift.

»Wie geht's deiner Schulter?«

»Ganz gut. Cliff hat gefragt, ob wir zusammen sind.« Jayla rückte dichter an ihn heran.

»Und?«

»Ich habe ihm gesagt, ich wollte mich nur persönlich davon überzeugen, dass ihr Jungs von der Herrenmannschaft wirklich so gut bestückt seid, wie allseits behauptet wird.« Sie schmiegte den Kopf an seine Schulter.

Er lachte. »Na dann. Diesen Wettkampf gewinne ich

locker.«

»Ein Hoch auf dein Ego.«

»Irgendwer muss es ja tätscheln.« Er dachte daran, wie sie nach der Abfahrt ihre Skibrille auf die Stirn geschoben und den leidenschaftlich entschlossenen Blick zurück auf die Piste geworfen hatte, den er seit Jahren von ihr kannte. *Gott, ich liebe dich.* Die Außenseiten ihrer Oberschenkel berührten sich auf ganzer Länge, und zum tausendsten Mal wünschte er sich, Jayla würde zum Arzt gehen. Größer war im Augenblick nur sein Wunsch, das wäre gar nicht nötig.

Fünfundzwanzig

Während Rush im Kraftraum seine Muskeln stählte, las Jayla die neuen Nachrichten auf ihrem Telefon. Eine kam von ihrer Schwester Jennifer, die andere von ihrem Bruder Jace. Jace besaß eine Reihe von Motorradgeschäften in verschiedenen Bundesstaaten und war außerdem, wenn auch angeblich nur zum Spaß, ein begnadeter Tätowierer. Mit seinen fast eins fünfundneunzig konnte man ihn getrost als imposante Erscheinung bezeichnen. Dazu trugen auch sein verwegener Kinnbart und seine geliebte Lederjacke bei. Für Jayla war er ihr manchmal nerviger, aber lustiger und viel zu schlauer ältester Bruder, der immer zu ihr stand. Selbst wenn viele hundert Meilen sie trennten. Er war keiner, der ihr mit seinem Beschützerinstinkt auf die Nerven ging, ständig über sie wachte oder ihr zu nahe auf die Pelle rückte. Aber wenn sie ihn brauchte, konnte sie auf ihn zählen. Weshalb er ihr um vier Uhr morgens eine Nachricht geschickt hatte, war ihr allerdings schleierhaft.

Schon die leichte Daumenbewegung beim Scrollen jagte Schmerzen durch ihren ganzen Arm. Verdammt. Sie wusste, dass sie an ihre Grenzen ging, vielleicht sogar darüber. Aber wenn sie es nur irgendwie durch den Samstag schaffte …

Seufzend las sie zuerst die Nachricht von Jennifer.

Bereit für ein Geständnis?

Jayla lachte. Auf Jen war Verlass. Ablenkungs- und Ausweichmanöver durchschaute sie sofort. Sie schrieb eine Antwort. *Rush & Jayla. Er ist noch himmlischer, als ich dachte. Viel Spaß beim Kopfkino. Wir reden später. Muss gleich zum Workshop.*

Eilig las sie die Nachricht von Jace. Die Zeit raste nur so dahin und sie musste dringend noch ihre Schulterübungen machen.

Rate, wo ich bin. Typisch Jace. Er führte ein Leben auf der Überholspur und seine Nachrichten waren manchmal so mysteriös wie seine Tattoos. Wochenlang hatte sie nichts von ihm gehört, und bei ihrem letzten Gespräch hatte er ihr von einem Motorrad vorgeschwärmt, das er gerade baute. Er hatte ihr sämtliche Details und technischen Finessen so übergenau erklärt, dass sie irgendwann nur noch mit einem Ohr zugehört hatte. Typisch Jace. Wenn ihn etwas begeisterte, gab es kein Halten.

Sie schrieb zurück.

Späte Antwort. Sorry. War auf der Piste. Bist du in L.A.?

Sie legte das Telefon aufs Bett und begann mit den Übungen. Als sie versuchte, den Arm leicht über Brusthöhe zu heben, protestierte ihre Schulter heftig. Vorsichtig machte sie ein paar andere Bewegungen und löste damit jedes Mal denselben rasenden Schmerz aus. Schließlich gab sie auf, setzte sich auf die Bettkante und fragte sich düster, weshalb ihr Körper ihre Bemühungen torpedierte.

Ihr Telefon vibrierte. Jace hatte zurückgeschrieben. *New Mexico. Eröffne gerade neue Geschäfte. Rate, wo ich morgen bin.*

Jayla verdrehte die Augen und tippte. *Wo?*

Dann holte sie tief Luft und nahm die Schultern zurück. »Ich fahre das Rennen«, sagte sie zu dem leeren Zimmer. »Ich fahre es, verdammt.« *Und dann gehe ich zum Arzt.*

Ihr Telefon machte sich erneut bemerkbar. Jaces Antwort war da. *In Colorado. Ich komme dich anfeuern.*

Trotz der Schulterschmerzen musste sie lächeln. Das einzige Rennen, bei dem er in dieser Saison live dabei sein würde, würde ausgerechnet ihr schlechtestes werden. Sie schrieb zurück. *Jippiiie! Muss jetzt los. Gebe einen Ski-Workshop. Schreib mir, wenn du hier bist.*

Die Antwort kam sofort. *Komme erst kurz vor dem Rennen an. Wir sehen uns danach. Hab dich lieb. Viel Erfolg!*

Sie überlegte, ob sie Jace gleich verraten sollte, dass sie mit Rush zusammen war. Jace kannte Rush gut und mochte ihn. Aber er kannte auch Rushs wilde Vergangenheit. Würde er ihn als festen Freund seiner jüngsten Schwester immer noch mögen? Sie beschloss, die Neuigkeiten lieber noch für sich zu behalten. Im Augenblick hatte sie schon genug Probleme. *Hab dich auch lieb. Freu mich auf dich. XOX*, schrieb sie zurück.

Gedankenverloren stieß sie sich mit der rechten Hand vom Bett ab. Ein versengender Schmerz durchjagte ihren Arm.

Direkt nach dem Rennen gehe ich zum Arzt.

Sie ging ins Badezimmer, griff nach einem Waschlappen und verzog das Gesicht.

Sobald ich die Skier von den Füßen habe.

Im Lauf des Tages wurde das dumpfe Pochen in Jaylas Schulter und in ihrem Arm fast unerträglich. Vor dem letzten Workshop nahm sie vorsichtshalber noch ein paar Schmerztabletten. Rush nutzte die kurze Pause zwischen den Kursen, um sich etwas zu essen zu holen, und sie wappnete sich, denn Coach Cunningham steuerte mit kritischem Blick auf sie zu.

»Wie kommst du klar?« Er schaute ihr fest ins Gesicht.

»Gut. Prima.« *Mal abgesehen davon, dass mein Arm sich anfühlt, als wollte er auf der Stelle abfallen.*

»Schön. Aber das letzte Rennen sausenzulassen, um dich auf die nächste Saison vorzubereiten, wäre nicht das Ende der Welt. Das ist dir klar, oder?«

»Es ist alles in Ordnung, Coach. Ich fahre das Rennen und hinterher tue ich alles, was nötig ist.«

Der Trainer kniff die Augen zusammen. »Deine Entscheidung. Den Startplatz hast du sicher. Es sei denn, ich sehe, dass es keinen Sinn hat. Oder ich höre dich oder einen Arzt sagen, dass du es lieber lassen solltest.«

Der Schmerz erinnerte sie ständig an das, was sie unbedingt verdrängen wollte. »Danke.« Sie sah Rush zurückkommen.

Der Coach schaute ihm entgegen. »Ich nehme mal an, Rush hat dir von der Sache mit dieser Baker erzählt.«

»Von welcher Sache?« Schon beim Gedanken an Suzies Mutter zog sich Jaylas Magen zusammen.

Der Coach hob eine Braue. »Er hat dir nichts gesagt?«

Jayla wurde flau. Hatte diese Kelly Baker etwas getan, was für sie oder Rush Ärger bedeuten konnte? Sie vertraute Rush. Trotzdem konnte sie nicht verhindern, dass ihre Gedanken den alten, ausgetretenen Pfad einschlugen, den sie eigentlich hinter sich hatte lassen wollen. Welche Verbindung gab es zwischen Rush und Kelly? Jayla wehrte sich gegen diese Frage.

»Hey.« Rushs Blick flog zwischen Jayla und dem Coach hin und her.

»Coach Cunningham hat mich gerade gefragt, ob du mit mir über Suzies Mutter gesprochen hast.« Sie gab sich Mühe, weder vorwurfsvoll noch ärgerlich zu klingen. Doch als Rushs Lächeln in sich zusammenfiel, bezweifelte sie, dass ihr das gelungen war.

Sein Blick schoss zurück zum Coach, dann zu ihr. Sein Mund zuckte.

Jayla hatte plötzlich Angst, ihr könnte übel werden.

»Coach?« Rush legte ihr eine Hand ins Kreuz. Doch mit einem kleinen Schritt nach vorn sorgte sie dafür, dass die Hand von ihr abglitt. Er warf ihr einen verwirrten und verräterisch zerknirschten Blick zu.

»Kann jemand …« Hilfesuchend sah sie den Trainer an. »Was ist eigentlich los?«

Coach Cunningham zeigte auf Rush, dann schüttelte er den Kopf.

»Erinnerst du dich daran, Jayla, wie ich Kelly gesagt habe, ich hätte kein Interesse?«

Wie könnte ich das vergessen? »Ja.« Kalter Schweiß brach ihr aus den Poren.

»Sie hat sich beschwert.« Erneut warf Rush dem Coach einen Blick zu. »Allerdings über dich.«

Mit dieser Antwort hatte Jayla nicht gerechnet. Im ersten Moment war sie erleichtert, doch das Gefühl hielt nur eine Sekunde lang an. »Über mich?« Die Frage war beinahe ein Aufschrei. »Wie bitte? Weshalb?«

»Weil sie völlig plemplem ist. Ich nehme an, sie will sich an mir rächen, indem sie über dich herzieht.« Seufzend fuhr er sich mit der Hand durchs Haar. »Du und ich, wir sind nach dem Gespräch mit ihr Arm in Arm weggegangen. Erinnerst du dich?«

»Was ... Coach?«

Coach Cunningham schüttelte den Kopf. »Blöde Sache.« Er musterte Rush mit zusammengekniffenen Augen. »Aber keine Sorge, Jayla. Ich weiß, dass das alles mehr mit Rush zu tun hat als mit dir.«

Sie machte einen weiteren Schritt von Rush weg.

»Ich habe nichts verkehrt gemacht, Jayla.«

»Stimmt.« Coach Cunningham rieb sich das Gesicht. »Ausnahmsweise hast du mal das Richtige getan, als eine Frau sich dir an den Hals geworfen hat. Allerdings hast du dir wohl die Falsche ausgesucht.« Mit einem ungewöhnlich mitfühlenden Blick drehte der Trainer sich wieder zu Jayla. »Nimm dir diesen Mist nicht zu Herzen. Ursprünglich wollte ich dich nicht damit behelligen, weil du im Moment andere Probleme hast. Aber inzwischen denke ich, du solltest es wissen. Nur für den Fall, dass sie sich noch irgendwas ausdenkt.«

Ärger kochte ihn ihr hoch. »Danke, Coach. Und was soll ich jetzt machen? Und worüber hat sie sich überhaupt beschwert?« Ein paar Schritte entfernt machten sich die Jugendlichen für den Workshop fertig. Am Rand der Piste standen ihre Eltern, unter ihnen die blonde Hexe, die ihr eins auswischen wollte. Ihr und Rush.

»Pillepalle. Sie hat Zweifel an deiner Eignung als Skilehrerin. Was natürlich Quatsch ist. Und was ihr jetzt machen sollt?« Der Coach schaute Rush in die Augen. »Du hältst dich von ihr und ihrer Tochter fern. Verstanden? Weiß der Geier, welcher Quatsch dieser Irren einfällt. Und jetzt, wo die Medienleute hier einschweben, brauchen wir Ärger so dringend wie eine Hitzewelle.« Der Coach drehte sich zu Jayla. »Jayla, du machst alles so wie immer. Ihr seid beide prima Skilehrer, und mit den Jugendlichen zu arbeiten, war eine gute

Sache.« Er schaute zwischen ihnen hin und her. »Und falls aus eurer alten Freundschaft inzwischen mehr geworden ist, verdammt, dann seht zu, dass ihr euch beim Training aufs Skifahren konzentriert. Kein Streit, keine Dramen. Verstanden?«

»Verstanden«, antworteten sie wie aus einem Mund.

Mit einem kurzen Nicken ließ der Coach sie stehen.

Jayla hatte das Gefühl, dass ihr vor lauter unterdrücktem Zorn Dampf aus den Ohren stieg, während sie und Rush sich die Skier anschnallten.

»Ich hätte es dir sagen sollen, aber gestern Abend waren wir ziemlich abgelenkt. Und dann deine Schulter. Ich dachte …«

»Hör auf. Okay. Im Moment kann ich nicht mal darüber nachdenken.« Jayla kämpfte mit ihrer Ausrüstung. Sie mit der linken Hand anzulegen, war nicht leicht. Jeder Muskel in ihrem Körper war zum Zerreißen gespannt, ihre Nerven prickelten unangenehm, und ihre gottverdammte rechte Seite fühlte sich von der Schulter bis zu den Rippen an, als wäre sie von der Piste abgekommen und direkt in einen Baum gerast.

»Jayla …«

Sie stieß frustriert den Atem aus. »Pass auf, ich weiß, du hast es für dich behalten, um mir nicht noch mehr Stress zu bereiten. Das habe ich verstanden, okay? Aber bei deiner Vergangenheit kann es keine Geheimnisse zwischen uns geben. Niemals. Nicht um mich zu schützen, nicht um dich zu schützen. Und auch nicht, um uns als Paar zu schützen.«

»Das sehe ich genauso, aber …«

Endlich saß ihre Ausrüstung korrekt. Sie richtete sich auf. »Kein Aber. Ich vertraue deinen Gefühlen für mich. Und ich habe immer geglaubt, dass du schonungslos ehrlich bist. Du hast mir sogar Dinge erzählt, die ich eigentlich gar nicht wissen wollte, wie damals, als du während der Fahrt auf irgendeinem Highway auf dem Rücksitz eines Pick-ups eine Frau flachgelegt hast.«

Er fuhr sich mit der Hand übers Gesicht. In seinen Augen lagen Kummer und vielleicht sogar Scham.

»Aber dass du mir von Kelly Bakers Anschuldigungen nichts gesagt hast, bringt mich ins Grübeln. Vielleicht habe ich nur gedacht, du wärest ehrlich zu mir. Vielleicht gibt es noch andere Dinge, die du mir verschweigst. Und das will ich mir nicht mal vorstellen.«

»Jayla, es gibt nichts. Überhaupt nichts. Das muss dir doch klar sein.«

»Eigentlich ja. Aber hör auf, mich zu beglucken. Ich bin eine erwachsene Frau, kein Kind. Und was ich ganz und gar nicht brauche, ist ein Mann, der mich behandelt, als käme ich mit irgendwas nicht klar.« Sie machte sich auf den Weg zu den Jugendlichen, blieb unterwegs noch einmal kurz stehen und atmete tief durch. Dass Rush sie schützen wollte, tat ihr einerseits gut. Gleichzeitig ging ihr furchtbar gegen den Strich, dass er glaubte, das wäre notwendig. Sie hatte überreagiert. Die Schulterschmerzen, vor denen niemand sie schützen konnte, nicht einmal Rush, hatten dafür gesorgt. Wie schlimm sie wirklich waren, musste weiterhin ihr Geheimnis bleiben. Auch sie war also nicht hundertprozentig ehrlich. Sofort bekam sie ein schlechtes Gewissen.

Rush war stinksauer wegen Kelly Bakers Intrige. Dass sie erreicht hatte, was sie wollte, machte ihn noch wütender. *Meine*

Freundin schlechtmachen, um mich zu treffen. Warum kämpften manche Weiber mit solchen Waffen? Er weinte einer Frau, die ihn nicht wollte, keine einzige Träne nach. Wozu Zeit und Energie verschwenden? Rush schaute zu, wie Jayla mit den Jugendlichen das Aufstehen nach einem Sturz übte, und musste sich eingestehen, dass er leiden würde wie ein verlorenes Kind, falls Jayla ihn je wirklich zurückwies. Um sie würde er kämpfen wie ein Löwe. Im Moment zeigte sie ihm die kalte Schulter, aber sicher kam bald wieder alles in Ordnung. Trotzdem platzte er fast vor Zorn, dass Kelly wegen des Korbs, den er ihr gegeben hatte, ihr Gift gegen Jayla versprühte.

Er schaffte es durch den Workshop, ohne sich allzu viel anmerken zu lassen. Vor der letzten Abfahrt mit den Jugendlichen fuhr er zu Jayla.

»Hey, es tut mir wirklich leid. Ich wollte nur alles richtig machen.«

Sie hielt beide Stöcke in der linken Hand und schaute zu, wie sich die Gruppe auf der Hügelkuppe aufstellte. »Ich weiß.«

Er berührte sie an der rechten Seite und sie schnappte nach Luft. Ihr Gewicht verlagerte sie inzwischen eindeutig fast durchweg auf links. Sie hatte die Zähne aufeinandergebissen und wich seinem Blick aus.

»Hey«, sagte er etwas zu barsch. Sie wollte nicht, dass er sie beschützte. Aber, verdammt noch mal, er konnte nicht anders.

Mit einer scharfen Bewegung drehte sie den Kopf zu ihm und verzog sofort vor Schmerzen das Gesicht.

»Wie schlimm ist es auf einer Skala von eins bis zehn?« Als sie nicht antwortete, wiederholte er die Frage. »Wie schlimm?«

»Ich starte am Samstag.« Zu einer Erwiderung kam er nicht. Sie stieß sich ab und fuhr zu den Jugendlichen.

Am liebsten wäre er ihr hinterhergefahren und hätte ihr

klipp und klar gesagt, dass sie einen gigantischen Fehler machte.

Zu allem Überfluss brachte gerade die Crew eines Nachrichtensenders ganz in der Nähe ihr Equipment in Stellung. Er wollte Jayla darauf aufmerksam machen und suchte Blickkontakt zu ihr. Doch seit dem Gespräch mit dem Coach schaute sie jedes Mal weg, wenn er sie ansah. Dafür bewegte sich Kelly Baker hartnäckig auf seiner Höhe. Wenn er mit den Jugendlichen zum Lift fuhr, marschierte sie auf dem Weg unterhalb der Piste in dieselbe Richtung. Wenn er alle zu einer Erklärung zusammenrief, stapfte sie durch den Schnee und stellte sich dazu. Unauffällig behielt er sie im Auge, damit er ihr immer rechtzeitig ausweichen konnte. Und genau wie Jayla es mit ihm machte, vermied er jeden Blickkontakt mit der Frau wie die Pest.

Rush winkte die Jugendlichen zu sich. Sie standen nun hundertmal sicherer auf den Skiern als zu Beginn der Woche. Dass Jeffrey immer noch Abstand zum Rest der Gruppe hielt, fand er schade. Aber immerhin hatte Suzie sich mit den anderen angefreundet und gierte nicht mehr ununterbrochen nach seiner Aufmerksamkeit. Taylor beugte sich zu Meg und sagte etwas, was Rush nicht hören konnte. Die beiden schauten zu Jeffrey. Rush war nicht in Stimmung für Taylors Mätzchen. Sein Geduldsfaden war ziemlich strapaziert, und Taylor hörte nicht auf, daran zu zerren.

Jayla stellte sich mit Rush vor die Gruppe. Er musterte sie unauffällig. Wieder hielt sie beide Skistöcke in der linken Hand. Den rechten Arm hatte sie abgewinkelt an die Seite gedrückt. Ihr Kiefer war angespannt. Sie hatte eindeutig Schmerzen. Böse, brüllende Schmerzen, die sich nicht verdrängen ließen und das Rennen am Samstag zum Lotteriespiel machten.

Sich auf seine kleine Ansprache an die Jugendlichen zu

konzentrieren, fiel ihm unendlich schwer. »Wir sind sehr stolz auf euch«, begann er. »Ihr habt euch große Mühe gegeben, gut zugehört, gut mitgemacht und viel gelernt. Ab und zu seid ihr gestürzt, aber verletzt hat sich niemand. Ich würde sagen, das ist prima gelaufen und ihr könnt stolz auf euch sein.« Rush schaute zu Jayla und machte eine Pause.

Jayla straffte die Schultern. Alle beide. Das war typisch für sie, doch das Lächeln, mit dem sie die Gruppe ansah, wirkte bemüht.

»Ihr habt eure Sache wirklich prima gemacht. Ich hoffe, ihr werdet den Spaß am Skifahren behalten und eure Technik weiter verfeinern.« Ihre Stimme war leiser als sonst, ihr Atem ging flach.

Ganz offensichtlich war sie immer noch wütend und körperlich litt sie eindeutig Höllenqualen.

Und ich darf dir nicht helfen.

Rush wandte seine Aufmerksamkeit wieder den Jugendlichen zu. »Gibt es noch Fragen?«

»Wer war der Beste in der Gruppe?« Taylor warf Jeffrey einen gehässigen Blick zu.

Rush starrte Taylor eisig an. »Ein Workshop ist kein Wettkampf. Ihr wart alle gut.«

»Aber wenn du Namen nennen müsstest?«, beharrte Taylor.

»Wer es wirklich draufhat, muss so was nicht fragen«, erklärte Jeffrey, bevor Rush etwas sagen konnte. »Nur wer unsicher ist, braucht unbedingt Bestätigung.«

Rush schaute zu Jayla, aber das hätte er sich sparen können. Ihr Blick hing an Kelly Baker, die nur wenige Schritte entfernt stand. Wenn Gefühle Schnee hätten schmelzen können, wäre zwischen den Frauen ein wilder Fluss zu Tal gerauscht und er wäre in den strudelnden Wassern untergegangen.

»Wer hat dich denn irgendwas gefragt?«, blaffte Taylor.

Jeffrey stand mit durchgedrücktem Rücken da. Die Stöcke hielt er fest in den Händen. Er fixierte Taylor, als wäre das sonnenklar. »Keiner. Aber die Antwort musste trotzdem sein.«

Rush wollte Jeffrey am liebsten High fives geben. Aber dass Taylor der Mund offen stehen blieb, war schon Triumph genug.

»Sich ständig mit anderen zu messen, kann zerstörerisch sein«, sagte Jayla zu Rushs Verwunderung. »Um solchen Kram sollte es bei diesem Kurs überhaupt nicht gehen. Ihr habt alle viel gelernt, und wenn ihr in Zukunft auf den Brettern steht, denkt immer daran: Ihr messt euch vor allem mit euch selbst. Und die Hauptsache ist und bleibt, ihr habt Spaß und achtet auf eure Sicherheit.«

Rush lächelte. Vielleicht dachte sie ja doch darüber nach, das letzte Rennen ausfallen zu lassen. Er hoffte es, denn in den vergangenen Stunden hatten der Mannschaftskamerad und der feste Freund in ihm sich geeinigt. Er wollte sie auf dem schnellsten Weg in eine Klinik fahren und herausfinden, was zum Teufel wirklich mit ihrer Schulter los war.

Die Jugendlichen bedankten sich für die Unterrichtsstunden und fuhren zu der Bank am Auslauf der Piste, um ihre Skier abzuschnallen. Als Rush sich zu Jayla umdrehte, war sie verschwunden. Zum Glück stand auch Kelly Baker nicht mehr in der Nähe. Er schaute sich um und entdeckte Suzies Mutter bei den anderen Eltern. Und – *oh Shit* – Jayla war offenbar auf dem Weg zu ihr.

Sechsundzwanzig

Das habe ich nicht verdient. Jayla ließ ihre Skier bei der Bank zurück und stapfte durch den Schnee auf Kelly Baker zu. Sie hatte lange genug mitangesehen, wie diese Frau Rush mit Adleraugen beobachtete, ihm während der Workshops folgte wie ein Welpe und sie gleichzeitig mit gehässigen Blicken bombardierte. *Ich lasse verdammt noch mal nicht zu, dass irgendeine blonde Trulla Lügen über mich verbreitet.* Für den nächsten Gedanken, der ihr durch den Kopf schoss, hasste Jayla sich beinahe. Sie schob ihn auf die furchtbaren Schmerzen und den Kampf mit ihren inneren Dämonen, die sich nicht einig waren, ob sie am Samstag beim Rennen starten sollte oder nicht. Und verdammt, ganz unabhängig davon, drängte sich die Schlussfolgerung geradezu auf: *Wenn Kelly Baker sich mehr mit ihrer Tochter und weniger mit Rush oder Männern im Allgemeinen beschäftigen würde, wäre Suzie vielleicht nicht auf dem besten Weg zu einer Flittchenkarriere.*

Nur etwa zwanzig Schritte trennten sie noch von der Frau und Jayla ging langsamer. Dass die Blondine aus der Nähe noch attraktiver war, stachelte ihre Wut zusätzlich an. Noch ein paar Meter und sie konnte Kellys rotlackierte Nägel bewundern und feststellen, dass ihre Schlangenaugen grün und nicht braun waren, wie sie eigentlich geglaubt hatte. Plötzlich musste sie daran denken, welches Bild die Öffentlichkeit von ihr hatte. Das Gesicht von Dove, eine Inspiration für zahllose junge Frauen. Sie blieb wie festgefroren stehen.

Was mache ich da eigentlich?

Kellys hohe Stimme jagte ihr einen Schauer über den Rücken. »Na ja, Jayla mag Amerikas Liebling sein, aber das bezieht sich nur auf ihr Aussehen, nicht auf ihre Fähigkeiten als Skilehrerin.«

Jayla atmete schwerer. Sie ballte die Hände zu Fäusten und prompt jagte der Schmerz als versengender Blitz durch ihre rechte Seite. In einiger Entfernung sah sie Suzie stehen. Das Mädchen redete mit Taylor und Meg und schaute dabei immer wieder hektisch zu Kelly. Jayla machte einen weiteren Schritt auf die Frau zu, die schamlos Lügen über sie verbreitete.

Kelly warf sich das Haar über die Schulter und starrte ihr ins Gesicht. »Aber Rush Remington?« Die Worte waren an eine andere junge Mutter gerichtet. Gleichzeitig fixierte Kelly Jayla mit zusammengekniffenen Augen. »Also, den Mann würde ich nicht mal von der Bettkante stoßen, wenn er Zwieback bei sich hätte, aber ich frage mich, was will er bloß mit dieser …« Sie riss die Augen auf und tat, als hätte sie Jayla eben erst bemerkt. »Ach du meine Güte, wenn das nicht Rushs Freundin ist.« Sie musterte Jayla von oben bis unten und verzog dabei hämisch den Mund. Dann drehte sie sich wieder zu der anderen Mutter und sagte etwas, was Jayla nicht hören konnte. Die andere Frau ging davon, Kelly fixierte Jayla ungehemmt. Dabei fiel ihre Schönheit von ihr ab wie die zu eng gewordene Haut einer Viper.

Jayla marschierte weiter auf sie zu. *Vielleicht wäre ein Plan keine schlechte Idee gewesen.* Das Telefon in ihrer Tasche vibrierte und lenkte sie einen Moment lang ab. Sie drückte die Handfläche auf die Jacke, um den störenden Ton zum Verstummen zu bringen. Im Augenblick war sie beschäftigt. Leider konnte sie nicht wortwörtlich sagen, was ihr auf der Zunge lag. *Pass mal auf, du Schlampe. Nimm deine Klauen von meinem Kerl, bevor ich sie dir mit den Zähnen rausreiße.* Nein, das würde nicht besonders souverän klingen. Eine Sekunde lang überlegte sie, was Jennifer zu einer Schülerin sagen würde, und wusste plötzlich, wie sie vorgehen konnte.

»Miss Baker, ich höre, Sie haben ein Problem mit meinen Lehrmethoden. Ich habe sehr gewissenhaft mit Suzie gearbeitet und wüsste gern, was Sie zu bemängeln haben.«

Mit einem Lächeln auf den Lippen, als wollte sie Jayla ein Kompliment für ihr Outfit machen, antwortete die Frau: »Vorsicht, Kindchen. Sicher möchten Sie nicht in der Zeitung lesen, dass Amerikas Liebling eine niederträchtige, eifersüchtige Monsterzicke ist, die einer arglosen Ski-Mutter widerliche Dinge an den Kopf wirft.«

»Das werden …«

»Jayla.« Rushs Hand landete auf ihrer Schulter.

Sie wand sich aus seinem Griff, womit sie die nächste Schmerzattacke heraufbeschwor. »Ich komme klar, Rush.«

»Jay …«

Der Zorn wollte sie versengen. Ihre Muskeln spannten sich so heftig, dass es wehtat, sich zu ihm zu drehen und ihn anzusehen.

»Bitte überlass das mir.« In diesem Moment bemerkte sie den Reporter. Gefolgt von einem Kameramann steuerte er mit einem Mikrofon in der Hand auf sie zu. *Grundgütiger.*

»Mom, was machst du denn jetzt schon wieder?« Suzies Stimme holte ihre Aufmerksamkeit zu Kelly zurück.

Suzie. Oh Gott, Suzie.

Suzie stand mit hochrotem Kopf, die Hände in die Hüften gestemmt, zwischen ihr und Kelly. »Was soll das? Kannst du das nicht einfach mal lassen?«

Kelly streckte die Hand nach ihrer Tochter aus, doch Suzie wehrte sie ab.

»Erst steigst du mit meinem Schlittschuhtrainer ins Bett und jetzt machst du hier so einen Aufstand?« Suzie zeigte auf Jayla. Jayla stand da wie ein Eisblock und konnte keinen Finger rühren, geschweige denn etwas sagen. »Die beiden sind geniale Skilehrer. Von ihnen habe ich in den paar Tagen zehnmal mehr gelernt als je von dir.« Damit warf sich Suzie herum und stapfte zum Parkplatz. Kelly eilte hinter ihr her, und Jayla fühlte sich wie eine komplette Idiotin, weil sie sich von der Frau derart hatte provozieren lassen. Eigentlich hatte sie doch ganz andere Probleme.

In der nächsten Sekunde hielt ihr der Reporter das Mikrofon direkt unter die Nase. Sie wich einen halben Schritt zurück, versuchte ein Lächeln und wusste, dass ihr das in ihrer Verwirrung nur halb gelang.

»Jayla, sind Sie in Topform?«, fragte der Reporter.

Jayla war noch viel zu aufgewühlt von dem kurzen unschönen Wortwechsel mit Kelly. Die Kamera erschien ihr viel zu nahe und die Sonne strahlte viel zu grell. Ihr Blick suchte unruhig nach Rush. Definitiv keiner ihrer besseren Momente.

»Ja, ich kann das Rennen kaum erwarten.« Endlich gelang es ihr, in die Kamera zu schauen und zu lächeln. »So wie die gesamte Mannschaft.«

»Welche Gedanken bewegen Sie jetzt, so kurz vor dem Saisonende?«

»Ich freue mich auf ein bisschen mehr Zeit mit meiner

Familie und meinen Freunden. Und ich bin glücklich über unsere Erfolge in den vergangenen Wochen.«

Jayla wandte sich ab, aber Rush war verschwunden. Sie hatte ihn aufgefordert zu gehen und er hatte ihr den Gefallen getan. Sie war wütend auf ihn, auf sich und auf Kelly. Sie machte alles kaputt.

Ihre Seele fühlte sich an, als wollte sie zerbröckeln, und eines wurde ihr plötzlich schmerzlich bewusst: Die Verletzung, die sie fast um den Verstand brachte, tat viel weniger weh als ihr wundes Herz.

Siebenundzwanzig

Verdammter Mist. In einer festen Beziehung zu sein, war tausendmal schwerer, als Rush sich hätte träumen lassen. Wenn er vor einem Monat in eine unschöne Szene zwischen Jayla und Kelly gestolpert wäre, hätte er Jayla kurzerhand erklärt, sie könne nicht bei Trost sein, wenn sie glaubte, er würde sie allein ein Problem klären lassen, das seinetwegen entstanden war. *Kommt gar nicht in die Tüte.* Das hätte er gesagt, anstatt seine schmerzgeplagte Liebste diesen Kampf allein ausfechten zu lassen. Doch er hatte weggehen müssen. Wäre er geblieben, hätte er sich nicht zurückhalten können, und das hätte Jayla ihm anschließend sicher an den Kopf geworfen.

Eine halbe Stunde lang stapfte er rastlos durch den Schnee, überlegte, was er tun sollte und wie er seiner neuen Rolle als fester Freund gerecht werden konnte. Als das nichts half, war er in das kleine Geschäft in der Lodge gegangen, um ein paar Sachen zu kaufen. Jetzt saß er mit den Ellbogen auf den Knien auf den Stufen von Jaylas Veranda, schlang ratlos die Hände ineinander und überlegte, wie es weitergehen sollte. In einer halben Stunde erwartete der Coach die Mannschaft zum Training. Wie zum Teufel sollte Jayla das durchstehen, wo sie ihre Schulter doch ganz eindeutig nicht belasten konnte? Ihm waren die Hände gebunden und das brachte ihn fast um den Verstand. Im selben Moment, in dem Jayla in Sicht kam, hob er den Blick. Sie hatte den Kopf nach rechts gedreht und ihre rechte Schulter wirkte schlaff. Dass sie Probleme hatte, war unübersehbar. Rush stand auf. Er wollte sie in die Arme nehmen, ins Chalet tragen und sie umsorgen. Doch er rührte sich nicht von der Stelle.

Sie hob den Kopf, sah ihn und ging ein wenig langsamer weiter. Ihr Mund öffnete sich, doch kein Wort kam heraus.

»Hi«, sagte er.

»Hi.«

Sie ging auf ihn zu, und er bezwang den Drang, nach ihrer Hand zu greifen. Sein Pulsschlag beschleunigte sich, die verkrampfte Stimmung zwischen ihnen zerrte an seinen Nerven. Forschend schaute er Jayla in die Augen. *Was jetzt?*

»Was machst du hier?«, fragte sie.

»Ich wollte …« *Ich wollte mich vergewissern, dass es dir gut geht,* konnte er nicht sagen. Deshalb entschied er sich für die andere Seite der Wahrheit. »Ich musste dich sehen.« Ihre linke Hand zu nehmen und an seine Lippen zu drücken, war keine bewusste Entscheidung. Im Augenblick war er nicht mal sicher, ob er zu bewussten Entscheidungen überhaupt noch in der Lage war. Seine Welt war in Schieflage geraten, und falls Jayla und er sich nicht auf derselben Seite befanden, würde ihn das umbringen.

Er ging hinter ihr die Stufen hinauf und schaute zu, wie sie die Tür aufschloss. *Folge ich dir einfach hinein? Warte ich auf eine Aufforderung?* Wann war er bloß vom Mann zur Memme geworden? Er schüttelte den Kopf über sich und trat hinter ihr ins Haus.

»Möchtest du was trinken?«, fragte Jayla, ohne ihn

anzusehen.

»Nein danke. Aber ich kann dir etwas einschenken.« Er ging um sie herum Richtung Kühlschrank, aber sie fixierte ihn mit einem bohrenden Blick. Beschwichtigend hob er die Hände. »Sorry. Du brauchst keine Hilfe. Ich weiß.«

Mit der linken Hand öffnete sie die Kühlschranktür und holte eine Zweiliterflasche Hawaiipunsch heraus. Ihren rechten Arm benutzte sie nicht. Rush vergrub die Hände tief in den Taschen, damit er ihr nicht mit dem Schraubverschluss half. Aber als sie versuchte, die Flasche zum Einschenken einhändig hochzuheben, hielt er es nicht mehr aus. Er stellte sich hinter sie. Seine Arme umfingen ihren Körper, während er den süßen Fruchtpunsch in ein Glas goss. Er küsste Jayla aufs Haar und verharrte in dieser Position. Sie waren sich nahe, er spürte ihren Körper an seinem.

»Irgendwann kann der Mann in mir einfach nicht länger tatenlos zuschauen.« Er half ihr aus der Jacke, und während sie trank, ging er auf ein Knie, zog ihr die Stiefel aus und stellte sie an die Tür. Jayla lehnte sich an die Küchentheke und schaute ihm wortlos zu. Ihr Schweigen machte ihm Sorgen. Er hatte keine Ahnung, wie er es deuten sollte.

Sie schaute auf die Uhr. »In fünfzehn Minuten beginnt das Training.«

Er hob ihr Kinn und küsste sie sanft auf die Lippen. »Was tun wir hier eigentlich? Du bist da draußen durch die Hölle gegangen und denkst trotzdem ans Training? Sollen wir nicht wenigstens kurz reden?«

»Es ist alles in Ordnung.«

»Ach ja?« Forschend schaute er ihr in die Augen, doch sie wich seinem Blick aus. »Für mich nicht. Ich respektiere dein Bedürfnis, Dinge selbst zu regeln. Und vielleicht hätte ich mich nicht einmischen sollen.« Um ein wenig Zeit zu gewinnen und seine Gefühle unter Kontrolle zu bekommen, fuhr er sich durchs Haar. »Verdammt, ich weiß ja noch nicht mal, was wirklich da draußen los war.«

»Ich war wütend.«

Kurz und knapp. Einem anderen Mann hätte das als Erklärung vielleicht ausgereicht, Rush reichte es nicht. »Wütend? Wütend. Okay. In Ordnung. Du warst wütend. Aber verdammt, Jayla, eigentlich sollten Paare doch zusammenstehen. Ich weiß nicht, was du von mir hältst, aber du müsstest mich doch kennen. Wirklich kennen.«

Sie ging ins Wohnzimmer und lehnte sich dort an die Wand.

Rush stellte sich vor sie und bemühte sich um einen ruhigeren Ton. »Dachtest du, ich könnte tatenlos zusehen, wie meine Freundin sich eine Schlange wie diese Kelly vorknöpft?«

»Ich weiß nicht, was ich gedacht habe. Ich war zu wütend zum Denken.«

Ihre Finger fanden zu seinem Bauch und er folgte ihnen mit dem Blick. Jaylas widersprüchliche Signale brachten ihn völlig aus dem Konzept.

»Okay. Das ist mir auch schon passiert. Das verstehe ich.«

Als sie weitersprach, zeichneten ihre Fingerspitzen seine Bauchmuskeln nach. »Hast du eine Ahnung, wie es sich anfühlt, ihr dabei zuzusehen, wenn sie dich belauert wie ein Raubtier seine Beute? Wie es sich anfühlt zu wissen, dass sie widerliche Lügen über mich verbreitet, obwohl ich mir mit ihrer Tochter alle Mühe gegeben habe? Und dass sie all das nur tut, um dich zu provozieren?«

»Ich weiß, wie es sich anfühlt, denn ich habe es auch gespürt, und es war scheußlich.« Ihre Finger machten es ihm schwer, einen klaren Gedanken zu fassen. Wenn sie etwas beschäftigte, malte sie Linien auf seinen Bauch, als stellte sie Berechnungen an, um das Problem zu lösen. Diese Angewohnheit hatte sie schon seit Jahren. Und beim Stressabbau halfen ihr Gummibärchen und Kinofilme. Doch inzwischen wusste er, dass Jayla festzuhalten und ihre Seele, ihren Körper und ihren Geist zu lieben, eine noch viel größere Wirkung hatte. Er dachte dabei nicht an Sex, sondern daran, als Paar zusammen eins zu werden. Er musste ihr klarmachen, dass er ihre Stärke und ihre Fähigkeiten nicht geringschätzte. Mit dem, was er zu geben hatte, füllte er keine Lücke. Nein, er ergänzte sie nur. Er wollte ihr ein Bad einlassen, sich diesmal hinter sie in die Wanne setzen und sie festhalten, bis Frust und Anspannung von ihr abfielen und ein Gefühl von Geborgenheit und Sicherheit sie erfüllte.

Sie lehnte sich an ihn und verzog das Gesicht. Sein Blick wanderte zu ihrer Schulter, dann legte er die Wange oben auf ihren Kopf.

»Bitte nimm etwas Stärkeres gegen die Schmerzen«, bat er sie.

»Wir müssen zum Training.«

Er richtete sich zu seiner vollen Größe auf. »Bitte sag mir, dass du das nicht ernst meinst.«

Sie funkelte ihn an und in ihm brach ein Damm.

»Du kannst so nicht trainieren. Auf gar keinen Fall. Du kannst mich hassen, du kannst sogar mit mir Schluss machen. Aber wenn du vorhast, morgen das Rennen zu fahren, dann gib deiner Schulter heute verdammt noch mal eine Pause.«

Sie drückte die Hand an seinen Bauch und vergrub das Gesicht an seinem Shirt. »Du tust es schon wieder. Aber ich kann selbst auf mich achten, Rush.«

»Sorry, Jayla, aber du benutzt deinen rechten Arm ja noch nicht mal mehr. Dass du in diesem Zustand auf Skiern mit einem Affenzahn unfallfrei durch die Dunkelheit rasen kannst, glaubst du doch nicht im Traum.«

Sie strebte von ihm weg, doch er stützte die Handflächen links und rechts von ihr gegen die Wand, sodass sie zwischen seinen Armen gefangen war. Sie starrte ihm ins Gesicht.

»Ich sage das nur ein einziges Mal, Jayla. Dann verschwinde ich durch diese Tür und gehe zum Training. Ob du mich hinterher sehen möchtest oder nicht, ist deine Entscheidung. Und ich werde sie respektieren. Aber jetzt rede ich und du hörst mir zu.«

Sie blinzelte, und er spürte, wie ihm flau wurde.

»Vorausgesetzt, du kannst deinen Arm überhaupt bewegen, stehe ich hinter dir, falls du das Rennen morgen fahren willst. Nenn mich bekloppt, aber ich weiß, wie gottverdammt stur du bist, und ich habe einen Höllenrespekt vor deinen sportlichen Leistungen. Doch wenn dein fester Freund zu sein bedeutet, dass ich noch einen Schritt weiter gehen und zulassen muss, dass du heute Abend trainierst, obwohl du deinen Arm nicht heben, geschweige denn beim Skifahren belasten kannst, dann ...« Seine Brust zog sich zusammen, seine Kehle verengte sich. Doch er zwang sich, auszusprechen, was ihm das Herz brechen würde. »Dann bin ich vielleicht nicht der richtige Mann für dich, Jayla. Ich liebe dich viel zu sehr, um den Mund zu halten und dir dabei zuzusehen, wie du dich sinnlos zum Krüppel fährst.«

Ihre Augen wurden feucht und er fuhr in einem sanfteren Ton fort.

»Das Training heute Abend wird an deinen Zeiten morgen nichts mehr ändern, das weißt du. Bestenfalls wird es deinen Zustand verschlimmern und deine Chance auf einen Start verringern. Schlimmstenfalls … verdammt, lass mich nicht mal davon reden. Ich kenne dich und weiß, dass du nur trainieren willst, um zu beweisen, dass du morgen antreten kannst. Das verstehe ich, aber ich kann es nicht unterstützen. Das wäre Wahnsinn. Das Rennen wird schon hart genug.« Er richtete sich auf, fuhr sich durchs Haar und wünschte sich … hoffte, sie würde die Hand nach ihm ausstrecken und ihn bitten, nicht zu gehen.

Sie regte sich nicht. Sie sagte nichts. Seine Welt war tatsächlich gekippt, sie befanden sich auf unterschiedlichen Seiten der schiefen Ebene und er drohte abzurutschen und über die Kante in die Tiefe zu stürzen. Ohne sie. Er griff nach dem Türknauf, zögerte und warf einen Blick zurück. Sie stand noch immer an derselben Stelle.

»Du musst niemandem etwas beweisen, Babe. Weder mir noch dem Coach und auch nicht deinen Fans. Wir wissen alle, dass du eine Ausnahmeskifahrerin bist. Du riskierst eine bleibende Schädigung, um dir selbst etwas zu beweisen. Ist es das wirklich wert?« Er zog eine Tüte aus der Jackentasche und warf sie auf die Küchentheke. »Ich nehme an, du brauchst jetzt Zeit und Abstand, um nachdenken zu können. Wenn du mich später sehen willst, weißt du, wo du mich findest.«

Achtundzwanzig

Jayla konnte sich nicht von der Stelle rühren. Seit den Worten *Dann bin ich vielleicht nicht der richtige Mann für dich* war sie wie gelähmt. Alles, was danach gekommen war, hatte sie nur wie durch Nebelschwaden wahrgenommen. Noch immer suchte sie nach ihrer Stimme, und sie hatte das beklemmende Gefühl, dass die Wände des Chalets um sie zusammenrückten. Ihre Atemluft hatte Rush auf dem Weg aus der Tür mitgenommen. Während sie mühsam nach Luft rang, lief in ihrem Kopf noch einmal die Konfrontation mit Kelly ab. Selbst das Gewicht von Rushs Hand spürte sie dabei auf der Schulter. Was hätte sie dafür gegeben, sie jetzt in diesem Augenblick dort liegen zu haben. Auch Suzies angewiderter Gesichtsausdruck und ihr gequälter Blick, als sie ihre Mutter angefaucht hatte, tauchten vor Jayla auf. Rush hatte in dieser Situation genau das getan, worum sie ihn gebeten hatte. Er war gegangen und hatte sie das Problem selbst regeln lassen. Diese Erkenntnis schnitt wie ein Messer in ihre Seele. In ihrem Magen brannte ein Feuer, und sie begann, am ganzen Körper zu zittern. Um sich auf den Beinen zu halten, drückte sie die Handflächen an die Wand. Ihre rechte Körperseite reagierte mit rasenden Schmerzen, ihre Knie wurden zu Mus und sie sank langsam an der Wand entlang zu

Boden. Ein Schluchzen stieg tief aus ihrer Brust. Mit zusammengebissenen Zähnen drängte sie es zurück, doch die verzweifelte Tränenflut war stärker und ließ sich nicht aufhalten.

Auch eine Stunde später war Jayla noch immer fest entschlossen, das Rennen am nächsten Tag zu fahren. Was Rush über das Training gesagt hatte, das sie gerade verpasste, war absolut richtig gewesen. Eigentlich hätte sie es sofort zugeben sollen, doch das hatte sie nicht über sich gebracht. Vielleicht, weil sie sich damit das Ausmaß ihres Problems hätte eingestehen müssen. Verdammt, sie gab sich alle Mühe, es zu verdrängen. Aber hatte sie denn eine andere Wahl? Sollte sie auf das Rennen verzichten, nur um hinterher herauszufinden, dass ihre Zeit als Ski-Star sowieso vorbei war? *Nein.* Womöglich war sie morgen zum letzten Mal am Start und das wollte sie sich nicht nehmen lassen. Kampflos aufzugeben war nicht ihre Art. Wenn ihre Karriere tatsächlich zu Ende ging, dann wenigstens mit einem Paukenschlag und nicht heimlich, still und leise. Verletzung hin oder her, sobald sie oben auf dem Berg stand, die Skibrille zurechtrückte und für den Start in Position ging, würde Adrenalin ihre Adern fluten und sie gleich darauf in atemberaubender Geschwindigkeit über die Piste jagen lassen. Tief im Herzen wusste sie, dass sie siegen konnte. Trotz der schweren Beeinträchtigung. Seit frühester Jugend hatte sie sich wieder und wieder auf Rennen vorbereitet. Dafür lebte und atmete sie.

Dass die Endorphine hinter der Ziellinie schnell versiegen würden, war ihr klar. Denn dort erwartete sie die nüchterne Realität. Dann musste sie sich ihrer Verletzung mit all ihren möglichen Konsequenzen stellen. Aber nach diesem letzten Wettkampftag würde sie das auch schaffen. Sie zog ihr Telefon aus der Jackentasche. Ihre heimliche Hoffnung, eine Nachricht von Rush vorzufinden, wurde enttäuscht. Nur Jace hatte ihr geschrieben. Offenbar würde er früher ankommen als ursprünglich geplant. Wann genau, verriet er ihr allerdings nicht. Typisch Jace. Sie überlegte, ob sie Rush anrufen sollte. Doch damit würde sie ihn vom Training ablenken. Sie hatte den kummervollen, verletzten Ausdruck in seinen Augen gesehen und die Wahrheit in seinen Worten gehört. Fühlte er sich gedrängt, für sie einen Teil seiner männlichen Instinkte abzulegen? Gehörte sie zu den Frauen, die keine Nähe ertrugen und geliebte Menschen auf Abstand hielten?

Nein. Ich bin bloß eine hochmotivierte Leistungssportlerin. Das erklärt vieles und Rush müsste das selbst am besten wissen.

Nur warum fühle ich mich dann so zerrissen?

Und warum ist er nicht hier?

Zwei Stunden später saß Jayla in eine Decke gehüllt im Dunkeln auf der Couch. Die Stille lag schwer auf ihren Schultern. Seufzend machte sie schließlich Licht und ging ins Schlafzimmer, um ihre Schmerztabletten zu nehmen. Noch immer konnte sie sich nicht dazu durchringen, zu stärkeren Mitteln zu greifen. Und Rush fehlte ihr so sehr, dass ihre Glieder sich anfühlten wie aus Blei. Das Training war jetzt vorüber, und er hatte gesagt, sie wüsste, wo sie ihn finden könnte. Sie wollte ihn anrufen. Nichts wünschte sie sich mehr. Doch sie war noch immer viel zu durcheinander. Deshalb tat sie das Einzige, was ihr in dieser Situation einfiel. Sie wählte die Nummer ihrer älteren Schwester Mia. Jennifer war die Richtige, wenn sie einen Schubs in eine bestimmte Richtung brauchte oder Zuspruch, um ein Risiko einzugehen. Aber Mia … Mia liebte klare Verhältnisse. Planen und Organisieren lagen ihr im Blut und Risiken mied sie nach Kräften. Raffinierte Schachzüge, wie Jennifer sie gelegentlich mit Cleverness und vollem Körpereinsatz vollführte, waren nicht ihr Ding. Mia arbeitete in der Modebranche und packte ihr Leben an wie ihre Geschäfte. Sie hörte zu, recherchierte und rechnete. Sie plante, bis sie sicher sein konnte, dass jede Naht saß und es keinen unvorhergesehenen Faltenwurf geben würde. Dann schritt sie zur Tat. Im Moment sah Jayla den Wald vor lauter Bäumen nicht mehr. Sie saß bis zu den Achselhöhlen im Schlamassel.

Sie brauchte Mia.

»Jayla?«

Die Stimme ihrer Schwester ließ neue Tränen fließen.

»Weinst du etwa? Was ist los? Wo bist du?«, fragte Mia.

»Ich bin …«

»Bist du immer noch in Colorado? Sag doch, was ist?«

»Ja.« Jayla nickte, obwohl ihre Schwester sie nicht sehen konnte. »Ich bin in … Colorado.«

»Okay.« Mia atmete erleichtert durch. »Jetzt hol erst mal tief Luft. Bist du verletzt? Ist was passiert?«

Jayla versuchte, die Tränen zum Versiegen zu bringen, indem sie die Augen fest zudrückte.

»Atme, Jay. Komm schon, tief Luft holen. Ist Rush bei dir? Kann ich mit ihm sprechen?«

Jayla weinte nur noch mehr. Ihre ganze Familie betrachtete sie und Rush als eine Einheit. Während der Skisaison gab es sie beide nur im Paket. Und jetzt war er weg.

»Ist *ihm* was passiert?«

Jayla schüttelte den Kopf.

»Jayla, du sagst mir jetzt, warum du so aufgelöst bist. Sonst rufe ich jemanden in Colorado an. Du hast drei Sekunden, um deine Stimme zu finden. Bitte.«

Mia wusste, wie man die Kontrolle übernahm. Auch

deshalb verließ Jayla sich gern auf ihre Schwester.

»Okay.« Jayla wischte sich mit dem Ärmel über die Augen und atmete ein paarmal tief durch.

»Okay? Wird es jetzt gehen?«

Jayla stellte sich vor, wie Mia in nadelspitzen High Heels in ihrem Apartment in Manhattan auf und ab marschierte, als trüge sie bequeme Sneaker, und sich dabei das glatte dunkle Haar hinters Ohr schob.

»Ich brauche deinen Rat.« Ihre Stimme klang furchtbar zittrig.

»Egal, was du brauchst, einfach raus damit.«

Was sie brauchte, wusste sie nicht. Nur *wen* sie brauchte, war sonnenklar.

»Rush. Ich brauche Rush.« Ihr Puls beschleunigte sich und das war gut. Denn trotz all der Tränen machte sie sich langsam Sorgen, dass er ihr Herz mitgenommen hatte, als er durch die Tür gegangen war.

»Was ist denn mit ihm? Möchte er plötzlich heiraten? Nein, das passt nicht zu ihm. Datet er eine Frau, die auf eure Freundschaft eifersüchtig ist? Du musst mir schon erklären, was los ist.«

»Es ist ganz anders, als du denkst. Wir sind … wir sind jetzt viel mehr als nur Freunde. Sehr viel mehr.«

»Oh.« Mias Stimme wurde lauter. »Oh! Jayla.«

»Jetzt bloß kein Freudentaumel.«

»Ich bin … ein bisschen überrascht. Gelinde gesagt. Schön, irgendwann dachte ich mal, dass aus euch beiden was werden könnte. Aber das war – herrje – das ist Jahre her. Und er ist nicht unbedingt ein Mann zum Heiraten.«

Jayla legte ihre freie Hand über die Augen und sank auf die Couch. Sie wusste, dass Rush sich geändert hatte. Aber ihre

Familie wusste es nicht.

»Er ist nicht mehr so, wie du denkst. Zumindest nicht mir gegenüber.«

Mia schwieg.

Jayla ließ sich gegen die Rückenlehne fallen. Ihre Schulter protestierte sofort heftig.

»Mia, ich weiß genau, wie er war. Großer Gott, wenn jemand das behaupten kann, dann mit Sicherheit ich.« *Und das ist nicht immer leicht.* »Aber vertrau mir, okay? Er liebt mich, Mia. Und ich liebe ihn.«

»Oookay. Ich lasse das jetzt mal so stehen. Aber bist du dir hundertprozentig sicher, dass es sich um echte Liebe handelt? Dass ihr Ich-will-dich-lieben-und-achten-und-beschützen-Liebe empfindet? Oder ist es eher eine Lass-uns-rausfinden-was-wir-bisher-miteinander-im-Bett-verpasst-haben-Liebe?«

Jayla stellte sich vor, wie Mias haselnussbraune Augen zur Decke schauten, während sie mit sachlicher Stimme die schmerzhafteste aller Fragen stellte. Für Mia war das eine rein logische Überlegung. Keine, die drohte, ihre Welt in Schutt und Asche zu legen, die ihr das Herz zerriss und Zweifel säte. Doch genau so fühlte sich die Frage für Jayla an.

»Weißt du noch, wie ich euch zum ersten Mal erklärt habe, dass ich Skifahrerin werden will?« Die Erinnerung brachte Jayla selbst jetzt noch zum Lächeln. Damals war sie sieben Jahre alt gewesen und Mia uralte weise zehn.

Mia lachte. »Wie könnte ich das je vergessen? Du hast etwa zwanzig gute Gründe dafür aufgezählt, unter anderem den unbestreitbaren Vorteil, dass Skifahrerinnen heiße Schokolade trinken können, so viel und wann immer sie wollen.«

»Und das mache ich auch.«

»Davon gehe ich aus.«

Langsam fiel Jayla das Atmen wieder etwas leichter. »Und mit Rush ist es eigentlich dasselbe.«

»Er lässt dich heiße Schokolade trinken, wann immer du willst? Wie süß von ihm.«

»Haha.«

»Entschuldige. Okay. Ihr seid also ineinander verliebt. Und …«

»Und ich hab's vermasselt. Richtig übel und komplett vermasselt.« Jayla biss sich auf die Unterlippe und schloss die Augen. »Aber in Ordnung bringen kann ich es noch nicht, obwohl ich es so gerne täte.«

»Wie meinst du das? Wie hast du's vermasselt? Erklär es mir genau, damit ich verstehe, ob du dir oder ihm vielleicht etwas vormachst. Denn wenn ich höre, dass du die Sache in den Sand gesetzt hast und es nicht sofort in Ordnung bringen möchtest, fällt mir spontan ein, dass du ihn vielleicht gar nicht so sehr liebst, wie du glaubst.«

»Mit dieser kritischen Analyse habe ich gerechnet. Trotzdem tut es weh, dich das sagen zu hören.« Jayla holte tief Luft. »Allerdings habe ich dich genau deshalb angerufen. Um herauszufinden, ob ich mich vielleicht wie eine Idiotin benehme.«

»Hört sich ganz danach an. Und jetzt genauer.«

»Okay. Pass auf.« Jaylas Magen fühlte sich an, als würde sie auf einer Achterbahn in die Tiefe rauschen. Doch sie wusste, dass sie jetzt ganz ehrlich sein musste. Als sie schließlich redete, brachen die Worte hastig aus ihr heraus. »Vor ein paar Wochen habe ich mich an der Schulter verletzt, es aber für mich behalten. Jetzt kann ich mich kaum noch bewegen, möchte aber unbedingt morgen das Rennen fahren. Heute Abend wollte ich trainieren, aber Rush hat mir die Pistole auf die Brust gesetzt und mich buchstäblich stehenlassen, als ich stur geblieben bin.«

»Erst mal zu deiner Verletzung«, begann Mia. »Wie schlimm ist es?«

»So schlimm, dass Rush erklärt hat, er würde nicht tatenlos zusehen, wie ich mich im Training zum Krüppel fahre. Aber wenn ich morgen starten möchte, steht er hinter mir.« *Denn genau so ist Rush als fester Freund. Er liebt mich zu sehr, um mich grundlos so viel aufs Spiel setzten zu lassen. Und er liebt mich genug, um mir zuzugestehen, dass ich mit einem Start beim Rennen ebenso beängstigend viel aufs Spiel setze. Denn er versteht, wie Leistungssportler ticken.*

Er ist perfekt.

Ich hab sie nicht alle.

Was ist bloß in mich gefahren?

»Für mich hört sich das ziemlich meschugge an.« Mias Ton wurde todernst. »Er findet, du sollst nicht trainieren, weil du dich dabei zum Krüppel fahren könntest. Weshalb redet er dir dann das Rennen nicht aus? *Zum Krüppel fahren*, Jay? Weshalb willst du das riskieren? Es geht um deine Gesundheit und du hast nur diesen einen Körper.«

»Erst mal: Niemand sagt mir, was ich zu tun oder zu lassen habe«, gab Jayla ein wenig zu heftig zurück.

»Du weißt, was ich meine. Wenn er dich wirklich liebt, müsste er doch mit aller Macht verhindern, dass du irgendwelche Dummheiten machst.«

Ich habe ihn gezwungen, sich rauszuhalten. Der Grund, weshalb er es getan hatte, ließ ihr Herz schwellen. »Er ist Leistungssportler, genau wie ich. Wettkämpfe sind unser Leben. Dass ich morgen starten will, gefällt ihm nicht, aber er akzeptiert es.« *Weil er mich liebt.* »Gleichzeitig wissen er und ich, dass das Training meinen Zustand so sehr verschlimmern könnte – und die Betonung liegt hier auf *könnte* –, dass ich meinen Start morgen absagen müsste.« Wieder griff die Angst nach ihrer Brust, doch Mia alles haarklein zu erklären, sorgte für mehr Klarheit in ihrem Kopf. Was zum Teufel hatte sie getan? Wie hatte sie Rush einfach weggehen lassen können?

»Ihr seid beide nicht ganz bei Trost.«

Das war Jayla nicht neu. Wenn es um Wettkämpfe ging, konnte man das wohl von allen Leistungssportlern behaupten.

»Aber wo ist denn nun das Problem zwischen euch, Jay? Wenn er damit leben kann, dass du das Rennen fährst, lässt du das Training eben sausen. Du hast selbst gesagt, es könnte deinen Zustand verschlimmern. Weshalb dieses Risiko eingehen? Oder anders gefragt: Weshalb das Risiko eingehen, Rush deswegen zu verlieren, wenn du ihn doch so sehr liebst?« Mia ließ Jayla keine Zeit für eine Antwort. »Aber können wir noch mal einen Schritt zurückgehen? Ich muss dich das fragen. Bist du des Wahnsinns? Lass deine Schulter untersuchen! Lass sie behandeln. Tu, was immer getan werden muss.« Mias Stimme wurde mit jedem Satz lauter. Vermutlich wedelte sie bei der rastlosen Wanderung durch ihr Apartment erbost mit der Hand. »Eine olympische Goldmedaille hast du doch schon. Weißt du eigentlich, wie wenige Menschen das von sich sagen können?«

»Ja.«

»Dann begreife ich es erst recht nicht. Warum dieser hohe Einsatz? Das Rennen morgen ist kein großes Event, soweit ich weiß. Nur eine kleine Abschlussveranstaltung.«

»Na und? Mia, sobald ich denke, dass ein Rennen unwichtiger ist als ein anderes, trainiere ich nicht mehr hart genug. Dann hole ich nicht mehr alles aus mir heraus.«

»Aber dann würdest du auch nicht Gefahr laufen, dich so schwer zu verletzen, dass deine Karriere vielleicht zu Ende ist.

Du würdest nicht den einzigen Mann wegstoßen, den du je geliebt hast, und auch nicht deine Schwester anrufen, weil du dich fragst, ob du eine Idiotin bist.«

Dem konnte Jayla schwer widersprechen. »Ich weiß jetzt, was ich zu tun habe. Das Gespräch mit dir hat mir sehr geholfen. Danke.«

»Aber ich habe dir doch gar keinen Rat gegeben, nur … Moment mal. Heißt das, du hast beschlossen, auf den Start morgen zu verzichten und stattdessen nach deiner Schulter sehen zu lassen?«

Jayla hörte Hoffnung in Mias Stimme und spürte gleichzeitig Hoffnung in ihrem eigenen Herzen aufkeimen. Wenn auch aus einem ganz anderen Grund. »Nein. Es heißt, ich gehe zu Rush und entschuldige mich. Denn er hat nicht nur recht, er ist auch das Einzige, was ich je mehr gewollt habe als Skifahren.«

»Wie bitte? Du willst das Rennen fahren?«

»Ja.« *Ja, verdammt.*

»Du raubst mir den letzten Nerv, kleine Schwester. Ich rufe jetzt Jace an. Er wollte nach Colorado kommen. Vielleicht kann er dich ja zur Vernunft bringen.«

Jayla seufzte. »Ich kann dich nicht davon abhalten. Danke, Mia. Und es tut mir leid. Dass du dir Sorgen um mich machst, wollte ich eigentlich nicht. Aber Jen anzurufen, war keine Option. Für sie hätten andere Dinge im Vordergrund gestanden.«

»Sex, Sex und noch mehr Sex? Glaubst du wirklich? Für Jen?« Mia lachte.

»Na ja. Genau genommen gibt sie mir oft richtig gute Ratschläge. Aber ich habe dich gebraucht. Du bist immer unglaublich fokussiert.«

»Das scheint nur so. Aber ich bin froh, dass ich dir irgendwie helfen konnte.«

Jayla beendete das Gespräch mit dem Versprechen, Mia nach dem Rennen gleich wissen zu lassen, was der Arzt zu ihrer Schulter sagte. Ihr Blick fiel auf die Tüte, die Rush auf die Küchentheke geworfen hatte. Ihre Schulter würde sie vielleicht aufs Spiel setzen. Aber um gar keinen Preis ihre Beziehung mit Rush.

Rush schaute zum hundertsten Mal auf sein Telefon. Dann wandte er sich wieder der Endlosschleife von Bildern auf seinem Laptop zu. Er hatte die Entschlossenheit in Jaylas Augen gesehen. Sie wollte sich auf keinen Fall sagen lassen, was sie zu tun hatte. Aber das ging ihm genauso. Beim Training war er mit dem Kopf so wenig bei der Sache gewesen, dass er fest davon ausgegangen war, der Coach würde ihm den Hals umdrehen. Doch der Trainer hatte kein Wort gesagt und Rush war dankbar dafür. Im Moment hatte er seine Gefühle nur unzureichend unter Kontrolle und hätte seine Reaktion womöglich bereut.

Zu gerne wollte er Jayla und ihrer Sturheit die Schuld dafür geben, dass er und sie ihre Dickschädel gegeneinanderschlugen. Doch in Wahrheit hatte sie ihn einfach umgehauen, hatte ihn mit ihren stolzen knapp fünfundfünfzig Kilo schlicht und ergreifend plattgemacht. Dass sie sich jetzt in dieser Situation befanden, hatte er sich selbst zuzuschreiben. Wenn er sie nicht geküsst hätte, würden sie noch immer in der sicheren Freundschaftszone dümpeln und hätten sich nicht in den

Bändern verheddert, die ihre Herzen zusammenhielten.

Als bester Freund könnte er jetzt neben ihr sitzen und mit ihr darüber reden, wie sie es morgen beim Rennen allen zeigen würde. Verletzung hin oder her. Und dabei Gummibärchen futtern, verdammt.

Unwirsch klappte Rush den Laptop zu und versuchte, die Gedanken an Jayla beiseitezuschieben. Um morgen seine Leistung abrufen zu können, musste er zur Ruhe kommen. Gleichzeitig wusste er, dass er im Schlafzimmer ununterbrochen daran denken würde, wie Jayla nackt in seinem Bett lag und ihm prickelnde kleine Worte ins Ohr seufzte. *Mehr. Ja. Bitte. Oh Gott, Rush.*

Es gab nur eine Möglichkeit, diese Gedanken zum Verstummen zu bringen. Er schnappte sich ein paar Sachen und eilte aus dem Chalet.

Neunundzwanzig

Jayla hielt eine Tube und einen Tiegel in den Händen und fühlte sich wie eine Monsterzicke. Bei der Konfrontation mit Kelly hatte sie Rush weggeschickt und er war gegangen und hatte ihr ein Schmerzgel und eine Heilsalbe besorgt. Sie steckte die Sachen zurück in die Tüte und sah sich nach ihrer Jacke um. *Ach, Quatsch.* Sein Chalet war nur eine Minute entfernt und schon die eine Minute erschien ihr neunundfünfzig Sekunden zu lang. Sie riss die Tür auf, merkte, dass sie keine Schuhe anhatte, und steckte ungeduldig einen Fuß in einen Stiefel. *Mach schon. Mach schon. Los!* An die Küchentheke gestützt zog sie sich hektisch den zweiten Stiefel an, flog durch die Tür und prallte gegen eine Wand aus stählernen Muskeln. *Rush.*

»Autsch, autsch, autsch.« Sie schaute ihn an. Sie war nicht nur mit seiner Brust zusammengestoßen, er trug eine Tasche mit hartem Inhalt unter einem Arm und seinen Laptop unter dem anderen.

»Oh Shit. Tut mir leid. Deine Schulter. Alles in Ordnung?« Er wich einen Schritt zurück und musterte sie von oben bis unten. »Wo willst du hin? Wo ist deine Jacke?«

»Ich … Du bist da.«

»Klar bin ich da. Glaubst du, ich lasse dich und deine

vermaledeite Schulter diese Beziehung ruinieren? Auf gar keinen Fall.«

Um nicht auf der Stelle in Tränen auszubrechen, lachte sie lieber. Sie stellte sich auf die Zehenspitzen und er beugte sich ihr entgegen. Als ihre Lippen aufeinandertrafen, übertrug sich der Druck auf ihren Hals und ihre Schulter.

»Autsch. Autsch.«

»Sorry.« Er hielt ihr die Tür auf und sie gingen hinein. »Wo wolltest du denn hin?«

»Zu dir. Ich wollte dich holen.« Sie atmete schnell und zitterte vor Nervosität und Kälte.

»Du hättest mir eine Textnachricht schicken können.«

»Kann schon sein, aber mein Gehirn ist im Augenblick etwas überlastet. Du bist da. Du hast nicht gewartet, bis ich dich gebeten habe, zurückzukommen.«

Er schaute sie von der Seite an und runzelte die Stirn, als hätte sie etwas unfassbar Dummes gesagt. Und vielleicht, nur vielleicht, hatte sie das ja getan.

Sie zeigte auf die Tüte auf der Küchentheke. »Du hast mir Salben dagelassen.«

»Ja. Weil ich ein guter fester Freund bin.« Er legte die mitgebrachte Tasche neben die Tüte. »Wie geht's deiner Schulter?«

»Beschissen.« Es fühlte sich gut an, ganz und gar ehrlich zu sein. Endlich.

»Hast du was genommen?«

»Nur dasselbe wie immer.« Sie schaute zu, wie er die große Tasche auspackte. Proteinpulver, Joghurt, tiefgekühltes Obst und frische Kleider. Dann suchte er sich aus den Küchenschränken ein paar Sachen zusammen.

»Okay. Aber direkt nach Überqueren der Ziellinie morgen

nimmst du etwas Stärkeres und gehst zum Arzt, ob dir das passt oder nicht.«

In diesem Punkt waren sie sich absolut einig.

Er füllte die Zutaten für einen Proteinshake in den Mixer. »Möchtest du auch einen?« Er drückte den Deckel auf die Maschine und schaltete sie ein.

»Nein danke. Warum hast du das alles mitgebracht?«

Er schaltete den Mixer aus und goss den Inhalt in ein Glas. Bevor er den ersten Schluck nahm, bot er es Jayla an.

»Weil wir auf derselben Wellenlänge sind. Immer. Und diese blöde Meinungsverschiedenheit wird daran nichts ändern. Das Zeug hier brauche ich morgen früh und heute Nacht lasse ich dich nicht allein. Du kannst versuchen, mich wegzustoßen. Aber das wird dir nicht gelingen. Ich bin vielleicht bloß dein fester Freund, aber ich bin auch ein Mann. Dein Mann. Und ich werde mir treu bleiben. Egal, ob du mich anzickst oder ob dir mal nicht gefällt, was ich sage. Von mir aus können wir uns ruhig hin und wieder streiten. Das halte ich aus. Ich werde dich beschützen und ich werde dich lieben, als wären wir immer noch bloß beste Freunde. Nur eine Million Mal besser.«

»Mehr.«

»Was?«

»Mehr. Du wirst mich eine Million Mal *mehr* lieben. Und besser.« Bei dem Gedanken durchrieselte sie ein wohliger Schauer.

»Ja. Und wenn du das sagst und mir dabei diesen verführerischen Blick zuwirfst, will ich genau das tun. Aber erst muss ich dir noch etwas zeigen.« Er zog seine Jacke und die Stiefel aus, dann half er auch ihr aus den Stiefeln.

»Ich glaube, es wird Zeit für ein paar neue Regeln.« Rush nahm seinen Laptop und führte sie ins Schlafzimmer.

»Meinst du? Schon die bisherigen haben nicht besonders gut funktioniert.«

Er half ihr, ihre Lieblingsflanellpyjamahose und eins seiner weichen Langarmshirts anzuziehen. Dann schlug er die Decke zurück und Jayla kroch ins Bett.

»Denk nicht mal daran, dich an mich ranzumachen. Um keinen Preis will ich auch nur in die Nähe deiner Schulter kommen, und falls du morgen antrittst, brauchst du all deine Energie.«

Sie verdrehte die Augen. »Spaßbremse.«

Er zog sein Shirt und die Jeans aus, legte sich in Boxershorts neben sie und hob den Arm, damit sie sich an seine Brust kuscheln konnte. »Bitte hör niemals auf, mich als dein Kopfkissen zu benutzen.«

Lächelnd schmiegte sie sich noch fester an ihn.

»Du musst dich entscheiden, Jayla. Ich werde dich immer beschützen wollen. Für das Rennen morgen mache ich eine Ausnahme. Aber danach bin ich wieder der harte Kerl, in den du dich verliebt hast. Einer, der nicht davor zurückschreckt, dich auch gegen deinen Willen zu etwas zu drängen, wenn er glaubt, dass es dir hilft. Und von dir erwarte ich, dass du es bei mir genauso machst. So wie es immer gewesen ist. Verstanden?«

Sie gähnte. »Keine Ahnung. Aber geht klar.«

»Okay. Genauer. Wenn ich sehe, dass du verletzt bist, lässt du zu, dass ich dich von irgendwelchen Dummheiten abhalte. Und wenn ich das Gefühl habe, dass du bedroht oder bedrängt wirst, darf ich mich einmischen.«

Sie strich mit den Fingern über seinen Unterarm. »In Situationen wie heute mit Kelly Baker musst du mich nicht beschützen.«

»Du brauchst keinen Beschützer. Schon klar. Aber lass mich

wenigstens in deiner Nähe sein. Selbst auf die Gefahr hin, dass ich dir mal zu dicht auf die Pelle rücke oder Mist rede. Ich liebe deine Stärke und weiß, dass du gut ohne Hilfe zurechtkommst. Trotzdem will ich dir zur Seite stehen. Ich kann mich nicht aus allem raushalten, was dich belastet. So bin ich nicht, das musst du akzeptieren.«

»Okay.«

»Okay?«

»Ja. In Ordnung.« Sie legte eine Hand auf seinen Oberschenkel. Sie war unsagbar froh, sich wieder an ihn schmiegen zu können. »Ich war komplett von der Rolle heute. Meine Schulter, diese Frau und zu hören, dass du mich schützen wolltest, indem du mir ihre üblen Anschuldigungen verschweigst … Ich konnte nicht mehr klar denken und habe nicht gemerkt, wie ungerecht ich zu dir war. Das tut mir furchtbar leid. Und als du vorhin gegangen bist, hat mich das fast umgebracht. Aber ich war immer noch viel zu aufgewühlt. Ich konnte mich nicht von der Stelle rühren, geschweige denn irgendwas Vernünftiges sagen oder tun.«

»Okay, das lasse ich gelten.« Er öffnete den Laptop und stellte ihn auf seine Beine.

»Filmabend?«

»Wie man's nimmt. Schau.«

Fotos von ihnen beiden erschienen als Diashow auf dem Bildschirm. Eins wurde ins nächste übergeblendet. Die meisten waren aus etwa einer Armlänge Entfernung aufgenommen. Oft zeigten sie sie beide zusammen, wie sie mit kalten geröteten Wangen alberne Grimassen schnitten. Auf manchen Fotos wirkten Jaylas Augen traurig. Dann war Rushs Blick auf sie und nicht in die Kamera gerichtet. Die Sorge in seinen Augen war dann greifbar. Das zu erkennen, wärmte Jayla ganz tief im

Inneren. Es gab Fotos, auf denen sie eine Pyjamahose trug und Rush seine Puschelhausschuhe. Auf anderen stand sie auf der Piste und die Sonne schimmerte in ihren Augen. Das noch ganz neue Foto, auf dem sie in Rushs viel zu großen Klamotten steckte, griff nach ihrem Herzen. Danach kam die Aufnahme im Sessellift, als sie zum Sonnenaufgang auf den Berg gefahren waren. Sie nahm Rushs Hand. Manche der älteren Fotos waren ihr nicht mehr in Erinnerung gewesen, wie zum Beispiel eines, auf dem sie mit Anfang zwanzig an einem Lagerfeuer standen. Rush hielt einen Stock mit vier aufgespießten Marshmallows in die Höhe und Jayla schaute ihn an. Die Liebe in ihren Augen war dabei genauso unverkennbar wie die Fürsorge in Rushs Augen auf einigen der vorigen Bilder.

»Sag mir, was du siehst.« Rush strich ihr übers Haar.

»Uns.«

»Und was noch?«

»Glück. Liebe.« Sie küsste seinen Handrücken.

»Willst du wissen, was ich sehe?«

Mehr als alles in der Welt. Sie nickte.

»Jayla Stone, eine lustige, warmherzige, manchmal traurige, manchmal unfassbar glückliche, stets verspielte und unglaublich sinnliche Frau. Ich sehe die beste Freundin, die ich mir wünschen könnte. Ich sehe das Mädchen, das gerne spazieren geht, Bücher liebt, die es zu Tränen rühren, und findet, dass Babys wunderbar riechen. Was ich übrigens nach wie vor nicht nachvollziehen kann.« Er lächelte. »Ich sehe eine Frau, die über das meiste Mädelszeug die Augen verdreht und mal ein Hasenkind gesund gepflegt hat, das verlassen im Wald saß. Ich sehe eine Schwester, die ihre Geschwister so gern hat, dass sie ihnen zu Weihnachten jedes Jahr Socken schickt, weil sie fürchtet, sie würden sich selbst keine kaufen.«

»Rush.« Sie gab sich alle Mühe, die Tränen zurückzuhalten.

»Und weißt du, was ich *nicht* sehe?«

»Was denn?«

»*Bloß* eine Spitzensportlerin.« Er hielt inne, als wollte er den Worten damit eine noch stärkere Wirkung verleihen.

Es funktionierte.

Sie schaute ihn an.

»Du gehst ständig an deine Grenzen und trainierst bis zum Umfallen. Zum Teil wohl auch deshalb, weil du Angst davor hast, was von dir bleibt, wenn du mal aus dem Leistungssport ausscheidest.« Seine Stimme war warm. Er zeigte auf den Bildschirm. »Das wird von dir bleiben. Du wirst immer noch dieselbe sein. Jeder von uns hat ein sportliches Verfallsdatum, Babe. Das wissen wir beide. Wann es so weit ist, merken wir allerdings erst, wenn wir es durch Verletzungen, Misserfolge oder durch unser Alter vor Augen gehalten bekommen.«

Er strich ihr das Haar von der Schulter, und die zärtliche Geste weckte in ihr den Wunsch, ihm noch näher zu sein.

»Vielleicht kannst du in der kommenden Saison noch mal richtig Gas geben. Nach der Behandlung, die vermutlich fällig sein wird. Das wird sich erst zeigen, wenn du dich hast untersuchen lassen. Aber schon jetzt ist klar – mir ist klar –, dass sich nach deiner Sportkarriere nur eines ändern wird. Nämlich die Art und Weise, wie du die Winterzeit verbringst. Anstatt bis zur völligen Erschöpfung zu trainieren, wirst du das Leben ein bisschen mehr genießen und dich um mich kümmern, wenn ich bis zur völligen Erschöpfung trainiert habe.«

»Ich habe nicht vor, deine kleine Masseurin zu werden.« Sie zog ihn auf, doch der Gedanke, den Leistungssport an den Nagel hängen zu müssen, gab ihr einen Stich. Nur einen Stich. Ein gemeines Piken. Überrascht stellte sie fest, dass die Vorstellung nicht mehr automatisch das panische Gefühl mit sich brachte, Freddy Krueger würde an ihre Hintertür klopfen.

Rush berührte ihre Wange und küsste sie so zart und warm auf die Lippen, wie nur ein Liebender es konnte. »Du bist ein zu großer Teil meines Lebens, um meine kleine Irgendwas zu werden. Du bist mein Ein und Alles.«

Dreißig

Am nächsten Morgen wachte Jayla vom Geräusch der sich schließenden Haustür auf und hörte Rush erst reden und dann über den Dielenboden gehen. Die Digitalanzeige der Uhr auf dem Nachttisch stand auf sechs Uhr fünfundvierzig. *Du hast mich schlafen lassen.*

»Jayla wird sich freuen.« Rush ging an der leicht geöffneten Schlafzimmertür vorbei. Sie spitzte die Ohren und versuchte herauszubekommen, wen er am Telefon hatte.

»Sollte sie nicht längst auf sein?«

Jace! Das war kein Telefonat. Die tiefe Stimme ihres Bruders hätte sie überall erkannt. Sie rappelte sich hoch, spürte den Schmerz in der Schulter und im Arm und unterdrückte ein Stöhnen.

Rush steckte den Kopf durch die Tür. »Hey. Du bist wach.« Er ging ins Badezimmer und holte ihr die Schmerztabletten und ein Glas Wasser. »Hier. Nimm das, Babe. Schlimm? Auf einer Skala von eins bis zehn?«

»Sechs.« Sie schluckte die Tabletten. »Vielleicht sieben.«

Sorge trat in seinen Blick. »Was bei jedem normalen Menschen etwa elf wäre. Du kannst immer noch einen Rückzieher machen.«

Sie funkelte ihn an, schob sich aus dem Bett und ging zur Tür. Jace stand mit dem Rücken zu ihr im Wohnzimmer und schaute aus dem Fenster. Seine breiten Schultern füllten fast den gesamten Fensterrahmen aus. Das dunkle Haar fiel ihm bis auf den Kragen der schwarzen Lederjacke. Für Jayla war sie seit jeher sein Markenzeichen. Sie reichte bis kurz über den Bund seiner verwaschenen Jeans und betonte seine schmale Taille. Jayla liebte Jaces Standardkluft und fand es irgendwie tröstlich, dass ihr großer Bruder immer so aussah, wie sie ihn kannte.

»Jace.«

Er wandte sich um und strahlte sie an. Das Haar hatte er sich aus dem Gesicht nach hinten gekämmt, was seine breite Stirn und die hohen Wangenknochen noch besser zur Geltung brachte. Er hatte die tiefliegenden haselnussbraunen Augen aller Stone-Männer, einen olivfarbenen Teint und breite, tief angesetzte Brauen. Sie verliehen ihm einen grüblerischen und etwas mysteriösen Ausdruck, während der unvermeidliche Kinnbart für eine verwegene, vielleicht sogar gefährliche Note sorgte.

Jace breitete die Arme aus und ging auf sie zu. »Jay-Jay.«

»Du bist der Einzige, der mich so nennt. Aber tu das nicht in der Öffentlichkeit. Verstanden, Großer?« Sie fiel in seine Arme und er hielt sie sanft fest. Zu sanft. Mit seinen eins fünfundneunzig war er mehr als einen Kopf größer als sie und seine schwarzen Lederstiefel fügten noch ein paar Zentimeter hinzu. Jetzt, wo er sie vorsichtig an seine Brust drückte, merkte sie, wie sehr sie ihn vermisst hatte.

»Jaja. Schon klar. Wie ich höre, macht deine Schulter höllischen Ärger.« Jace küsste sie auf die Wange und kitzelte ihr Gesicht dabei mit dem stacheligen Kinnbart.

Sie überging die Bemerkung. Sicher hatten Rush und Mia

ihm alles gesagt und sie wollte keinen Vortrag hören. Stattdessen zupfte sie an seinem Bart. »Wenn du das Ding endlich mal in Form bringen würdest, würden dir noch mehr Frauen hinterherlaufen.«

»Gott bewahre! Hin und wieder brauche selbst ich ein bisschen Schlaf.« Er zwinkerte ihr zu, dann kniff er die Augen zusammen. »Ich höre, du möchtest mit der verdammten Schulter, über die du nicht reden willst, ein Rennen fahren.«

»Du hast dich wohl mit Rush unterhalten.« Sie warf Rush einen versengenden Blick zu.

Er hob beschwichtigend die Hände. »Kein Kommentar.«

Jayla ging in die Küche, um Kaffee zu kochen, und hoffte, Jace würde das Thema nicht weiterverfolgen. »Wie kommt es, dass du schon so früh hier bist?«

Jace zog seine Lederjacke aus und gab damit den Blick auf die mehrfarbigen Tätowierungen frei, die sich um seine Arme wanden und unter dem Kragen seines Shirts hervorlugten. Er lehnte sich an den Kühlschrank, schlug die schweren Stiefel übereinander und maß sie mit einem langen Blick.

»Der Deal ging schneller über die Bühne als gedacht.« Er verschränkte die Arme und fixierte sie. »Du willst heute wirklich an den Start gehen? Und das, obwohl du jedes Mal das Gesicht verziehst, wenn du die rechte Hand nur ein kleines bisschen hebst?«

Schnellmerker. Jayla ignorierte die Frage und reichte Rush eine Tasse Kaffee. Dann hielt sie auch Jace eine Tasse hin. »Wenn du versprichst, das Thema zu wechseln, kannst du auch welchen haben.«

Jace hob die dichten Brauen. »Nein danke.«

Rush ging zu Jayla und küsste sie auf die Wange. »Ich dachte immer, *Nein danke* wäre typisch Jayla. Aber offenbar sagen das alle in der Stone-Familie bei jeder sich bietenden Gelegenheit.«

Jace grinste und schaute zwischen ihnen hin und her. »Ihr beide seid also zusammen? Wurde auch Zeit.« Er grinste Rush an.

»Wurde auch Zeit?« Jayla atmete erleichtert auf, weil ihr Bruder ihre Beziehung so gelassen akzeptierte. Sie berührte Rushs Wange. »Ja. Wir sind wirklich zusammen.«

»Du kannst froh sein, dass du ihn hast, Jay-Jay. Die meisten Kerle würden dein Outfit ein bisschen zu hausbacken finden.« Mit dem Kinn zeigte er auf ihre Flanellhose und Rushs Shirt, das ihr fast bis zu den Knien reichte.

Rush zog sie sanft an seine Brust. »Ich finde, Flanell hat nie heißer ausgesehen.«

Jayla spürte, wie sie rot wurde.

Jace schüttelte den Kopf. »Warum hast du dir so verdammt viel Zeit gelassen, Remington? Sie ist schon seit Ewigkeiten in dich verschossen.«

Das weißt du?

»Weshalb glaubst du, dass ich der Bremser war?« Rush beugte sich zu Jayla und flüsterte: »Mach dich besser fertig. In einer Stunde fängt das Aufwärmen an. Brauchst du Hilfe in der Dusche?«

»Hey, sie ist immer noch meine kleine Schwester«, warnte Jace.

»Das fragt er bloß wegen meiner Schulter, du Dussel.« Sie drehte sich zu Rush. »Nein danke. Aber vielleicht beim Anziehen.«

»Hey, Moment mal.« Jace stieß sich vom Kühlschrank ab und hob die Hände. »Du brauchst Hilfe beim Anziehen, willst aber auf die Piste? Darüber reden wir noch, Jayla May Stone.«

»Ich bin achtundzwanzig Jahre alt, Jace, nicht zehn. Ich glaube, ich weiß, was ich mir zumuten kann.« Jace war ein vielbeschäftigter Mann, aber so lange Jayla sich erinnern konnte, hatte er immer Zeit gefunden, ihr den Kopf zu waschen oder sich mit ihr zusammen über ihre Erfolge zu freuen. Selbst wenn er fast alle ihre Wettkämpfe verpasste, per Videoanruf oder Skype sagte er ihr anschließend immer, wie stolz er auf sie war. In ihrer Kindheit und Jugend hatte er sie beinahe zu hingebungsvoll beschützt und nicht zugelassen, dass jemand ihr auch nur einen schiefen Blick zuwarf, geschweige denn ein hartes Wort zu ihr sagte. Mehr als einmal hatte er nach dem College bei seinen Besuchen zu Hause einen ihrer Verehrer in die Flucht geschlagen. Ein durchdringender Blick und der Hinweis, wie leicht man sich die Finger brechen konnte, wenn man seine Schwester anfasste, hatten genügt.

Jetzt, wo Jace Rush in die Augen schaute und dabei mit dem Kinn auf Jayla deutete, fragte sie sich, ob das ebenfalls eine Drohung sein sollte. In dem Fall würde er sich warm anziehen müssen. Rush ließ sich nicht so leicht einschüchtern. Auch nicht von ihrem imposanten, kinnbärtigen Bruder.

»Erwarte nicht, dass er mich aufhält.« Jayla ging ins Schlafzimmer, um sich fertig zu machen.

Einunddreißig

Mehr und mehr Zuschauer versammelten sich hinter den Absperrungen an den Pisten. Bunte Sponsorenbanner hingen über den Ziellinien und es wimmelte vor Reportern. Durch Jaylas Adern jagte Adrenalin. Es brachte ihren Körper so intensiv zum Vibrieren, dass sie den Lärm der Menge kaum hörte. Der Schmerz strahlte von ihrer Schulter in ihre Brust und von dort durch ihren ganzen Arm. Sie dachte an die Fotos, die ihr Rush gestern Abend gezeigt hatte, und an seine Worte. Sie war wirklich mehr als eine Leistungssportlerin. Selbstverständlich war sie das. Aber sie lebte und atmete nun mal fürs Skifahren.

Seit der Teambesprechung am Morgen und selbst während der Presseinterviews war Rush nicht von ihrer Seite gewichen. Sogar jetzt, wo er eigentlich bereits bei der Herrenmannschaft sein sollte, stand er noch neben ihr. Sie machte sich für die letzte Probeabfahrt fertig und er war ihr Fels. Ihre Stütze. Ihr größter Fan und ihr Geliebter.

Jace hatte sie fast genauso sehr mit Fürsorge überschüttet und sie alle paar Minuten gefragt, ob sie wirklich starten wollte. Immer wieder hatte er betont, wie stolz ihre Familie auf sie war und dass sie sich nicht scheuen musste, einen Rückzieher zu machen. Jace verlor sich zwar manchmal in detailreichen Beschreibungen seiner Motorradträume, doch er war auch die Stimme der Vernunft, und dafür liebte sie ihn. Als sie jünger gewesen war, war es ihr manchmal lästig gewesen, wenn er seine Nase in ihre persönlichen Angelegenheiten gesteckt hatte. Doch schon damals hatte sie gewusst, dass er es aus Liebe tat. Jetzt standen sie zu dritt unten an der Trainingspiste. Rush umsorgte und begluckte sie und tat damit genau das, was sie eigentlich nicht wollte. Jaces haselnussbraune Augen musterten sie so besorgt, als wollte er sie über seine Schulter werfen und sie ins Kleine-Schwestern-Land schleppen, wo ihr ganz bestimmt nichts zustoßen konnte. Und inzwischen zweifelte sie tatsächlich daran, ob es klug war, an den Start zu gehen.

Kia und Teri warteten ein Stück entfernt zusammen mit ein paar anderen Abfahrtsläuferinnen am Sessellift auf die Bergfahrt. Stolz trugen sie die blauen Startnummern auf ihren gestählten Körpern.

Seit Jaces Einwänden gleich nach seiner Ankunft im Chalet hatten weder er noch Rush sie gedrängt, das Rennen sausenzulassen. Dass die beiden sie seither regelrecht bemutterten, hatte etwas Beunruhigendes. Doch die Angst vor einem weiteren Ultimatum stellte sich zum Glück als unbegründet heraus.

Allerdings waren Worte gar nicht nötig, wenn der Mann, den sie mehr liebte als ihr Leben, und der Bruder, den sie vergötterte, vor Sorge fast umkamen.

Rush beugte sich mit dunklen ernsten Augen zu ihr und wünschte ihr viel Glück. »Ob du heute noch mal gewinnst, ist unwichtig, Babe. Sieh einfach zu, dass du sicher ins Ziel kommst.« Sein Blick flog zu Jace. »Du bleibst in der Nähe, ja?«

»Worauf du dich verlassen kannst.« Jace trug unter der

Lederjacke ein Rollkragenshirt und einen dicken schwarzen Pullover. Trotzdem fragte Jayla sich, weshalb er in dem Aufzug nicht fror. Doch ihr Bruder und Rush waren die härtesten Kerle, die sie kannte, und das Blut der beiden war vermutlich immer kurz vor dem Siedepunkt.

Während die Männer sie musterten, als gäbe es auf der ganzen Welt nichts Wichtigeres als ihre Sicherheit, schaute Jayla noch einmal zu ihren Mannschaftskameradinnen hinüber. Dann griff sie nach Rushs Hand.

Ihre Brust war so eng, dass sie kaum atmen konnte. Die ganze Nacht über hatte sie hin und her überlegt, was sie tun sollte. Jetzt sah sie Rush die Zähne zusammenbeißen und Jace trocken schlucken. Die beiden tauschten frustrierte Blicke, und sie wusste, dass sie die richtige Entscheidung traf. »Ich verzichte auf den Start. Ich will nur für meine Psyche noch einmal gemächlich und locker den Berg runterkurven.«

»Du startest nicht? Sicher?« Rush schaute ihr forschend in die Augen.

Sie nickte. »Es ist besser so. Auch wenn es mich fast zerreißt.«

»Babe.« In seinem Ton lag eine Mischung aus Ungläubigkeit und Dankbarkeit. Er lehnte die Stirn an ihre und legte eine Hand in ihren Nacken. »Danke. Großer Gott, danke, Jayla. Ich liebe dich so sehr.«

»Ich liebe dich auch. Und ich bin so glücklich, dass du mich nicht gezwungen hast, das Rennen abzusagen. Wenn du das versucht hättest …«

Jace fiel ihr ins Wort. »… hätte Jayla rebelliert. Sie wäre nicht bloß an den Start gegangen, sondern hätte sich vermutlich gleich noch zu ein paar weiteren Wettkämpfen angemeldet.« Jace berührte ihre Hand. »Ich bin stolz auf dich, Schwesterchen.

Aber das weißt du sowieso. Du machst mich immer stolz.«

»Ich verzichte nicht, damit irgendwer stolz auf mich ist. Rush hat mir geholfen, mich dem zu stellen, wovor ich unsägliche Angst hatte. Meinen Was-wäre-Wenns. Und es stimmt schon, die Rennen sind nicht alles.« Sie lächelte Rush an. »Alles, das sind nämlich wir beide.«

Sie nickte zu Kia und Teri hinüber. »Ich habe bewiesen, was ich kann. Jetzt sind sie an der Reihe. Außerdem habe ich keine Lust, mich bei dem Rennen zu verletzen und mir dann von zwei ganz bestimmten Nervensägen anzuhören, sie hätten es ja gleich gesagt. Unserm Assistenztrainer sage ich es, sobald ich oben aus dem Lift steige. Und direkt nach dieser letzten Abfahrt gehe ich zu Coach Cunningham.«

»Ich könnte dich nicht mehr lieben als jetzt in dieser Sekunde.« Schon als er die Worte aussprach, wusste Rush, dass das nicht stimmte. Er würde sie mit jeder Sekunde noch mehr lieben. Jetzt und für immer.

Der Sessel fuhr heran und Jayla atmete tief durch. »Gemächlich und locker. Versprochen. Und jetzt geh und bereite dich auf den Start vor. Direkt nach meinem privaten kleinen Saisonabschied komme ich und schaue dir zu.« Ihr Herz zog sich zusammen und sie schluckte. »Ich würde dir viel Glück wünschen, aber das brauchst du nicht. Du wirst das Rennen machen. So wie immer.«

Zweiunddreißig

Rush fuhr an den Zuschauern vorbei zu der Piste, auf der das Abfahrtsrennen der Herren stattfinden sollte. Er fühlte sich leichter und stärker und war sicher, dass das an Jaylas Entscheidung lag, nicht an den Start zu gehen. Am liebsten hätte er sie gebeten, die Skier auf der Stelle abzuschnallen. Doch sie verzichtete bereits auf das Rennen, und er verließ sich darauf, dass sie bei ihrer letzten Abfahrt wirklich sehr, sehr vorsichtig sein würde.

»Rush!«

Er drehte sich zur Stimme seines jüngeren Bruders Kurt um. »Du hast es tatsächlich rechtzeitig hergeschafft.« Rush nahm die Skistöcke in eine Hand und drückte seinen Bruder mit dem freien Arm an sich. Kurt und er hatten dieselben strahlend blauen Augen und waren mit ihren knapp eins neunzig auch gleich groß.

»Ich hatte eine Signierstunde in einem Ort nicht weit von hier. Eine super Gelegenheit, dich heute fahren zu sehen.« Kurt landete mit seinen Thrillern regelmäßig auf den Bestsellerlisten. Obwohl er der zurückhaltendste aller Remington-Männer war und Rush der risikofreudigste, hatten sie seit jeher ein sehr enges Verhältnis.

»Schön, dass du da bist. Sind die anderen auch schon hier?«
Rush sah sich nach weiteren Familienmitgliedern um.

»Ja. Nur Sage, Dex, Kate und Ellie fehlen. Jack hat mir von
dir und Jayla erzählt. Du willst dich wirklich kopfüber in die
Monogamie stürzen? Und das noch während der
Wettkampfsaison? Aber krank bist du nicht, oder?«

»Die Sache zwischen Jayla und mir ist stärker als ich, kleiner
Bruder. Ich wäre nicht dagegen angekommen. Um keinen Preis
der Welt.«

»Na prima. Das heißt, ich bin jetzt der letzte Remington,
der noch nicht vergeben ist. Bei unseren Familientreffen kann
ich mich auf was gefasst machen.«

»Keine Sorge. Wir wissen, dass eine Frau erst die Tür zu
deinem Arbeitszimmer eintreten und deine Finger von der
Tastatur reißen müsste, um dich von deinen Büchern
wegzulotsen.«

Kurt schaute über Rushs Schulter. »Sieht aus, als gäbe es
Probleme.«

Die Schneemobile der Rettungssanitäter jagten zu der Piste,
auf der Jayla gerade unterwegs war. Rush lief ein eisiger Schauer
über den Rücken.

»Hast du dein Telefon? Gib es mir. Schnell. Beeil dich.«
Rush hetzte bereits den Sanitätern nach.

Kurt drückte ihm sein Smartphone in die Hand. »Was ist
denn?«

»Keine Ahnung. Aber Jayla ist dort drüben und ich habe ein
ungutes Gefühl.« Rush rief den Assistenztrainer an. *Geh ans
Telefon, Chad. Mach schon, geh ran. Verdammt, jetzt nimm
schon …* »Chad? Was ist los? Ist was mit Jayla?«

»Rush? Ja. Jemand muss sie in voller Fahrt angerempelt
haben. Sie ist von der Piste abgekommen und im Wald

gelandet. Den Bäumen konnte sie ausweichen, aber ihre Skier haben sich im Unterholz verfangen und sie ist gestürzt.«

Nein. Lieber Gott, nein. »Blut?«

»Hat sich den Kopf angeschlagen. Nicht sehr schlimm. Die haben sie schon auf einen Rettungsschlitten geschnallt. Keine Knochenbrüche, soweit wir wissen. Aber was mit ihrer Schulter und ihrem Arm los ist, ist noch nicht klar. Du musst rüber zu deinem Rennen.« Das war ein Befehl. Allerdings keiner, den Rush befolgen würde. »Sobald wir mehr wissen, rufe ich dich an.«

Rush gab Kurt das Telefon zurück. Sie erreichten das untere Ende der Piste im selben Moment, in dem die Rettungsmannschaft mit Jayla den Berg heruntergefahren kam. Reglos lag sie auf dem Schlitten. Rush brach kalter Schweiß aus den Poren. Sofort schwärmten Pressevertreter heran.

»Jayla!« Er drängte sich an den Kameraleuten und Reportern vorbei und war erleichtert, in Jaylas Augen nicht Schmerz, sondern Wut zu sehen.

»Irgendein Volltrottel hat mich im Vorbeirasen angerempelt. Ich war wirklich ganz gemütlich unterwegs«, sagte sie durch ihre zusammengebissenen Zähne hindurch.

»Babe. Deine Schulter? Und was noch?«

Die Sanitäter fuhren mit ihr weiter Richtung Parkplatz. Rush ließ sich nicht abschütteln. »Schulter, Arm, Hals«, antwortete einer von ihnen. »Brüche konnten wir bislang nicht feststellen. Flacher Atem, vermutlich durch den Schmerz. Wir bringen sie ins Krankenhaus.«

Jace joggte auf der anderen Seite des Rettungsschlittens mit Jayla mit. Chad hielt die Medienleute davon ab, ihr zu nahe zu kommen.

»Ich fahre mit«, erklärte Rush.

»Ich habe alles im Griff, Rush«, widersprach Chad.

Jayla kniff die Augen zusammen. »Wag es bloß nicht, das Rennen sausenzulassen«, zischte sie mit schmerzverzerrter Miene. »Augenblick, bitte«, sagte sie zu den Sanitätern.

»Ich lasse dich nicht allein.«

»Jace ist bei mir und mir ist nicht viel passiert. Und jetzt los. Gewinn das Rennen für uns beide.«

Ihre verdammte Sturheit zerrte an seinem Herzen.

»Ich bleibe auch bei ihr«, sagte Kurt hinter ihm.

Dass sein Bruder da war, hatte er beinahe vergessen. »Danke, Kurt. Aber ich komme mit, Jayla.«

Sie schüttelte den Kopf.

Chad trat einen Schritt beiseite und zückte sein Telefon. Binnen Sekunden drängten Ordner die Schaulustigen ab und hielten eine Gasse für die Sanitäter, Jayla und Rush frei.

»Rush. Du startest in zwanzig Minuten«, beharrte Chad.

»Ich weiß.« Rush hatte die Skier abgeschnallt und nahm einen der Sanitäter am Arm. »Eine Sekunde, bitte.«

Jace und Kurt traten zwischen die Sanitäter und Jayla.

»Von eins bis zehn?«, wollte Rush wissen.

Sie biss die Zähne zusammen.

»Fünfzehn. Verstanden.« Rush fluchte leise. »Ich könnte das Arschloch umbringen, das dich von der Piste gerempelt hat.«

»Du denkst jetzt nur an dein Rennen, Rush. Es ist bloß meine Schulter, sicher nicht mehr. Mir geht's gut.«

»Dir geht *nicht* gut, Jayla. Und ich bleibe bei dir. Das Rennen interessiert mich jetzt einen feuchten Dreck.«

»Sei still und hör zu. Ich bin verletzt, du nicht. Die Mannschaft zählt auf dich. Ich zähle auf dich. Und jetzt sag Jace, er soll ein Foto von uns machen, damit wir eine Erinnerung an diesen verrückten Tag haben. Und danach bewegst du deinen Hintern hoch auf den Berg, fährst ihn wieder runter und gewinnst. Für mich. Kein Widerspruch, sonst steige ich von diesem blöden Ding und schnalle mir die Skier an. Du weißt, dass ich das fertigbringe.« Sie schaute ihm fest in die Augen. »Jace? Kannst du uns fotografieren?«

Jace trat vor. »Euch fotografieren?«

»Wir machen immer und überall Erinnerungsfotos«, erklärte Jayla. »In jeder Lebenslage.«

»Verdammt, Jayla.«

»Ihr beiden Irren seid definitiv füreinander bestimmt.« Jace zückte sein Smartphone und Rush legte sich neben dem Rettungsschlitten in den Schnee. Er drückte die Wange an Jaylas und Jace machte ein Bild.

»Und jetzt los«, drängte Jayla. »Ich habe Kurt und ich habe Jace. Es wird alles gut, und wenn du nicht gewinnst, kannst du dich auf was gefasst machen.«

»Du machst mich wahnsinnig, Jayla Stone. Ich bestehe auf meinen Rechten als fester Freund.«

Jayla biss die Zähne zusammen. »Wenn du deine Rechte als fester Freund behalten willst, dann rauf auf den Berg mit dir. Und komm als Schnellster wieder runter.«

»Du bist die dickköpfigste, sturste Frau, die ich kenne.« Behutsam legte Rush eine Hand an ihre Wange und küsste sie zart auf die Lippen. »Ich bin stinksauer, dass du mich wegschickst.«

»Aber du hast trotzdem ein paar Gründe, mich zu lieben.«

Rush schaute von Jace zu Kurt. »Ihr lasst sie nicht aus den Augen.«

»Als bräuchte ich dazu eine Aufforderung.« Jace verschränkte die Arme vor der Brust.

»Ich werde an ihr kleben wie die Tinte am Papier.« Kurt

nickte mit Nachdruck.

Rush schaute Jayla an. »Wenn wir das hier hinter uns haben und deine Schulter verheilt ist, fahre ich erst mal eine Woche lang mit dir weg, damit wir ...« Sein Blick huschte zu Jace, der den Kopf schüttelte und beiseite schaute. Rush senkte die Stimme. »... ganz viel Zeit für uns allein haben. Keine Rennen, kein Stress, keine Mannschaft, kein Trainer und keine Ablenkungen. Nur du und ich mit Sand zwischen den Zehen und einem warmen Bett in der Nacht.«

»Gewinn das Rennen oder ich werde sehr, sehr lange nicht mehr in deinem warmen Bett liegen.«

»Du treibst mich in den Wahnsinn, aber wie du mich motivieren kannst, weißt du genau.«

Dreiunddreißig

Später am Abend war Jayla endlich zurück in ihrem Chalet und konnte sich ausruhen. Sie hatte eine Reihe von Untersuchungen hinter sich, hatte mit Ärzten und Chirurgen im Krankenhaus und mit dem Mannschaftsarzt gesprochen. Und von ihrem Trainer hatte sie sich eine Predigt anhören müssen, die mehr wehgetan hatte als alle Untersuchungen zusammen. Sie hatte stärkere Schmerzmittel bekommen, und dass Kia an ihrer Stelle das Rennen gewonnen und Rush die Konkurrenz geradezu von der Piste gefegt hatte, stimmte sie trotz allem sehr froh.

Mit dem Arm in einer Schlinge saß sie auf der Couch und genoss das prasselnde Kaminfeuer. Rechts neben ihr saß Rushs Schwester Siena, links von ihr Jacks Verlobte Savannah. Sienas hochgewachsener, muskulöser Freund Cash Ryder leistete als Feuerwehrmann bei riskanten Einsätzen an vorderster Front ganze Arbeit. Die beiden gaben ein wunderschönes Paar ab und Siena konnte die Augen nicht von ihm lassen. Cash, Jack, Kurt und Jace standen am Kamin und unterhielten sich über das neue Motorrad, das Jace gerade baute. Ein echtes Männergespräch. Testosteron waberte bis in die hintersten Winkel des Chalets. Jayla schaute zu Rush hinüber, der mit seinen Eltern plauderte, und war unendlich erleichtert, dass ihre schlimmsten Was-wäre-Wenns ihr keine Angst mehr machten. Sie hatte geglaubt, mit dem möglichen Ende ihrer Skikarriere käme automatisch ein Gefühl großer Leere und Verlorenheit. Doch mit Rush an ihrer Seite würde sie sich immer tief erfüllt fühlen. Ganz gleich, wie es mit dem Leistungssport weiterging.

Rushs Angehörige kannte Jayla seit Ewigkeiten, doch zum ersten Mal fiel ihr auf, wie Rush die Schultern zurücknahm, wenn er mit seinem Vater sprach, und wie weich seine Züge im Gegensatz dazu wurden, wenn er sich seiner Mutter zuwandte. James Remington merkte man seinen militärischen Hintergrund deutlich an. Disziplin und harte Arbeit waren sein Credo. Doch Jayla sah noch ganz andere Dinge. James Remingtons Blick mochte stählern sein und er hielt sich kerzengerade, doch wenn Rush redete, hörte sein Vater ihm aufmerksam zu. Oft hob er interessiert die Brauen, manchmal kräuselte sich einer seiner Mundwinkel nach oben oder seine Züge wurden ein wenig weicher. Dann erinnerte seine Mimik an Rushs schiefes Grinsen, in das sie so verliebt war. Sie fragte sich, ob sich unter James Remingtons harter Schale ein weicher Kern verbarg, den er vielleicht selbst kaum kannte.

Genau wie bei mir.

Rushs Liebe hatte ihre harte, kämpferische Schale an vielen Stellen aufgebrochen. Mit ihm zusammen musste sie nicht andauernd stark sein, sondern durfte sich fallen lassen. Das war ein schönes Gefühl, auch wenn sie sich erst daran gewöhnen musste. Denn in den vielen Jahren, in denen sie auf sich allein gestellt immer alles aus sich herausgeholt hatte und an ihre Grenzen gegangen war, hatte sie verlernt, sich helfen zu lassen. Aber Rush war wunderbar fürsorglich. Mit seiner Warmherzigkeit und seiner Entschlossenheit hatte er ihr geholfen, sich selbst und ihre Zukunft klarer zu sehen.

Savannah berührte Jayla am Bein. »Du musst dich also wirklich operieren lassen?«

»Leider ja. Sobald ich wieder in New York bin, ist es so weit. Von selbst wird der Riss im Knorpelring leider nicht heilen. Sechs Wochen nach der Schulter-OP kann ich mit der Reha beginnen.« Zuerst hatte sie geglaubt, die Verletzung wäre das Ende der Welt. Doch dank Rushs Unterstützung und durch die Gespräche mit den Ärzten hatte sich ihre Einschätzung verändert. Sie stand jetzt vor einem Berg, den es zu überwinden galt. Und mit Bergen kannte sie sich aus.

»Wirst du weiterhin Rennen fahren können?« Savannah strich sich das lange rotbraune Haar von der Schulter. In ihre Augen trat Mitgefühl.

»Das wird sich erst in ein paar Monaten zeigen. Bis dahin wird sie nichts riskieren.« Rush setzte sich vor Jayla auf den Couchtisch und schaute ihr in die Augen. Er warf ihr sein sexy Grinsen zu, und Jayla wünschte sich, sie wäre nie auf die blöde Idee gekommen, noch eine letzte Abfahrt zu wagen. Dann hätte sie jetzt die Arme um ihn schlingen können.

Siena beugte sich vor. »Ich weiß, du wirst gut auf sie aufpassen.« Sie lehnte sich zurück und sagte zu Jayla: »Und ich weiß auch, dass du keinen Aufpasser brauchst. Aber Rush hat recht. Du darfst nichts übereilen.«

Jace gesellte sich zu ihnen. »Daran muss man meine kleine Schwester tatsächlich ab und zu erinnern.«

Jayla verdrehte die Augen.

»Jayla, Liebes, ich bin so froh, dass nicht noch Schlimmeres passiert ist. Immer wenn ihr beide eure Rennen fahrt, mache ich mir riesige Sorgen.« Rushs Mutter Joanie legte ihrem Sohn eine Hand auf die Schulter. Sie trug eine bunte Bluse, die bis kurz über den Bund ihrer Hose mit den weit schwingenden Beinen reichte. Im Gegensatz zu ihrem recht steifen Ehemann in seiner dunklen Hose und dem gestärkten Hemd wirkte sie erfrischend locker und entspannt.

»Das kann ich bezeugen. Bei den Fernsehübertragungen hält sie sich manchmal die Augen zu«, ergänzte Kurt.

»Wirklich, Mom?« Rush lachte.

»Warte nur, bis du eigenen Nachwuchs hast. Dann geht es dir genauso. Sorgen machen ist für mich ein Dauerzustand. Jack fliegt mit seinem kleinen Buschflugzeug in die wildesten Ecken des Landes, ihr beide jagt in halsbrecherischem Tempo über steile Schneehänge und Sage und Kate brechen alle paar Wochen zu einem anderen Abenteuer auf. Dass ich überhaupt noch hin und wieder ein Auge zutue, grenzt an ein Wunder.«

»Bitte erwähne mich und Nachwuchs nicht im selben Atemzug«, sagte Rush.

Du willst keine Kinder? Vor seiner Familie wollte Jayla ihm diese Frage nicht stellen. Über Kinderwünsche hatten sie nie geredet, doch bei seinem Kommentar zog sich ihr Herz ein wenig zusammen.

»Ach, stell dich nicht so an«, antwortete seine Mutter.

Er schaute zu Jayla. »Danke, Mom. Als hätte sie im Moment keine anderen Probleme.«

Wieder einmal staunte Jayla, wie mühelos er sie durchschaute.

»Keine Sorge, Babe«, sagte Rush. »Ich wünsche mir eine Familie. Ich finde nur, meine Mutter sollte mich … uns … nicht drängeln.«

Uns. Familie. Das Atmen fiel ihr sofort wieder ein wenig leichter. Doch jetzt schauten alle sie an und sie wurde verlegen. Sie versuchte, es mit einem Scherz zu überspielen. »Wir haben gerade erst das Daten entdeckt. Verheiratet sind wir noch nicht.«

Ein seltsamer Ausdruck, den Jayla nicht deuten konnte, trat auf Rushs Züge.

»Wir schenken euch gerne ein paar Enkel.« Savannah griff nach Jacks Hand.

Cash nahm Sienas Hand in seine. »Und wir wollen auch irgendwann Kinder haben.«

Siena schaute ihn an und lächelte. »Ringe und feierliche Versprechen haben wir zwar noch nicht ausgetauscht, glauben aber ganz fest, dass wir für immer zusammen sein werden.«

Kurt stellte sich neben Jace. »Findest du die Luft hier drin plötzlich auch ein bisschen zu süß und zu klebrig?«

»Die reinste Zuckerwatte. Meinst du, du könntest die Szene ein wenig umschreiben?« Jace schaute zur Schlafzimmertür. »Vielleicht die kitschigen Stellen streichen und lieber etwas Dunkles, Mysteriöses anklingen lassen?«

Kurt ließ den Blick durch den Raum schweifen, und Jayla sah ihm geradezu an, wie er die Dialoge im Kopf überarbeitete. Doch Rush musterte sie noch immer auffallend ernst, und langsam fragte sie sich, warum.

»Hey! Familienabende werden nicht umgeschrieben«, widersprach Joanie.

»Keine Sorge, Mom. Hier drin finde ich nicht den kleinsten Ansatz für etwas Dunkles, Mysteriöses. Ich glaube, den Kitschfaktor werden wir heute Abend nicht los.«

»Wunderbar«, seufzte seine Mutter. »Ich bin so glücklich, dass Jayla und Rush jetzt zusammen sind. Die beiden kennen einander in- und auswendig.« Sie lächelte Jayla an. »Ihr wisst mehr übereinander als viele Ehepaare. Und ihr liebt euch trotzdem. Das sagt eigentlich alles.«

Rush nahm Jaylas Hand. »Ich bin auch überglücklich,

Mom. Und eigentlich müssen wir Jack dafür danken.« Er schaute Jack an, der sich neben Savannah an die Armstütze der Couch lehnte.

»Was soll ich sagen? Wunder sind nun mal meine Spezialität«, flachste Jack.

Jayla unterdrückte ein Gähnen. Die stärkeren Schmerzmittel machten sie müde. »Dass ihr bei Rushs letztem Saisonsieg dabei sein konntet, ist superschön. Nur Kurt und Jace haben alles verpasst, weil die Ärmsten bei mir im Krankenhaus saßen.«

Jace zog einen Zettel aus der Tasche seiner Jeans und wedelte damit. »Ich habe die Zeit gut genutzt, Schwesterchen. Morgen Abend habe ich ein Date mit einer heißen Krankenschwester.«

»Blond?« Kurt hatte ebenfalls einen Zettel in der Hand und betrachtete ihn nachdenklich. »Christie?«

»Nicht dein Ernst«, sagte Jace kopfschüttelnd.

»Doch. Mein Smartphone hatte keinen Empfang und ich durfte freundlicherweise das Stationstelefon benutzen. Als ich mich bei der Schwester bedankt habe, sind wir ins Plaudern gekommen und …« Er zuckte die Achseln. Dann zerknüllte er den Zettel und gab ihn Jace. »Ich habe einen Abgabetermin für ein Manuskript, werde mich auf Cape Cod einschließen und die Finger erst wieder von der Tastatur nehmen, wenn der letzte Satz geschrieben ist. Also sieh zu, dass du mich würdig vertrittst.«

Jace warf beide Zettel in den Müll. »Nein danke.«

»Soll das heißen, ihr beide habt während meiner Untersuchungen Frauen angebaggert?« Jayla gähnte. »Na prima. Hört mal, ihr solltet alle zusammen zum Abendessen gehen oder irgendwas unternehmen. Ihr seid von weit her angereist und müsst nicht hier bei mir im Chalet herumsitzen.«

»Die Familie geht vor und du gehörst zur Familie.« Jack drehte sich zu Jace. »Du auch, Jace. Jetzt, wo mein Bruder endlich das Hirn nicht mehr in der Hose …«

Sein Vater machte einen Schritt auf Jack zu, senkte das Kinn und brachte ihn mit einem durchdringenden Blick zum Verstummen.

»Danke, Jack. Irgendwann musste aus den beiden ja ein Paar werden«, sagte Jace.

»Schön, dass du dir da so sicher warst. Ich dachte schon, ich müsste mich für alle Zeiten mit meinen Rush-Fantasien begnügen.«

»Fantasien? Hmmm. Darüber müssen wir uns dringend unterhalten.« Rush beugte sich vor und küsste sie.

Eine kleine Hitzewelle erfasste sie, und sie spürte, wie sie rot wurde.

»Rush«, flüsterte seine Mutter vorwurfsvoll.

»Das war nur ein unschuldiger Kuss.«

»Ich meine den Kommentar, nicht den Kuss«, gab sie zurück.

»Sorry, Mom.« Rush stand auf. »Möchtet ihr lieber in ein Restaurant oder sollen wir uns Essen herbestellen? Ich glaube, nach diesem anstrengenden Tag hat Jayla keine Lust auf einen Ausflug in die Stadt.«

»Es geht schon«, log sie. Die vergangene Woche mit ihren Aufs und Abs saß ihr in den Knochen. Und jetzt, wo die Verletzung nicht mehr als diffuse dunkle Wolke über ihrem Kopf hing, wo sie eine professionelle Diagnose und wirkungsvolle Schmerzmittel hatte, machte sich tiefe Müdigkeit in ihr breit. Sie konnte es kaum erwarten, sich wieder in Rushs Arme zu kuscheln und dort auszuruhen.

»Ach du meine Güte. Du musst total erledigt sein, Jayla. Daran hätten wir denken müssen. Tut mir leid, Liebes«, sagte Joanie. »Was meinst du, James? Sollen wir mit dem ganzen Trupp irgendwohin zum Essen gehen und Jayla ein bisschen Ruhe gönnen? Morgen ist auch noch ein Tag.«

Rushs Vater legte seinem Sohn eine Hand auf den Rücken. »Ich bin stolz auf dich, Junge.«

Rushs Blick und dass er vor seiner Antwort erst einmal heftig schluckte, verrieten Jayla, wie viel die Worte seines Vaters ihm bedeuteten.

»Danke, Dad.«

»Ich war immer stolz auf dich, habe dir das aber wohl nicht oft genug gesagt. Das tut mir leid. Auf meine alten Tage lerne ich, dass meine Kinder nicht, wie ich wohl glaubte, meine Gedanken lesen können.« Er lächelte zu Jack hinüber.

Savannah griff nach Jacks Hand. Jayla wusste, dass er und sein Vater nach Lindas Tod einen heftigen Streit gehabt hatten. Erst nachdem Jack und Savannah zusammengekommen waren, hatten die Männer sich ausgesöhnt. Die Liebe und Wärme in Rushs Familie zu erleben, weckte in ihr den Wunsch, ein Teil davon zu werden.

»Danke, Dad. Das bedeutet mir sehr viel.« Rush umarmte seinen Vater, und Jayla fragte sich, ob sie die Einzige war, der auffiel, wie erstickt Rushs Stimme klang.

Sein Vater drehte sich zu ihr. »Und auf dich bin ich auch stolz. Ich kenne dich, seit du zwölf warst. Oder dreizehn?« Er schüttelte den Kopf. »Genau weiß ich es nicht. Ich weiß nur, dass du immer unglaublich entschlossen und unglaublich stark warst.« Er nickte. »Und du hast immer zu meinem Sohn gehalten. Im Grunde ist das doch alles, was zählt.«

»Dad?« Kurt legte seinem Vater eine Hand auf die Schulter.

»Geht es dir gut? Du hast doch keine lebensbedrohliche Krankheit oder so was?«

James Remington fuhr sich mit der Hand übers Gesicht und schaute seine Frau an. Joanie nickte und lächelte. »Nein, Kurt. Ich strenge mich nur an, ein besserer Mann zu werden.«

»Eurem Vater ist in letzter Zeit klargeworden, dass seine Ermahnungen und seine Strenge oft die wahre Botschaft an euch Kinder überlagert haben.«

Rush lächelte Jack an. »Es ist nie zu spät, sich zu ändern.«

»Okay, genug Drama und Gänsehautmomente für heute«, sagte Joanie und machte sich auf den Weg zur Tür. »Rush und Jayla haben einen harten Tag hinter sich.«

Rush griff nach Jaylas Hand. »Mom hat recht. Ich kann für uns beide etwas bestellen oder uns in der Lodge etwas holen. Du musst furchtbar müde sein.«

Jayla bemerkte das Aufglimmen von Verlangen in seinen Augen und spürte, wie ihr erneut die Röte in die Wangen kroch. »Ein bisschen schon«, gab sie zu. »Tut mir leid, ich möchte euch nicht rauswerfen.«

Jace küsste Jayla auf die Wange. »Ich bin stolz auf dich.«

Savannah stand auf. »Ja, ruht euch aus. Hoffentlich tut es nicht zu sehr weh, Jayla.« Sie zeigte auf ihre Schulter.

»Die Tabletten machen es ganz erträglich, danke.«

»Rush. Gratuliere, Bruderherz.« Kurt klopfte Rush auf den Rücken.

»Hattest du Zweifel, dass ich gewinne?« Rush grinste.

»Ich gratuliere dir dazu, dass du endlich mit Jayla zusammen bist.«

»Blödmann.«

»Jungs.« Joanie schüttelte den Kopf. Dann umarmte sie Jayla vorsichtig. »Gute Besserung. Und lass dich von Rush nicht zu lange wachhalten.«

»Er kümmert sich ganz rührend um mich.« Jayla schmiegte sich an Rushs Seite. »Wenn ich ihn lasse.«

Jace zeigte mit dem Finger auf sie. »Du bist verletzt und es ist keine Kleinigkeit. Lass dich von Rush bedienen und umsorgen, sonst komme ich her und tue es selbst.«

»Großer Gott, nein. Bei dir darf ich nie mehr als eine Handvoll Gummibärchen auf einmal essen. Rush, *bitte* kümmere du dich um mich.«

Vierunddreißig

Rush konnte es kaum erwarten, bis endlich alle gegangen waren. Seit Jayla gesagt hatte, sie hätten gerade erst das Daten entdeckt, wollte er mit ihr reden. Im Grunde stimmte das ja. Aber war zwischen ihnen nicht so viel mehr?

Jayla lehnte neben der Haustür an der Küchentheke. »Ich fürchte, wir haben sie rausgeworfen.«

»Sie wissen, dass du Ruhe brauchst.« Er legte die Hände an ihre Hüften und vergrub die Nase an ihrem Hals. »Und ich bin froh, dass sie weg sind. Du hast mir gefehlt.«

»Hmm … Und du bist irgendwie wie Gummibärchen.«

Er hob den Kopf und schaute ihr in die Augen. »Wie Gummibärchen?«

»Ja. Ich kriege nie genug von dir.« Sie stellte sich auf die Zehenspitzen und küsste ihn aufs Kinn.

»Was macht deine Schulter?«

»Tut weh.«

»Schonungslose und absolut wunderbare Ehrlichkeit. Wer bist du?« Behutsam strich er mit dem Finger über ihre Wange. Er wollte ihr nicht mit unüberlegten Bewegungen aus Versehen wehtun. »Glaubst du, ein warmes Bad würde helfen?«

»Nur, wenn du mit mir in die Wanne steigst. Ich fühle

mich, als wären wir ein ganzes Jahr getrennt gewesen.«

Er legte den Mund auf ihren und küsste sie zärtlich.

»Prima Idee. Ich kann dir aber nicht versprechen, meine Hände bei mir zu behalten.« Vielleicht würde ein Bad die Anspannung lösen, die sich in ihm breitgemacht hatte. Wie er mit ihr übers Daten und andere Dinge sprechen sollte, musste er sich noch überlegen. Aber wenn er es nicht tat, würde das Thema ihn die ganze Nacht lang beschäftigen.

»Damit kann ich leben.«

Er ließ das Bad ein. Erst half er Jayla, die Schlinge abzulegen, dann ihr Shirt und den BH. Er drückte eine Hand an die Stelle über ihrem Herzen und schaute ihr in die Augen.

»Dein Herz schlägt wie verrückt«, flüsterte er.

»Ich spüre es. Ich kann nichts dafür. Immer wenn wir uns nahe sind, möchte ich dir noch näher sein.«

Der Hunger in ihren Augen zog seine Lippen zu ihren. Sie schmeckte so gut, so süß so … *Jayla.*

»Lieb mich«, flüsterte sie. »Lieb mich ganz.«

Er legte eine Spur aus Küssen über ihren Hals. Sie vergrub die linke Hand in seinem Haar und zog seinen Mund zu ihrer Brust. Er liebte es, wenn sie ihn so drängte. Er küsste, leckte und streichelte ihre seidige Haut, bevor er mit den Daumen ihre Nippel rieb und dann gierig ihren Mund verschlang. Hastig riss er sich das Shirt herunter und schmiegte dann ganz sanft die Brust an ihre. Auf keinen Fall wollte er ihre rechte Seite zu sehr drücken oder erschüttern.

»Dich so zu spüren, ist der Himmel«, flüsterte er.

Jayla atmete schwer, die Lider hatte sie halb geschlossen. Seine Lippen tasteten sich von ihrer verletzten Schulter über ihren Arm, und er wünschte sich, er könnte alle Schmerzen wegküssen und ihr die Verletzung abnehmen. Ihre Haut war warm und er war hart. So hart.

»Schnell ins Bad«, sagte er zwischen zwei Küssen. »Oder ich nehme dich gleich hier und das tut deinem Arm vielleicht nicht gut.«

»Meine Hose wäre im Weg.« Sie biss sich auf die Unterlippe. Das verführerisch freche Blitzen in ihren Augen machte ihn noch kribbeliger.

Er half ihr, die Hose auszuziehen, dann stieg er aus seiner. Sie hielt ihre linke Hand vor seinen Mund.

»Leck sie. Schnell.«

Heiliger Bimbam. Er ließ die Zunge über ihre Handfläche gleiten. Das fühlte sich so unerwartet erotisch an, dass seine Hoden sich zusammenzogen.

Jayla rieb mit der befeuchteten Hand seine Härte und brachte ihn damit fast um den Verstand.

»Jayla.« Seine Stimme klang rau und heiser und war durchdrungen von der Lust, die er auf keinen Fall wegdrängen wollte. Ihre Berührung war magisch, fest und feucht, erst langsam, dann schnell. Nur unter Aufbietung all seiner Selbstbeherrschung gelang es ihm, nicht sofort zu kommen. »Jay...«

»Heb mich auf die Theke.«

Mit Vergnügen.

Sein Herz schlug so schnell und war so voller Liebe zu ihr, dass er glaubte, es müsste bersten. Er legte die Hand an ihre wartende Mitte, dann leckte er ihren Geschmack von seinen Fingern. Ihre Augen weiteten sich und zogen sich wieder zusammen. Sie beugte sich vor, drückte Küsse auf seine Unterlippe und sein Kinn und knabberte dann an seinem Ohrläppchen. Nur mit Mühe hielt er sich davon ab, sie mit einem harten, leidenschaftlichen Stoß zu nehmen. Sie zog ihn an sich und schlang die Beine um seine Taille. Langsam schob er sich in sie, sorgsam darauf bedacht, ihre rechte Seite nicht zu erschüttern. Als er tief in ihr vergraben war, hielten sie beide inne.

Der Himmel auf Erden.

»Alles okay?« Forschend schaute er ihr in die Augen.

»Mehr als okay.«

»Schmerzen?«

Sie schüttelte den Kopf, schlang den linken Arm um ihn und schob sich nach vorn. Dabei nahm sie ihn tiefer in sich auf. Ein lustvolles Stöhnen stieg aus seiner Brust. Mit beiden Händen hielt er ihre Hüften fest und zog sich zurück. Dann tauchte er ohne Hast wieder tief in sie ein, spürte jeden überempfindlichen Zentimeter und merkte, wie sie sich um ihn zusammenzog. Ein bisschen verloren sie danach beide die Beherrschung. Jaylas Muskeln spannten sich, sie schnappte nach Luft und Rush stieß härter, schneller und tiefer. In seinem Bauch breitete sich ein Feuer aus, während Jaylas Atemzüge kürzer und flacher wurden.

»Rush … mehr, weiter … oh Gott.«

Er fing ihre süßen, sexy Laute mit den Lippen auf und atmete Luft in ihre Lunge, bis sie Augenblicke später zum Höhenflug ansetzte und ihn mit sich riss.

Als er irgendwann wieder atmen konnte, vergrub er eine Hand in ihrem Haar und küsste sie liebevoll. Es war nicht genug. Mit Jayla war es das nie. Sein Herz öffnete sich ihr auf eine Weise, die er nie für möglich gehalten hätte, und er wollte sie in jedem Winkel seines Lebens. Die Gefühle, die in ihm aufwallten, waren so stark, dass ihm fast Tränen in die Augen stiegen.

Er trug sie zur Badewanne und legte sie ins warme Wasser. Dann setzte er sich hinter sie. Mit einem zufriedenen Seufzen lehnte sie sich an ihn. Rush legte ihr das Haar über die linke Schulter und küsste zart ihre rechte. Er wollte gar nicht daran denken, wie groß ihre Qualen sein mussten. Nie wieder würde er sich von ihr wegschicken lassen, wenn er das Gefühl hatte, dass sie in Gefahr war, Schwierigkeiten hatte oder Schmerzen litt. Auch dass sie nach dieser Woche in Colorado in ihr eigenes Apartment am Stadtrand von New York zurückkehren und sie sich nur ein paarmal die Woche sehen würden, wollte er sich nicht vorstellen. Er wollte sich keine Gedanken machen müssen, bei wem sie die Nacht verbringen sollten und wer am Morgen ohne frische Kleider dastehen würde. Keine einzige Nacht wollte er mehr ohne sie sein.

»Zieh bei mir ein.« Die Worte kamen wie von selbst und fühlten sich zutiefst richtig an.

Sie drehte sich in der Wanne, und er half ihr, die Beine um seine Taille zu legen. Ihr Blick huschte über sein Gesicht, als wollte sie ergründen, wie ernst es ihm war.

»Zieh bei mir ein«, wiederholte er. »Du hast gesagt, wir hätten gerade erst das Daten entdeckt. Aber ich glaube, es ist viel mehr und viel größer als das.« Er ließ ihr keine Zeit für eine Antwort. »Spürst du es auch? Kann es sich so anfühlen, wenn man einfach bloß datet? Oder bringe ich etwas durcheinander? Denn so wie mit dir ging es mir noch nie.«

»Es ist viel größer als daten. Mehr«, sagte Jayla mit einem Lächeln.

»Ich möchte nie wieder ohne dich in meinen Armen aufwachen. Ich möchte, dass du dich in deiner Flanellpyjamahose auf der Couch an mich kuschelst und Gummibärchen isst. Ich will der Kerl sein, auf den du wütend wirst, wenn er dich zu sehr begluckt. Und ich will der sein, dem du *Mehr!* ins Ohr flüsterst, wenn du in seinen Armen vergehst.«

Sie errötete. Rush war ein durch und durch gestählter Athlet, doch ihm fehlte die Kraft, seine Gefühle für Jayla im Zaum zu halten. Sie packten ihn mit der Stärke eines Hurrikans und ließen ihn mit der Sehnsucht nach mehr zurück.

»Ich liebe dich, Jayla.«

»Ich …« Sie zitterte. »Ich liebe dich so sehr, dass ich es kaum aushalte.« Sie blinzelte gegen die Tränen an, die in ihre Augen drängten.

Ihre Fingerspitzen suchten seinen Bauch. Er lehnte die Stirn an ihre und schloss einen Herzschlag lang die Augen. Als er sie wieder öffnete, glitt eine Träne über ihre Wange, und seine Brust zog sich zusammen.

»Heirate mich.«

»Rush …«

»Dein fester Freund zu sein, ist nicht genug. Ich will der Vater deiner Kinder werden und möchte eines Tages erleben, wie sie sich verlieben, so wie unsere Eltern es bei uns erlebt haben. Heirate mich, Jayla.« Die Worte kamen unaufhaltsam und wie von selbst. »Ich weiß, es geht alles sehr schnell. Aber fünfzehn Jahre sind eine lange Zeit.« Er hielt lange genug inne, um zu merken, dass sie tatsächlich zitterte. Schnell angelte er ein Handtuch von der Stange neben der Badewanne und legte es ihr um die Schultern. Die Ränder tauchten ins Wasser ein und er schlang die Arme um sie.

»Liebst du mich?«, flüsterte er.

»Ich liebe dich, seit ich dreizehn war«, sagte sie an seinem Hals.

Er stieß den Atem aus, den er angehalten hatte, ohne es zu merken.

»Schau mich an.« Sie lehnte sich zurück und sah ihm forschend in die Augen. »Woher weißt du, dass du nicht in einem halben Jahr genug von mir hast?«

»Weil ich in den ganzen fünfzehn Jahren keine einzige Stunde lang von dir genug bekommen habe. Und weil mir schon bei der Vorstellung übel wird, nicht bei dir sein zu können.«

Das brachte ihm ein Lächeln ein.

»Woher weißt du, dass du mich nicht mit völlig anderen Augen sehen wirst, falls es nach der Operation für mich mit dem Skifahren vorbei ist?«

»Weil ich dich auf dem Rettungsschlitten gesehen habe und in derselben Sekunde wusste, dass ich bei dir bleiben und mich um dich kümmern würde, selbst wenn du dich nie wieder bewegen könntest. In jeder Minute an jedem einzelnen Tag. Du bist mein Alles.«

Ihr Blick sprang zwischen seinen Augen hin und her. Dann lächelte sie erneut. »Ich bin dein … Du sagst die Wahrheit. Wort für Wort. Das liebe ich.«

»Liebst du mich genug, um jeden Tag neben mir aufwachen zu wollen? Hast du irgendwelche Zweifel an mir oder meiner Liebe zu dir?«

»Ja. Nein, nicht den allerkleinsten. Nächste Frage.«

Er lächelte. »Möchtest du Kinder von mir haben? Eines Tages?«

Sie schluckte, dann glitt eine weitere Träne über ihre Wange. »Ja.«

»Und wirst du deine Gummibärchen mit mir teilen?«

»Immer. Vielleicht. Wahrscheinlich.«

Er lachte. »Oder möchtest du mich lieber doch erst mal nur daten?«

»Ich wollte dich nie nur daten. Ich wollte schon immer deine Frau werden.«

Zart legte sie die Hand an seine Wange, und er sog die Berührung in sich auf, genau wie die Liebe in ihren Augen.

»Ist das ein Ja?«

»Das ist definitiv ein Ja. Ja, Rush. Großer Gott, ja.«

Liebe zwischen den Zeilen

Die Remingtons

LOVE IN BLOOM – HERZEN IM AUFBRUCH

Eins

Die Wellen nippten am Strand nahe des Bungalows mit seiner Zedernholzfassade, auf dessen Veranda Kurt Remington gerade vor der Tastatur saß und an seinem aktuellen Manuskript arbeitete. *Finstere Zeiten* musste bis Ende des Monats bei seiner Agentin sein, und Kurt war in sein Ferienhaus in Wellfleet am Cape Cod in Massachusetts gekommen, um das Projekt den Sommer über zu Ende zu bringen. Den Rest des Jahres lebte er außerhalb von New York City und schrieb täglich, manchmal zehn oder zwölf Stunden ohne Pause. Aber im Sommer genoss er den Tapetenwechsel auf Cape Cod, wo er sich von der frischen Luft und dem Geräusch des Meeres inspirieren lassen konnte.

Das Grundstück hatte er vor ein paar Jahren von einem Maler aus der Region gekauft, und eigentlich hatte er das alte Atelier, das eingebettet in eine Baumgruppe am anderen Ende des Grundstücks lag, renovieren wollen. Anfangs war Kurt davon ausgegangen, er könnte das Atelier als Rückzugsort zum Schreiben nutzen, getrennt von seinem Wohnbereich, damit er das Haus zum Arbeiten verlassen musste und so vielleicht auch ein wenig das Leben genießen konnte und nicht den Druck verspürte, rund um die Uhr zu schreiben. Letztendlich war er aber zu dem Schluss gekommen, dass das Atelier zu weit weg von dem Ausblick und den Geräuschen lag, die ihn inspirierten, und ihn das noch mehr zu einem Einsiedler machen würde, als er es ohnehin schon war. Ihm war natürlich klar, dass ihn nicht der Ort, an dem sein Computer stand, unter Druck setzte. Ein innerer Drang und seine Liebe zum Schreiben trieben seine Finger in jeder wachen Minute zur Tastatur. Der Gedanke, das Atelier zu einer Ferienwohnung zu machen, lag nahe, aber das würde den Wunsch voraussetzen, Gäste zu haben, und das wiederum würde bedeuten, dass er einen Teil seiner geliebten Schreibzeit aufgeben müsste, um sich um die Gäste zu kümmern. Also blieb das Atelier unberührt, in Erwartung auf … etwas. Auch wenn er keine Ahnung hatte, was das sein könnte.

Das Sommerhaus befand sich an einer Privatstraße auf einer Düne, an die sich direkt ein Privatstrand anschloss. Kurt spürte, wie die Luft sich veränderte. Er hob kurz den Blick, registrierte die dunkler werdenden Wolken und den drohenden Regen. Es war Abend, zwanzig nach sieben, und er schrieb seit neun Uhr morgens, wie jeden Tag. Gleich nach seinem Drei-Meilen-Lauf, den zwei Tassen Kaffee und einem kurzem Blick in die Zeitung und die E-Mails fing er an. Wenn Kurt erst einmal in seine Geschichte abgetaucht war, wechselte er – wenn er sich nicht gerade etwas zu essen holte – kaum seinen Standort. Die Vorstellung, ins Haus umzuziehen und seinen Gedankengang zu unterbrechen, war beunruhigend.

Er legte die Hände wieder auf die Tastatur und las noch einmal die letzten Sätze des Manuskripts, das sein dreizehnter Thriller werden sollte. In der Ferne bellte ein Hund, und Kurt zog die dichten, dunklen Augenbrauen zusammen, ohne den Rhythmus seiner Anschläge zu verändern. Kurt hatte es nicht in die Riege von Patterson, King und Grisham geschafft, indem er sich leicht ablenken ließ.

»Pepper! Komm schon, Junge!« Eine Frauenstimme durchkreuzte seine Konzentration. »Komm schon, Pepper. Wo bist du?«

Kurts Finger zögerten nur einen kurzen Moment lang, dann war er wieder bei dem Killer, der in seiner Geschichte vor dem Fenster lauerte.

»Pepper!«, schrie die Frau erneut. »Ach Mensch, Pepper, muss das sein?«

Kurt schloss kurz die Augen, während der Wind auffrischte. Die Frauenstimme lenkte ihn sehr wohl ab. Er atmete einmal tief durch und machte sich wieder an die Arbeit. Kurt sehnte sich nach Stille. Je ruhiger es war, umso besser hörte er seine Figuren und konnte er ihre Probleme durchdenken. Er versuchte, das laute Planschen zu ignorieren, und schrieb weiter.

»Pepper! Pepper, nein!«

Großartig. Er hoffte, noch ein paar Stunden auf der Veranda schreiben zu können, bevor er einen Spaziergang am Strand machte, aber wenn diese Frau weiter so herumkrakeelte, müsste er drinnen weiterarbeiten – und wenn Kurt eines hasste, dann war es ein Ortswechsel während er mitten drin in seiner Geschichte war. Schreiben war eine Kunst, die totale Konzentration erforderte. Mit der Effizienz eines Militärausbilders hatte er sein Können verfeinert, was vielleicht damit zusammenhing, dass sein Vater ein Vier-Sterne-General war.

Das Geplansche hörte nicht auf.

»Oh nein! Pepper? Pepper!«

Die Stimme der Frau wurde panisch und zerriss seine Konzentration. Seine Schwester Siena fiel ihm ein, und einen kurzen Moment dachte er darüber nach, aufzustehen und nachzusehen, ob die Sorge der Frau berechtigt war. Dann erinnerte er sich daran, dass seine Schwester oft überreagierte. Frauen reagierten oft über.

»Pepper! Oh nein!«

Ein älterer Bruder zu sein, hatte Kurt schon in jungen Jahren ein Verantwortungsgefühl eingeimpft, das er sehr ernst nahm. Diese laute Frau da draußen war die Tochter von irgendjemandem. Sein Gewissen gewann gegen seinen Wunsch nach Konzentration, und so stand er mit einem Seufzer vom Tisch auf und ging ans Geländer. Er entdeckte eine Frau, die hüfttief in den unruhigen Wellen des Ozeans stand.

»Pepper! Du meine Güte, bitte, komm zurück, Pepper!«, schrie sie.

Kurt folgte ihrem Blick weiter aufs Meer hinaus, das immer unruhiger wurde, während sich die Wolken verdunkelten und der Wind noch stärker auffrischte. Nirgends im Wasser sah er einen Hund. Er schaute über den leeren Strand – auch kein Hund in Sicht.

»Pepper! Bitte, Pep! Komm her, Junge!« Die nächste Welle riss sie um, sie fiel auf den Hintern und versuchte mühsam, wieder auf die Füße zu kommen.

Herrschaftszeiten! Musste das jetzt wirklich sein? Das konnte er beim besten Willen nicht gebrauchen. Er beobachtete, wie sie sich durch die Brandung kämpfte. Sie stand jetzt bis zu den Schultern im Wasser. Kurt kannte die Gefahren von heftigen Strömungen und Stürmen und fragte sich, warum zum Henker sie offensichtlich davon keine Ahnung hatte. Bei einem aufkommenden Sturm hatte sie im Wasser nichts zu suchen.

Regentropfen fielen auf Kurts Arme. Er wischte sie mit grimmigem Gesichtsausdruck fort und behielt die Frau weiter im Blick.

»Bitte, komm zurück, Pepper!«

Die einzelnen Tropfen wurden jetzt zu einem heftigen Sprühregen. *Verdammt nochmal…* Kurt griff sich seinen Computer und die Notizen und trug alles hinein. Er überprüfte noch einmal, ob er seine Datei gespeichert hatte, schob den Laptop dann in sichere Entfernung von der Kante des Küchentresens und ging zurück zur Verandatür. *Ich könnte die Tür jetzt schließen und mich direkt wieder an die Arbeit setzen.* Er schaute zu seinem Laptop.

»Pepper!«

Sie klang jetzt weiter entfernt. Vielleicht hatte sie ihren Weg fortgesetzt. Er ging zurück auf die Veranda um zu sehen, ob sie Vernunft angenommen hatte.

»Pep–« Erneut riss eine Welle sie um. Sie war jetzt noch weiter draußen und schien von der Strömung mitgerissen zu werden.

»Hey!«, schrie Kurt, um sie davon abzubringen, noch tiefer hineinzugehen. Sie schien ihn nicht gehört zu haben. Noch einmal blickte er übers Wasser und sah dann etwas, ungefähr zehn Meter von ihr entfernt. *Dämlicher Hund.* Hunde stanken, haarten und forderten Zeit und Aufmerksamkeit ein. Alles Gründe, weshalb Kurt kein Fan dieser Wesen war.

Regen und Wind wurden stärker. *Verdammt!* Er schnappte sich von drinnen ein Handtuch, stapfte die Stufen hinunter und lies die *Finsteren Zeiten* widerwillig hinter sich.

Leanna Bray war nass, durchgefroren und haltlos. Im wahrsten Sinne des Wortes. Seit achtundzwanzig Jahren war sie haltlos, daher war das nichts Neues, aber von Regen, Wind und Wellen bearbeitet zu werden, während sie einen Hund jagte, der nie hörte? Das war neu.

»Pepp–« Eine Welle riss sie von den Füßen, sie tauchte unter und nahm gleich einen Schluck Salzwasser mit. Unter der Wasseroberfläche schlug sie Purzelbäume.

Jetzt ertrinken Pepper und ich beide. Na super.

Irgendwas griff nach ihrem Arm, und reflexartig wehrte sie sich dagegen, während sie noch mehr von diesem salzigen Wasser inhalierte, bevor sie es an die Oberfläche schaffte und mit den Armen fuchtelnd und hustend gegen diese kräftige Hand kämpfte, die sie auf die Füße stellte.

»Alles in Ordnung?« Eine tiefe, verärgerte Stimme erreichte sie über das Getöse der brechenden Wellen hinweg.

Hust. Hust. »Ja, ich–« *Hust. Hust.* »Mein Hund.« Sie kniff immer wieder die Augen zu und versuchte, sie von dem Meerwasser und dem Regen zu befreien. Der nasse, dunkle Haarschopf des Mannes kam in ihr Blickfeld. Er umklammerte ihren Arm und suchte gleichzeitig die Wasseroberfläche in der Richtung ab, wo sie Pepper zuletzt gesehen hatte. Seine Kleidung klebte an ihm wie eine zweite Haut, legte sich über die Wölbungen seines beeindruckenden Oberkörpers, während er einen Arm um ihre Rippen gelegt hatte und sie so über Wasser hielt.

»Kommen Sie.« Sie hustete, als er mit ihr an seine Seite gedrückt durch die Brandung pflügte. Sie rutschte an seinem Körper hinunter, und er nahm sie mühelos auf den Arm, trug sie, wie er vielleicht ein Kind tragen würde, und drückte sie an seinen Brustkorb, während er gegen die Wellen kämpfte.

Sie drückte sich von seiner Brust ab, fühlte sich lächerlich und hilflos … vielleicht auch etwas dankbar, aber sie ignorierte dieses Gefühl.

»Mein Hund! Ich muss meinen Hund finden!«, schrie sie.

Mr. Stark, Groß und Stoisch sagte kein Wort. Er stellte sie auf dem nassen Sand ab und warf ihr ein durchnässtes Handtuch zu. »Das war mal trocken.« Er zeigte an ihr vorbei auf eine Holztreppe. »Gehen Sie auf die Veranda.«

Sie ließ das Handtuch fallen und marschierte hinter ihm her auf das Wasser zu. »Ich muss meinen Hund finden.«

Er schnappte sich ihren Arm und blickte sie mit so strahlend blauen Augen an, wie sie sie noch nie welche gesehen hatte – und mit einem so finsteren Blick, dass sie kein Wort mehr herausbekam.

»Gehen Sie.« Er zeigte erneut auf diese dämliche Treppe. »Ich hole Ihren Hund.« Er ging einen Schritt auf das Wasser zu, und sie folgte ihm wieder.

»Sie brauchen n–«

Er hob sie wieder hoch und trug sie zur Treppe. »Wenn Sie sich wehren, wird Ihr Hund ertrinken. Lange hält er da drin nicht mehr durch.«

Sie drückte sich erneut von seiner Brust ab. »Lassen Sie mich runter!«

Er setzte sie auf der Treppe ab. »Die Wellen ziehen Sie unter Wasser. Ich hole Ihren Hund. Bitte bleiben Sie hier.«

Ihr Herz hämmerte gegen ihren Brustkorb, während sie zusah, wie er davonstapfte und wieder durch die Wellen pflügte, als sei er unverwüstlich. Sie kauerte sich auf der untersten Stufe unter das nasse Handtuch und versuchte krampfhaft, ihn in dem peitschenden Regen auszumachen. Schließlich entdeckte sie ihn ziemlich weit draußen, die Arme um Pepper geschlungen – um den Hund, der sich nie von irgendjemandem tragen ließ. Er beugte sich schützend über Pepper, während er sich durch die hohen Wellen zurück ans Ufer kämpfte.

Sie rannte ihnen entgegen, zitternd und mit Tränen in den Augen. »Danke!« Sie streckte die Hände nach Pepper aus, woraufhin der Hund winselte und seinen ebenfalls zitternden Körper enger an den Typen schmiegte.

»Haben Sie eine Leine?«

Sie schüttelte den Kopf. Ihre nassen Haare schlugen gegen die Wange, und sie drehte den Rücken in den Wind. »Die mag er nicht.«

Er fasste sie wieder am Arm. »Kommen Sie.« Er führte sie die Stufen zu seiner Holzterrasse hinauf, öffnete die Verandatür und wies sie durch den strömenden Regen hindurch an: »Gehen Sie hinein.«

Sie trat auf makelloses Parkett. Es war warm im Haus und es roch nach Kaffee und nach etwas Süßlichem und Maskulinem, wie ein Lagerfeuer. Sie streckte die Hände nach Pepper aus. Pepper winselte erneut und schmiegte sich an die Brust des Mannes.

»Er …« Ihre Zähne klapperten vor Kälte. »Er ist anscheinend verängstigt.«

»Ich hole Ihnen ein Handtuch.« Er beäugte den Hund auf seinem Arm und schüttelte den Kopf, bevor er über eine Treppe nach oben verschwand.

Leanna nahm den Grundriss des gemütlichen Hauses in Augenschein und hielt nach Anzeichen für *verrückt* Ausschau. Wie verrückt war er wohl? Gerade hatte er sie und Pepper gerettet, und Pepper zeigte sich schon ziemlich anhänglich. *Dieser Typ ist mitten in einem Sturm ins Wasser gegangen, ohne die geringste Spur von Angst. Total verrückt.* Ihr wurde bewusst, dass sie zwar das Gleiche getan hatte, aber es war ja klar, dass *sie* nicht verrückt war. Sie hatte keine Wahl gehabt. Rechts von ihr befand sich eine kleine Küche mit teuer aussehenden Schränken aus hellem Holz und schicken Zierleisten. Neben zwei sorgfältig gestapelten Notizbüchern stand ein offener Laptop auf dem Marmortresen. Der Bildschirm war dunkel, und nur zu gern hätte sie eine Taste gedrückt, um ihn zum Leben zu erwecken, aber sie wollte auch nicht unbedingt wissen, ob sich etwas Gruseliges darauf befand. Vielleicht hatte er sich gerade einen Porno angeschaut, konnte doch sein, obwohl er sie kein einziges Mal beäugt hatte, trotz ihres nassen T-Shirts und mehr als kurzen Jeansshorts. Sie konnte sich nicht entscheiden, ob das höflich oder unheimlich war.

Sie lenkte ihre Gedanken fort von dem Computer hin zu der anheimelnden Frühstücksecke links von ihr. Ihr Blick wanderte über eine kleine Nische mit zwei geschlossenen Türen, zu einer Treppe neben der Küche und dann hin zu dem Wohnzimmer mit seinen weißen Wänden. Nirgends ein Hauch von Unordnung. Flipflops standen an der Eingangstür, perfekt an der Wand neben einem Paar Joggingschuhe aufgereiht. Und nun sah sie auch, woher der Geruch von Lagerfeuer kam. Ein wunderschöner zweistöckiger Steinkamin nahm fast die ganze Wand neben einem riesigen braunen Sofa ein. Ein kleiner Stapel Holzscheite lag in einem Metallkorb neben der Feuerstelle. Angesichts der Tatsache, dass in dem Kamin kein Feuer brannte, war es in dem Ferienhaus überraschend warm. Bücherregale aus dunklem Holz säumten die Wand auf der anderen Seite, von der Decke bis zum Boden, versehen mit einer Bibliotheksleiter. Der Raum war voll mit Dingen unterschiedlichster Beschaffenheit: Eine Chenille-Decke lag ordentlich zusammengelegt über der Rückenlehne des Sofas, ein dicker brauner Flokati-Teppich zierte den Boden vor dem Steinkamin, und ein aufwändig geschnitzter Holztisch stand vor dem Sofa. Leanna hatte Ahnung von *Beschaffenheit,* und genau in diesem Moment bedeckte sie die Beschaffenheit des wunderschönen Parketts mit Wassertropfen. Sie schnappte sich gerade ein Geschirrtuch aus der Küche, als der Mann wieder herunterkam – mit Pepper wie ein Baby in ein dickes flauschiges Handtuch gewickelt auf dem Arm.

Die Sorge, dass er verrückt sein könnte, verflüchtigte sich augenblicklich. *Verrückte tragen Hunde nicht wie Babys durch die Gegend.*

Er trug Pepper auf einem Arm und reichte ihr ein frisches Handtuch. »Bitte. Ich bin übrigens Kurt.«

Pepper richtete sich – fröhlich hechelnd – auf. *Angeber.*

»Danke. Ich bin Leanna. Und das ist Pepper.« Sie versuchte, den Boden um sich herum trocken zu wischen, doch jede Bewegung sorgte für noch mehr Tropfen, die von ihren triefend nassen Klamotten herunterfielen. »Entschuldigen Sie. Dieses Chaos. Und meinen Hund. Und …« Hektisch wischte sie mit dem Geschirrtuch auf dem Boden herum, während sie mit dem zusammengeknüllten Handtuch in der anderen Hand ihre Kleidung abwischte und verzweifelt versuchte, dem Wasserfluss Einhalt zu gebieten, der von ihrem Klamotten auf das nicht mehr ganz so makellose Parkett strömte. Sie hob den Blick. Er hatte ein leicht amüsiertes Grinsen in seinem sehr schönen Gesicht. Mit einem resignierten Seufzer stand sie auf.

»Es tut mir so leid, und danke, dass Sie Pepper gerettet haben.«

Er schaute kurz zu seinem Laptop, und sofort wandelte sich der amüsierte Blick in verkniffene Verärgerung. Mit zusammengepressten Lippen schaute er wieder zu ihr, nachdenklich, und trat dann zum Computer und klappte ihn zu.

»Sie hätten« – Pepper bellte ihm ins Ohr, Kurt schloss die Augen und atmete aus – »den Hund an der Leine führen sollen.«

Den Hund.

»Das hasst er. Wie so vieles: gehorchen, Leinen, alles Mögliche.« Pepper leckte Kurts Wange. »Nur Sie anscheinend nicht.«

Kurt stöhnte auf und setzte Pepper auf den Boden. »Sitz«, sagte er mit tiefer, strenger Stimme.

Pepper setzte sich zu seinen Füßen.

»Wie haben Sie das denn gemacht? Er gehorcht sonst nie.«

Er trocknete Peppers Pfoten mit dem Handtuch ab und ignorierte offensichtlich die Frage.

»Labradoodle?«

Sie kennen sich mit Hunden aus? Seine Vielschichtigkeit faszinierte sie. Er war klug, nachdenklich, und vielleicht sogar etwas kalt, und doch folgte Pepper ihm zum Kamin, als würde er Leckerlis austeilen. Wider Willen bemerkte Leanna, wie Kurts nasse Jeans seinen Hintern betonte. *Seinen richtig heißen Hintern.* Er hockte sich vor den Kamin, dabei klebte sein T-Shirt eng an seinem breiten Rücken, die Ärmel rutschten über seine prallen Muskeln nach oben, und sie erkannte die Umrisse eines Tattoos auf seinem Oberarm.

»Ja, Labradoodle. Woher wissen Sie das? Im Moment sieht er ja wie ein x-beliebiger nasser Köter aus.«

Er zuckte mit den Schultern, schichtete gekonnt das Holz auf und entzündete dann ein kleines Feuer. »Wo wohnen Sie?« Er warf Pepper einen verärgerten Blick zu und schüttelte den Kopf.

»Äh, wohnen?«, fragte sie und war von Peppers Gehorsam ebenso abgelenkt wie von Kurts Tattoo. *Was ist das? Eine*

Schlange? Ein Drachen?

Er sah sie wieder mit diesem amüsierten Funkeln in den Augen an. »Haus? Ferienhaus? Campingplatz?«

»Ach so, Ferienhaus. Entschuldigung.« Sie merkte, dass sie rot wurde. »Etwa anderthalb Meilen von hier. Seaside. Kennen Sie das? Es gehört meinen Eltern. Ich bin nur den Sommer über hier. Die Leute in der Siedlung kenne ich schon seit Ewigkeiten, und Pepper gefällt es dort.«

Er schaute wieder zum Kamin, das amüsierte Funkeln in seinem Blick wich einem ernsten Ausdruck. »Kommen Sie zum Feuer und wärmen Sie sich auf.«

Sie warf die Handtücher auf die Arbeitsfläche und kam zu ihm ans Feuer. Ein Schauer überkam sie, als sie ihre Hände wärmte.

Er hielt den Blick aufs Feuer gerichtet.

»Sind Sie mit dem Auto hergefahren?« Mit einer großen Hand nahm er ein Scheit und legte es aufs Feuer.

»Nein, mit dem Fahrrad.«

»Mit dem Fahrrad?«

»Ich fahre hier ein paarmal in der Woche mit Pepper Fahrrad, aber normalerweise nehmen wir den Weg in die andere Richtung. Pepper ist dieses Mal einfach nur abgehauen. Ich habe mein Fahrrad am Eingang zum öffentlichen Strand stehen gelassen.«

Er schaute zu Pepper und dann wieder ins Feuer. »Ich kenne Seaside nicht, aber ich zieh mich kurz um und fahr Sie dann nach Hause.« Er ging zur Treppe, Pepper hinterher. Kurt blieb stehen und starrte den Hund an. Pepper hechelte, was das Zeug hielt. Kurt schaute zu Leanna, als ob sie den Hund kontrollieren könnte.

Wohl kaum. »Gehorsam ist nicht gerade seine Stärke,«

meinte sie achselzuckend.

Kurt nahm Pepper hoch und trug ihn zu Leanna. »Halten Sie ihn am Halsband fest.«

Na gut. Sie legte den Finger in Peppers Halsband und beobachtete, wie Kurt in die Küche ging und den Boden mit dem Tuch trocknete, das er ihr gegeben hatte. Dann wischte er die Arbeitsfläche mit einem Schwamm ab, bevor er in der Kammer neben der Küche verschwand. Er kam mit einem Wäschekorb zurück, warf die dreckigen Handtücher hinein, brachte den Korb wieder zurück und ging die Treppe hinauf.

»Sieht so aus, als ob er etwas gegen Dreck hätte … und gegen Hunde«, sagte sie zu Pepper.

Pepper riss sich los und rannte die Treppe hinter Kurt her.

Leanna schloss laut seufzend die Augen.

Ich geb mir die Kugel.

Ende des Auszugs

Wenn Ihnen die Vorschau gefallen hat, können Sie *Liebe zwischen den Zeilen* gleich bei Ihrem Online-Buchhändler bestellen!

Kennen Sie die Bradens schon?

Verlieben Sie sich mit Treat und Max in *Im Herzen eins – neu erzählt*, dem ersten Band der Serie *Die Bradens in Weston, Colorado*

Treat Braden ist eigentlich gar nicht auf der Suche nach Liebe, als Max Armstrong in seine Hotelanlage in Nassau spaziert, aber er erkennt hinter dem Schutzschild ihrer effizienten Fassade schnell die liebenswerte, sinnliche Frau. Ein geradezu magischer gemeinsamer Abend lässt ein enges Band zwischen ihnen entstehen, und zum ersten Mal in seinem Leben verspürt Treat den Wunsch nach viel mehr als einem kurzen Abenteuer. Doch dann macht er einen Fehler und sie zieht sich zurück. Nachdem er sich wochenlang nach der einen Frau, die er nicht haben kann, verzehrt hat, fliegt er nach Hause auf die Ranch seiner Familie, um sie endlich zu vergessen.

Eine zufällige Begegnung bringt die beiden wieder zusammen und führt zu einer Nacht voller Leidenschaft und Aufrichtigkeit. Als Max ihre schmerzhafte Vergangenheit offenbart, ist Treat bereit, alles zu geben, um ihr Herz für immer zu erobern – und ihr zu helfen, sich von ihren Dämonen zu befreien.

Bestellen Sie *Im Herzen eins – neu erzählt* bei Ihrem Online-Buchhändler.

Verlieben Sie sich mit den Whiskeys in *Tru Blue – Im Herzen stark*, dem ersten Band der Serie *Die Whiskeys: Dark Knights aus Peaceful Harbor*

Eine fesselnde Liebesgeschichte für alle, die brandheiße loyale Helden, selbstbewusste sexy Heldinnen, Familienbande, Biker, Babys und mehr lieben!

Unter der Haut eines Killers verbirgt sich das Herz eines Liebenden …

Truman Gritt würde alles tun, um seine Familie zu beschützen – und so verbringt er Jahre im Gefängnis für ein Verbrechen, das er nicht begangen hat. Nach seiner Entlassung stellt der Drogentod seiner Mutter sein Leben erneut auf den Kopf, und so übernimmt er die Verantwortung für die Kinder, die sie zurückgelassen hat. Truman ist hart, er ist verschlossen, und er versucht, einen Bruder zu retten, der mit noch mehr Problemen zu kämpfen hat als er selbst. Sein Leben lang hat Truman keine Hilfe gebraucht, und als die schöne Gemma Wright versucht, ihm unter die Arme zu greifen, reagiert er nicht gerade charmant. Aber Gemma hat ihre ganz eigene Art und schafft es schließlich, den Panzer um sein Herz zu durchdringen. Als Trumans dunkle Vergangenheit seine Zukunft in Gefahr bringt, steht seine Loyalität auf dem Prüfstand und er muss die schwerste aller Entscheidungen treffen.

Bestellen Sie *Tru Blue Im Herzen stark* bei Ihrem Online-Buchhändler.

Neu bei »Love in Bloom – Herzen im Aufbruch«?

Ich hoffe, Ihnen hat es genauso viel Vergnügen bereitet, die Remingtons kennenzulernen, wie mir, sie zu schreiben. Falls dieser Band Ihr erstes Buch aus der Reihe »Love in Bloom – Herzen im Aufbruch« ist, warten noch jede Menge Geschichten über unsere sexy, selbstbewussten und loyalen Heldinnen und Helden auf Sie.

Die Remingtons ist nur eine der Serien aus meiner großen Sammlung von Liebesromanen mit Tiefgang, Humor und Happy-End-Garantie. In allen Büchern finden Sie eine abgeschlossene Geschichte, die auch für sich allein gelesen werden kann. Figuren aus den einzelnen Serien und Büchern der weitverzweigten »Love in Bloom – Herzen im Aufbruch«-Familien tauchen immer wieder auch in den anderen Bänden auf. So verpassen Sie nie eine Verlobung, eine Hochzeit oder eine Geburt. Wenn Sie mögen, lernen Sie doch auch die anderen Serien kennen! Eine vollständige Liste aller auf Deutsch erschienenen und geplanten Bücher gibt es am Ende des Buches und unter dem folgenden Link finden Sie weitere Informationen:

www.MelissaFoster.com/Herzen-im-Aufbruch

Danksagung

Bei den Recherchen zu diesem Roman ist mir klargeworden, was für schier übermenschliche Leistungen Spitzensportler sich abverlangen. Um sich mit den Besten der Welt messen zu können, sind noch viel mehr Mut und Entschlossenheit nötig, als ich es mir je hätte träumen lassen. Ich glaube nicht, dass ich diese Athleten noch einmal mit denselben Augen sehen werde wie vor diesem Buch. Ein riesiges Dankeschön geht an Marlene Engel für all ihre Recherchen. Du hast mir tonnenweise Arbeit abgenommen. (Ja, tonnenweise.)

Meinen Leserinnen und Lesern möchte ich für ihre Unterstützung danken. Die vielen E-Mails und Beiträge in den sozialen Medien inspirieren mich. Bitte weiter so! Auch den Mitgliedern vom Team *Pay It Forward* und allen, die im World Literary Café mitarbeiten, möchte ich danken – meinen Freundinnen, meinen Mitstreiterinnen, Unterstützerinnen und Schwestern.

Unglaublich dankbar bin ich auch meinem Lektoratsteam: Kristen Weber, Penina López, Jenna Bagnini, Juliette Hill und Marlene Engel sowie meinem deutschen Team Usch Pilz, Rabea Güttler und Judith Zimmer. Danke, dass ihr meine Texte noch besser macht und meine zigtausend Fragen ertragt. Ein herzlicher Dank geht außerdem an meine talentierte Coverkünstlerin Natasha Brown und an Clare Ayala, das Formatierungsgenie.

Meine Familie unterstützt und ermutigt mich jeden Tag. Ich liebe euch. Danke.

Die Bradens (Peaceful Harbor)

Geheilte Herzen

Voller Einsatz für die Liebe

Liebe gegen den Strom

Vereinte Herzen

Melodie der Liebe

Sieg für die Liebe

Endlich Liebe – ein Braden-Flirt

Die Remingtons

Spiel der Herzen

Im Dschungel der Liebe

Herzen in Flammen

Herzen im Schnee

Liebe zwischen den Zeilen

Die Bradens & Montgomerys (Pleasant Hill and Oak Falls)

Von der Liebe umarmt

Alles für die Liebe

Pfade der Liebe

Wilde Herzen

Schenk mir dein Herz

Der Liebe auf der Spur

…

Die Whiskeys: Dark Knights aus Peaceful Harbor

Tru Blue – Im Herzen stark
Truly, Madly, Whiskey – Für immer und ganz
Driving Whiskey Wild – Herz über Kopf
Wicked Whiskey Love – Ganz und gar Liebe
Mad About Moon – Verrückt nach dir
Taming My Whiskey – Im Herzen wild

Entdecken Sie Melissa Fosters Bücher auch auf:
www.MelissaFoster.com/Herzen-im-Aufbruch

www.ingramcontent.com/pod-product-compliance
Lightning Source LLC
Chambersburg PA
CBHW051633180726
48284CB00006B/1712